创美工厂

冷静

[美] 麦克·宾德 著
Mike Binder
汤莉莉◎译

中国友谊出版公司

图书在版编目（CIP）数据

冷静 / (美) 麦克·宾德著 ；汤莉莉译. -- 北京 ：
中国友谊出版公司，2016.12
书名原文：KEEP CALM
ISBN 978-7-5057-3945-1

Ⅰ. ①冷… Ⅱ. ①麦… ②汤… Ⅲ. ①长篇小说－美
国－当代 Ⅳ. ①I712.45

中国版本图书馆CIP数据核字(2016)第327114号

书名 冷静
著者 [美] 麦克·宾德
译者 汤莉莉
出版 中国友谊出版公司
发行 中国友谊出版公司
经销 新华书店
印刷 北京中科印刷有限公司
规格 880×1230毫米 32开
14印张 323千字
版次 2017年12月第1版
印次 2017年12月第1次印刷
书号 ISBN 978-7-5057-3945-1
定价 45.00元
地址 北京市朝阳区西坝河南里17号楼
邮编 100028
电话 （010）64668676

一个人绝对不可在遇到危险时，

背过身去试图逃避。

若是那样做，只会使危险加倍。

但若及时、冷静、勇敢地去面对，那危险就会减半。

——温斯顿·丘吉尔

KEEP CALM

第一部分
PART ONE

之前
之后

爆炸之后　1

傍晚六点，当唐宁街 10 号发生炸弹爆炸的时候，乔治亚正在唐宁街 11 号自己的办公室洗手间里，跟往常一样摆弄着她的头发。因为，一会儿她就要会见教育大臣阿利斯塔·斯蒂芬。此时她刚服下今天的第三颗止痛片。虽然，目前大部分时间她腿上的伤好像已经不太有感觉，只是偶尔在早上或者长途旅行后会有些许的不适。不过，止痛药却能让她更加得心应手地处理生活中的那些烦心事。于是，她依然继续服着这些鲜红色止痛药，把它们当成冰糖块吃。

随着那巨大的爆炸声，整座大楼都在颤抖，房间墙面都在摇晃，似乎整个唐宁街都快被掀翻了。后来，乔治亚想，那阵势让人感觉唐宁街是个硬纸板糊成的小模型楼。爆炸过后，一阵出奇可怕的宁静和情况不明的沉默笼罩着唐宁街 10 号和 11 号。身为财政大臣的乔治亚独自一人、不知所措地站立了数秒钟。杰克·厄里，她的私人助理听到警报响起后，从楼道跑了过来，打破了这种沉寂。紧接着后面的走廊上开始传来嘈杂的声音。

“夫人，您没事吧？”

“我还好，没事，太要命了。大家都安好吧？刚才发生了什么情况？”

她感觉有点头晕，好像有什么东西在转。也许是房子在转，也许是厄里而不是她自己在转。她紧紧抓住那张大木头书桌，勉强能站稳站直。

“我觉得是炸弹，一定是！在唐宁街 10 号。”

厄里的脸色比平时更显苍白了，这是她见过的脸色最苍白、皮肤最干燥的人。此刻，他几乎全身都在发抖。这个时候，其他人也都陆续集中到了走廊上。厄里手下两名镇定自若的金发女助理正在压低嗓音与他商量撤离乔治亚的计划，讨论往哪里撤、如何撤离等细节。

市警察署外交保护小组的一位警官，表情严肃地走进了房间。他高高的个子，长着一头浓密的白发，低沉的声音里透着一种坚毅。他在客厅跟厄里简要交流几句后，立刻转身面对乔治亚。

“大臣阁下，您得赶紧跟我离开这里。请！”

“什么？发生了什么情况？”

“是一枚炸弹爆炸了。爆炸地点好像是在唐宁街 10 号的二楼。我们得立刻将您转移。”

“那首相呢？他在哪里？”

“首相好像被炸伤了，夫人。有关人员正在悉心处理他的伤势。”

“炸到？怎么他会被炸到……？”

“夫人，我得到的指示就是带您撤离此地，立刻。”

“其他人情况怎样？”

“其他人没事。我们得赶紧离开这里了，大臣阁下。”

第二财政大臣，也叫首席大臣兼财政大臣，随着时间的变迁，已经成为英国内阁中仅次于首相的最具权力的职位（在内阁中，英国首相兼首席财政大臣，所以他的副手叫第二财政大臣）。乔治亚·特恩博则是历史上身居该要职的第一位女性，她是与罗兰·拉西特首相在同一政治阵线里并肩携手最久的盟友。乔治亚聪明坚毅，果敢自信，与拉西特的关系错综诡秘。两人忽冷忽热，时远时近。这种微妙的关系对他们双方来说均至关重要，但旁人却看不出其中的蹊跷。她与拉西特就像是阿斯奎斯和戴维·劳合·乔治，或者更确切地说是布朗之于布莱尔之间的关系。他们是大学同窗，后来，携手度过了政党政治的艰难时期，共同赢得了大选的胜利，继而又拼凑出了一个政府，帮助英国爬出了漫长的双底衰退。从捉襟见肘的公务员生活起步打拼出了一片全新的生活天地。两年前，他们俩在一起直升机坠机事故中，居然双双生还。两人的关系相当亲密，有些朋友私下一直怀疑特恩博女士是否在暗恋这位相貌英俊、有一个温馨美满家庭的罗兰·拉西特首相。

从外表上看，乔治亚有一种只属于她自己的独特的美。人们总称赞她吸引眼球令人难忘。她身材颀长，皮肤白皙嫩滑，熠熠发光的脸上镶嵌着一双黑色深邃的大眼睛。只要她一出场，总能让人感觉到一种慑服公众的领导者威仪。她还有一头桀骜不驯的头发，没有任何方向感，也不服从任何摆弄。既使作为一位普通的女性，她的这种积极上进、坦诚相见以及如刀刃般锋利的智慧等良好品质，足以使她成为一位相当引人瞩目的美女。她的后背略有一点前倾，自从那次直升机坠机事故后这种前倾变得更加夸张，搞得她现在走路都必须借助拐杖才行。

10号和11号外面的人们在寒风中惊慌失措地四处奔跑，一队队的警车鸣着警笛在白厅街上来来往往，空气变得异常紧张。乔治亚走出大楼来到大街上，一队防弹轿车和SUV在她跟前紧急刹车。穿着防弹衣的警察们背着沉重的来复枪和各种通信设备从车上纵身跳下，立刻蹲下身子举枪警戒。整个街道瞬间变成了军事戒严区。她和厄里很快就被小心翼翼地带入了一辆全副武装的SUV里。当他们乘坐的SUV驶离唐宁街的时候，一路上遇到了无数正在赶往唐宁街的车辆。一小队装甲坦克也开到现场并泊在主干道的正中间。一辆载有防化物品的卡车此时从大楼前门，被警察指挥着越过其他车辆开了进去。空中盘旋着警用和军用直升机，一架新闻直播机因为急于抢拍被强行赶走。好像是某个开关被触碰了一下，顷刻间一个混乱的宇宙就在这一触碰间诞生了。乔治亚的车离开现场后，正在往白厅街方向行驶。此刻唐宁街10号的火光烟雾已经蹿到了半空。她回头望着惊慌的人群，心里惦念着罗兰·拉西特。她不敢往最坏处想。

数小时后，全世界都看到这一重大新闻——超出了人们的惯常生活习惯；不是乔治亚对事情预判的思维逻辑那样；不是罗兰深爱的、被利用的妻子克斯蒂·拉西特喜欢的那样；也不是内政大臣梅尔文·伯恩勒爵士想象的那样；更不是长期在拉西特左右的公关与战略事务主任阿兰·门罗所理解的那样。他们甚至都还没来得及通知白金汉宫的任何人。他们自己的脑袋都还没理出任何头绪，不明白究竟发生了什么？但此时全世界已经得到了这一消息。

整个英国政府仿佛被这颗炸弹炸晕了，两个多小时都没缓过劲儿来。在这个政府沉默的真空期，媒体抢到了球后，使劲地抛，各种报道开始漫天飞。消息是以典型的现代八卦方式被泄漏出去的，既瞎编乱造又庸俗不堪，暗讽讥刺，含沙射影。贬低当前形势、损害政府诚信。媒体没有礼节和耐心，等待和寻找事实的真相，竞相在第一时间报道该悲剧性事件：唐宁街10号爆炸，罗兰·拉西特濒临死亡。他尚未被送到医院，星空新闻频道已经开始播报有关新闻：画面是他们乘直升机拍到的市警察署在关闭并疏散唐宁街前后的镜头。

因为缺乏确凿可靠的消息来源，连续几个小时全世界都在重复收看同样的画面。在这些模糊的画面里，警察、政府工作人员、军人都像蜂巢被人捣了以后的工蜂一样，在跑前跑后地忙乱得团团转。唐宁街 10 号陷入了一片混乱。

当天晚上，乔治亚和厄里差不多是被隐藏在位于白厅街的一间安全的内阁办公室简报处（或紧急委员会）（COBRA）会议室里。同在会议室里的还有梅尔文·伯恩勒爵士和副首相菲利克斯·霍尔姆比。梅尔文·伯恩勒爵士管辖军情五处、市警察署、外交保护小组，以及所有内务警察、调查部门。乔治亚刚刚与白金汉宫通完电话，她被告知将很快接到国王陛下的来电。与此同时，她还接听了美国总统和刚当选的法国新总统的来电。

最后，首相的私人助理路易斯·布鲁姆菲尔德总算打来了电话。爆炸发生后，她当时是尾随着首相的救护车一起去的医院，她带来的唯一消息就是首相至今不省人事，而且炸弹对他身体的胸腹部位造成了严重的伤害，但并不一定会致命。

拉西特应该能躲过这场劫难，乔治亚思忖着，心里在默默地为他祷告。也许，他就是注定要过这种死里逃生的传奇生活，就像他自己一直标榜的那样。

“上帝总是站在我这头的，乔治亚。我预计我们会在南里布尔、斯坦福、北伊尔福德，甚至艾尔默和罗斯威尔取胜。他们也许资历比我悠久些，他们。但是，我近来一直是个幸运儿，凑合着对付。”

她回想起大选的那个晚上，他们那帮人上台的那个晚上，世界因此而改变的那个晚上。她还记得三年后的那天早晨，他们随着那个巨型的军用飞机一起坠入了大海深处，她的双腿被折断成了十五块，锁骨像节日占卜祈福的如愿骨一样，也被折成了两半。两位士兵当场丧生，另一个士兵在营救过程中淹死，而拉西特却毫发无损，他全身几乎没有一处受伤。或许，他说得对；或许，他真是特殊人种；或许，他真可以再次逃过这一劫。“亲爱的上帝啊，就让幸运之神一直跟着他吧！”

很快，乔治亚就开始着手准备第一个正式对外声明，代表政府、代表她的党派、代表她的国家、代表罗兰·拉西特向媒体发布消息。她感到有些惧怕。不是因为她有媒体恐惧症，她没有。也不是媒体对她不感冒，虽然她自己是这样觉得的。她知道这是她工作职责的一部分，她必须得学会面对。但这次与往常不同，她亲临险境、惊魂未定，无法平心静气地完成今天的这一任务。

她通常是喜欢在公众场合演讲的，在聚光灯下她往往可以做到轻易地得分。无论是向媒体发布消息，还是在政党年度大会上；无论是在 G20 峰会和世贸大会上，还是在下院替拉西特答辩的时候，皆是如此。当有观点需要表达的时候，她能自如地阐述自己的立场，并且乐在其中。每当这种时刻，无论是在台上还是在话筒前，她都会自豪地把自己想象成怀有坚定信念的政治家或者为正义事业而战的士兵。这种想法把她高高举起，使她超越了所有的一切，舞台恐惧也就烟消云散、无影无踪了。

记者招待会的台子就搭在位于白厅街的大门前，远离安全岗亭。唐宁街此时已经被全面封锁，直到确定不会再有炸弹爆炸，封锁才会解除。新闻媒体沿着人行道和车道就地安营扎寨。乔治亚、厄里和门罗乘坐的武装 SUV 来到白厅街，勉强挤进台子的后面。当她从 SUV

下来的时候，心想也许她今天可以不用拐杖，因为拐杖明显表露了她的虚弱，这恰恰是她在这个时候最不想要的形象。最终，她还是决定用它，因为如果摔倒了，她就得被人扶回去，那种情形可比大家看到她拄个拐棍还要糟糕。反正这个拐棍跟着她也已经将近两年的时间了。

她蹒跚着从后台走了出来，面对着众多的摄像机、记者、音响师、各部门单位导演主播。这是她在唐宁街经历过的规模最大的一次新闻发布会，也是全世界就此事件所举行的最大规模的媒体发布会。她尽了最大的努力将自己安顿在那个移动讲台跟前，并用镇静坚毅的姿态面对驻扎在马路边的媒体团成员。

“大家晚上好！正如大家所了解的那样，有人对我们采取了一次愚蠢的行动。这次事件，至少令我们全国上下都处在一种震惊状态之中。今天我们所有人的心都坚决地与罗兰·拉西特首相以及他勇敢的家人在一起。我们的首相，我们的朋友和领袖饱受痛苦。但是我很高兴地告诉大家，虽然今天的事件令他疲惫不堪，但是他温柔的笑容和他的重要器官一样，都没有受到太大损伤，并将很快回来为公众服务。”

她继续着她的演讲，将事件细节娓娓道来，客观细腻之外，尽量做到亲切、平和、耐心，只要她没有感觉身体不舒服。她提醒自己，今天来此地的目的就是为了安抚大家。她使尽了浑身解数不让自己流露出内心的恐惧和不安。她咬字清晰，直视每一部摄像机，希望没有将那令她窒息的惶恐传染给大家。

她演讲的最后一行字注定会被人们广泛流传，也将会最大程度地引起公众的情感共鸣。这点她和门罗都心知肚明：一个措辞严厉的警告，用她带着浓重的苏格兰口音的英文宣讲出来，像是弓箭上的一支上了弦的箭。

“当尘埃落定之后，我们很快会将这个发生在黑暗之日的事件查得水落石出。待到那时，随着一个清朗早晨的那束和煦阳光，我们会去找你，并且一定会找到你。我代表我们大英帝国在这里发誓，你们将为此付出代价。”

宣读完讲演稿后，她转过身去很快钻进了 SUV 里。记者们高喊着追问她一个又一个的问题，她全都没去理会。上了车后，她就一个劲地将自己的身子蜷缩到座位里。当他们的车辆驶离众人的视线后，她便忍不住号啕大哭起来。

爆炸之前　1

对于亚当·塔图来说，居住在伊利诺伊州的威尔莫特村最棒的就是他可以很容易地步行到火车站，然后乘火车抵达芝加哥。然后，走进位于芝加哥市中心的“基廷全球投资公司”那间属于他的办公室。该公司在全球十一个国家有分公司，也被简称为HGI。这份工作是他第一个需要上班穿西服、戴领带的工作，至今还令他有些摸不着头脑。虽然他已经在这个公司工作了八个月，但是他是怎么得到该工作的、他们到底看上了他身上的哪些特质、他的工作性质和职责、他又是否能将这些工作做好，等等，都是至今困扰着他的问题。唯一他能搞明白的就是每天早上他坐四十分钟的火车到芝加哥。另外，就是一家人，一家人指的是他的妻子凯特以及他的两个孩子朱迪和彼力，会在威尔莫特火车站的那个红砖楼前与他说再见。

这个新工作迫使他们举家搬迁。之前，他们一直住在密歇根州，他在那儿出生并在那儿长大。他和妻子凯特也是她读密歇根大学的时候在安娜堡相识相遇，好像上帝有意把她从伦敦派送给了他。当时他刚刚加入安娜堡警察署工作还不到一年，比凯特年长三岁。他相貌英俊、聪明灵敏、富有魅力。他开始的时候只是个巡警，在署里他爬得很快，在最短的时间内就爬到了侦探的位置上，这可是创纪录的。他的人生就是在为达到各种不同的目标而不断地扫除途中的种种障碍。

其实，他从未真正喜欢过警察这个职业。他当上警察是因为他父亲和他父亲的五个兄弟全都是警察或者警察工会代表。他只是随波逐流，干上了家族的老本行，也是塔图家族成员所擅长的专业领域。直到他遇到凯特。是她改变了一切。

她到密歇根学习艺术，没准是为了躲避在英国的某个人，没准就是为了躲避整个英国。她似乎是圆了他的一个梦，虽然他从未做过这么一个梦，就好像你还没在祷告中说出愿望，结果就实现了那样。他们开始约会，坠入爱河，组成了家庭，开始了他们的生活。而正是在两年前，他非常愚蠢地使劲将他们的这种生活砸了个稀巴烂，就像将它一股脑儿撞到了礁石上一样。

他吻别了妻子和孩子，然后，上了一辆有些老旧的火车，找到了二层的一个座位坐下。看着凯特开着她的吉普车汇入了驶出威尔莫特村的车流中。车流中尽是些豪华车，司机们好像个个都是直接从过去约翰·休斯导演的某部电影里面拽出来的背景人物：美丽动人、身材颀长、留着短发、身着鲜艳的香蕉共和国牌子的开衫毛衣。她们尽心尽职地在晨曦中把丈夫们送到火车站，笑容里略显出了一丝疲惫。

凯特则与她们完全不同，她可不是什么背景人物，她永远是独一无二的，做任何事情都能大放异彩。她就是她，他的她：金发、丰满、健美，三十九岁、与众不同的地道英国人。蓝眼睛里透着勇敢，固执己见得像茅坑里的石头。

火车启动的时候，亚当的视线一直跟随着凯特和她的吉普。此时，村里的交通已渐渐通畅起来，亚当的火车和凯特的吉普平行地行驶了一小段后，各自驶向了不同的方向。她丝毫没察觉到他的目光，更没注意到她的老公是在用充满爱意和渴望的眼神从那辆老旧的美国火车公司（AMTRAK）火车的二层车厢里望着她，因为她一直在忙着与朱迪争论，他们那个总是伤心透了的十六岁女儿。她没有看见他眼里的需要，以及他眼里的希望，希望全家可以过得更好，希望她能明白过去两年里他让家人所经历的地狱般的生活已经真正告一段落。

火车急速地往南行驶着，乘客们有的在安静地阅读报纸，有的在浏览 iPad，还有的喝着旅行杯里的咖啡。他的思绪此时又回到了他的这份工作。去全球最大的金融服务公司工作，这是他在过去动荡的两年里答应凯特的无数事情中的其中一件。他愿意不遗余力地付出，即使这意味着去一个自己毫不熟悉的城市和州工作，做的又是自己一无所知的行业。每天他穿上西服西裤，戴上领带，坐上火车来到位于市中心迪尔伯恩街大桥附近的基廷全球投资公司，然后努力地去适应和学习——这都是为了凯特，也是为了孩子。

事实上他做得没那么糟，尤其对于一个新入行的、从来没做过买卖的人来说，更不能算糟糕，尤其他负责的又是棘手的机构退休计划。他之前曾经做过很多工作，除了警察，还当过建筑工人，甚至几年前还在密歇根庞蒂克的一家摄影棚里做过电影布景木工。他虽然干过许多不同的工作，但是对建立企业退休和储蓄计划年金这些事却是一无所知。对亚当来说这就像是一门外语。尽管如此，他还是在继续着他的这份工作，每天上公司报到，有的时候某些人甚至还称道他有些擅长这份工作呢！

这份工作是凯特帮他找到的。说白了其实也不是凯特给找的，而是凯特的父亲高登。高登·汤普森从来没喜欢过亚当——至少亚当是这么想的，也从来没有原谅亚当不但给他的女儿洗了脑，还将她永久性地安置在了密歇根，在美国。然而，虽然心存芥蒂，也正是高登，这个千里之外的老丈人，在亚当遇到诸多麻烦并将这些麻烦厘清之后，当亚当失去工作茫无头绪的时候，从千里之外打来了电话，救了亚当的急，给他找了一个在基廷投资公司工作的机会。

高登·汤普森自从三十年前他妻子死于癌症之后就一直独自住在伦敦。他特别思念自己的独生女，这种思念使他性情显得有点尖刻，至少在大西洋另一头的人眼里看起来是这样的。凯特的父亲几乎从不旅行，一生中唯一一次离开英国是他年轻时在远东服役的时候。凯特和亚当婚后的十八年里，他们也只去英国看望了他三次。高登和凯特虽然常通电话，有时甚至也视频，但是这几十年的时间加上遥远的距离确实伤害了他们之间的关系。渐渐地，两人似乎变成了陌路人。高登的心都要碎了。

两个男人，高登和亚当，对凯特都怀有无限深厚、刻骨铭心的爱，也都愿意为她尽其所能。高登伸长脖子去找了他儿时的朋友，也是现在的老板大卫·基廷爵士，他是“基廷全球投资公司”的首席运营官、英国的一位千万富翁，并通过他想方设法给他那个从来没混出个人样的女婿找了一份工作。于是，亚当就开始每天早晨穿着他所不习惯的西装革履，日复一日地拼命去解决新工作中的困难。两个男人这么做都是为了凯特。

凯特呢，每天送孩子上学、接孩子回家、取回送去干洗的衣服、采买、洗衣服、付各种账单，等等。在做这些家务事的时候，她心里一直在想那事儿是不是就算过去了。如果她还能感觉跟以前一样就好了。如果她还能回到过去和她那个身材魁梧、英俊帅气的老公一起欢笑、玩耍、发嗲、生气，那该多好。她曾经以为每天升起和落下的太阳的光辉都照耀在了她老公一个人身上。每天上午孩子们上学以后，她都会带上她的狗去遛弯，而每天在这个时候，跟钟表一样准时，她就会开始思考她是否能够从他在监狱里待的那三个月中恢复过来，能否从足以判处他去联邦大狱蹲上二十年的那些指控中恢复过来，能否从他给这个家庭所蒙受的耻辱中恢复过来。她会原谅他做了如此愚蠢的事吗？他几乎把他们辛苦打拼出来的一切都愚蠢地付之一炬了。

她将所有的责任都归咎于他：无论是失去了他们在罗亚尔奥克的家，还是她的朋友在他监禁期间抛弃了她，以及他们两个孩子因此在情感上所受到的创伤，等等。她甚至还站到道德高度看问题，说是亚当搞得她数小时地在脸书上看她高中时的恋人理查德·莱勒的相片。同时，也是他导致了她整个下午整个下午地浪费时间去想念理查德，想她如果跟理查德在一起会过上怎样的生活。她浏览他发的各种信息，也惊讶理查德这么多年后依然保持着那么健壮的身材。她甚至还把自己不顾一切地往理查德脸书上发几条信息这事也归咎于亚当。这都是因为两年前亚当把他们的生活整个都打碎了，凯特才因此背上了沉重的情感包袱。

确实，是亚当每天坐着那趟哐当作响的老旧火车去新公司上班，但真正需要适应的却是凯特。她得日复一日从早上九点到下午五点，琢磨如何开始他们生活的下一个篇章，如何去宽恕和遗忘过去，如何学会与亚当重新相互接纳。

亚当走进 HGI 大楼十层的走廊。这座巨型的现代化高楼是在上一次牛市冲天期间设计并建造的。直接坐落在河边，靠着西瓦克大道，朝向北面。它好像从来都不与周围的芝加哥摩天大楼发生任何的关系，单独耸立在那儿，自成一体。

当亚当走过办公室每个隔断间的时候，不止一位秘书向他露出甜美的微笑。他已经是这层的常户，大家也都喜欢他。年轻些的女孩子们觉得他谦卑可爱，看着有趣且值得信赖。作为已婚男子，他知道该如何微笑，也懂得如何亲昵地调点儿情，但他绝不越界，准保每天晚上到点就回到凯特和孩子们身边。

退休服务部占据了整个十层，亚当正在往老板巴瑞·塞弗的办公室走去。野心勃勃的塞弗是公司芝加哥分公司的头，四十四岁，当年是从波士顿的后湾转到伊利诺伊的，一直从事金融服务业。八个月前，就像当年芝加哥河边从天而降了一个 HGI 大楼一样，亚当突然从天而降到了他怀里。毫无疑问，当塞弗接到伦敦办公室贝蒂·罗坦打给他电话的时候，感觉特别不爽。

“去它的！我明白了，贝蒂。这是一号人物的意思。但是，为什么是芝加哥啊？把这家伙弄到纽约或者达拉斯去！我手上已经有很多这号人了。”

“我也不是很清楚，亲爱的。这也不太符合大卫爵士一贯的做法。”

罗坦，伦敦养老金计划办公室的头，一位特别无趣的典型英国人回答说。

“我所能告诉你的，就是这位年轻人的妻子是大卫爵士一名安保人员的女儿，他也是爵士年轻时代的好友。你尽力吧！要是大卫爵士把他派给我，我定会竭尽全力。”

说完她就把电话给挂了。她倒是说完了，巴瑞手上可就得来这么一位新人，给他一份挺不错的工作，还得付他很优厚的薪水，还没有任何经验。零经验，什么都不懂。

当亚当走到老板办公室门口的时候，他看得出塞弗的心情一点都不好。塞弗向他挥手让他进去把门关上。亚当遵照老板吩咐，进门后坐在了一张现代风格的黑皮接待椅上。这间办公室看起来了不得——现代、流行、简洁，室内装修一定没少花钱。两面墙上挂了三个巨屏平面电视，供塞弗同时收看体育频道、世界新闻频道和商业新闻频道。

此刻，亚当注意到塞弗一屁股陷在了他的椅子里，三个电视屏幕都是关着的。

“我该说你什么好呢？塔图？嗯？你是谁啊？你以为你是阿甘哪？”

“我不知道你这是什么意思？”

他很真诚。他真的不知道塞弗在说什么。

“我为这个公司辛辛苦苦干了十三年，塔图。从大学一毕业就在这行里，摸爬滚打一直爬到现在的位置。我可是我们家族的第一个大学生啊！”

亚当点点头。他粗略地了解塞弗的过去，他也知道这样突然地把他这样一个新人塞给塞弗，对他有点不公平。可是，他一直都尽量尊重他，也想方设法对塞弗为他所做的一切表示感谢，他真不明白今天这唱的是哪一出。

“他们组成了一个代表团去伦敦招揽他妈的这么巨大的公共服务系统的生意，从各个部门都挑选了些人，妈的！居然没挑上我！我知道这可能是个疏忽，我也可以暂且不去怀疑他们。但是他们居然挑上了你。去你的，塔图。我很抱歉，但这对我来说糟透了。他们选了一个老板的朋友的女婿。我真想在我桌上拉一泡冒热气的臭屎，然后他妈的离开这里！”

“我真不知道你在说什么？巴瑞。我发誓我不知道。”

“啊，你就别再装了吧！”

“我不知道。要不你再说一遍是怎么回事？”

“几个纽约分公司负责所有政府工会服务的，加上几个雇员退休金计划的专家，还有几个德克萨斯州的那拨签订德州政府工人计划的，以及他们团队在巴黎的几个人。这些人的名字老在公司新闻稿上出现，他们下周将赴伦敦，去与基廷爵士本人召开圆桌会议。你知道这会在哪儿开吗？”

“在哪儿啊？”

“在他妈的唐宁街 10 号。你知道那是什么地方吗？”

“是啊，当然啦。我想你指的是英国的白宫，对吧？”

“很好，看来你还不完全是个傻瓜。现在再猜一下他们去见谁，这帮人？为了拿到整个英国公共服务系统的退休计划投资服务，他们将向谁施加压力？如果真成了，这可是里程碑式的。你猜他们是去见谁？”

“谁啊？”

“罗兰·拉西特。他妈的首相。还有，你猜是谁代表他妈的芝加哥分公司出席？猜猜！”

接下来是一阵沉默，很长时间的沉默。亚当不想猜，塞弗就出不了他那口恶气。最后，他还是把那口恶气撒了出来。

“你！他妈的亚当·塔图！还谁呢！他们选中了你作为代表团的一员。我向上帝发誓，我真想在这个鬼地方动粗！你该知道我有多生气了，塔图。”

亚当在那个巨型的玻璃桌对面凝视着他，不知所措地耸耸肩。

“我很抱歉，巴瑞。我只能说这么多。”

“我担保你是该抱歉的。接着干活去吧！那边旅行部门的爱伦·杜勒一会儿会去找你谈细节，你就假装不知道她在谈什么吧。”

“我确实是不知道。”

“行，好吧。你他妈的给我走人。”

亚当确实对伦敦之行一无所知。他跟他老板说的是实话。可凯特是知情的，她也是参与了的，无论是怎样的计划，她对细节都了如指掌。

她出来承认此事的时候，他正在他们那个租住的位于威尔莫特村白桦大道上的殖民时代风格的两层白砖楼的后院里，和儿子打绳球。从火车站回家的一路上，她一直都在装傻。她假装是第一次听说有关伦敦之行的消息，她还假装说她也不明白为什么那个女士对他们那么友好，好得似乎有些过分，居然还送给他们四张公务舱机票外加梅菲尔酒店的一个套房，这样全家四口就都可以一起去了。现在，在自家的院子里，她最终准备将实情告诉他。

“没错，我是知道的。行吗？你要我承认？好。我承认。我父亲上周给我打电话告诉我，他听说你会跟这个代表团去，然后他就在公司里使了点儿劲，这样，我、朱迪和彼力就都可以跟你一起去了。”

八岁的小彼力，长着一头红发，继承了他爸的棕色大眼睛，听到这个以后立刻放下了手中的绳球。

“去哪儿？妈妈。我们要去哪儿？”

凯特看着亚当，似乎是在征求他的意见是否可以向孩子公布这一消息。然后，她又思忖此事无须征求亚当的同意，于是，她转向彼力。

“去伦敦。我们要去伦敦玩了，去看姥爷。”

“真的吗？这是真的吗？我真的要去见我的姥爷了？这是真的吗？”

他转头看着爸爸，还没等爸爸答复，就高兴得跳到了椅子上，然后跳下来，跑去把这个消息告诉他姐姐。跑到半路，他突然停了下来，询问爸爸妈妈。

“为什么我到现在为止一直没见过我姥爷，除了在电脑上？如果他真是我姥爷的话，我的唯一的姥爷的话，为什么到现在一直没见过他呢？”

爸爸妈妈此时都没有急着去回答他的问题，因为他俩知道答案很有可能是不准确的，或者会引发更多的麻烦。凯特决定试着回答一下儿子的问题。

“宝贝儿，他住得离我们很远。伦敦离这里很远很远。对他来说来我们这儿一趟很不容易的。”

“哦，好吧，但是我这次是真的要去见他了，对吧？”

“对的，宝贝儿。你要去见他了。终于。”

“我等不及了。我要带很多我的士兵和我集的贴画给他看。还要带上我的游戏机。”

他转身，然后很有目的性地去完成他的任务，把他们即将旅行的消息告诉他姐姐。凯特回头看看亚当，他在漫不经心地独自玩着绳球。

“是的，好吧，亚当。我爸打过电话。把这次旅行的计划跟我说了。是的，他是使了点儿劲。他只是想见他的外孙、外孙女。他只是在想办法让我们跟他一起待一待。他感到孤独，亚当。他很孤独，因为想我。”

“就像我一样，我也很孤独，想他。我需要这次旅行。对于我，对于我爸，对我的孩子们。而且，亚当，我也想不出任何理由为什么你一点都不兴奋？我无论如何也不明白为什么你会觉得这是一个针对你的预谋呢？”

他停下手里一直拍打着的挂在绳子上的橡胶球，走到妻子跟前。他想跟她解释他只是神经质到了犯傻的地步，担心失去她，担心自己会输给她父亲、输给伦敦、输给她的老朋友们、输给她的情人、输给她最爱的街角和广播里的歌曲，还有那些与他无关的事情和记忆。担心一旦去了那儿，她就再也不想回家了。然后，她会重新计划自己的生活，回到她本该属于的地方。那里没有她的丈夫，这个把他们曾经拥有的一切，他们共同创造的一切都毁掉的美国囚犯。

但他还是没去解释。他找不到合适的词，只是轻轻地摸着她的脸颊，算是安静地结束了这场争吵。

“看来我们真是要去伦敦了。”

之后　2

第二天，第一件事就是在唐宁街 10 号的内阁会议室开会。外交保护小组的侦探、伦敦市警署反恐小组 SO15 整夜在收集线索，从白屋取样，因为爆炸损失最大的是白屋，尤其那个安放炸弹的柜子。他们也采取了一些极端措施确保没有其他可能会爆炸的装置。

乔治亚与内阁秘书露西·巴那特森一起主持会议，露西做会议记录并且控制会议的节奏。乔治亚跟与会的各位探讨和交流了这个阶段他们所有该做的事情，希望这次爆炸造成的真空期不会太长。SO15 主任唐纳德·达林爵士和军情五处局长哈代·米勒根都出席了会议，正坐在乔治亚的对面。他们的左手边是国防大臣，当时的外交大臣爱琳娜·道尔克蒂斯。市警署署长也在场，和她的老板梅尔文·伯恩勒一道。其余后排的位置坐着各部大臣、公务员、英国应对国家危机各部门主任、紧急状态计划专家、资深警署侦探以及一些高级官员。他们其中很多人，事实上，所有的人都彻夜未眠。

乔治亚也没合眼。她知道自己服了太多的药片，但是她精神太紧张了，每小时都得接好几个极度焦虑的拉西特家属打来的电话。除此之外，还要接听外国国家领导人、大臣、部长们打来的电话。曾经有那么一会儿，当内务大臣宣读一个刚拟好的有关下一步工作如何安排的计划书时，她居然在座位上直直地坐着就睡着了。她很快就梦到自己睡在唐宁街11号卧室的四柱床上。坐在她后面的厄里假装递给她一根圆珠笔，趁机弄醒了她，大家都在等待她的答复。她有那么一会儿恍惚，不确定自己是否是从床上跑到内阁会议室的。

伯恩勒比其余的人都要年长一些，与往常一样对乔治亚有些厌烦甚至恼怒。他用提高了的嗓门重复了刚才的话。

“大臣阁下，您同意由SO15来负责监管整个调查过程吗？我们是否可以将这次事件定性为恐怖行为？”

乔治亚将自己身体坐正，很快又重新进入讨论。只有少数人注意到她曾经开过片刻的小差。

“如果大家意见一致，那就可以这么定性。尽管我想说到目前为止尚没有人提出过任何证据，说明我们的对手是谁或者是哪个组织。无论如何，我确实也认为应该由SO15来做领头羊。”

她朝坐在她右手边的反恐机构主任达林点了点头。

达林爵士，少将头衔，素来以沉默寡言而著称。六英尺半的大块头，身宽也至少有身高的一半，表情肃穆，一本正经地坐在那儿。他曾经当过空军特种兵，并在特种侦察团干过，他可是干了一辈子的情报侦探工作了。乔治亚轻轻地拍了一下他放在桌子上的手臂，请他对会议作下总结。

“感谢大臣阁下。我得说目前我们几乎没有掌握作案者任何有价值的线索。不过，我们正在积极地与一些线索提供者保持联系，也在与我们可以想得到的境外其他渠道联络。但是，眼下还没有得到确切的消息。我们期望很快会有一些头绪。”

“那就让我们大家期望好消息吧！”

乔治亚说话的情形更多的像是一种希望而不是命令。

“是ISIS，那个伊斯兰国吗？有任何锁定它的理由吗？”

“还没有，大臣阁下，尽管它显然也是我们准备撼动的大树之一。我预感我们可能很快就会发现是他们，或者是他们的一个关联组织干的。”

“应该不会是英国境内的某个伊斯兰恐怖组织吧？”

“我个人认为没有这种可能性，大臣阁下。我们那边的耳目非常得力。但是我们也会对那种可能性进行梳理排除。”

达林爵士说完转过头来，看着内务大臣伯恩勒，再给他最后一次机会纠正自己的推测和判断。伯恩勒冲着他点了点头，示意他可以往前走。于是，他把大家的注意力引到坐在后排墙边椅子上的一位年轻女子身上。

“我想把发言机会交给一个人，我希望这个人，在大臣阁下的允许下，可以随时牵头参与这次调查。这个人就是侦探达维娜·史提尔。”

史提尔二十七岁，一个年轻的小精灵，因为身高只有五英尺五英寸，所以看起来就更年轻了，几乎就像个十几岁的小女孩。她长得很可爱，皮肤如丝绒般光滑，一头浓密的棕色头发自然在双耳边垂成两缕，身材也几乎完美无缺。她当然希望自己能再长高一点，但是谁又不想再高点呢？对于其他上帝赐予她的，她都没啥意见，包括她的头脑。打小她的头脑就是她的秘密武器。

她有一种神奇的能力，只要她看了案件的相关图片、照片、录像带、证词或者是犯罪现场，即使是支离破碎的信息，她都能在她两个耳朵中间的那个脑袋瓜里进行重新组合，联想别的现场的细节，预想各种可能性，捕捉线索，提出各种问题，这都是其他人做不到的。同时，她也擅长观察人物、背景和事态。由于她的这个特殊禀赋和才能，短短的三年之内，她便在全国最权威的反恐部门赢得了一个绰号："达林的宠儿"。她几乎是从空白资历开始起步，以惊人的速度成长为目前 SO15 里最顶尖的几个侦探之一。如果她没有那么出色，那么，同事们就会嫉妒她。但是，她明显是以她的才干征服大家，而不是因为别的什么。所以，前辈们都支持并且宠护她。事实上，她几乎是个天生的怪才，却天性谦卑，又长得如花似玉，加之她那不知疲倦的工作精神，使得她成了整个侦探部门人见人爱的香饽饽。她有时候也有一点古怪，容易发脾气，但是，比起她众多的优点来，大家都觉得能够宽容她的这一点小毛病，当她真正犯的时候。

她一直坐在如山魁梧般的达林少将后面，也事先得到通知自己可能有一个发言，史提尔还是比她想象的要紧张些，尤其要命的是乔治亚离她只有两英尺开外的距离。其实，她以前曾经见过特恩博女士，就在这个内阁会议室里。她和一些内阁大臣们一起，还有拉西特首相。当时，史提尔是来做一个关于去年希思罗机场抓捕案的报告，该抓捕行动挫败了在叙利亚使馆的爆炸企图。这份材料是她独自整理的，报告做得非常成功。

实际上，她很崇拜乔治亚·特恩博，她了解关于乔治亚的一切，乔治亚在仕途中升迁的所有经历细节，比如她是如何从格拉斯哥到芬奇利，然后上了剑桥大学，之后通过新工党的渠道在政治舞台崭露头角。史提尔的父母也是来自苏格兰的穷人，后来南迁到伦敦，在那儿做了点小买卖。乔治亚的父亲是在芬奇利开了一个制药厂。两人相似的家境背景使乔治亚成了史提尔眼里的一个偶像。此刻在这里，在如此关键的时刻，在她面前发言，她能与乔治亚一起工作，即使不是协同并肩，可也是在她手下工作，这是一个年轻人一生中绝好的一个机会。

达维娜站了起来，环顾了一下人头攒动的黄色大厅，望着那个精雕细刻的巨大红木桌子以及桌上带皇家纹章的骨质瓷咖啡杯子。这一切对她来说太不像真的了。她在父母位于布鲁姆伯利的发霉的两居室长大，从小在他们家开的那个小型早餐吧里做柜员，这些经历都没有为她做好准备应付今天这样的场面。她就是个穷人家的孩子，在任何人群聚会中，她都是安安静静地躲在后排，而像此刻这样如此接近权力中心，她觉得既陌生又惶恐。

唯一的安慰是她意识到，这些权力玩家们也都不会觉得这件事是家常便饭。大厅里没有人会对昨天晚上政府遭受的那种转折性突发事件做好任何的心理准备。

“我想先对大家说声早上好！我也愿借此机会对首相的家属表示最衷心的慰问。祝愿首相早日康复！同时，也对在座的各位表示慰问，我肯定你们其中很多人都是拉西特首相亲密的朋友。”

乔治亚已经喜欢上她了。她看起来很甜，语调里带有那么点苏格兰口音，这点特别吸引乔治亚。她是从去年那次被挫败的针对美国驻叙利亚使馆的爆炸事件后，开始记得她的。当然，梅尔文爵士在开会之前已经私下跟她打过招呼，说达林要在这次紧急事件中起用这位年轻的苏格兰姑娘。她有一张诱人的脸庞，乔治亚暗自想着，这张脸可以让你放下戒备，松懈下来，很快进入一种随意的状态。同时，史提尔的眼神里有一种淡淡的、朦胧的悲伤，好像对人性已经了解太多，抑或是对这个世界上事情发生的方式了解太多，这个常常有些疯狂的世界。

“看起来对犯罪现场的初步分析，没有给我们提供太多的线索。这里和唐宁街10号的走道上以及公共区域都安装有安全摄像头。但是，爆炸发生地白屋里面并没有摄像头。首先，我们还不能确认首相为何走近白屋的那个柜子。我们知道他早些时候是在这个房间，与大卫·基廷以及基廷全球公司的一些成员组成的贸易代表团在开会。特恩博女士与其他几位大臣也列席了这次圆桌会议。根据记录，在爆炸发生前，会议已经开了两个小时，没有发生任何情况。我们会调查爆炸是否与此有关。应该不会，但是等情势平稳下来，我们会进行深入调查。”

“我们对炸弹的了解有多少？它是用什么材料做的？又是怎么该死地跑进楼里的？”

伯恩勒问道，他总是缺乏耐心。

“我们了解到爆炸物是一种高效可塑炸弹，至今没发现伊斯兰国或者圣战者的任何分支部队曾经使用过类似的材料。一个小时以后我们会进行第一轮测试。届时，对炸弹的材料性能会有更深入的了解。我们也会再仔细过一遍当天、当周、甚至前一个月的所有记录，以及唐宁街10号、11号、12号的所有安防摄像头。”

内务大臣从桌子的那头开始咆哮起来，对着这个使劲在掩饰自己内心紧张的年轻的小东西。她紧张是因为这个房间可是云集了所有全国最有权力的男人和女人了。

"那你的意思是在说，史提尔侦探，你现在什么都不知道？"

"是的，爵士。现在，我很抱歉，但是确实是这样的。在这个阶段，在这第一轮调查中，我们什么结论都没有。"

说完，她在自己的那把椅子上坐了下来，对达林少将微微点了点头，表示将发言权交还给了他。坐在著名的沃波尔画像下面的乔治亚朝桌对面看过去，直到将目光投向那些不可一世的大臣后面的那排座位，并且确保她的目光和史提尔的目光交汇在了一起。她向史提尔点了点头，眨了眨眼，甚至还微笑了一下。史提尔此时感觉快要融化在椅子上了，她的脸略略有些发热泛红，通常她在尴尬或者自豪的时候才会出现这样的情况。她轻柔地点了下头以示尊重。

那天下午晚些时候，乔治亚接了一个克斯蒂·拉西特打来的电话。情况还是很不乐观，首相失血过多，身上有多处骨折，而且脾脏也破裂了。除此之外，他的左手臂也被炸弹炸断了。

按照事先安排好的日程表，她应该与议长开一个计划会议。然后，阿兰给她在唐宁街11号的办公室安排了一个《卫报》记者的简短采访，主要是为了在媒体上发布一些可以掌控的消息。乔治亚同意门罗的看法，认为这个采访很重要。她想这样做开场白："这条船没有倾斜。"让这条船倾斜甚至沉没，肯定是炸弹安放者的目的。她绝不会让他们看到这一天。他们并没有打赢这一仗，她想这样告诉这位记者。

"这是对无辜人员的惨无人道的攻击。这不会改变任何事情，也不会给他们带来任何好处，更不会使任何一个灵魂更贴近他们所谓的'事业'。"她没有掩饰她的憎恨。在《卫报》这位新编辑阿农德·拉维顿看来，特恩博女士很显然是有些"意气用事"了。

下午四点，她已经起床，在11号自己楼上的房间里。她感觉有些筋疲力尽，又吃了几颗药，尽管她自己明白不应该再吃了。她原本是想趁机睡个囫囵午觉，结果却被叫下去与反对党保守党领袖唐纳德·斯坦霍普开了一个临时会议。这个会是厄里非让她开的，说是如果此时不向反对党伸出手去，后果将会很“致命”。她怎么着都觉得自己已经没有精力见他了，但还是把他招了过来。她一脚深一脚浅地下了楼，经过内部通道进了唐宁街10号，然后上楼到了国事厅。这个厅装潢精美，是当年托尼·布莱尔在全唐宁街最钟爱的一个地方。撒切尔夫人很愚蠢地花了巨资将它装修成十八世纪贵族客厅的风格。门罗原本想把会议地点定在拉西特楼下的小房间里，但是，乔治亚觉得心里还没准备好在那里开会，至少现在还不能跟反对党领袖在那里开会。

无论如何，斯坦霍普保证会议将会非常简短。

然而，四十五分钟过去了，这个人还是没把话说到点子上。

斯坦霍普胖墩墩的，不修边幅，而且出了名的容易激动。乔治亚从来都没有把他当回事。有一会儿，当他说到他对“可怜的拉西特”深表同情的时候，乔治亚又开始犯困了，她瞬间幻觉像是睡在自己的床上了。幸好斯坦霍普没有看见她闭上眼睛，也没看见厄里在用手指头戳她后背试图弄醒她。他自己正在手舞足蹈，来回走动，忙着发表高见。他在把这些最近发生的事件与过去发生的一些事情联系起来，比如与爱尔兰共和军的斗争、第二次世界大战以及国家面临逆境的历史等等。历史？乔治亚想。他给我上历史课？今天？让我看看其他的柜子，没准儿里面还剩一颗炸弹把我也炸伤得了。这样我就可以摆脱这个蠢货了。

最后，斯坦霍普看见乔治亚在椅子上来回多次变换着姿势，终于开始切入正题。他的来访与年轻的侦探史提尔有关。

“我理解得有人牵头，直到明天或者以后会给我们带来什么新的情况。我当然也很乐意把这些事情全部都交给你们去做。但是，梅尔文爵士和达林少将还有那帮人，把那个年纪轻轻又没有什么经验的苏格兰姑娘放在调查小组组长的位置上，这本身就说明这个把握方向盘的人不是特别靠谱，对不对？”

“那很显然，你是不情愿把事情都交给我处理啰？”

反对党领袖此刻和平时一样无言以对。他只是呆呆地盯着她。

“那么，我们应该把这事交给谁处理呢？我是否应该去找在医院里躺着的首相阁下，由他来处理呢？”

“不是，那当然不是了。你别胡说了。”

乔治亚此刻得借助她的拐杖才能站着，这使得她更加生气。她本来就已经生气了，这个浑身长毛的大胖子又雪上加霜地令她更加焦躁不安，真是莫名其妙。她的声调开始慢慢抬高，厄里无助地站在沙发后面，眼看着车轴就要从车上被甩下来了。

“如果我点头了还不够，如果达林少将和内务大臣都不能做决定，那依你看，应该由谁来做这个决定呢？斯坦霍普先生？难道是你？我是不是应该给你打电话请教你的指示呢？”

“不是，不是，我不是这个意思……”

她打断了他，她明显开始有些嚷嚷了。

“当然不了！还是应该由SO15抽出人员来完成这个任务！明摆着的。”

“没错，但是，他们是否必须得把这么一个年轻的姑娘放在这个位置上呢？这样做会给公众一种怎样的信心？这是一个未知的领域，大臣阁下。我们得向他们表示我们是能掌控局面的，而且……”

“我们不能掌控，甚至可以说差远了！”

她受够了，突然间打断了他，嗓门提到极限，开始嚷嚷起来。

“这事由达林负责！由伯恩勒负责！由市警署负责！由专业人员负责！不是你，斯坦霍普先生！！”

毫无任何预警，她便将她的拐杖狠狠地敲在他们中间的咖啡桌上，把咖啡杯子和盘子打到了空中，一盘奶酪蹦跳到了那块昂贵的地毯上。拐杖在空中甩出去的呼呼声，惊得斯坦霍普僵在原地动弹不得足足达十几秒之久。几秒钟后，乔治亚控制住了自己，意识到自己都干了些什么——她回过神来，看见她身边的厄里，那个正在谢顶的额头上冒出了一颗颗豆大的汗珠。

她歇了下来，坐在沙发上。房间里也安静起来。她随后瞥了一眼被吓得一声不吭的斯坦霍普，不敢确信他刚才是否目睹过这一切。

“你必须原谅我，斯坦霍普先生，请你原谅我。我今天有些失态了。”

斯坦霍普赶紧退让，他最不希望看到战火再次被点燃。

“很显然，但是谁又指望你不着急呢？”

“你还有什么事情要跟我谈吗？”

“没了，特恩博女士。该谈的我都谈了。”

乔治亚还没来得及再眨眼，这个重达二百五十八磅的大块头反对党领袖早已起身，并且走出了大楼。当两个棕发女郎在清理那个烂摊子的时候，她问厄里：

“还有没有什么‘非开不可’的会议我必须参加的？还是我现在可以去哪儿眯一会儿？”

之前　2

在希思罗机场，亚当一直把彼力抱在怀里。彼力抱着他爸的肩膀睡得很香，双腿蜷缩在爸爸的肚子上，一只手上还抓着个塑料玩具飞机，飞机的翅膀已经深深地扎进了亚当后脖子的皮肤里。从下飞机到英国海关的安检大厅，这段距离好像长得没完没了。亚当想把儿子叫醒，告诉他，他已经长大了，不能再这样抱着他了。他真觉得他快要抱不动儿子了，但是，儿子在爸爸的怀里睡得很香，很满足，亚当只能继续步履蹒跚地往前走着。

凯特手上拖着好几个随身拉杆行李箱。朱迪沉浸在她自己的世界里，落在父母身后好几百英尺远，正在想方设法找到有手机信号的地方，可以给她在威尔莫特的男朋友发个短信。最近，她的这个男朋友可是伤透了朱迪的心了。凯特在飞机上没怎么和亚当说话，她在公务舱里蜷缩得像个蚕宝宝一样，一部接一部地观看她年轻时代流行的电影。空中飞行漫长乏味，好像不只是几个小时，而是好几天。彼力没完没了地问亚当各种问题：有关伦敦，以及他将要见面的姥爷。对于这段遥远得没个尽头的路，飞行应该相对还算是舒服的了。星期天一大早，迷迷糊糊地转过一个又一个走廊，这个毫无生气、四周都是广告的航站楼，里面的漫漫长路，加上令人晕头转向的时差。他们还没出航站楼，伦敦在他们心里已经显出雾霭沉沉的冷漠面孔。

在远处的海关，高登·汤普森耐心地在那儿迎候他们。他在那儿来回踱着步，就像一个父亲等着自己孩子出生一样。他伸长脖子往通道那边张望，寻找他的家人，同时，心里也思忖着如何称呼他们。他上次见他女儿、她那个鲁莽的老公以及他的小外孙女，已经是很久以前的事了。另外，他那个精力充沛的外孙子，他只是在网络上跟他打过几次招呼。

高登很健硕，肌肉发达，身板结实，尤其是在他这个年龄，更是难得一见。他个子很高，自制力极强。他几乎没有什么朋友，在基廷爵士那儿的保安工作是他漫长、平静的职业生涯中最后一班岗。他的职业就是监视、守候有人来胡闹，然后采取行动。他在军警部门待了很多年，后来又去了市警署，最后，他入伙了他那个如今出了名的儿时玩伴。确切地说，他的工作就是在基廷位于肯辛顿公园的豪宅做安保，确保每天早晨没人来打扰基廷，将东西送到他在农场的房子，另外就是当农场看门人去基廷的瑞士别墅的时候，他替看门人喂养农场里的狗。总之，他其实就是一个岗哨，确保每天大卫·基廷不被不受欢迎的邻居所骚扰。

当他们把满满的四个行李车推过海关的时候，亚当首先看到了高登。他在坡道前排的人群后面站着：高高的个子，虽然头发花白，依然站立得像个士兵，挺着胸、端着肩，时不时地还掂起脚尖瞧一瞧。亚当从百米开外就可以读出高登此时紧张焦虑的情绪。凯特这时也看见了父亲，她的脸顿时大放光彩。

“你好！爸爸！”

她推着已经睡醒了的彼力，他坐在行李车上玩得正嗨。凯特向她爸跑过去，立刻投入了他的怀抱，将自己的脸深深地扎进爸爸的怀里，他则轻柔地吻着女儿的额头。

亚当任由他手中推着的那两个行李车到处乱跑，他故意待在后面，让他们父女俩在这拥挤的航站楼里多一点属于自己的时间。他也让朱迪先过去，加入亲人拥抱的行列，让他们都有点自己的时间。他要是走过去就会破坏这一切的，毫无疑问。他无所谓。他想给高登多一点时间，也让小彼力充分享受他盼望已久的会面。

孩子睁眼望着这个大个男人将长臂绕在他妈妈的身上。他注视着姥爷的一举一动，好像他是神话故事里从森林里跑出来的野兽。高登松开凯特，转过头笑着看着小彼力。刚到姥爷膝盖的彼力，使劲抬起他的头望着姥爷。

“你好啊，小东西。见到你很高兴。”

“您就是我姥爷吗？”

“对啊。”

彼力继续凝视着他，拿不准应该跟他跑这么大老远来见的妈妈的爸爸说些什么。

“您看起来不太一样，好像瘦了。”

“年轻人，我能说什么呢？我是老了。也许趁你在这儿的时候，咱们一起出去吃冰激凌，然后我就会胖起来了。你觉得这个主意怎么样？你和你的外公？一起去吃冰激凌？”

彼力点点头，但他还是说不出话来。在他脑海里，早将这个在伦敦的神秘老人放在了一个很遥远、很崇高的地方，像托尔金故事里的那枚魔戒。见到他姥爷，从某种意义上说就像见到圣杯一样。现在终于见到姥爷本人了，可是，他却一个字都说不出来了。老人此时只是大笑着，用他长长的毛茸茸的手臂将彼力一把拉过去，狠劲地拥抱了他一下。

亚当发现自己不能再假装行李车轮子不好使了。

于是，他推着车子上前打招呼。高登此时正抱着年轻的朱迪，心情甚好，对亚当表现得很有礼貌，几乎可以说有点热情。

“看见你很高兴，孩子。欢迎来到英国。”

他松开朱迪，拉过亚当，也给了他一个结结实实的拥抱。见到女儿、外孙、外孙女，高登乐不可支，这种幸福漫溢出来正好能分给亚当一点。

“这边公司的人知道你要来都很兴奋，亚当。我得到指示，要确保你在伦敦待得舒适开心。我们在梅菲尔千禧酒店订好了房间，就在格罗夫纳广场上，没有比这更好的酒店了。在机场出口有两个实习生和两辆公司车在等着我们，我们得派一个人跟着行李车和他们一起走，另外一辆车拉着凯特和孩子们。对我来说怎么都行。”

“别犯傻了，高登，当然是我跟着行李车走，你和凯特和孩子们一起走。”

高登立马对亚当提出的这个计划表示同意。

“这个主意太棒了！这像是你的想法。那让我们开始行动吧。”

当基廷全球公司的两辆奔驰面包车下了高速，从 A4 公路转到克伦威尔大道的时候，高登觉得他已经把该说的话都跟他八岁的外孙子和十七岁的外孙女说完了，应该给他们留点时间想自己的事了。朱迪于是就开始看 iPad，彼力坐在姥爷的腿上欣赏着车窗外闪过的各种新鲜炫色美物以及伦敦这个全新世界的景色。他们的车途经克伦威尔大道上的博物馆，上了布朗普顿大道，然后又穿过了那些摩肩接踵的公寓。高登把闻名于世的哈罗德百货公司指给他们看。

当车绕过海德公园那个著名的演讲角，高登和凯特聊得热火朝天，他帮她回忆小时候曾经来过海德公园，可凯特自己却一点儿都不记得了。见到父亲凯特还是很开心的，没准儿他只是在编造她小时候的趣事，即使如此，她也不在乎。她喜欢他给每个故事添油加醋地增加一些小细节，觉得这样挺可爱的。她只想享受这一刻，不管它们的真实性如何。

他们的车开进了梅菲尔，到达公园大道的时候，他的话里第一次冒出了点酸味。

“你最近有理查德·莱勒的消息吗？凯特。我曾经见过他，你知道吗？他时不常会打电话过来。事实上，我们俩不久前还相约在汉诺威广场的一个咖啡厅里吃了早餐。我告诉他你会过来。”

当他提起理查德·莱勒名字的时候，一直注视着她的脸，试图寻找她情感上的蛛丝马迹。但他的努力惹恼了凯特，估计他也没料到这一点。她只是盯着他看，车好像开过好几个街区了，她还是盯着他。

“怎么了？宝贝儿？我惹你不高兴了？”

她发现孩子们并没有在意他们之间的对话，于是，她还是回答了他的问题。

“没有。你做的所有这一切说明你还是丝毫没变。”

“别这样。我只是好意。”

“我肯定你是相信自己所说的话的，爸爸。但是，事实是你在玩这种游戏的时候，根本就没怀什么好意。尤其是当你清楚我目前处境的时候，当然还包括我的婚姻。”

“我只想告诉你理查德过得不错。我以为……”

“我知道你在想什么，爸爸。很明显的。你难道不觉得我足够聪明，完全明白你为何要问我那个问题吗？”

面包车行驶到格罗夫纳广场南边的布鲁克街上，停在了千禧酒店的正门，正好在美国使馆的东面。总算从机场到达下榻酒店了，他们的对话也就到此结束了。

当亚当从面包车上拿出行李箱随那两个实习生一起跳下车的时候，凯特故意去甜甜地亲吻了他一下，并且在酒店门前与同行的人一起瞅了一眼美国使馆。他很开心地拉着她的手，甜蜜如刚才的亲吻，然后带着孩子们一起步入了这个挂满国旗的砖楼。比起广场尽头那栋大门紧闭的美国使馆大楼，这个酒店更像个使馆。高登尽职尽责地跟着帮忙的人、行李员以及行李推车一起走进了酒店。

在酒店大堂办完入住手续后，朱迪注意到了一个法国男孩，他也在柜台和妈妈一起办理酒店入住登记。高登说男孩妈妈也是基廷公司代表团成员，也会在本周晚些时候去唐宁街 10 号开会。亚当和凯特偷偷看着朱迪和那个法国帅男孩，他们俩在等待办理手续期间已经开始互相调情了，虽然时间并不算太长。亚当和凯特互相交换了一下眼神，一起偷偷地笑了。朱迪总是这样，不需要太长时间就能自我恢复。这其实是一个好的征兆，亚当想。没准儿这次旅行可以将他们家庭生活带回到原来的轨道上呢。

刚走进他们两居室的套房，亚当就接了一个电话，说是基廷爵士想跟他打声招呼。亚当觉得很吃惊。但是，打电话来的 HGI 工作人员说基廷请亚当步行穿过一个街区，去伯克利广场的康诺酒店，他想在酒店的酒吧跟亚当喝上一杯。

高登已经听说基廷要召见亚当的事，于是，他在千禧酒店的大堂里等着亚当。亚当穿着皱皱巴巴的毛衣和蓝色牛仔裤就下来了，好像是刚从世界的另一头飞过来。高登瞧了一眼他的打扮，让他立刻回房间去。

“见这个人的时候，你得穿上西服，戴上领带，儿子。我不知道你在想什么，但是这是你首先应该做的。”

亚当老大不情愿地回房间去了。凯特乐坏了，心想亚当居然没有预料到高登的反应。换好衣服后，他们在大堂重新会合，然后两人一块走了不远就到了康诺酒店。高登把亚当送到前门，独自在便道上等着他。

“我觉得你还是单独去见他，我敢肯定他也是这么想的。”

“这到底是为什么？高登？我的意思是，代表团里大约有八个或者十个人，为什么他偏偏要见我？要知道我对做生意几乎一窍不通。”

“你问错人了，老兄。我从来都不了解这个人的心思。从来都不知道。我认识他都快一辈子了，可还是搞不懂他。我就知道他很想跟你坐一坐，那你就进去，尽量给他个笑脸。这是我给你的不错的建议。”

亚当默默地同意了，转过身去，走进了康诺酒店富丽堂皇的大堂。

康诺酒店是以维多利亚女王的第七个儿子亚瑟，也就是康诺公爵的名字命名的，是一家颇具王子风范的酒店。它很自豪地坐落于由卡洛斯宫和蒙特街衔接形成的一个露天院子正中，位于梅菲尔地区的中心位置。第二次世界大战期间，丘吉尔、戴高乐和艾森豪威尔常在康诺酒店那个装有木制护墙的宴会厅里用餐。如今，该酒店代表着对传统的一种回归和坚守，一个高端的酒吧，也是为那些专冲梅菲尔而来的世界级富豪而准备的“五星级酒店”。

基廷爵士在那个拥挤不堪、烟味弥漫的酒吧里等着他，独自坐在一个供五人坐的桌子旁。他的衣着无可挑剔：Kiton K-5 定做的西服，闪闪发亮的鞋子，亮得就像钻石的光芒。指甲修剪得整整齐齐的，一看就知道是经常做指甲的那种。基廷爵士长得很帅，而且看得出来他在仪表上也是花了相当多的精力和金钱的。他抽着一支又长又厚的高希霸雪茄，喝着五十年的格兰菲迪。亚当一走进酒吧，他就认出来了。他站起来伸出了手，笑容很灿烂，很红润，很坦诚。

“亚当·塔图。见到你很高兴，孩子。真心的。坐这儿，让我给你点一杯苏格兰威士忌。”

亚当很久没喝酒了。并不是有人在限制他，密歇根那个案子了结的时候也没有这方面的规定，更多的是因为他答应过凯特。所以，他要尽量信守他的诺言。当然，今天是基廷爵士邀请，不可能拒绝他的，所以他就接受了。

“我听说了许多关于你的好话啊，塔图，从芝加哥分公司。你的老板叫什么名字来着？你部门的头？”

“塞弗。巴瑞·塞弗。”

“对。说你很能做成生意，塔图。是真的吗？”

“嗯，先生，大概是吧。”

亚当紧张地回答道。基廷就想听到他这么回答，他就是喜欢让任何跟他谈话的人感觉到紧张，他喜欢别人在他跟前说话的时候小心谨慎，也喜欢他的雇员在他的面前表现出手忙脚乱的样子。

“嗯，我们有一个很大很大的单子快到手了，塔图。现在需要的是调动所有资源来做成它。”

亚当的酒来了，很快又上了第二杯，雪茄也给点上了。基廷喜剧性地聊着他自己的生活故事，说他做生意的这些年头；他的父亲，那个富有的银行家兼议会议员；他的叔叔爱德蒙顿·基廷，前内务大臣；他自己代表汉普斯特德和海格特出任议员的岁月；担任欧盟部长职务的那些年头；后来他又怎么回到商界并且成立了基廷全球投资公司；又是如何单枪匹马地把这个公司做成了全球最大的退休服务机构。

“每时每刻，我们都在为两千多个机构和十万多个个人投资养老基金。投资总额达两千一百亿美元，这可不是个闹着玩儿的小数目，塔图，我说得对吧？”

当塔图的第三杯威士忌送来的时候，基廷点上了第二支雪茄，和丘吉尔当年抽的雪茄一样大小。他随后又示意服务生送来了第四、第五杯酒。这位大卫·基廷是个名人。他生活中的嗜好都是有记录可查的，而且全是超级的。除了基廷全球投资公司，他还拥有一个航空公司、一个电影院线、几个大型的五星级酒店品牌。事实上，康诺酒店也是他的，他在这儿跟模特儿、电影明星以及商业巨头约会——都是些有权有势的女人。他曾经在若干年前短暂地约会过财政大臣乔治亚·特恩博。

基廷爵士自信独断，如果有需要，他会表现得很热情，但是基廷也有黑暗的一面，一种神秘的恶作剧像乌云一样飘荡在他的头顶。亚当在杂志上看到他的照片时就感觉到了，见到他本人以后，他眼里闪现的那种邪恶就更加显而易见了。

“亚当，现在说说你吧，我想了解你的一切。你在底特律地区长大，你在安娜堡当警察的时候，服兵役的时候，你的家庭，此外我还想知道两年前你牵扯进去的那个案子。我都有兴趣，我已经在网上搜索过了，就像你肯定也搜索过我一样。高登已经把一些大概的情况跟我通报了，但是我想知道那些细节，我想要知道那些‘幕后’故事。”

亚当坐在那儿，抽着雪茄，盯着基廷。在那一刻，他一点都不感到紧张。威士忌已经入肚，浓烈的古巴尼古丁已经让他定了神，从周围桌子上飘来的一缕缕女人香水味更使他精神振作。他将身子往基廷那边靠了靠。基廷——他的新朋友，他离他的脸只有几英寸的距离，然后镇静大胆地说道：

“我搞砸了。砸大发了。”

基廷大笑起来，他把烟灰从他的膝盖上掸去。

“我敢打赌你搞砸了。从我听到的消息看，那可是个大错误。来，你跟我说说到底怎么回事？”

“我把所有的都给搞丢了，我在这个世界拥有的每一分钱都丢了。我丢掉了我的家、我的工作、我的朋友，最重要的是我还丢掉了我的老婆。”

他靠在椅子上，又抽了口雪茄，把威士忌干了。

“我太忘乎所以了，大卫。那些政治势力比我大个啊！我太自以为是了。一时冲动，被人忽悠了。事情就这样发生了，我不是个搞政治的人，了解这点很重要，这是所有问题的关键。我是工会的人，从某种程度上说，我们家族就有工会成员。工会流淌在我的血液里，我总愿意跟工人们站在一起。但是，可悲之处在于，我之所以那样做是因为我是被人家忽悠的。我对自己认为是正确的事情充满激情，不能自抑。我们当时都喝高了，以为可以很容易就把一个复杂的问题解决掉。我希望我有个好点的故事可以讲给你听。我也希望我当时的动机更加明智些，但事实却不是这样的。我只是扮演了一个小角色，但是我却演得淋漓尽致。这样说你能听明白吗？”

基廷靠过来，拍着他这个喝着酒的新朋友的肩膀，手臂差点就要碰到他的脸上了。

“听起来一点也没逻辑，塔图，一点都没有。但是让我跟你说点别的。”

他亮出了他最灿烂的笑容。

“我喜欢你，特别喜欢你。”

说完他大笑起来，这种笑是从嗓子深处发出的，同时还挥动着手臂。当他笑得差不多了的时候，他轻轻地拍了一下亚当的脸，然后又给他们两人要了一轮酒。

当女婿终于从酒店里面踉跄着出来的时候，高登正在康诺门口等着他。已经足足四个小时过去了，亚当看见面前的老人感到很奇怪，他规规矩矩地坚守着岗位，好像他是基廷的私人便携式开门人。

“你还在这儿？”

他说话已经不太利索了，嗓音也因为抽了三根太浓的雪茄而变得有些沙哑。

“我还在呢，我得等到他的头放到枕头上，甚至有时还得更晚。来吧，我扶你到千禧酒店吧！正好在他离开之前我就能赶回来了。”

“你是他的司机吗？高登？”

“我不是，当然不是啊！他有司机的。”

“你是他的保镖吗？”

“也不是，他有一帮保镖呢。其中两个和你们一起在酒吧里一直在盯着你，我很惊讶你怎么没有注意到他们啊？”

亚当其实注意到了两个身穿廉价旧西服的男子，整晚都坐在吧台上。他发现俩人从头至尾一直在监视着他和基廷。他还以为他俩是下了班的警察呢！或者是酒店保安。

“那你是干吗的呢？高登？你为基廷做什么呢？”

“我是帮手，他什么时候需要帮忙，我就去。有时候我替他看守房子，有时候我去农场替他喂狗。今晚他说他要更多地了解你，我就来帮忙了。看起来你们俩还挺谈得来。”

“是的。我们聊得还挺投缘，但这是为什么呢？我还是没想明白。我的意思是开始的时候我还以为都跟你有关呢，以为是你幕后促成了此事，为了凯特。但不是的，对不对？高登？这不是你弄的，对吗？”

高登看着他的眼睛。今天晚上他喝高了，也太疲惫了，跟他说什么也是白说。是有一些情况需要解释的，但不是在今天，这漫长的今天。他想尽力让亚当回去睡觉，这个话题也可以暂且搁置。

“让我告诉你，跟基廷打交道是需要技巧的，你需要有很强的自我意识。但是，如果你一直保持清醒，如果你能出色完成他交给你的任务，你就会得到宠信，明白吗？”

“不明白，高登，我不明白。我一丁点儿都不明白，真的吗？他要‘交给我’什么？我真的不明白。”

“也许这是最好不过的了，年轻人。”

他们此时已经回到千禧酒店了。

“走吧，上楼到老婆孩子身边去吧，你会有时间去弄明白这些事的。”

两人互道了晚安后，高登转身往康诺酒店走去，去等他那个精明能干的老板。

直到第二天早晨，亚当的酒还没醒，庆幸的是他可以把自己的过失归因于时差。凯特和孩子们的生物钟都还是芝加哥时间，所以，早上五点多就都醒了。他们想让他去欣赏格罗夫纳广场的景色，罗斯福雕塑以及9·11纪念碑。凯特把窗帘拉开，晃眼的朝阳照了进来，像一道电光直接把他照醒了。

过了会儿，等他的酒醒得差不多了，他给伦敦唯一的朋友打了个电话，告诉他自己已经抵达伦敦了，并请他一起吃个晚饭。勃瑞戈·麦卡利斯特和妻子蒂凡尼是他们俩在密歇根时候的好朋友。伦敦出生和长大的勃瑞戈是电影制作人，当年因密歇根州实行一些优惠的税收政策，他被吸引到那儿并生活了好几年。他在位于庞蒂克的密歇根电影拍摄工作室拍电影。电影大多是科林·费尔斯类型的，就是女主角衣服领子上带有蕾丝花边，简·奥斯汀时代的东西。亚当那会儿正好在那儿做装修，他们就这样认识了。

当年他们四个人都在密歇根的时候，亚当和凯特特别喜欢跟他们两口子一起玩。虽然还有别的朋友，但是不像和他们两口子那么合得来，尤其是亚当出了刑事案以后，绝大多数的所谓“朋友”已经不怎么与他们一起约饭局了，实际上，后来他们到了芝加哥，几乎没什么社交活动。

正因为如此，能与麦卡利斯特两口子以及他们的孩子重新联系上，亚当和凯特感到特别激动。亚当打电话过去的时候，对方也是激动不已。勃和蒂凡尼知道亚当不久前被判重罪，但是以他们的性情为人，他们是不会因为别人犯错误而戴上有色眼镜看人的。他们是真正的朋友。约好时间后，凯特终于笑了，这是很久以来亚当第一次看见她露出笑脸。

孩子们和凯特坐在双层观光大巴上游览着伦敦街头，亚当也正好可以利用午后的时间恢复一下自己的状态。下午，亚当、凯特和孩子们约好与高登在千禧酒店的餐厅里一起用餐。朱迪和那个法国男孩再次在电梯里相遇，于是，他们俩一起乘电梯到大堂，第一次有机会单独聊聊天。出乎朱迪的意料，法国男孩的英文几乎是完美的，虽然偶尔也有那么点磕磕巴巴。她甚至已经想象自己嫁给一个法国人会怎样？他们会住在哪儿？他们的孩子算是法国人还是英国人呢？亚当和凯特强忍着没笑出声来。

吃完晚饭后，一家人和高登一起散步到了海德公园，逛到了九曲湖。高登陪彼力玩，彼力为了追一群鹅，差点掉到湖里。不到七点，太阳就要落山了，这时全家人也已经筋疲力尽了。他们的生物钟还在跟他们闹别扭呢！于是，他们回到了格罗夫纳广场，孩子们跟姥爷道了晚安之后各自回房间了，八点不到，他们俩就都已经上床睡觉了。

凯特今天心情不错，好几年都没这么开心了。她在淋浴房磨蹭了很长时间，洗完进卧室的时候就像一团温煦的春风吹进了屋子。亚当感觉今天会有一个美好的夜晚。妻子的眼睛里闪耀着那种眼神，心思也明摆着在他身上，每次开心的时候她都会这样，他说什么都能逗她发笑。凯特爬上床，躺在亚当的身边，亚当开始温柔地亲吻她，然后滚到了她的身上，她把双腿盘在他那熊一样宽广的身体上。

就在这时，房间里的电话铃响了。这电话铃声是欧洲特有的，美国酒店的与这铃声不太相同。它听起来更机械、更古板，一声紧接一声的，刺耳得令人生厌。电话的那头是基廷公司的一位工作人员，说大卫爵士和代表团其他成员已经在楼下的两辆豪华轿车里等着亚当和他们一起去“吃饭喝酒”。

“什么时候？现在吗？”

凯特表示理解，也许她比亚当还能理解。在亚当穿衣服的那会儿，她很快替他挑选了一条领带。孩子们此时睡得正香，他让她保证，等他回来后，他们刚才在哪儿停下还在哪儿继续。她很神圣地起了誓，虽然口气略带点喜剧色彩。在门口吻别凯特后，亚当飞速地跑下了六楼。

高登已经在大堂里等着他，看见亚当后，他向他点头示意，让他挤进基廷和其他公司雇员坐的那两辆奔驰轿车里。高登把亚当带到基廷坐的那辆车跟前。亚当发现那个法国女人，也就是朱迪未来的婆婆，也正好坐在这辆车里。前排副驾驶座位上坐着一个结实的红头发男子。亚当认出来了，他和后排座位上那个又高又瘦的秃顶男子就是前一天在康诺酒店酒吧里监视他们的那两个人。

一群人来到了伯克利广场旁边的Nobu餐厅，基廷举杯致辞，预祝这单生意圆满成功。他们谈市面行情，谈数目庞大惊人的全英公务员养老金的管理。亚当只是听着，他知道他们在谈什么，但是他们说的到底意味着什么，他却不太清楚。于是他决定干脆闭上嘴，闷头吃他的寿司。

过了一阵子，只剩下男人们了，他们又跑到了位于广场对面一个名叫阿纳贝尔斯（Annebel's）的新潮酒吧，继续喝酒，聊生意。基廷又举了一次杯，这次是敬亚当的。亚当不想多喝，但是基廷坚持让他喝，亚当只好遵命。

随后，话题转向了体育、电影、女人和战争，此时，亚当变成了谈话中心。他轻松愉快的笑话把基廷逗得哈哈大笑，有一回基廷差点呛着。讲的是他小时候在密歇根与一个二十岁的临时来照看小孩的姑娘第一次发生性关系的事。

最后，这帮人就剩下基廷、亚当和HGI的另外两个雇员，其中一位是从法国来的，另外一位是从德克萨斯州来的，当然还有与基廷形影不离的保镖哈利斯和皮特。大家乘坐同一辆车来到了圣约翰伍德，停在了位于樱草山（Primrose Hill）后侧的一座巨大的维多利亚风格的宅邸跟前。亚当搞不清楚他们要去哪里？大家好像都乐颠颠地跟着精力充沛的基廷走进了这座宅邸。已经不再被疼痛缠身的亚当也开心地、轻飘飘地跟在他们后面。

房子里面很暖和，好像在举行一个聚会。整个房子装饰既精细、温馨，又不乏派头。从外面请来的男女招待员正在挨个地请大家点酒水佳肴。接着上了一轮鸡尾酒，男士在跟美女们聊天。亚当恍惚中意识到那些女子个个容貌出众，是他从未见识过的。她们来自世界各地：亚洲的、俄罗斯的、印度的。也有一些传统的英国美女打扮得靓丽照人。女人们一个赛一个的美貌惊艳，让人目瞪口呆。这实际上是个离谱怪异的表演：因为这些美女都太完美无瑕了。

主厅外面的一个大房间里有人在跳舞，一位美丽的牙买加女子在调音响。房间里弥漫着一种优雅性感的味道。一位留着短发、身材丰满的小个子金发女郎跑了过来，把已经喝得醉醺醺的亚当拽到了舞池的中间。

不多会儿，基廷已经分别跟两位貌美出众的女子各跳了一轮舞，一位美女肤色较深，另一位是金发女郎。这位金发美女就是刚才和亚当跳舞的那个。基廷跳完舞后就离开了人群，往中间的那个楼梯走去。

他示意亚当跟他过去，亚当有些犹豫，但是，皮特暗地里催促着亚当快跟过去。亚当已经意识到这个地方应该是一所世界上最高端的妓院。但他喝高了，脑子有些不好使，而且，毕竟他是从密歇根来的一个头脑简单的人，对形势判断的能力难免会打些折扣。当他和基廷以及两位美女一起走到楼梯最上面的台阶时，亚当好像明白点什么。基廷正要带着那个深肤色美女走进一个房间，亚当一把抓住了基廷。

“等一下，大卫，等一下，等一下，我得跟你谈谈，等一等。”

亚当抓着基廷的手臂，将他拉到了一边，用微醺的语气低声说道。此时皮特就在走廊的尽头看着他们。

“我不能干这个，大卫，这不是我能干的事。我已经结婚了。我的意思是跟我在一起的那个女人，不，不是跟我一起，是即将跟我在一起的那个女人，她的确美若天仙，令人难以置信。但是我不能，好吗？我不能干这个。相信我，我很感激你，但这不是我能干的事，我有别的理由。不幸的是我太爱我的妻子了，我得马上离开这里。”

他深深地吸了口气，希望基廷能谅解他现在所处的境地。都是他基廷给搞的。他想歇一口气，这样脚底下的地板可以停止旋转。基廷和那个深肤色女郎顺理成章地走进了他的房间。在关上房门之前，他回头看了一眼亚当，投给了他一个友好但是狡黠的眼神。

“你是那种可以自己摆脱困境的人，塔图，我看出来了。我还是把这个问题留给你自己去解决吧。”

说完他进了门，剩下亚当傻站在门外。

金发女郎用力拉着亚当的手臂，把他拽着穿过走廊，来到其中一个卧室的门前，打开了房门。房间里点着蜡烛，铺着毛茸茸的粗毛地毯，豪华舒适的双人床上铺着埃及产的千支棉床单和已经打开了的被子。边柜上放着一瓶冰镇香槟酒，Bose 立体声音响里播放的是艾灵顿公爵一张老唱片里的一首曲子《前景钢琴》(*Piano in the Foreground*)。他还没来得及开口说话，金发女郎已经关上了房门。房间里就剩下他们俩，外面的世界被关在了门外。她轻轻地将他推到墙边。

轻柔的钢琴声从音响中缓缓地流淌出来，烛台上摇曳着柔和的烛光，衣柜上散落的玫瑰花瓣更是增添了性感的气氛。金发女郎用她小巧的鼻子摩擦着他的鼻子，轻声笑着，然后往后退了一步，让他可以在昏暗的光线下看着她。她很内行，她在给他一点时间让他明白，她此刻只属于他一个人，这里只有他们俩、艾灵顿还有她身后那张大床。

她转过身去，很娴熟地脱掉裙子，身上只剩下一双白色的吊带袜子。然后，她轻快地原地转了一圈，娇媚地笑了笑。亚当觉得她看起来有点像年轻时的戴安娜，如果戴安娜是高级应召女郎的话。他一直特别欣赏戴安娜，这也可能就是为什么他会对英国女孩如痴如醉的原因。

他喝高了，喝爽了，这完全可以作为他的一个借口。但是，他并不想利用这个借口，他挣扎着，极力想摆脱丝袜脱掉后那双纤白的大腿上闪耀的丝绸般的光滑。

"我不能干这个，我得让你知道。不可能的。"

她大笑起来。

"总会有办法的。"

她脱掉了上衣，露出完美的身材。两只乳房自然丰满，结实的古铜色屁股精致小巧。她上前吻了吻他，湿润的嘴唇，满口的清香，她的呼吸更是散发出蜂蜜般甜美的芬芳，像是在邀请他。他无法控制自己，忘情地回吻了她，这个吻持续了很长很长时间，两个人仿佛都飘飘然了起来。最后，他推开了她，他试图让自己停下来，努力让自己清醒过来。

他盯着她，说不出话来。他喝醉了，他知道，但是还有一种更强大的力量在支撑着他。她又过来了，他还是想推开她，这时她解开了他的裤子，她是不会轻易接受别人的拒绝。他看见了一道白色的光，他愤怒地、狠狠地再次将她推开。

她摔倒了，恰好摔在床上。她立刻轻巧地一个后滚翻，翻到了床的中间。她要让他知道他刚才用那么大的劲推她，正好可以起到前戏的作用。她毫不气馁，没准儿还可以让他再用劲些，她用她的食指勾引他。是时候了。

他的背紧靠在身后的墙上，想喘气、想说话、想如何脱身，但是都没有成功。他已经透不过气来了，他的思想和感官也已无法协调同步。

等他醒来的时候，只听见房间里吵吵闹闹的。跟基廷走的那个女孩和从楼下上来的另外一个女孩，她们俩正在床上使劲地想唤醒那个金发女郎。她全身无力、头发凌乱地躺在床上，皱皱巴巴的样子像一条被用过的浴巾。就在那会儿，只见鲜血从她的嘴鼻里流出来。她的脸上到处是瘀青、肿块，床单上有的地方被染得鲜红，有的地方成了暗红色。这个样子看着有点像卖肉市场。

此时，几个穿着制服的男子冲进了房间，亚当想站起来，他发现自己的衬衣上也满是血迹，手指关节也是红肿的，而且疼得厉害。身上到处破皮好像在哪个墙上蹭撞过。穿制服的男子让他站好。他想说话，但说不出来，以前也发生过类似的情况。这次好像更糟，应该是药物在起作用，关闭了他的神经系统，他可从来没有因为喝酒喝成这样的。

几个穿制服的男子把他从房间里拽了出去，粗暴地推着他往前走。他们气急败坏地恨不得当场就把亚当给杀了。他想跟他们解释自己不清楚究竟发生了些什么，但是，他的舌头好像又不听他使唤了。

走出房间的时候，他看着那两个女孩正在试图唤醒满身伤痕的金发女郎，央求她跟她们说句话。他开始大声喊基廷的名字，但是，他们狠狠踢了他一脚，然后告诉他，基廷在几小时之前就已经离开了这里。此刻的派对大厅已经空无一人，他被粗暴地拖拽着，还被扔在楼梯上任他滚下去。他很快失去了知觉，清醒时记得的最后一句话是，有人说警察已经在往这边赶来。

另外，他还记得秃顶保镖皮特从头至尾一声不响地站在那儿，对这些在他眼皮底下发生的事情无动于衷，嘴角还露出了一丝笑容。

数小时后，他苏醒过来的时候，已经被关在监狱里了——一个阴冷的铁灰色小牢房中。对面的板凳上坐着一个六十五岁左右的小个男人，头顶微秃，神情紧张，身穿女人的裙子，嘴上胡乱抹着口红，手抓着闪亮的小手包紧贴在胸口，旁边的座位上还放着一个深色的假发。

他不知道有多长时间没开口说话了，当他坐起来的时候，感觉身上的每一块肌肉都疼得火烧火燎的。

“我这是在哪儿？你知道这是哪儿吗？”

对面那个一脸狼狈的男人，口音像是《雾都孤儿》里的人物。

“西区警察署，这就是你现在待的地方，萨维尔街。今天早晨，他们等你醒来，已经来来去去好多次了。”

“我为什么会在这儿？你知道吗？他们说了些什么？”

这个男人颇懂回避躲闪的技巧，很谨慎地回答他的问题，不想引起什么激烈的反应。

“我只知道他们在说你，说你打了一个年轻女子，而且几乎把她打死了，甚至将她的消防管子都给打破了。”

他说话时用的都是押着韵的方言，“消防管子”指的就是鼻子。亚当没搞明白他在说什么，但是，这个小男人虽然脏兮兮的，穿着也不合时令，但这时候好像话闸打开了，他很喜欢传递负面消息。

“穿着西服、戴着帽子的各色人等，都来瞧过你，听他们说得让你还债，还说要把你放在一个盒子里，然后，在那儿放很久很久。”

亚当靠在墙上，无法原谅自己。类似的事情再一次发生在他身上。因为一些莫名其妙的原因，又在他身上发生了同样的事情。不同的只是城市、国家、情景、语言等，可结果是一样的，他回到了起点，被关进了监狱里。

虽然，他的脑子还没法完全恢复正常，可是，此时有一个念头钻进了他的脑子，那就是“凯特”。虽然令人痛心，不过这是明摆着的了。他想，这次凯特肯定要离开他了。事实就在那儿摆着，就像他“消防管子”上的尖尖一样。

之后　3

达维娜·史提尔坐在父母开的早午餐咖啡厅的一张桌子边。父亲正在辛苦地准备着第二天的食材，金枪鱼、鸡肉、火鸡、鸡蛋沙拉等等，母亲还在忙着打扫下午高峰时段留下来的烂摊子。小店位于弗农广场，就在布鲁姆伯利对面，因为附近有好几幢办公楼、小型大学，而且英国博物馆离此地也不甚远，因此客流量非常稳定。从小，她就会像现在这样盯着窗外看啊看，一边看一般观察。她会关注事物，注意人，培养大脑发现细节、权衡差别的能力。日复一日地，她会观察清楚人们的行为模式，弄清楚这些是什么类型的人，他们在干什么，为什么在干这个等等。这确实帮了她大忙，她的思维因此可以超越她的日常生活，因此，她也不再计较自己在十一岁这个年龄，就得周末工作十多个小时。

今天的情况有所不同。她坐在那儿琢磨，谁会千方百计地在唐宁街 10 号安放炸弹呢？她迫切地想弄明白。才十几岁的时候，她从窗户连续四个月观察了一个巴基斯坦出租车司机。她怎么也搞不明白，为什么这个司机总是需要那么频繁地查看地图呢？为什么？难道他没有这方面的起码知识吗？难道他没像其他的出租车司机一样通过各种各样的考试吗？难道他不应该对这些街道的名字和方位了如指掌吗？为什么他总是迷路？她觉得很奇怪，也很愤怒。于是，她开始更仔细地观察，并且开始记笔记。有一次她还去跟踪他，发现他和另外一个出租车司机连一张简单的伦敦地图都看不明白，这实在是太搞笑了。于是，她请求信息部门给她提供这两个司机的驾照申请材料的复印件，结果发现他们俩和另外三名巴基斯坦司机居然都是在同一天申请的驾照，他们三个人提供的银行本票也来自同一银行，是在该银行的海外部办理的。

连续的细致观察以及不断挖掘发现，她得出了结论，这结论和她猜想的一样：他们几个人都没上过驾照考试规定所需要的两年制强化班。他们的驾照是交通部的同一位公务员在同一天上午签批的，他们绕开了有关的规定。为什么？又是谁这么不怕惹事给他们五个人签发驾照？为什么他们不像别的司机那样去参加两年的培训呢？

那天上午，十六岁的史提尔大步流星地走进了伦敦警务部总部大厅，并提供了她作为一个外行人的证据，说有人准备用这五辆伦敦出租车作为炸弹，在女王钻禧庆典上引爆。那天，在总部值班的警察们都“瞠目结舌”了，就像他们自己后来描述的那样。她很快就被带到了军情五处的反恐部。这位天才少年将这次预谋的准确细节简明扼要地陈述了出来，督察们和侦探们都激动得不能自已。事实证明她是对的，该抓的人都给抓起来了，他们更是无话可说，对她佩服得五体投地。“感谢上帝，还好她是在我们这边的”，大家都这么评价她。征得她父母的批准后，这位年轻的行家很快就被送到大学，学习法医鉴定和犯罪现场分析等特殊的课程。

小车、大巴、旅游车，还有参观博物馆的人群从他们这家位于布鲁姆伯利广场的小三明治店经过，熙熙攘攘，川流不息。史提尔坐在那张桌子上，手边习惯性地放着一个本子，她开始列名单。自从炸弹炸伤首相，已经二十四个小时过去了，晚上她会收到送检的炸弹残片化验结果。自从那次在内阁会议室开完会后，她对所有的摄像头和访客登记本又重新进行了筛查。内务大臣说得对，他们至今什么线索都没有，因为案件刚发生不久，这也用不着大惊小怪的。这可是个特大案子，她想抢占先机，在一些组织宣布对此负责任，并且准备进一步实施暴力之前，安排好 SO15、达林以及三十名侦探待命，随时准备还击。

她太想搞明白到底是谁干的了，决心不惜代价打赢这一仗，也让乔治亚·特恩博为她感到骄傲。她的母亲不喜欢乔治亚，这个大权在握的女大臣身上有一种东西令她不信任。母亲从来不相信任何女人，尤其是富有的女人——更何况她是阔绰的政治家。她也不相信伦敦人，尽管史提尔告诉母亲，乔治亚是从格拉斯哥来的苏格兰人，那也不管用。她母亲就是不听她的，这倒让史提尔因此更加敬重起乔治亚来了。

第二天一大早，史提尔首先就是去和一个在伦敦北部芬斯伯里公园清真寺工作的朋友一起吃饭。他叫阿维阿拉·法鲁克，二十来岁，约旦难民，长得很帅气，身材微胖。三年前，史提尔在处理一个案子期间结识了他，当时，圣战组织陷害清真寺工作人员，并强迫各家清真寺收容圣战组织成员。阿维阿拉既勇敢又平和，既文明西化又诚实可靠。更重要的是他明显喜欢史提尔。一接到电话阿维阿拉就知道她为何想见他。

他们在哈普烤串店碰的面。这个小烤串汉堡店紧靠着七姐妹路上那座锈迹斑斑的火车高架桥，离地铁站也只有几步之遥。十点半，他到那儿的时候头发还湿着。从点咖啡和喝咖啡的急忙劲儿来判断，这应该是他今天的第一杯咖啡。依她对他的了解，阿维阿拉应该不是晚睡的人，他这么急急忙忙洗澡又那么急需咖啡来提神，是不是因为他昨晚没睡觉？那又是什么事让他睡不着觉呢？

“你是想跟我讨论唐宁街 10 号的爆炸事件，对吧？达维娜？”

她点了点头，手里拿起一个看起来一点都不诱人的肉串。

“我知道他们会让你来管这个事件的，我知道你会参与调查。”

“你为什么这么说？阿维阿拉？”

“因为不管是谁干的，他们最终都会谴责穆斯林，而你是伦敦城追踪圣战组织活动的最佳人选。”

她笑了起来，心想他又在夸大她的重要性了。自从他们一起合作过第一个案子以后，只要跟他打交道，他几乎都是这样。那个案子是关于侦破地下恐怖分子的住所，《每日电讯》都有详细的报道。有时候他谈论起她，好像她就是个超级英雄。她把这种情况归结为他对她的喜爱，不过，这份爱慕可能永远也得不到相应的回报。原因不光是因为史提尔对阿维阿拉没有那种感觉，更主要的在于从他们过去交往了解到的情况，即根据她对他父母的观察，他们是绝对不会允许他与非穆斯林人约会的。

“他们是穆斯林吗？这次针对拉西特首相的爆炸案与那些组织有关吗？”

“这次我觉得没有关系，我什么也没听说，你知道如果有什么消息的话，我是会告诉你的。他们都不谈论这件事情，觉得很悲伤，而且相信像你这样的人会弄清楚一些真相。”

“是啊，说对了，我这不来了吗？和你一起吃烤串早餐。你知道我有多讨厌中东菜吗？所以，你知道这意味着什么呢？”

“这说明你很想多了解点情况，达维娜，我也希望我可以帮你点儿什么，这样一来，你的日子也可以好过点。但是，我真的没啥可告诉你的。”

俩人继续闲聊了一会儿，她答应下次一定请他去父母开的小咖啡厅吃顿“像样的”。随后，她起身离去，搭乘皮卡迪利地铁线到尤斯顿站，然后，在那儿换乘北线到老街，上来后走四个街区到位于法林顿街的基廷全球公司。她是可以让警车接她的，不过她喜欢坐地铁，喜欢独自在伦敦街头和地下逛悠，看着人来人往，让嘈杂的声音和各种气味不断地冲击自己。这种时候，往往是最出成果的时候，她可以思考平时工作中需要解决的各种疑惑。

她差不多能肯定，唐宁街 10 号基廷全球公司成员召开的那个会议应该与这次爆炸没什么关系。公司董事长大卫·基廷爵士在英国的社会地位毋庸置疑，他无论在商界还是政界，关系也都十分深厚。根据记录显示，发生爆炸前的这次会议是他牵头的，他随身还带了九位公司成员。

基廷几乎成了英国家喻户晓的一个名字，他还曾经在国外播放的一系列英国旅游宣传片里作为嘉宾出场，宣传列举英国旅游的种种殊胜处。如果你想成为很有钱的白人，一辈子靠踩着那些不怎么幸运的人的肩膀往上爬的话，那达维娜就会告诉你，基廷应该是你的最佳人选。简而言之吧，她觉得他很恶心，但是，她还得去找他谈谈，哪怕只是去听听他的说法。比如爆炸前唐宁街 10 号的气氛如何？有哪些异常的情况？等等。

位于法林顿大街上的HGI大楼，是一座十二层的现代化标志性建筑，面积占去了整个街区，给人一种扁平、敦实的感觉。她出示了工作证，通报了她的职务以后，很快就有人过来，带着她绕过中间那个三层楼高的接待大厅，来到大楼的后面。这有点出乎达维娜的意料，随后，她坐上了一台通向顶层套房的私人电梯，那儿应该就是基廷私人办公室的所在地。

一位穿着入时、相貌姣好的年轻女子领着史提尔走进了一个小房间。她有一头美丽的长发，像刚从某个洗发香波的广告中走出来一般。小房间里面有很多把椅子和一张小沙发，它通向一个宽敞明亮的超大办公室。该办公室呈环形占据大楼的后半部分，从这儿可以俯瞰南边四分之一英里以外的泰晤士河。史提尔察觉到这个女子身上有一股香波味道。她还注意到了她的鞋子，虽然擦得油光铮亮，但是款式略微有些过时，而且，这双鞋已经不止一次换过鞋跟。也许，做行政助理这样的工作，你需要打扮得比实际收入略显富有些。很显然，要想达到大卫爵士的期望标准还是需要一定的资源的。

过了一小会儿后，基廷先生就小跑着进了小房间。他脸上的古铜色是人造的，身穿一件昂贵的西服，里面是剪裁合身的衬衣，配着一条精致的真丝领带，皮肤上闪耀着氧气的光芒。头发还没完全干透，史提尔判断他刚从健身房回来。他肯定在健身房和那个人造太阳浴房里花费了不少时间。他的外表近乎无可挑剔，外加一副完美的假牙。她知道他的牙是假的，因为，她从网上了解到他坐私人飞机去比华丽山庄的凯文医生那儿做假牙。凯文医生是闻名遐迩的牙科医生，各国明星都上他那儿看牙。他笑得很灿烂，但是，一想到他花那么多的时间、那么多的钱去整牙，史提尔的嘴里还是觉得有种怪怪的味道。

“其实，一听说决定让你牵头这次调查，我就知道你肯定会过来找我，只是没想到会这么快。”

“你从谁那儿听说的？听说‘决定’让我牵头？”

“哈哈，你肯定不会幼稚到以为在昨天的内阁会议室里没有我的朋友吧？”

“是什么让你感觉我会过来的？”

“我们那天就在那儿啊，在爆炸发生的那个房间，也就在爆炸前一、两个小时吧。你为什么不会过来问些问题呢？尤其是像你这样的内行？史提尔小姐？”

他紧挨着她旁边坐下，她可不想离他那么近。他笑起来的样子显然是想讨好她，想跟她有点交情，她可没兴趣跟这个大卫·基廷爵士有什么交情。

“你在唐宁街10号的时候，觉察到有什么异常吗？”

“当然没有啦！如果有的话，我当时就会说出来。这件事对我来说也算是灾难性的，我认识罗兰·拉西特已经三十多年了。”

“你们开会主要谈什么？为什么在白屋开？”

“我觉得也许是那个房间大小合适吧，我们公司总共十多个人，公务员系统也有几位出席，加上大臣阁下和内务大臣。首相只是来露了几分钟的面。我估计其他办公室坐不下这么多人，而且这个会议又不适合在内阁会议室开。”

“那是个什么性质的会议？”

“有关公务员系统养老金计划。我们想实施一个将养老金私有化的计划，这样可以使养老金增值，公务员退休后就有更多的保障。”

“那肯定对你的金库也大有益处吧？”

“说得对，那肯定没错的。”

他朝她挤了挤眼，苦笑了一下。

史提尔发现他很享受这样的玩笑。

“我们不是什么慈善机构，你是知道的，对吧？”

“代表团里都有哪些人？”

“我敢肯定你有代表团人员名单，每个人都得经过安全审核。我们进门前，在大门口那个安全屋里待了足足四十五分钟呢！”

“是的，我确实有人员名单，我只是想跟你再确认一下。你不觉得我有必要找哪位代表团成员聊一下吧？”

“他们都是我的人，都是养老金方面的专家。大多数人是从巴黎公司过来的，也有一些是从德克萨斯过来的。”

“我猜都应该是你熟识的人吧？”

“是的，当然。都是在这个行当和我共事多年的，最好的职员。”

此时，他好像想起了点儿什么——她看见他的眼神里有东西一闪而过，不过，他可能觉得无关紧要，想接着说别的。可是，不管刚才他脑子里一闪而过的是什么念头，她都不能放过。

“你认识每一个人吗？你知道每一个人的名字吗？”

基廷停顿下来，第一次在回答问题之前顿了顿。

“其实，我并不认识所有的人。其中有一个人我不认识，就是那个美国人。他是公司的新人，我不认识他，也不知道他的名字，他是从芝加哥公司过来的。”

“那他为什么会参与进来呢？为什么他在代表团里呢？”

“这个问题问得好，我想因为他是好的销售人员吧！我觉得公司里有人强力推荐他，这是我的感觉。他是那种会‘套近乎的人’，很圆滑，性格非常好。”

“他们既然有了你，为什么还需要他呢，大卫爵士？”

基廷喜欢她这样的。他不但喜欢她这张脸蛋，可能也喜欢她这样的性格——虽然不喜欢他这个人，但是也不对他隐瞒事实。

“又是一个好问题，你在接二连三地提出好问题啊！史提尔小姐。是有人想让他参与，有人觉得他会是很好的砝码。当然，我也无所谓。”

“有人？是谁啊？可以给我那个想让他参与的人的名字吗？”

“我会给你的。只是我现在想不起来，好像是退休服务部的一个人。你知道我有三千多雇员啊！对吧？侦探小姐？”

史提尔没有还击他，她想让他坐一会儿。她不知道这算不算是个事儿，心想没准他是在和她玩儿，逗她呢！基廷此时只是瞪眼看着她，微笑着，想方设法表现出迷人可爱的样子，她心里是这么想的。

“你没有这个美国人的名字吗？还有他在英国的地址？”

“我没有，但是我的办公室有。你出去的时候可以拿到他的名字。尽管我不知道他的名字，但是，你可以证实我没把一个恐怖分子带进唐宁街10号，这不是我的风格。”

“我只是执行公务而已。”

“当然，我可是听说你干得很不错啊！如果我能帮上什么忙的话，一定要告诉我啊，好吗？”

他向她抛了个媚眼，明目张胆地审视着她的身材。“随时给我打电话啊！史提尔侦探，我再跟你说一遍：我的门永远为你敞开。”

她走向了那个私人电梯。

基廷这类人身上有种东西她无法忍受。她相信，他很可能对唐宁街10号发生的事情是不知情的。但是，她的另外一面又希望他是知情的。她希望他是这个事件的罪魁祸首，这听起来确实有点好笑，她自己想着想着也乐了，正在这个时候电梯门关上了。

当乔治亚的捷豹车停在圣汤姆斯医院门口的时候，二十多名记者已经挤在那儿等候了。乔治亚是来看望罗兰·拉西特的。可怜的杰克·厄里下车时动作太快了些，不小心绊了一下马路牙子直接摔在了水泥地上。不过，他很快就爬了起来，只见各种相机的闪光灯狂照乱闪。乔治亚确信这会成为晚间新闻的内容，但这就是厄里，她一字不提这事儿。此时厄里替她把门打开，带她穿过这些无聊的噪声，走进了医院。

按照白金汉宫的计划，国王陛下今天一早会来看望拉西特，并在拉西特的病房里跟公众见面。这不会给拉西特带来什么好处：医生们已经给首相注射了镇静剂，他目前处于昏迷状态。他们在观察他的生命体征并进而确定手术方案。首相被炸伤后已经过去了三十八个小时，医生们在这个阶段能做的就是让他的器官再保持几个小时的镇静，同时观察他的主要脏器生理状况。没有人愿意对他实施大手术，值班医生难以确定他的身体是否还能承受进一步的创伤。

乔治亚在等国王陛下的到来，她故意提前一会儿到达，这样就可以跟拉西特单独待一会儿，实际上这是没有什么意义的。她坐在他的床边，温柔地跟她的老朋友说着话。

"很抱歉，罗兰，我对这一切表示歉意。我求你一定要挺过来，为了你的家庭，为了我，也为了这个国家，求求你了，罗兰。我猜测你是能听见我说话的。求求你要坚持啊！"

没有任何的回应，只听见连接在他身上的监测仪发出的哔哔声，她还是希望她说的话他能听到。

“你知道吗？罗兰，过去的两个晚上，大家在白屋点起了蜡烛为你祈祷，看来你还是很受爱戴的，好像顷刻间这个国家被你的遭遇掏空了一样——你应该知道。”

她跟他说的都是实话，对英国人来说过去的两天太令人震惊了，电视和广播播报的几乎全是同一内容。甚至，美国的新闻频道也二十四小时滚动播出这则新闻，这成了9·11以后最大的新闻了。美国人喜爱罗兰，自从老布什把伊拉克赶出科威特后，没有一任美国总统的支持率超过罗兰——所以，美国人想第一时间知道有关他的所有消息。前一个晚上，美国网络电视（CNN）有关爆炸事件的一个晚间特别报道挤掉了《与明星共舞》决赛的播出，结果还打破了各种收视纪录。

同时，在英国国内，所有的边境、火车站、机场几乎处于关闭状态。人们排着很长的队伍，挪动得像蜗牛一样缓慢。因为，有关当局要尽力掌握每个人的身份以及他们的去向。唐宁街、白厅街和伦敦警务处总部迫切地想搞清楚这件事情究竟是谁干的，以及这些人下一步的部署。

乔治亚往拉西特的床边靠了靠，将他的手抓在手里。

“过去这两年够你呛的，对不对，我的朋友？”

只有乔治亚，当然可能还有他的妻子克斯蒂清楚，他过得有多么不容易。克斯蒂送孩子们上学去了，她得尽量让孩子们维持正常生活。她和克斯蒂还有身边最亲近的部长和大臣们都尽力隐瞒着公众、媒体以及其他政府官员们，不让大家了解那次直升机坠机事故对拉西特的打击有多么巨大。没错，那次事故中他身体确实毫发无损，可是，心理上留下的阴影却难以抹去。他从此拒绝坐飞机：G20或者其他一些他能施加影响力的会议，一律定在欧洲大陆召开，这样他就可以坐火车去，或者干脆就把会议取消了，或者实在不行就派乔治亚去。打那以后，他晚上总是噩梦连连，他认定在不远处潜伏着更加致命的灾难。除此之外，他还常常莫名其妙地一阵一阵出冷汗，而且对任何事情都会过度伤感。更糟糕的是，他们花了大力气运作的项目，想得到他强有力的支持，可他就像医生在拔他的牙一样，脚跟也站不稳了。

这些秘密当然是不能公开的，只有少数几个知情人了解。绝大多数情况下他的表现还是过得去的，依然和以往一样受到公众的支持。但是事故以后，罗兰也和乔治亚一样，开始固定服用那像冰糖一样的止痛片了。这点连乔治亚都不知情。

她又往他身边靠了靠，轻轻地摸着他的头发，小心翼翼地把插在他嘴里的管子调了调位置。

“你会挺过去的，罗兰，我深信不疑，我肯定，我确信，就像当年你确信我们一定能拿下艾尔麦特（Elmet）和罗斯维尔（Rothwell）选区一样。”

她往后靠在椅子上，看着她的竞选伙伴。他这会儿看起来很平静。即使这次他能再度挺过去，他肯定会比过去更加脆弱不堪，像一只惊弓之鸟。无论他多么福星高照，无论医疗技术可能会给他带来多么惊人的奇迹，她都禁不住想：罗兰作为首相的政治生涯可能是走到头了。

位于医院尽头的一个房间被腾出来作为会议室，为乔治亚迎接国王时使用。白金汉宫也希望趁此机会尽可能多地获取些情况。今天这样安排，更重要的原因是为了让媒体做一些报道，显示危机时刻政府和君主之间的沟通是顺畅的。乔治亚以前只见过几次国王，一次在国宴上，另一次在罗兰首次组阁的时候，当时国王和王后造访唐宁街。当然还有一次，也是在这个医院里，那次直升机事故后，国王、王后还有国王的弟弟一起来医院探望拉西特和乔治亚。罗兰与国王每半个星期就要例行会晤一次，不过，即使是他外出期间或者因为身体原因无法出席，也从不请乔治亚替代他。

国王的贴身男仆安德鲁·迈考乐是个极其严谨的老人，七十多岁快八十了，蓄着维多利亚风格的胡子，挺着圆圆滚滚的大肚子。他和乔治亚一起在会议室外等候国王。他接到信号后便朝乔治亚严肃地点了点头，表示轮到她了。于是，他轻轻地打开门，示意乔治亚跟随他进去。国王此时站在房间的正中，准备好了这次会见，几名助理站在窗边等候着指示。乔治亚对国王行了鞠躬礼，国王微微点了一下头，伸出了手。乔治亚不太确定她下一步该做什么？我是应该再鞠躬还是再点头？我是应该走过去吗？我完全想不起来该是什么样的礼仪程序了。我简直不敢相信，我他妈的怎么这么弱智啊！她往前走了一步，轻轻地握了一下国王的手。

“国王陛下”瘦瘦高高的，面部光滑柔顺，看起来也心怀慈爱之心。既然国王身边的人没上来引导，看来她没做错什么。

“我们又一次在一个忧郁的早晨见面了，特恩博女士。”

“是的，陛下，的确如此。不过，我听说他的情况还算稳定。他是个战士，您了解的。”

“我知道，我只是希望他能鼓起生命的勇气。”

很显然他是真心在关心罗兰，乔治亚想。这两个男人相处得不错，对世界的看法也颇为一致。罗兰与国王的关系可以说是前所未有的铁。

“听说还没有像样的线索，对吧？大臣女士？”

“是的，但是您知道，我们会动用一切可以动用的力量，很快就会有眉目的，我向您保证。”

“我相信每个人都在全力以赴，我深信不疑。这是一场噩梦。令人忧郁的日子。”

“是的，陛下，确实如此。”

“如果他挺不过去呢？有什么妥善计划吗？大臣女士？”

“恐怕还没有。我们都希望他能恢复过来。与此同时，政府机构仍在正常运行，我在唐宁街10号与所有的部门和反对党都保持着联系。”

说到这儿，她直视着国王，想把这种信心传递给他。听到她的话，国王轻轻地点了点头。

“如果发生不测，你能组建新政府吗？”

“陛下，我们还没想到那儿，不过，我想是可以的。既然您提出了这个问题，那我肯定得给您一个满意的答复。”

他将她刚才说的话在他高贵的皇家大脑里回味了一番。他的后背依然显得有些僵硬，双脚紧紧地抓着地面，他在掂量着这个分量，这个严峻时刻的分量。

“很好！请随时跟我通报情况，好吗？”

“我会的，陛下，当然会的！”

她再次鞠躬，也不知道这到底是不是正确的道别方式。然后，她慢慢地往门的方向退去。她知道她绝不能将自己的后背对着国王。退出去的时候她差点被一张椅子绊倒，最后总算退到门前了。她再次点了点头，又鞠了个躬，随即转身快速走出了房间。

之前　3

亚当在潮湿的监狱板凳上又躺了大约一个小时。那个男扮女装的同性恋已经走了，一个海地人被带进来，过了一会儿又被带走了，只剩下他一个人，孤零零的不知道到底发生了什么。他不清楚自己是否真的打了那个金发女郎，不过，那个同性恋说他打了。他这辈子都没动手打过女人，也从来没有因为类似的情况而被任何人控告过。但是实话实说，那天晚上自己做了什么、没做什么，他确实不是很清楚。他的手至今还在疼着，他确信有人在他喝的东西里加了什么，他也有理由相信是基廷或者基廷的一个保镖干的。

可是，他还是不敢确定到底发生了什么事情。他的手指关节肿痛的样子说明他是打过什么东西的。他有些害怕起来，特别害怕。最近这几年，他被恐吓过太多次了，他差不多已经开始习惯这一切了。密歇根的刑事案子最终撤诉以后，他们搬到了伊利诺伊，当他开始了正常生活的时候，还常常搞不清当时到底哪些是真实的，哪些是幻觉。在威尔莫特家里，有两次半夜里他听见有人进了他们的房子：一次是有人在车库里窸窸窣窣地发出声响；另外一次是在那个小房间里。他确信是有人打开了他的电脑并且偷看了他的文件。他都报了警，然后握着一个棒球棍以防不测。每次他们都告诉他，他大错特错了，根本没有人进过他家，警报系统还开着。类似情况屡次发生，凯特也不知道究竟该相信谁了。

这次可大不相同，肯定发生过什么。他得首先让自己的脑袋冷静下来，然后搞清楚事情原委和真相。

醒来后不久，亚当才开始真正意识到自己可能是惹上大麻烦了。正常生活的一切就在莫名其妙中突然中断了。这时候门忽然开了，一个穿着制服的警察走过来，示意亚当跟他走。警察带着他经过手续办理处、接待区，穿过大厅，下了楼梯，沿着通道从后门出了监狱，来到外面的街道上。这位警察递给了他一个信封，里面装着他的一些私人物品，只不过少了他的护照。警察随即转身返回监狱，关上了门。

又是一次惊人的相似。警察把亚当孤零零一个人搁在那儿了。亚当被搞得稀里糊涂，不知道下一步该怎么办。那个警察连一个字都没跟他说。现在，他站在纽伯林顿街和萨维尔街交叉的路口上，头上顶着明晃晃的朝阳。到底是怎么回事呢？这次他妈的是为什么呢？

他步行了一个街区以后开始做深呼吸，这会不会是个圈套？会不会控告他试图越狱？然后，再以越狱罪名重新抓捕他。他决定最好还是快点跑，赶紧离开。他跑到了摄政王街，又小跑了四个街区左右，最后，他的腿实在动弹不了了。他又往西走了一段路，在汉诺威广场中间的树林子后面找到了一个凳子，一下就瘫在凳子上，挣扎着深深地吸了几口气。他究竟是怎么进的监狱又是怎么出来的呢？

大约过了一分来钟的工夫，基廷手下的哈利斯和皮特开着公司的奔驰车找到了亚当。矮壮敦实的红头发哈利斯下了车，打开了后车门让亚当进去。相似的情况再次发生了！有人在指挥他，却没人跟他解释原因。亚当不敢确定这是不是个办法，但是，他似乎也没有更好的主意。何况，他连自己到底在哪儿也不清楚。他只能先照着他的吩咐上了车，坐到了车后座上。

他们的车经过梅菲尔购物区，再行驶一会儿就到了格罗夫纳广场。车上没有人跟亚当说一个字。车停在了酒店门口，高登已经站在外面等候了。亚当从车上下来，两个保镖得到示意后就把车开走了：他们自始至终也没跟亚当说一个字。

亚当内心充满愧疚和迷惑，他向他岳父走去。

"高登，我不知道你以为发生了什么，但是，我向你发誓，他们诬陷我做的事情我一样都没做。而且我没有以任何方式跟任何女孩发生什么，让凯特……"

高登打断了他，老人有些心神不定，跟那个警察还有基廷的那两个保镖一样，他也没有心情跟亚当闲聊。

"停，孩子，现在就停下来。我是认真的，别说了。我他妈的知道你干了什么没干什么！如果任何人威胁说你做了什么，让他来找我。明白吗？"

亚当觉得惊讶极了，他没有想到高登会如此坚定地维护他。

"那个女孩从来没存在过，亚当。就是这样，她从来没存在过，那只鸟，听明白了吗？所有的控告都撤了，是大卫爵士关照的。警察让他保管好你的护照直到你可以离开英国，所以，他会悉心保管你的护照，就是这样。"

"我什么也没干，高登，我没跟她在一起，我知道……"

高登又打断了他。

“已经解决妥当了，大卫爵士已经办妥了，都是他解决的。”

“我知道，你已经说过了，但这意味着什么？这意味着什么？见鬼。”

他几乎要哭了，这个身材高大壮如牛犊的男子，曾经的足球明星和警察，就要兜不住底儿了，马上就要在大街上崩溃了。

“你知道那意味着什么？该死的！亚当。意味着他要告诉你他手上有多少条绳子，可以这样轻易地把一个人抓进牢里，然后再很快地把他放出来。”

“但是为什么？为什么？我还是不明白。为什么我会在这儿？到底他妈的发生了什么事？”

他看着高登，感觉此刻胸口有一团热流经过。他的一只手攥成了一个拳头，没准想从这个白发老人的嘴里拔出几颗牙来。

“你他妈的把我推进了什么样的火坑？”

“别跟我来这个啊！把那个拳头拿走，如果你要把它放在什么地方的话，那你可以把它放在你自己的屁股上。别动这个念头了，听见了吗？这不关我的事，咎责于我不能解决任何问题。”

亚当把拳头松开了，高登也软了下来。亚当觉得自己也许不应该跟高登发脾气。

“到底发生了什么？请你告诉我？我真的被搞糊涂了。”

“我也不特别肯定，孩子。他让你过来完成一项‘任务’，我就知道这个。”

“一项‘任务’？该死的这又意味着什么呢？”

“我真的不知道，我倒是明白了事情可能不像他们跟我说的那么简单。从这一刻开始，我也被蒙在鼓里了。”

他往酒店那个高档的红砖楼望去，朝着凯特和孩子们的方向。

“现在继续吧，上楼去吧。你就告诉凯特，我们男人们在外面待了一个晚上，一直待到今天早晨。我会掩护你的。你得装成酒劲还没缓过来的样子啊！”

“确实他妈的酒劲还没过去呢！”

“那就好。走吧，她什么都不知道，如果你演好了，她永远也不需要知道什么。”

“我只要干你和基廷想让我干的？做我来这儿该做的事，无论是什么？我不傻，高登。一定是发生了什么非常不妙的事情。”

高登瞪着他，长时间的，狠狠的。

“是的，你说得对。那么，也许你应该现在回警察署去。”

亚当瞪了回去，一点都不喜欢他的调侃。高登这会儿已经把话说完了，他的话说得太多了。

“走吧，上去和家里人团聚，我会挺你，我说话算数，我在这儿帮你看着点。”

“我也想相信呢！真的。”

“那现在就上楼去吧。”

谈话就这样结束了，亚当还是跟原先一样蒙在鼓里。他转过身去，走进酒店，穿过大堂，看见朱迪和那个法国年轻人正在一张沙发上聊得起劲。他决定最好还是赶紧离开，别打招呼打扰他们了。他得恢复镇静好去面对妻子，他需要闭上眼睛，整理纷乱的思绪。基廷一定是想要干什么！自己一直都是对的——这是一个圈套，只是并非是他想象中的那种圈套。这与把凯特弄回家没什么关系，不管高登和基廷想让他来伦敦完成什么样的“任务”，这个任务一定不是个什么园艺活儿。

他走进电梯，回头透过大门看到外面的街道，看到高登还在那儿挺着胸，直直地站着。亚当注意到老人一副担惊受怕的样子。

之后　4

下午四点半，临近爆炸发生后四十八小时这个节点了。乔治亚离开医院以后，紧接着出席了在财政部和首相下议院的小办公室召开的会议。她所属政党的好几个领袖都希望由她而不是霍尔姆比替代首相在下议院做第二天的发布会。他们一致认为霍尔姆比的这张脸不合适，因为这可能是近些年来下院演讲席上最受关注的一次答辩，因此，需要有一个清晰的计划，比如让公众看见这个阶段谁在主持政府事务。最终大家一致推举乔治亚，霍尔姆比也没有异议。

回到唐宁街10号，她着手准备在首相办公室召开第一个会议。欧洲事务大臣理查德·桑德维尔—安普利强烈要求召开此会，讨论在该悲剧性事件发生的背景下，应该如何应对即将到来的脱欧公投。内容包括诸如货币、贸易以及英国在欧盟中的未来等重大问题。过去的十几年里，政府一直在做这个决定的酝酿工作。几年前，英国曾经有过一次公投，那次公投差点让苏格兰公投出英国。打那以后，脱欧方案一直悬在空中。苏格兰独立的威胁确实存在，但是，相对于脱欧公投将给日常生活笼罩上的阴影，就算不了什么了。

乔治亚巧妙地延迟答复。如果是由她来做决定，她会赞成举行公投。她心里明白，同时民调也显示公投能获得通过，这样就给持续了几十年的“欧洲实验”这口棺材钉上最后那颗封棺钉。可是，罗兰却比她亲欧，他最希望能找个借口把公投给搅黄了。

跟桑德维尔–安普利喝完茶后，乔治亚在内阁会议室召开了另外一个紧急会议，由达林和其他相关人员汇报调查最新进展情况。今天，达维娜·史提尔上身穿一件短款皮夹克，下面穿一条深蓝色短裙，夹克里面是一件鲜红色丝质衬衣。汇报由她来主讲，内容并没有太多新的进展。他们对与伊斯兰国以及其他极端的圣战组织的消息提供者进行了深入细致的调查，得出的结论是比过去更清晰地显示，这次爆炸事件不是那些组织干的。他们对一些恐怖组织的高级官员进行了窃听，发现这些人也对这起爆炸事件背后的势力深感好奇。

如同前一天会议上一样，没有人对达维娜的汇报表现出太多的赞赏。她面对的是一堆拉长了的脸，向她的提问也几乎是指控责难性的。不是一脸惊恐，就是一脸苦相，要不就是一脸抱怨。她心里这么嘀咕：有钱有权的人在指责替罪羊。那不会是她，她告诉自己。她会把这个案子处理得很好，会在这次调查中赢得胜利，让这些清着粗重嗓子的、恼怒的、呼哧带喘的胖男人感到抱歉，真正感到抱歉。也许需要点时间，但是，她敢肯定，一定会有她说了算的那一天的。

她要求会后与大臣单独会面。在会面过程中，她首次坦诚地谈到了她的不幸遭遇。她俩会面地点是在首相的小房间里，这还是乔治亚第一次启用这个地方。罗兰通常是用它来召开重要会议的，他擅长开一对一会议，在这个由候客室改造而来的温馨的小房间里，大多数情况下他都是志在必得。他的对手们称这个小屋子为“蟒蛇屋”，这个名字的由来是因为罗兰总是像蟒蛇一样，先欺骗、讨好，然后扭东转西，最后，再以他的迷人魅力将对手的思维牵引到自己的轨道上来。

史提尔有些紧张，她们俩面对面地坐在松软的沙发上，中间隔着一张做工精致的深色木质咖啡桌。乔治亚身上的一切都让史提尔感到有些心虚，并不仅仅因为她是英国最有权力的女人，还有她看着别人时的那份自信和从容，好像她的眼睛可以看穿对方，看到对方心里在想什么。史提尔觉得她看起来比实际年龄要大一些，但是她身上又有一种东西令她显得年轻，像一个懂事的小姑娘：就好比父母都出门了，再也没回家，留下大姐姐主持家事。

“关于两天前发生的这个事件，我想跟您单独讨论下一个情况，有关大卫·基廷。”

乔治亚将身子坐正。

“基廷怎么了？你肯定不会觉得他与此事有牵扯吧？我也出席了那个会议，而且，我跟基廷很熟，我跟他认识很多年了。散会后是我把他们送到门口的，当时离爆炸应该还有好几个小时。”

“两个小时，我已经看过所有的安全录像。我看见他们离开的，大家确实也都是这么说的。”

“你不会是在暗示这跟基廷有什么关系吧？这太荒唐了。”

“不是，当然不是。但是，他的这个代表团里有一个新人，一个美国人，您注意到他了吗？您和他有过交道吗？”

“一个美国人？没有啊。绝大部分时间都是基廷在发言，还有一个从巴黎来的手下叫德思鹏的，如果我没记错的话应该是他准备的报告。我们听他做的报告，然后他又坐回座位了。可是，我不记得有个什么美国人啊！他怎么了？”

“他是公司的新人，刚刚加入不久，对公司的业务好像也不是太有经验。他没有理由坐在这么高层的一个会议桌前。我觉得这事不太对劲，我想跟您通报一下，我会调查此事。我知道，基廷是个有影响力的人物，我也知道您和他有过交往。”

“嗯，我倒不觉得那能有什么关系。但是，不管你有什么样的预感，还是请听从你的预感。”

她一边笑着，一边很快站了起来。

“另外，也别让内阁会议室的那帮老东西烦你。我倒是觉得你和你的团队在这个艰难的时刻表现得很出色。抬起头挺起胸啊！听见了没？”

乔治亚把手伸过桌子，热情地握了握史提尔的手。史提尔闻到一股她身上香水的味道，发现那香味特别诱人。

“还有一件事我想告诉您，大臣女士，有关基廷代表团里的那个美国人，他的名字叫亚当·塔图。他居住在伊利诺伊州的芝加哥市，以前是密歇根州底特律的一名警察。”

“真的吗？”

“是的，大臣女士，还有一件事也与他有关，您也应该了解一下。”

“什么？”

“两年前，他在联邦监狱被关了九天。那个案子特别重大，而且曝光度极高。他也认罪了，但是不知道什么原因，控方突然撤诉了，随后他就被释放了。这点我们需要进一步去调查了解。”

“他是因为什么事情被抓的呢？这个塔图？”

“谋杀未遂。”

“看在上帝的分上，他想谋杀谁啊？”

“密歇根州的州长。”

之前 4

凯特想补偿亚当，重温昨夜浪漫情爱的时光。她没有在意他是第二天早上八点才回来的，而且，身上还散发着浓烈的酒精味道，这味道浓烈得就像有人把一加仑的威士忌直接泼在他身上，或者把点着的雪茄塞进了他的衣服口袋里。另外，就是与她父亲以及朋友们一起与人斗殴才把自己的手打成那样了。她希望他过得开心，喜欢上伦敦，并且和基廷相处融洽。一切都在按她的计划进行着，她冲完澡走出浴室，穿着他最喜欢的橙色睡衣，每次他都特别享受从她身上把这件睡衣脱下来的过程。

出乎意料，他已经睡死过去。她只好钻进被窝捧起书读起来，这本书是前几年出版的喜剧明星蒂娜·费的回忆录。她、安睡在隔壁的孩子们、打着呼噜的丈夫、她性感的橙色睡衣，还有蒂娜·费。岁月静好，此刻她又在伦敦，回家了。这才是最重要的。

酒店的电话铃此时又一次放肆地响了起来，像一个巨大的机器猫。老式的机械铃声顿时把亚当从梦中惊醒，他立马坐了起来，好像被人用大铁锤重重地锤打了一下。电话的那头是基廷公司的一个工作人员，说大卫爵士让他去“他家小坐聊会儿天”。现在已经是晚上十一点，这倒也算不了什么，对于亚当来说这不是个问题。其实，他内心还是希望有机会与大卫爵士面对面的。倒是凯特觉得有点儿纳闷，不过，她还是高高兴兴地帮他穿戴整齐，送他到门口，还送上了一个香吻。

高登像往常一样在大堂里等着他，在送他走向那辆奔驰车的时候，两人谁都没说话。只见哈利斯坐在前排座位上，皮特坐在方向盘后面。

“高登，我必须马上把这烂事弄个水落石出。这个混蛋得交代清楚他到底想干什么？”

“我告诉你得尽量保持镇静，儿子，你就听他的，别动不动摔盘子砸罐子啊！听见没？这可不是闹着玩儿的。”

“我想干吗就干吗！去你的，高登。我不会再跟你玩了。”

老人拦住了他，把他拽到大堂角落，躲开两个保镖的视线。

“请你注意跟我说话的方式，我是站你这边的，你听见了吗？我跟你说过我会掩护你，而且，我打算盯着点儿。你最好保持冷静，我知道你面对的是什么，而你却一点儿都不知道。”

“如果你知道我面对的是什么的话，那你应该知道是你让我卷进来的！所以，别再跟我装傻，高登，我已经烦透了。”

他俩斗鸡眼似的互相盯着，显然高登想抽他，亚当更想抽回去，这也是明摆着的。亚当转过身去，走出大堂，穿过广场前的那条小街，钻进了那辆奔驰车后座。两个保镖一言不发地就把车开走了，亚当也没指望他们说什么。

基廷的家位于花园马厩路，往里走不远，隔一到两幢楼就是文莱苏丹的宫殿，再往下过两个门就是黎巴嫩使馆。基廷的这座房子共五层楼高，占地两英亩，位居伦敦市中心，背靠着肯辛顿宫花园，房子四周建有围墙，保安人数比周围各个使馆的还多。当他们的车开进大门的时候，亚当还注意到有几个人身穿和哈利斯、皮特一样的制服，个个面无表情，每人肯定都携带着武器。亚当不明白像基廷这样的人为什么需要这么多的肌肉男保安？

基廷在前门迎接他。他穿着还是往常那么讲究，头发梳得一丝不乱。这座宅邸园林设计得近乎完美，门口的那棵红木树一定也不止六英寸粗。

“塔图，你来了就好。来吧，我带你走马观花游览一下，然后，给你弄一杯难喝的。”

亚当没心情，不想跟他闲聊打趣。

“我不需要参观，也不需要喝东西，基廷先生。我今天来不是为了这个，我们就开门见山吧，好吗？”

基廷笑了。

“我让你热血沸腾了，是不是？我喜欢这样的，这合我的口味。上书房来，我们先看看各自手上有些什么货，然后，一块儿喝点，再参观参观我的房子。”

基廷走进屋里，亚当跟着他。穿过一个流光溢彩的大理石门厅，走过一个紧靠着墙、盘旋至二楼平台的楼梯。他们路过后门厅，最后，来到这个隐藏得很深的书房。书房四面墙壁全是木质护墙板，房间里摆放着全套昂贵的沙发和椅子、维多利亚式的台球桌、九十英寸的平板电视，后墙上还内嵌了一个颇为低调的酒吧。

基廷进屋之后，立刻去倒喝的，亚当看着他，等着时机发作。基廷笑了笑，问亚当要不要喝点什么？亚当拉长着脸说不要。基廷指着一张椅子，端着杯子，让亚当过来坐下。

“你还在念念不忘那个应召女郎的事，对吧？”

“我对很多事情都念念不忘，但是，我不确定该从哪儿说起！这样，我就跟你直说了吧！不管你让我来这里干什么，不管你是让我来完成什么‘任务’，我都不答应。你明白吗？我全都不感兴趣。”

“你会感兴趣的。相信我，你接着说。”

“不感兴趣，基廷先生，他妈的基廷爵士，我不感兴趣，一点都不感兴趣！你给我服了药物，把我扔进了监狱，又把我从监狱里捞出来，这都是为了什么？是为了吓唬我吗？你根本吓唬不了我，你只是让我更清楚地认识你是谁。”

“不对，这话说得不对，我得让你稍停一下，就在这儿停下。”

基廷靠上前来，从他们中间那张桌子上的盒子里拿出了一根雪茄。

“问题不在于你认识到我是谁，而是我认识到了你是谁。我喜欢你这样不欺骗老婆的男人，这很可爱，给我很美好、很温暖、很朦胧的感觉。”

“别扯淡了，我是在说正经的呢！我可不是来跟你玩装可爱的，你没准儿拥有世界上所有的金钱，但是这不会给你权力……”

基廷打断了他。

“行啦！别来这个。是的，那确实是为了炫耀一下我的力量，也许搞得有点过头，塔图。但是你是个警察，警察的儿子，我知道你不会那么容易被吓倒的。我是在炫耀，没错。我是在做准备工作。”

“做什么准备工作？你到底想让我干什么？”

基廷剪了剪雪茄，把它点上。然后，凝视着亚当的眼睛。

“我要你在我们开完会后，替我在唐宁街10号放点东西，我不愿意承担放这个东西的责任。总之，如果这件事情搞砸了，我希望你来当这个替罪羊。一切后果由你承担，一个来自美国的疯子，曾经神经错乱到想去谋杀密歇根州州长。”

亚当惊得目瞪口呆，甚至感到有些泄气。他没有料到，基廷会如此开诚布公地把他的意图和盘托出。不是说亚当以前没有想过，或者没有怀疑过是因为类似的原因才把他弄到伦敦来的。只是，他万万没有料到基廷会如此开诚布公。

“有一个五百页的文件，装订在一个这么厚的，大约四十镑重的活页夹里，就像这个样子。”

基廷指着桌上雪茄盒边一个简易的皮面活页夹。他欠身把活页夹推给亚当，让他打开看看。亚当照他吩咐拿了夹子，翻看了一下，里面满是数字。他记得曾经在巴瑞·塞弗芝加哥的办公室里看见过一个类似的活页夹：这里面清清楚楚地阐述了公司准备如何管理庞大的退休系统的行动计划，现在的这个计划应该比他见过的那个更加具体细致。

“这是我们呈给公务员系统的十五份材料中的一份，也是唯一一份至关重要最具权威性的。我们即将创造的体系的理论依据就是这本东西。新的法律要完全按照里面的内容来制订，一字不差。在唐宁街已有的一本和这本一模一样，与你手中的这本唯一的差别就是那本已经被财政大臣、财政部和政府工作人员养老金部长批准过了。请翻到第657页。”

亚当翻到第657页，见上面只是一大堆的数字，一张数据表。他看不出什么有价值的东西。数字，除了数字还是数字。

“唐宁街10号那本有一个错误。”

“一个错误？”

“计算错误，是我们自己搞错的，可以看成纯粹是个计算上的错误，如果我们缄口不言，那就没事。钱会按照这个协议支付，财政部也会按照这个制定法律，期限二十五年哪！”

他耸了耸肩，喝了一口酒。

“如果我们将错就错呢？我们一年就得多付十亿五千万美元，这也不算什么，对吧？可是整个协议期间我们会损失四百亿。”

他笑了一下，亚当试图去找错误出在哪儿了。就是没看出来。

“相信我，亚当，我已经把相关的几位高层人员给解雇了。这个项目可是我们花了四年半的时间做成的啊！我可没把它不当回事。”

“为什么你不能直接告诉他们这个协议上的错误？请示他们让你做一个修正？”

听到这儿基廷笑得更厉害了。

“显然，你是从来没有跟拉西特和特恩博打过交道的。他们会对我非常苛刻，此外，这可是已经达成了的协议。去唐宁街10号召开的会议只是走个形式而已。特恩博已经签署了协议，这也算是拉西特敲定了的交易。如果我重新返工，再做任何改动，那么，这个铁腕混蛋乔治亚还不直接让我从头再来，她可喜欢这样干了。这样一来，又是一个四年半时间哪！要是四个半月倒还成。”

亚当一直用心地听着，明白的时候点点头。基廷也仔细地观察着他的反应。

“所以呢，你想偷塞一本‘权威书’进去。希望神不知鬼不觉没人发现蹊跷，都觉得新的这本的数据是正确的，然后按此制定的法律也会对我们有利。我偷梁换柱，然后，得手后带走原来的那本？”

基廷点了点头。

“新的那本上印的是最新的数据，准确的数据。我们没做什么错事，只是纠正一个错误，如此而已。”

亚当看着基廷，他说的听起来很在理的。

“如果不幸被人发现了，如果你全搞砸了，那就只能怪这个美国人，那个‘神经病’，那个糊里糊涂的前警察。你看在儿时朋友的面上雇用了他，那个家喻户晓的密歇根疯子，是他干的，那个美国人，都是他的错，是他在会上做的小动作。”

“你说对了，亚当，说得太对了。”

“是啊，我说对了，我就是个替罪羊。”

“你会是替罪羊，没错。”

亚当不敢相信自己的耳朵。基廷还在继续。

“首先，不会搞砸的，没人会注意到这个改动。乔治亚也不会。她脑子里该想的事情多了去了，我敢肯定。”

“那万一他们注意到了呢？万一被察觉了呢？”

“那就是诈骗案啊！”

“就是啊。”

“我们离开唐宁街10号的时候，公司会跟你签一个十五年的雇佣合同，起薪一百万英镑。这个合同有一项保障条款：这意味着如果因为任何理由公司解雇了你，我们就得支付你全额的工资，那就是一千五百万英镑啊！如果事情出了岔错，事实上当然不会，那你就可以待在芝加哥的家中。你会立刻被解雇，你的合同就会得到执行。至于协议嘛，我们会支付所有法律上的账单。我们准备和英国法院打一场旷日持久的官司，这种官司估计得十来年才能执行。我可以利用手上的武器达成一个最终解决方案，我将负责全部的费用。”

“所以，最坏的结果就是我拿着一千五百万英镑走人？你把这事儿推到你的雇员身上，然后你自己承担所有的后果。”

“但最好的情况是你得到一份十五年的工作，为我们公司工作、学习业务。你和公司一起成长，希望某一天可以成为一位关键人物，这个我会亲自担保。”

“听起来非常不错，但是我不感兴趣。”

他站起身准备走出去。基廷摇摇头，轻声地笑了笑，很快跟了上去。

“走之前要不要参观一下我的房子？或者喝点什么？抽一根雪茄？来吧，你可以拒绝，但是也别太粗鲁了，别就这么逃走。”

他们一起走到了前门，皮特在奔驰车里等着。亚当停下脚步。

“是这样，大卫，大卫爵士，基廷，不管怎么称呼吧……”

“想叫什么就叫什么，我不在乎的。”

“好啊！那叫你‘白痴’可以吗？可以叫你‘白痴’吗？”

“如果你想那么叫就叫呗！当然可以。”

基廷很喜欢这样的唇枪舌剑，看见亚当额头上冒出的大颗大颗的汗，他很得意。

“我觉得你根本就没搞清楚，上次我被人说服做了当时自称‘绝对不会搞砸’的事情，结果给我的家人带来了什么后果？我绝对不会再做第二次的。”

“这回与上次大冒险最大的不同是有我。我相信上次密歇根的那次灾难中没有人像我这样手握大把大把的资源，对不对？”

“没有，那帮人里确实没有人像你这么魅力四射。”

“哦，你看你，我脸都红了。”

“基廷，我知道你不会轻易接受别人对你说‘不’字，我知道你安排我和那个婊子在一起也是为了这事儿，我明白。你是有预谋的，但我不是你要的那个人。如果你要找别人，我保证守口如瓶。你可以找到另外一个替罪羊，然后，把我的那一千五百万给他。如果你惹我，那你就是惹我的家庭，我的婚姻，如果你执意要这样做，那咱们之间就有问题了。我发誓我不允许那样的事情再次发生在我的身上，你听明白了吗？”

他往前靠过去，逼近了大卫爵士。基廷只是像平时一样露出了他那不可一世的笑容。

“我明白，当然明白。你的沟通能力堪称一流。”

“那太好了，祝你晚安。”

亚当转过身走向那辆奔驰车。基廷向皮特点了点头，吩咐他把亚当送回千禧酒店。眼望着他们离开了他的宅邸，此时，哈利斯走到了停车场。

“谈得怎么样？”

“实际上，谈得很好。”

“你跟他说了那个狗屎故事了吗？就是那个什么技术性错误？那个换活页夹的事？”

“我说了啊！我想那样说应该是最妥当的。跟他说实话他应该不会答应的，他肯定还没准备好。”

“那他信吗？那个‘数字错误’的故事？”

“信，他信了，演得挺完美的。”

“那他同意了？”

基廷转向这个四肢发达的红头发，边笑边回答道：“是的，当然他同意了，他别无选择。”

第二天早上，亚当和凯特准备带孩子们去肖尔迪克区，约好了去跟勃瑞戈和蒂凡尼以及他们的孩子一起共进午餐。高登给孩子们先打了个车，去跟亚当和凯特在麦卡利斯特家会合，这样亚当和凯特可以先散会儿步，从SOHO直接插过去，然后，单打一辆车直接去肖尔迪克区。凯特认为这完全是在浪费钱、浪费时间，但是，亚当需要这四十分钟的新鲜空气。从SOHO步行到科文特花园需要四十分钟时间，他需要跟凯特单独待一会儿，告诉她都发生了些什么，并且劝说她他们全家最好立刻离开英国。他希望能有足够的时间，他知道要说服凯特很困难，尤其是他还不能坦诚相告那个应召女郎的事。另外，还有他被捕又被释放出来的事。

不幸的是，他们的谈话没有按计划的那样进展顺利。

“你在说什么呀？不！我不想回家。我们刚到这儿，亚当，我以为你做得还不错呢！你跟基廷和那帮人不是挺合得来的吗？如果他们不愿意跟你在一起的话，他们不会把你整个晚上都留在那儿啊。他也不会没完没了地请你去开会啊！我父亲说他很喜欢你的。”

“是的，但是为什么？你问过自己为什么吗？凯特？他为什么那么喜欢我？为什么我能列席唐宁街10号那样重大的会议？你不觉得奇怪吗？我是公司里最没经验的。这到底是因为什么？他给我安排了什么？我想知道你对这个问题的看法。”

“那是我父亲鼓足勇气去求了人，于是，基廷就同意把你放进这个重要的项目里，这是出于对我父亲的关照。而你呢，由于对高登的不信任或者说是对他的偏见，总觉得只是个阴谋。太可悲了！”

亚当能够理解凯特为什么如此看待这个问题，他很想告诉她关于那个婊子，还有监狱里的事，但是又有些不敢。因为，只要一提到他蹲监狱的事，又将会勾起她痛苦的回忆，甚至他们之间会爆发更激烈的争吵。凯特已经很难受了，他没有任何理由让她再雪上加霜。

“你打头儿就不想来这儿，现在你又想回去，理由是你觉得世界上最具实力的大卫·基廷想加害于你。这简直是太荒唐了。”

他们走过了大马尔伯勒街，经过 SOHO 背后那些狭窄的小巷，穿过 SOHO 广场往前走。这是风和日丽的一天，很多当地人都在公园里晒太阳。经过了一个漫长的、没有阳光的冬日后，大家都准备把自己没有血色的惨白皮肤晒成古铜色。到处都是人，晒太阳的人，吃着三明治崇拜阳光的人。不管他们俩走到哪儿，都得绕着道儿走。在指责亚当的时候，凯特还得尽量把嗓子压低。

“我就不明白你为什么就不能享受享受呢？享受一次免费旅游？一个给你老板留下美好印象的机会？我提醒你，他可是一个传奇，一个国宝。这也是给了我一个回家的机会，放松一下，带孩子们熟悉一下伦敦，顺便再会会老朋友，这怎么就和你的安排冲突了呢？”

他们一言不发地走了一段路。他原本不打算说出下面这段话的，它是自己蹦出来的。也许，他想跟凯特调换一下角色，让凯特也做一次防守方，也许他真的是想要一个答案。

“你的计划里是否也包括找到理查德·莱勒啊？”

她突然停了下来，转过身看着他。

“你为什么要问这个？”

说出的话已经收不回来了。不过，他成功地转换了话题，目的就是把话题从他身上挪开，哪怕是那么一小会儿也好。

“因为我进了你的脸书账号，看见你给他发邮件了，你说你有多想在伦敦见到他。”

她很惊讶他会知道这个，甚至有些震惊，不过，也就是那么一小会儿。她立刻定下神来，想到了一个回复，成功地把这个球又给踢了出去。这样一来，自己就可以躲在那个已经在房间里的大象身后了。

“我以为你是不能上网的，亚当，上次撤诉的一个主要条件就是你不能上网啊！你也不该喝酒，但我爸说你喝了。今天早上床单上的味道也说明你昨晚喝了，肯定还没少喝。”

“喝酒并不是条件的一部分，只是不允许上网。我不喝是因为我觉得喝酒会让你不舒服。”

“那很显然你现在对我舒不舒服毫无兴趣了啰？”

她很厉害，真他妈的厉害。确实是最牛的，他一直认为她是块做律师的料。他们继续走着，穿过了查令十字街，到达希腊街的时候，那个理查德·莱勒的事情也已经被抛到两人的后脑勺了。至少，在短期内应该不会再提起了。自从亚当在密歇根被捕后，他的生活总是处于目前这种状态，从来占不了上风。任何争论也好，口角也好，或者凯特做错什么也好，最后都会回到那个事实，就是亚当和一帮白痴工会混蛋喝得烂醉，一起冲入了州长的宅邸并砸坏他的办公室，并想以此威胁他：这是他或者任何历史上的丈夫所能做出的最最愚蠢的事。

从理论上讲，她是可以和这个莱勒上床的，他想。自从他参与了那次蠢驴工会针对保守派州长的预谋以后，他就完全失去了任何抱怨的权利。这个州的每名工会会员都持有武器，在兰辛爆发的那次要求提高薪酬的示威游行，是密歇根州首府有史以来参与人数最多的一次。州各地以及中西部地区的工会成员纷纷开车聚集兰辛，他们大叫大嚷、污言秽语、挥动标语、声嘶力竭。那一天，他和其他丈夫们的区别就是别人完事以后回到自己车上，然后开车走人。他们没留在兰辛，没喝个酩酊大醉，没抽烟，也没密谋什么疯狂行动，他们没有闯进州长的宅邸拿他的脑袋开玩笑，结果，被人错误地当成了预谋谋杀。把新州长的办公室捣得一团糟，留下一些标语说警察必须得到满意的薪酬，这个很重要，只有这样他们才能更好地为公民服务。他们听说州长那天不在本州，所以，当亚当拿铁撬将后门撬开冲进去的时候，州长当时应该不在家。就是这个"武器"铁撬，把那次有政治意图的犯罪变成了"谋杀未遂"。

理所当然，那个周末及时回家的丈夫们，倘若他们的妻子给她们的前男友发邮件或者跟前男友调情的话，他们照旧可以跟他们的妻子据理力争，针锋相对。

可悲的是那天晚上，亚当他们从来也没想过去州长的办公室伤害任何人。按照日程，州长本来是不会在家的。他们的目的无非只是想让他了解工人们是很当回事的，另外，也想让他明白他的守卫很容易被攻破，很脆弱的。说白了，就是为了表明一下他们的立场。可是，亚当认为那天唯一证明了的是他的婚姻有多么脆弱。

"我可以告诉你我的想法吗？亚当？"

过了查令十字街以后，好长的一段路，他们俩一直一言不发。

"可以啊！当然，说吧。"

“我觉得你应该乐意接受大卫·基廷爵士以及他的手下让你做的事情，不管那是什么。我觉得你应该感谢幸运之神将我爸带给了你。我觉得你应该放松心情、享受伦敦，看在上帝的分上，也让我和孩子们休个假，别再紧催我们上飞机逃离伦敦。”

她走到他的前面。他在后面嘟哝出那句经久不衰的名言：

“好的，宝贝儿，听你的，亲爱的。”

他们过了厄勒姆大街，来到费尔丁广场中心的时候，他算是吸了点“新鲜空气”。于是，拦了个出租车直奔肖尔迪克。

他们与孩子们会合了，还有勃瑞戈、蒂凡尼以及他们的两个孩子，十七岁的鲁尔夫和十一岁的塞利娜。麦卡利斯特的公寓位于查尔斯广场边的一幢八成新的十一层豪华公寓里。勃瑞戈和蒂凡尼，一个非常帅，一个特别美，是特别般配的一对儿。亚当总爱开玩笑说，他们要是长得再高一点就该违反法律了。他们真的身材高大，他们的俩孩子也不矮，如果不是因为他们是典型的英国人，很有可能会被某个世界级篮球队招走呢。

出生于美国的蒂凡尼也特别英国化，这可能也是当年他们在密歇根的时候凯特特别喜爱他们的缘由。凯特对勃和蒂凡尼总是特别崇拜，孩子们也玩得很好。鲁尔夫可能还是俘获朱迪芳心的一个初恋情人呢！彼力和塞利娜以前也在一块儿玩，但是，四年的分别改变了孩子们的容颜，也改变了他们的态度。大家刚见面的时候差点没认出对方。父母亲们恨不得他们马上再次能成为好朋友，这无疑是很别扭的。

他们喝了一点东西，参观了一下公寓以后，穿过两个街区去位于大东方街上的哈克森烧烤店。孩子们走在前面，没话找话地聊着。蒂凡尼和凯特走在一起，亲昵的样子好像从来就没有分开过。亚当和勃跟在后面，勃在给亚当介绍他职业中的一些变化。

“所以呢，密歇根退税政策紧缩后，我回到了这里，发现也筹不到什么电影投资。就在这时，我邂逅了过去的一个同学，他劝我和他联手，把位于肯特镇北面工业园区内的四十年代的格洛斯特电影制片厂给买下来。”

“真的吗？那你现在拥有一个电影制片厂啦？”

“对啊，我的合作伙伴和我共同拥有的，名叫英国格洛斯特电影制片厂。我们重新装修了一下，现在已经开始全面运营了。”

“那你现在是重要人物了。”

“是的，特别重要。”

“那我是不是得对你好点？”

亚当和勃互相开着玩笑，非常开心，把过去断了片的时光又给重新续上，他们的妻子也一样。

“是的，就是，应该对我特别好。”

“是啊，那很容易。”

勃大笑。

“你得来参观一下我的制片厂，我保证你会特别喜欢我们搭建好的布景。我们刚刚为迈克尔·贝建好了一个潜水艇，那个美国导演。他的作品有《变形金刚》等系列电影。我们还为沃克泰托影片公司做的一个电影续集搭建了一个完整的唐宁街10号呢！几乎跟真的唐宁街没有什么差别。你应该哪天过来看看我的木工，没准儿你会求我给一份工作呢！然后，你可以把全家都搬到伦敦，过上像样的日子。”

亚当让他别说了，正好也到达餐厅了。他小声说道：

“听着，勃，说起唐宁街10号，你知道我为什么会来这儿吗？

我明天要去那儿开个会。”

“是的，我知道，你提起过。和那个大卫·基廷，你见的那可都是重量级人物啊！基廷和拉西特。”

“但是问题是我还没确定，我觉得我得赶紧脱身，如果不脱身可能会有麻烦。”

勃不以为然。

“我知道和基廷这种拉皮条的人混在一起就是自找麻烦，但这就是我啊！”

“真的吗？我还以为大家都喜欢他呢！他以前好像当过部长或者驻欧洲代表什么的，对吧？难道他不是权力十足的掮客吗？”

“对有些人来说是的，对我来说他是问题的一部分——他的整个团队都是。要我说的话，干吗需要那么富有啊？富有只会冲昏头脑。你不想掺和进去我不怪你，但是你再想想，你在这儿，你老婆就能高兴。你就去唐宁街 10 号开会吧，会有什么坏处啊？”

说完，他把手亲昵地搭在了老朋友的肩上，然后开了一个玩笑。不过，他立刻有点后悔了。

“但是这次拜托你啊，别再拿橇子去橇后门啊。”

“好玩吗？你这个鬼！”

亚当明白勃这么开玩笑是表示他爱他，说明他心里毫不在乎他以前犯过的愚蠢错误。回头想起来，他说的实在是太正确了，但是，亚当当时不在乎，也没留意他的善意劝告。和老朋友重聚实在是太好了，真的是太长时间没这样了。他们俩跟着大家一起走进了餐厅。

他们进去的时候，哈利斯和皮特正在对面的大东方街上，坐在基廷的一辆奔驰车里远远地望着他们。他们俩的脸上毫无表情，互相也很少搭讪。从梅菲尔开始，他们整个上午都在跟踪亚当、凯特和孩子们。在哈利斯和皮特眼里，塔图一家看起来像好人，两人对这家美国人的看法一致。

尽管如此，这并不意味着一旦命令下来，他们就不去完成自己的任务，不去执行杀害他们全家的指令。不是的，一旦行动时刻到来，他们就会不折不扣地执行命令。

之后　5

史提尔跟乔治亚在首相的小房间里再次磋商沟通后，离开了唐宁街 10 号，坐上地铁去法灵登大街。地铁里挤满了摩肩接踵的上下班人群，好像乘客们每个人都在读有关爆炸事件的报道，《太阳报》的头条似乎是写给史提尔的。

三天以后——是谁干的？为什么？

内部人士消息："SO15 还是没有任何线索？"

她又去了一趟基廷全球大楼，他们这次的动作明显不如上次来得快。她出示了工作证，费尽口舌，还是在大堂里等了很久，久得她有闲心开始想乔治亚了：她身上那种扑鼻沁肺的香水是那样令人神清气爽。向她汇报事件进展时，她给人那种自信雍容的风度，身边的人都能感受到内心的那份激动。她以前从来没有过这样的感受，她也搞不清楚这是什么？她试图将乔治亚从脑海里驱逐出去，但是这很难。

即使在拥挤不堪的地铁里，她发誓她在自己的衣服上闻到了乔治亚的香水味。在经过三次不同场合的相会后，她觉得自己遇到了知己。

正在她神思漫游的那会儿，她注意到有个男子在一楼楼梯那儿看着她：高个儿，秃顶，带着太阳镜。不过，他尽量装出不是看她的模样，而是从对面那面镜子墙上偷窥史提尔的动静，手上还拿着一张报纸佯装在读报。她清楚他是干什么的，从他坐下的那会儿，她就立马看出来了。

等了很长时间以后，她总算得到塔图一家在伦敦的地址，格罗夫纳广场上的千禧酒店。

离开基廷大楼后，她又像打仗似的赶了一通地铁：在沼泽门站和河岸站换了车，再乘中央线到了邦德街站，又赶上了高峰时段。她想将对塔图了解到的片鳞只爪和唐宁街10号的爆炸案联系起来，同时，还在琢磨自己对乔治亚·特恩博究竟是一种什么样的感觉？她在邦德街站下了车，沿着格罗夫纳广场的东面穿过梅菲尔，经过了加拿大使馆，来到了千禧酒店。

她的工作证和文件比在基廷大楼里管用多了，对方的反应也快多了。经理非常正式地回答了她的提问。在查入住登记的时候，经理发现塔图一家已经于三天前的晚上六点左右办理了退房手续，大概是在爆炸发生后一小时，比他们预定的退房日期提前了八天。当天晚上那两个房间就已经空了。

酒店服务员罗尼那天碰巧值班。据他描述，他们一家人退房的时候显得仓促狼狈：在大堂里当众和他们处于青春期的女儿吵架，女儿不想走，还骂骂咧咧的。父亲像一只惊弓之鸟，巴不得立即离开酒店，妻子要求他安静下来。

罗尼三十来岁，穿戴体面，非洲裔，说话时操着一口浓重的南非口音，他对他们全家印象非常深刻。

“那天的事情好像来得特别突然，我一直询问塔图先生是不是酒店的服务不到位？他没理睬我。最后，他们也没让我叫车，抱着行李自己就走了，走得那叫一个匆忙。我也搞不清当时是什么情况？女士，他把全家都赶到格罗夫纳广场，这确实是我见过的最最奇怪的事了。”

罗尼将史提尔送到酒店门口。他们俩站在马路牙子上，面朝着红砖砌成的格罗夫纳广场，此时太阳西沉，一辆辆车呼啸着从他们身前疾驰而过。

“我一直看着他们走到广场的中央，然后，我得回酒店前台了。”

“他们看起来像是遇到麻烦了吗？”

“是的，好像是，可能他们遇到麻烦了。你为什么会问这个问题？难道出事了？他们没出什么事吧？”

“没有，我们还不知道他们是否遇到麻烦。我想找到他们，问他们些问题。”

罗尼回到酒店后，史提尔花了几分钟时间走到广场，寻思着这一家人到底会去哪儿呢？广场的每个方位又隐藏着什么样的可能性呢？为什么他们不叫出租车？为什么塔图这么匆忙地办理退房手续？她伫立在美丽的花园广场中央，头顶上方是罗斯福雕像，背后耸立着艾森豪威尔雕像。二战期间，这个广场还曾经被命名为“艾森豪威尔广场”，确实像个“美国人的广场”。从芝加哥来的这家人从这里消失也算是再合适不过的了。

她看了看前后左右四个不同的方向。目前，她脑海里这个拼字游戏还有些杂乱无绪，没有像她想象中那么迅速可以拼凑完整。变幻莫测的目标、悬而未决的问题、亚当·塔图、密歇根的一个炸弹、在逃的一家人、大卫·基廷、高级塑性炸弹、白屋北墙的一个古董柜子——这些全是在她脑子里旋转的碎片，哪个片段都不能单独说明任何问题。

最后，她脑子里浮现出了一幅画面：Avis 租车点。半小时前，当她从地铁站往酒店方向走的时候，在杜克街边上，棕鹿花园后面，她看见过这个租车点，就在那个街角。

塔图确实是租了辆车的，那是在爆炸发生后两小时二十五分钟。她猜得很准。如果，他们想叫出租的话，在酒店大门口就能办到。他们为什么不要出租呢？那是因为他们不想让人知道最终在哪儿下的车。如果坐地铁呢？全程都有闭路电视监控，从头到尾每走一步路都会被拍到，他肯定对这个情况了如指掌。如果，他们既没叫出租又没乘坐公共交通，那么就只剩下两种可能性。要么开自己的车，但是他们从芝加哥来，没有把自己的车开过来。要么就只有租车了，这样一来，既可以自己开也可以随时把车扔在某处，能给自己争取一点时间。

Avis 租车的那个工作人员已经不怎么记得他了，只记得有人租了一台福特旅行车，刷的是信用卡，而且预约还车地也在租车这个点。可以判断，他要么是准备回到这儿，要么就是准备把车扔到沟里。史提尔打赌结果会是后者。她感觉自己血流加快，虽然她还不敢肯定究竟是怎么回事，但是，至少能在这个字谜上增添几个新字母。

到达牛津街的时候，她在思忖如何将这些情况尽快跟乔治亚汇报一下。

第二天清晨，史提尔坐在位于布鲁姆伯利自家开的咖啡厅那个靠窗的老位置上，一边吃着早点，一边罗列着自己的任务单，一边接听着她手下侦查员的电话。她注意到基廷公司的那个秃顶男子，在对面那条街半个街区的地方边看报纸边监视着她。还跟上次一样假装没在看她，就是装得实在太拙劣。

塔图一家在爆炸当天和以后的几天里，都没在城里或城外的任何一家酒店登记入住过，他们也没把租的车还回租借点，尽管已经通告要求他们尽快还车。所有的陆上道路已经被监控了，他们没飞离英国，也没有经过福克斯通站穿过海底隧道去欧洲，更没有乘坐任何轮船去爱尔兰或欧洲的其他港口，那他们应该还在英国。但是，他们会在哪儿呢？他们认识谁呢？他们又能去投靠谁呢？或者更关键的问题是：他们在躲避谁呢？

史提尔已经将情况向达林、内务大臣以及英国警务处总部行动中心的内阁办公室简报室（COBRA）成员通报过。她特别想去首相的小房间跟乔治亚通报一下亚当一家从酒店突然撤走的情况，最终，礼仪规矩和职业精神还是占了上风，她没那么去做。达林要求史提尔一旦有任何新的进展必须第一时间知会他，伯恩勒也已经联系华盛顿联邦调查局提供塔图的有关资料：他在密歇根都干了什么？为何而干？最后又为何撤诉了？他等着对方的消息。

那个“秃头”为什么要监视她呢？这个问题一直萦绕着她。基廷到底想干什么呢？他已经根深叶茂地扎根于权力中心，应该不会参与这个案子吧？塔图只是个古怪的前任警察吗？还是他有些神经错乱呢？他到底为何要去伤害拉西特呢？这些好像一丁点儿都不符合逻辑啊。但是，这些情况对她来说的确太有意思了。看着爸爸妈妈日复一日地给人上早餐，送煎鸡蛋肉肠，她替父母感到难受，他们甚至很少迈出这个街区，走出布鲁姆伯利。而她呢，则远离了这种单调的生活，找到了适合自己的工作，这份工作每天把她从床上拽起来四处忙碌。她至今还跟父母一起住在街对面的那栋公寓楼上，不是为了方便，更多的是为了尽自己作为孩子的责任。她知道他们需要她，不久她会搬走，但是现在还不急。现在，她的视野更宽广了，活动范围也日益扩大。她不但直接参与了伦敦百年不遇的大案，甚至还身居要职，并且和几十年难得一遇的女人在一起工作，这太令人激动、太具有历史意义了。一切都是那么令人陶醉，她真想掐一下自己，看看是不是在做梦。

乔治亚躺在首相小房间的沙发上，她又度过了一个不眠之夜。一方面忙着制定在拉西特康复期间组建新政府的计划，另一方面是与政务次官讨论如何延迟最新的一次脱欧全民公决，因为还需要与财政部有关工作人员讨论几天后才能提交的预算提案。除此之外，北部地区的恶劣天气造成了严重的洪涝灾害，造成一辆旅游大巴中的七人死亡。乔治亚和她的公关主任阿兰·门罗为拟定政府就此悲剧发表的一个声明讨论了数小时之久。

快到中午了，她急需再来几颗止痛片，虽然她的疼痛已经不仅限于腿，或者更确切地说疼痛跟腿已经没有什么关系了。她照例又一次投降，把手伸进了药瓶，瓶子已经快见底了，太可怕了。

杰克·厄里探进身子，告诉她史提尔侦探想过来向她简要通报一下情况。听到这个，乔治亚的精神头立刻就来了。她希望厄里没看出她的情绪变化。这个年轻女子身上有一种东西让她精神振奋。那一天，她们俩单独在首相小房间的时候，她都没意识到自己居然一直都没用拐杖。当她起身说再见的时候，那个敏捷、那个精力，很久都没这样了。史提尔对她有一种治疗效果，她喜欢她的生气勃勃、她的青春洋溢。是的，但是好像还远不止这些。当史提尔和她同在一个房间的时候，她明显感到空气中弥漫着一种活力。乔治亚感觉有些不习惯，她还无法确定这种感觉让她舒服还是不舒服。

会议时间确定以后，她回到了11号自己的房间里。她把头发放下来，这样显得随意些，然后，脱掉套装换上淡颜色的春季短裙，上身搭一件宽大的毛衣开衫。乔治亚这辈子还从未为一个女人特意去换过衣服，她也不知道自己是怎么了？刚服下止痛片没多久，怎么刚过这么一会儿又需要吃了。

达维娜·史提尔也比平时打扮得美丽端庄，今天她还特意略施了淡妆，多了点儿女人味。她也不知道自己是怎么了，只感觉和财政大臣开会一次比一次令她忐忑不安。在外面等候的时候，她想让自己的心情平静下来，但好像很难。

这次，她居然还喷了点巴黎产的圣罗兰香水，当然尽量别浓得太刺鼻了。这香水还是她去年夏天参加巴黎反恐警察大会时买的，以后一直没用。

史提尔一走进屋子，乔治亚就闻到了她身上的香水味，这香味像甜蜜芬芳的玫瑰花水。

“史提尔女士，我得说我非常喜欢你今天身上的香水味儿，太好闻了。”

“谢谢。去年在巴黎买的，我也喜欢。”

两人不知道下面该说些什么，不约而同地面对面坐下了。乔治亚在椅子上正襟危坐，急切地等待史提尔的汇报。

“那你跟我说说最新的情况吧，我们进展到哪儿了？”

“我们从不同的角度进行了调查，但是我得跟您说一下，目前已经开始严密监视那个美国人，亚当·塔图。我们发现他和妻子以及两个孩子入住了位于格罗夫纳广场上的千禧酒店。”

“是，我知道那个酒店。酒店里有一个宴会厅，教师工会每年都会在那儿举行会员选举午餐会。”

“问题是，大臣女士，塔图一家突然在四天前提前退了房，走得非常匆忙。大概在爆炸发生后一个小时左右吧。”

“是不是因为酒店服务方面出了什么问题？”

“也有可能，但是他们走时怒气冲冲的。然后又匆匆忙忙地租了辆车去了什么地方，情况有些可疑。”

“嗯，确实。这个人是基廷的雇员，对吧？”

“是的，但他是新人，而且，他的过去很复杂。正如我们曾经讨论过的那样，内务大臣联系了美国联邦调查局。联邦调查局立刻签发了搜查证去他家查看了一下，他们找到了一些令人不安的东西。”

乔治亚瞪大了眼睛。史提尔很享受她这么认真聆听的样子。

“他们发现在他的车库里藏着几箱有关拉西特的文章和文学作品。”

“文章和文学作品？关于罗兰的？”

“对，他好像对首相非常着迷，其中很多文章是关于拉西特与工会之间的公开斗争。有关人员对他电脑里的文件进行了检查，结果发现他对首相以及首相对工会的政策怀有敌意。另外，还发现了他在聊天室里的记录，他扬言要采取行动给首相带来严重的人身伤害，甚至还有一些不堪入目的首相死亡或者被折磨的模拟照片。”

“我的上帝啊！这是真的吗？”

“应该是的。”

“我不知道该说什么了，这太令人不安了。你说基廷对他的了解有多深？”

“目前，我们还不知道基廷对塔图的了解程度。”

“好吧，我希望他对他不是很熟悉，我相信大卫不会跟这样的事有瓜葛的。这也太深不可测了，我的意思是大卫有他阴险的一面，很明显，但他应该不会来蹚这浑水吧？”

“是啊！我们就是要搞清楚，很快会得到更多的有关这个美国人的情况。一旦美国联邦调查局给我们发回有关那个密歇根案子的完整报告，我会第一时间向你汇报。今天下午应该差不多有消息。”

“是吗？这么快？那你会再回来路过这儿一下？”

她希望自己最后的那个问题不是太过分。她感觉自己像一个孤独的女学生，需要好朋友的陪伴。

“我不想再来麻烦您了，如果有任何新的消息，我会打电话给您。”

“都行，你觉得怎么合适就看着办吧。也许，我应该把我的私人手机号给你？万一突然冒出新情况了呢？我想在第一时间知道，可以吗？”

“可以，当然可以，阁下。”

她们交换了手机号。乔治亚猛地站了起来，不知道为什么此刻腿疼似乎突然消失了。她们热情地握了握手，握手的时间长度比通常要多上一拍。史提尔满脸通红，乔治亚也感觉有些呼吸困难。她们都希望对方脑子里想的事情繁多，不至于注意到此刻对方的这种生理反应。

达维娜走后不久，乔治亚又在唐宁街10号她外面的办公室里大发雷霆，当着十几个工作人员的面。好像有什么事点燃了她的怒火，就像上次对保守党领袖唐纳德·斯坦霍普那样，很失态地大发脾气。她的拐杖又飞到空中了，这次是落在了一个工作人员的桌子上。表面上的原因，是因为公关部在搁置即将到来的脱欧全民公决动议问题上做得欠妥，可乔治亚心里明白不仅仅是因为这个，只是连她自己也不知道是什么引起的。难道是罗兰？她为他感到伤心？还是对那个美国人家里的搜寻结果感到惊恐、令她反感？还是她仅仅缺少睡眠？抑或是为国家状况忧心？身上的病痛？后悔？疲劳？或者更糟糕的是因为史提尔，是那个年轻女子让她不自在了？

她不知道，她真的无法理清自己的头绪，她既没时间又没办法。她十分尴尬地跟在场的诸位道歉，还没来得及喘气，厄里和他的团队已经来催促她上她的捷豹车去下议院出席“首相问答时间”（Prime Minister's Questions，简称 PMQ）。

“首相问答时间”是英国议会的一个历史悠久的传统。反对党领袖、反对党议员以及执政党的普通议员在这个问答时间里都有机会向首相提问，每次问答时间达半小时之久。布莱尔时代之前的很多年延续的是两个十五分钟的传统，到了布莱尔任职期间，他将首相问答环节合并为半个小时。每周三首相会准时到场，记下当天的议程以后，大家开始提问。这个传统既独特、有趣，又古老、伤脑筋。有时候，它会无聊得令人打瞌睡；有时候，却变成一项令人心潮澎湃的运动使得你不忍离去。

拉西特被大家公认为演讲天才。有些人私下里可能会说，他的出色发挥是因为对手是既虚胖又单调的唐纳德·斯坦霍普，而不是别人。也有些人会争辩说，他从来没有一次正面回答过问题。于是，大家给了他一个绰号叫“躲避大王”。事实上，他在演讲席上表现出来的从容不迫和灵活应变，将幽默和尊严融为一体的方式，以及他圆润的嗓子和独特的机敏，都为他赢得了在这个领域无人能敌的地位。乔治亚今天要去替代他绝非易事。

以前，只有为数不多的几次她替他出席过：一次是他随美国总统去以色列签署和平协议；另外一次是他去温哥华出席 G20。每次出席，她倒是都得到了一般到良好的评价。她能坚持立场，赢得一些机会，甚至还赢得过在场一些人的笑声。但是，她确实算不上他的对手，尤其是今天这个星期三，首相还处在生命垂危之际，整个国家沉浸在爆炸事件中还不知如何应对，大家对爆炸的任何消息都趋之若鹜。在这种情况下，她不能犯一丁点儿的错。她唯一的期望是当她坐在这个座无虚席、气氛紧张的议会大厅的时候，严峻的局势能迫使反对党愿意团结，暂时搁置刀枪剑戟。

议长请反对党领袖斯坦霍普先开始提问。作为惯例，乔治亚此时应该是站着的。他朝她点了点头，并将议程跟乔治亚做了通报。

“感谢议长先生，我今天上午一直在唐宁街 10 号出席各种小会大会，绝大多数会议都是有关这个最严峻的问题的，一会儿我还会回到唐宁街继续开会。”

乔治亚歇着，让斯坦霍普缓慢挪移到他那头。

“感谢议长先生，今天我站在这里心情无比悲痛。我只是希望尊敬的拉西特首相能早日康复，同时，也对他的家人表达我衷心的慰问和良好的祝愿。现在，议长先生，是否可以请最最尊贵的女士跟大家解释一下，为何在爆炸发生后整整四天，英国人民对是谁或者哪个组织作的案还都蒙在鼓里呢？”

他的问题赢得了反对党的一致赞同。就甭想把刀叉剑戟放一边了，乔治亚暗自想着，一边大步流星地走向她的发言区，准备与斯坦霍普针锋相对。

“议长先生，感谢这位尊敬的绅士对我的好朋友罗兰·拉西特发表的充满善意的那番话。在今天这个不幸的时刻，我向所有在场的各位表示最亲切的慰问。我们震惊万分，我们目瞪口呆，但是，我们不缺乏信念和决心。我们会找到实施这个恐怖残忍袭击的罪魁祸首，并将他们绳之以法，这样一来，反对党领袖或者任何一位尊敬的议员就不会以为我们整天无所事事。我们会利用所有的设备、动员最强的大脑，找到我们要找的答案。如果有谁认为我们做不到这些，那就是小觑了这届政府。我认为那将是个错误的。”

执政党普通议员和绝大多数反对党对她的讲话反应强烈。大家继续提问，绝大多数问题有关拉西特的身体状况，有些是关于脱欧公决的，有关这一部分的问题她确实躲避了。另外，还有一个问题是关于政府对“那次洪涝灾害和大巴悲剧”的反应。其他，还有一个问题是目前谁在主持政府的日常事务。对于这两个问题，她都对答如流，不卑不亢。

问答时间临近结束的时候，斯坦霍普在那儿长篇大论地提出最后几个问题，此时，乔治亚睡着了，睡得很香。当她坐在首相的位置上，隔着演讲席对着斯坦霍普的时候，她又坐着打上盹了，如以前一样梦中回到她 11 号的床上。副首相霍尔比轻轻地叫醒她。议长给了她一个答辩的机会，全场的人都在等着她发言。显然她是睡熟了。霍尔比又捅了捅她，她的眼睛总算睁开了，不知道自己是不是刚从床上跑到下议院的。整个房间瞬间充满了肆无忌惮的喜剧气氛，当然都是针对着乔治亚的。斯坦霍普此时又跳回演讲席后面，加了一句。

“议长先生，在这个特殊时期，每个人都不容易。我相信财政大臣也确实应该好好休息，但是，在我发言的时候是不是最好别睡着啊？”

这番话引起了哄堂大笑，会场气氛顿时轻松了许多。乔治亚打起了精神，进入了状态，走向演讲席。演讲席上特制的公文箱里装满了东西、还上了锁。

“议长先生，我为此向所有值得尊敬的同事们表示歉意。正如他刚才说的，手头的事情确实紧迫，唐宁街10号近日来一直都是在连轴转，整个政府也同样如此。不过，我敢肯定地说，我一定不是第一位在斯坦霍普先生发言期间睡着的女人。我敢肯定也一定不会是最后一个！”

这段话征服了整个下议院，既极大地挽回了乔治亚的面子，又在危难时期让众人难得地开怀一笑。议长让大家喧闹骚动了一会儿，然后请大家安静下来，接着讨论更多的事务。

那天晚上，在唐宁街11号自己的房间里，乔治亚正想睡会儿觉，她的手机又响起来，是史提尔。她看了来电显示以后，迫不及待地把电话接了起来。史提尔是从她父母位于布鲁姆伯利的两居室家中打来的，就是他们家开的餐厅马路对面的那个公寓楼里。

“我希望没有打扰您休息，阁下。您说过您要第一时间掌握情况的。”

“没事，史提尔女士，请说吧。只要你需要我，随时可以给我打电话。”

这句话听起来会不会不太对劲？需要我？这会是什么意思呢？

她忐忑不安地琢磨着。

“你接着说吧，警探。”

“谢谢您，夫人，是关于那个美国人在梅菲尔租的那辆车。这车在肯特的一条偏僻的道路旁，坦布里奇韦尔斯下面的树林里，被我们发现了。”

“肯特？那他家人呢？控制住了吗？”

“没有，夫人，车是被丢弃的。我们已经派人在这个区域搜寻他妻子和孩子们。但是，我们在车的后备厢里发现了一具尸体，是一位男子，上面盖着防水布，里面还发现了一个钱包，内有一张密歇根驾照。我们的人正在进行 DNA 测试，也采集了指纹，正在和联邦调查局核实。他头部受了严重的枪伤。”

“是那个美国人吗？就是那个叫塔图的？”

“是的，大臣女士。现在我们比较肯定，死者应该就是那个美国人，亚当·塔图。”

之前　5

夜很静。他们与麦卡利斯特一家在肖尔迪克吃完午饭后，又一起度过了一个轻松愉快的下午。之后，叫了一辆出租车回酒店。晚餐就在酒店里点了些吃的送到房间。朱迪出去散步了，凯特和彼力在房间里看电影。亚当看见她与彼力在黑暗中紧紧地依偎在一起，凯特颇有耐心地陪彼力看她完全不感兴趣的动画片。他想把自己的计划告诉她：他准备通知 HGI 负责照顾他的那个代表，说他不准备出席第二天早晨在唐宁街 10 号召开的那个会议了。他知道凯特会劝说他这么做是个巨大的错误。他无法让她理解他有多么不信任基廷，无法让她理解他预感整个事情都显得不对劲。所以，他最后还是完全放弃了跟她沟通。他静静地离开了房间。

他需要呼吸一点新鲜空气，也需要时间思考。

酒店大堂里空空荡荡，显得格外安静。客人们办理完了入住手续，都已经在房间里休息了。刚刚擦过的地面散发着一股消毒液的味道和过分浓烈的香皂味儿。有一个叫罗尼的南非小伙子站在前台，穿着体面的西服，戴着领带。罗尼询问他有什么可以为他效劳？亚当解释说他只是出来透口气。于是，他迈出了酒店大门，走向绿树环绕的广场。

他在土质的小路上放松地漫着步，小路曲曲折折，伸向各个绿荫覆盖的角落。大约走到半路，他发现，前方有两个年轻人热烈地拥抱在一起，正在一把公园的椅子上亲热着。背着光，这画面看着确实很浪漫，颇像一张明信片上的优美画面，如果那个年轻的女子不是他十六岁的女儿的话。

“朱迪？朱迪？你好？”

他走到椅子边上，这也许是他当时最不愿意参与的事。朱迪和那个法国男孩看见他过来，迅速分开了，好像碰到麻风病患者一样。

“爸爸，你好，你认识埃迪安吗？”

“我不认识，我不觉得埃迪安和我有幸见过面。”

埃迪安是个长得帅气的法国小伙子，看起来不只十几岁，好像比他的实际年龄要大些。他有些忐忑不安，站起来跟亚当握手问候时，声音也有些嘶哑，他的口音很浓重，但是很温馨和蔼，英文说得结结巴巴的，倒很有点喜剧效果，感觉挺可爱的。

“认识您很高兴，先生。我想您和我妈是同事，对吧？”

“是的，我想是的。”

亚当比男孩高大，他很享受自己的高度优势。他要这个男孩害怕他。

“为什么你不赶紧跑回酒店？埃迪安？回去找你妈妈去。我有事跟我女儿单独谈谈。”

“好的，当然，那我走了。见到您很高兴，塔图先生。”

他以最快的速度跑开了。朱迪不愿看她爸爸的眼睛，她不开心极了。亚当坐在朱迪的旁边。

“你刚才也太粗鲁了，爸爸。”

“好吧，有时候我的责任就是得有些粗鲁。”

“是啊，但是你好像很享受这个啊！”

“我不享受，相信我，看见你这样我一点都不享受。你太年轻了，朱迪，我觉得你不需要这么急着长大。”

“我不明白你在说什么。”

她闷闷不乐，也不愿看她父亲。她继承了妈妈的美貌，有着与妈妈一模一样的蓝眼睛和晶莹透明的皮肤。她身上有一种东西，使得她看起来会比实际年龄大一些。但是，对他来说，她就是个孩子，一个才华横溢、聪明伶俐的女孩子，生就一副能唱歌的金嗓子，由于她害羞在别人面前唱，所以，从来没人听到过她的歌喉。她在学校里表现很好，学习优秀，至少到几年前一直都是这样。最近几年，她性格上有些改变，比以前内向，不像过去那么热情开放了，开始一心专注于男孩子，对其他的事情变得有些懒散。他真的是拿他这个女儿没办法。

他就这么一声不响地坐着，最后，还是把头转向了女儿，以一种她能听懂的语气告诉她，不管他和她妈妈为什么争吵，他都需要她站在他这边。

“朱迪，在伦敦期间我要你始终和我们在一起，我不敢确定发生了什么事。我知道你妈与我看法不同，因为各种原因我现在暂时先不能告诉你。我感觉我们在这儿不安全。”

“你在说什么呢？爸爸？别犯傻了，伦敦是世界上最安全的地方了。”

“是吗？”

“是啊，我们是安全的。姥爷也在关照我们，他还有整个‘公司’。”

“我现在需要你帮我，我需要你跟我们待在一起。”

“我不知道你什么意思啊！”

“你知道的，朱迪，你明白的。你是绝顶聪明的女孩子，你知道我的意思。”

“妈妈说你要离开，辞去工作，明天不去参加那个会议，就是你专程赶来参加的那个会议。她还说你恨姥爷。她说的是真的吗？”

“不是真的，我不恨你姥爷，这太荒唐了。”

“她觉得你有时候心不在焉的，那是由于你过去做的一些事给家里造成了坏的影响，她说你有点精神病啥的。”

他走得更近了，抱住她，她也靠着爸爸，把头轻轻地放在她爸的肩膀上。

“我不生你的气，爸爸，我从来都没生过你的气。我只是不明白，我为你感到难过，但是，我从来没生过你的气。”

“谢谢，这对我来说太重要了。”

他们又坐了下来，静静地呼吸着伦敦夜晚温润潮湿的空气。

“你为什么要那样做啊，爸爸？我知道你本意是不想伤害任何人的。我了解，那你为什么会参与到那件事里面的呢？”

在他遇到那些麻烦事前后，他和朱迪从来没有过这样单独的谈话。他的的确确不想谈论那些麻烦事，他对这个话题已经感到厌倦了，但是，他觉得应该给她一个答复，他知道他惹的那些麻烦事害得她为此承受了很多心理压力。

“你知道，一年前我把工作给辞了，有很多的自由时间，所以，我就参与到了工会政治中，花了大量的时间去示威游行。”

“我记得。妈妈说那就是一个阶段，过去就好了。”

“州长宣布要通过一条法律来削弱工会的力量、削弱工人的力量，当时我就震惊了，真的。因为正是由于工会和工人才让密歇根成为目前如此繁荣的一个州。”

“我明白的，这些我都知道。我的意思是，为什么呢？我还知道你只是为了去吓唬一下州长，他是政坛新人，你和你们的工会成员都以为只要吓唬他一下，他就会被吓趴下。这些我都知道。我在网上也都看到过，妈妈也告诉我了。我不明白的是你为什么去参与呢？这不像是你啊！你为什么会去参与这么危险的事情呢？还触犯法律？有人给你钱还是因为其他什么原因呢？”

“不是，肯定不是为了钱。”

“那是为什么呢？”

这个问题问得太好了。他也曾经这么问过自己很多次，每次都用谎言搪塞敷衍过去。什么“荒谬的故事”、“酒精过度”、“虚张声势”、“随波逐流”，实际上这些理由都是骗人的。如果，他要跟人说实话，那他头一个就应该跟朱迪说实话。

“我想出类拔萃。我想干一番与众不同的事业。”

“爸爸，你本来就是与众不同的。”

“可能是因为我自己没觉得吧。我不想让自己沦为一个安娜堡的傻瓜侦探。我要超过我父亲，我想在历史上留下一笔，成为一个有理想并为自己的理想生存、牺牲的人。我想考验一下自己，朱迪，我想考验一下自己的性格。”

他边说边轻轻地抚摸着女儿的头发，女儿钻进了他的怀里。

“我愚弄了自己，宝贝儿。我当时确信自己做的事情可以改变工人运动的历史，就像过去福特高地公园工厂那些罢工的工人一样……以为自己找到了一条通向伟大的捷径。我这样说你听得明白吗？”

“差不多，但还没完全听明白。”

“结果是我又被打回了原形。”

她看着她爸爸，冲他微微一笑，这个笑让他想起了她妈妈，她就经常这么笑。

“你出监狱后我特别开心。我希望你再也别干那样的事了。我特别担心你，再也不想那么担惊受怕了。”

“你别担心，我发誓。”

她把头伸过去，在她爸爸脸上亲了一下。

“你能不能别跟姥爷过不去？跟伦敦？跟你的老板？好吗，爸爸？妈妈在这儿挺开心的，彼力和姥爷玩得也开心，妈妈真心希望你好，她爱你。明天的那个会你就去开吧，她不想你把它给毁了，她不希望你把什么都毁了。对她好点，好吗？”

他就这么坐着，想着自己多么喜欢做这个家庭的一员啊。以前，他一直以为自己不想成家，年轻的时候总觉得家不会给自己带来什么好处。当了父亲以后，也会被捆住手脚。他敢说，对他爸来说事情就是这样，家没给他带来什么好处。

可是，事实证明他的想法一直都是错误的。家已经成为他生命中的一切，在监狱里的那三个月更是让他充分认识到了这一点。当时，他整日整夜地待在那个小屋子里等待判决，脑子里唯一想的就是要和他的家人在一起，要再让凯特和孩子们幸福。

“我再想想，好不好？”

“我爱你，爸爸。”

“我也爱你。小东西。”

他们接着又在广场上坐了会儿。远处隐约传来各种车辆的声音，伦敦的晚风轻轻吹拂在他们的脸上，公园四周的树上飘来阵阵沁人心脾的茉莉花香，就像一个海贝壳的催眠曲。他多想这一切赶紧结束，多想再次恢复自己的自信，多想再次相信自己的直觉。但是他不能，自从他上次被捕以后，他很久都没有这样了。自从他们跟基廷搞了这么一个荒唐的交易之后，他甚至都不能完全信任他们了。

他站了起来，拉着女儿的手。女儿靠在他身上，两人一起往酒店走去。

“我觉得我爱上埃迪安了，爸爸，我觉得他就是我要的那个人。”

他亲了亲她的额头，非常坚决地回答道：

“我敢肯定他不是。”

“你怎么可以这么说呢？你怎么会知道呢？”

“我是你爸爸，知道是我的责任啊！”

之后　6

这段时间，史提尔不再乘坐地铁了。手头这个案子的难度有所增加，现在需要的是行动，尽快地行动。她开着市警察署的车来到位于法林顿大街上的 HGI 大楼，车后跟着两辆同事的车。她和三名穿制服的同事一起走入了大堂，这样做更多地是为了作秀。她想搞清楚塔图家人的情况，以及基廷对塔图的过去了解多少，到底是谁招聘的塔图？基廷和他的手下与五天前唐宁街 10 号的爆炸又有什么样的关系？

她再次受到了冷遇。前台请她稍事等待，说是要去请一位代表来与她谈。

“我看着像是有心情久等的人吗？”

“不像，女士。我肯定会告诉他们你不愿久候。请稍坐。”

她确实等了将近五分钟，这对她来说太长了，她根本不是到了一个什么悠闲的地方可以“稍坐”的人。今天，她故意连穿着打扮都和平时不一样，黑色牛仔裤，黑色高筒靴，上身穿一件市警察署的皮制大衣，腰上别一把格洛克 17 型手枪。主要是为了摆个架势。

她等得不耐烦，于是，将那几个穿制服的警官留在了前台，自己独自顺着后面的大堂走向了那部私人电梯，乘着电梯直接去了基廷的套间。走出电梯的时候，迎接她的还是上次那个头发特别秀美，鼻子特别漂亮的女子。

“你好，史提尔女士。”

“是史提尔警探，我通常不让别人称呼我的职务，但今天好像正合适。”

这个貌美的金发女子偷偷地笑了一下。史提尔身上有种她喜欢的东西，很可爱的气质。不过，她是这个公司的职员，所以她得恪守职责。

“是的，当然，史提尔警探，我的一个同事马上就会过来见你。”

“没事，我不想等了。我直接去见基廷先生。”

这个美女想劝阻她，但是，被史提尔一把推开，直接冲进了基廷的房间。基廷正在和三个亚洲人开会，他们看着像是财务人员。沙发上、沙发中间的桌子上到处都摆着写满数字的文件。基廷见到她连忙站了起来，做出很乐意见到史提尔的样子，急切地跟她开着玩笑，对她擅自闯入办公室也毫不介意。那个香波女试图致歉。

“我很抱歉基廷先生，我已经叫了保安。”

基廷打断了她，史提尔猜想他会的。

“没事儿，吕贝卡。”

他转向那几个亚洲人，用日语跟他们嘀咕了几句。他们向基廷鞠躬，基廷也鞠躬回礼。然后，他们用日语交换了下意见，把所有的文件捡了起来，紧接着又一轮互相鞠躬之后，便走了出去。

基廷挥了挥手让吕贝卡也出去，尽管她有些不大情愿。房间里就只剩下他和史提尔了。

“总算清静了。你看看我们。要不要喝点什么？”

他已经惹了史提尔两次了。但是，她也毫不示弱。她操着平时不太用的苏格兰口音，还加了丁点儿格拉斯哥的马路调子。

“你别自以为是。你知道我代表的是谁，是来调查什么的吗？我不是来你大堂等候接见的，也不是来忍受你趾高气扬的表演的。你听明白了吗？基廷爵士？”

他露出了他那个最拿手的笑容，似乎是在说“生活就是场大游戏”。

“我知道，我明白了。你今天心情不佳，不想开玩笑。我能帮你做点什么呢？”

“首先我想知道你对塔图的过去了解多少？”

“几乎不了解，这些天来，我每天都对他做进一步的了解。实际上，整个这件事让我感到很恶心，就是我们碰巧被牵扯到的这件事。昨天之前，我对他以前的犯罪史没有任何的了解，我自己以及我们公司的任何人都不知道他过去做了些什么？为什么而做？还有他还会做什么？”

“你也不知道是谁杀害了他？他的家人在哪儿？或者他们出了什么事？”

“当然不知道，我不知道啊！我也是刚刚得知他被杀的。”

“他是怎么上你公司来工作的？是谁雇用的他？”

“我正在调查，一旦搞清楚，我会将那人的姓名给你。我曾经跟你说过，我们有成千上万的雇员呢！”

他坐了下来，这是她闯进来以后他第一次坐下来。他也让她在对面的沙发上坐下，这样可以舒服些。

“我不会待多久，这次不会。”

“我很抱歉他死了，如果他真是与爆炸有关的话，我倒是希望看见他受到审判的。”

“我相信你是的。同时，我还需要知道他在你公司的联系人是谁？我们得在他家人受到伤害之前找到他们，同时查清他妻子对他的参与了解多少。”

“当然，你到前台去的时候，那个人的名字可能就可以给你了。警探。”

史提尔转身准备离开，他还想继续表演下去，他几乎是在窃笑。当吕贝卡以及她的那头美发带着她往电梯走的时候，他还在后面喋喋不休呢。

“随时冲进来啊！达维娜。我会随时为你效劳的，好吗？”

她突然停下脚步，转过身去，眼睛狠狠地盯着他，这种眼神是他从来没见过的。

“我今天来这儿是直接受外交保护小组组长和内政大臣的授权和指示的。我在调查谋杀首相的案件，头号嫌疑人是你手下的一个雇员，这应该没有什么好笑的吧？这将是我最后一次用这样和善的语气跟你说话。”

基廷收敛起他的窃笑，尽量真诚地点点头。

“我会把你刚才说的当成一种警告。”

她离开的时候往走廊方向看了一眼，发现哈利斯和皮特正站在走廊的两边。她认得出皮特，因为他曾经跟踪过她。她差点笑了出来，她想跟他说，在她看来他是多么的不称职。但是，她还是决定把刚才那通即兴发作作为今天的收场。她从吕贝卡身前走过进了电梯，坐上电梯离开了。

前台有人给了她一个人的姓名和电话号码，这个人名叫高登·汤普森，是伦敦 HGI 的雇员。汤普森显然是在休假，但是，他们告诉史提尔，只要她需要了解塔图的任何信息，可以随时给汤普森打电话。

之前　6

下午五点，巴瑞·塞弗坐在他那个可以俯瞰芝加哥河的办公室里。此时，三个平板电视在静音状态中分别播放着 ESPN、CNN 和 CNBC 频道。此时，他的手机响了，是塔图从伦敦打来的。他很快地算了一下时差，伦敦此刻应该是凌晨一点。

"怎么样？阿甘？你已经跟首相和那帮人玩上了？玩得开心吗？"

亚当是从千禧酒店的后门门厅打来的电话。他睡不着，也想不出该跟谁聊一聊上午在唐宁街 10 号开会的事。塞弗是他能想到的、也算是最值得信赖的人了。

"巴瑞，听着，我被卡在这儿了。我不知道该怎么办？我需要帮助。我感觉自己已经无能为力了。"

"别啊！狗屎，你还无能为力了，你他妈的。我应该在你离开芝加哥之前就告诉你。"

亚当从口气中听出他是在取笑他，心情应该不错。看来上次他落选代表团的事情已经咸鱼翻身，现在已经有心情逗他玩了。

“巴瑞，我不觉得这件事情是光明磊落的，我也不信任基廷。我不知道你对他了解多少，但是，我觉得他很龌龊。”

“怎么个龌龊法？”

塞弗站了起来，把 CNBC 给关上。他开始踱起了步，专心听亚当讲话。

“问题就在这儿，我还不知道呢！我只知道出了事。你知道我的麻烦事，对吧？咱们俩从来没谈过，不过，我估计你是清楚的。”

“每个人都知道，塔图。你就是一个神话。你是个神经病，在州长家你完全疯掉了。那怎么了？跟这有什么关系吗？”

“我觉得这是我来这儿的唯一理由，也就是我为什么被选上去唐宁街 10 号的原因。”

“是啊，那肯定得有个理由啊！对不对？一个人犯了傻，然后被关进了监狱，这和基廷全球公司在唐宁街 10 号开会有他妈的什么关系啊？你把这个跟我解释一下。”

“我不敢肯定我能解释得清楚。我只知道如果出了什么差池，我就是那个替罪羊。基廷也跟我承认了。”

“替罪羊？替什么呢？塔图？你得说得明白点。”

他走过去拿过遥控器把 ESPN 也给关了，又走到门前，把办公室的门关上，然后，等着塔图回答他的问题。

“他跟我编的那个故事一点都说不通，巴瑞。说是他们已经批准了的文件里面有一个错误，数字上的错误，而我的任务是把这个文件给调换一下，这样他们就不会每年损失十亿美元了。他跟我说这件事‘永远都不会有人知道的’。到时候公司会跟我签一个合同，实在不行就由律师来处理。莫名其妙，尽是些胡说八道。”

“听起来确实有些乱。我的意思是我从来没见过这个人，所以，我也没法给你太多的建议。我从伦敦公司的人那儿听说他最近几年变得有些令人害怕……但这都是二三手的消息了。”

“我觉得他有企图。我感觉他在给我设圈套，让我去做坏事。”

“也许你该报警？你想到过这么高明的主意吗？”

亚当跟他详细地描述了那个应召女郎以及后来他被关进监狱的事情。他跟塞弗说这些，是因为他想让塞弗明白报警等于浪费时间。基廷太神通广大了，几乎无所不能。而亚当呢，则无门路可走。

塞弗关掉了 CNN，三个大屏幕瞬间都黑屏了。他走到窗前，一边听着亚当在电话里解释他的情况，一边从十楼俯瞰着河水。河里一艘游船好像抛锚了，也没准是没燃油了，倒霉的船长和他的妻子正在把纤绳递给路过的人，请他们帮忙把船拽住，免得被河水冲走。此时，一艘商用船开到迪尔伯恩街大桥。塞弗对船颇为了解，知道这个大船不会突然急刹，很有可能这个水上的事故会以悲剧告终。他对亚当就像对他们一样，爱莫能助。隔着一段距离，他所能做的只是透过窗子瞧着，同时，为他们祈福祷告。

“我什么也不明白，塔图。依我看，你没准错得一塌糊涂。从一开始你就不够机灵，所以，我并不排除那种可能性，但如果你说的这堆狗屎是对的，或者说，你说的哪怕有那么一丁点儿是正确的话，要换成是我，我一定立马掉头逃跑，跑得越快越好！就好像身上着火了一样。”

之后 7

布鲁姆伯利的夜晚，死一样的静寂。博物馆、商店、咖啡厅、午餐馆都早早地关了门，写字楼六点之前也已经空无一人，除了偶尔有几个行色匆匆的行人进出商场楼上为数不多的那几套公寓之外，这里夜间的人行道与乡村的荒僻山路没有太大的差别。夜已深，风呼呼地刮着，比远处的车辆声来得还要凶猛，剩下的几盏街灯孤零零地在风中摇曳。

史提尔家的公寓在自家咖啡厅对过的西奥博尔德路上，这是该街区为数不多的几幢公寓楼之一，从咖啡厅对过往下数八个门就是。伦敦街头人们行色匆匆，根本不屑一顾这样的小型两居室公寓。

达维娜的母亲希娜是德国和苏格兰混血。她和父亲考雷・达纳德・史提尔都是那种文静、谦卑得有些过分的人，向来习惯低着头过日子。对他们所拥有的、对自己所创造的感到非常知足，心怀感恩。公寓布置得简单朴素，虽然年份不短，但却温馨舒适，是自己的温暖的家。墙上挂满了经过装裱的语录，地毯上估计得有上千次洒上去的汤汁。

史提尔和父母一起坐着吃饭。她吃的是炖羊肉，外加一大盆腌制的圆白菜，甜点是巧克力蛋糕。父母特想跟她聊聊她的那个案子，毕竟最近这段时间以来，上咖啡厅来的客人讨论得最多的就是这件事了。史提尔尽量想转移话题，她父亲好像已经明白女儿的心思。母亲还在不停地问各种问题，父亲轻轻地握了一下她母亲的手，结束了讨论。

“她现在不便讨论，女士？你还不明白吗？不能讨论就先别讨论了。让她好好地吃个饭。”

事实上，她不是不能讨论，也不是不可以跟他们透漏了消息，让他们也可以饱饱耳福。可是，她不想这么做。她不想以这种闲聊的方式去谈论这么重大的一个案子。

吃完饭后，爸爸在收看有关爆炸的新闻，妈妈在收拾饭桌。她想为刚才饭桌上拒绝聊那个事跟他们道个歉。她不知道自己为什么就不能对他们好点儿？或者至少在心里对他们再好点儿，可她就是做不到。这不禁令她有些心烦意乱，她有时甚至会生自己的气，因为毕竟她是非常爱他们的。

半夜时分，达维娜突然从睡梦中醒来，睁开眼睛，感觉有东西压在了她的脸上。还没等她弄清楚到底是什么东西捂住她的鼻子和嘴巴，她很快又睡了过去。

再次睁开眼睛的时候，应该是数小时以后的事了，她发觉有个男子坐在床边上盯着她看。屋子里一片漆黑，她看不清这个男子的相貌、他的面部、他的身高以及他的体重。她只知道他就在她床边坐着，她更多靠的是感觉，而不是她的眼睛，感觉到他的体重把床垫压下去的感觉。她意识到自己的手脚被绑上了，根本动弹不了。

她想呼叫，但发现嘴里塞满了东西。她既出不了声，也动弹不了身子。

她挣扎着，那个男子向她凑过来，手指头放在嘴上，轻声地、严厉地示意她别出声。

他点着了一根火柴，房间里顿时闪烁着一丝黄色的光线。是基廷手下的那个红头发矮壮男子，就是那天下午她去基廷全球大楼时，在套间外面走廊上见到的那个男子。这根火柴的亮光，正好让她看到了这个男子后面还坐着另外一个男子，他坐在书桌旁边那张唯一的椅子上。原来是那个光头，那天他也在场的。在那点昏暗的光亮中，她还看清了自己的手臂被人用胶带死死地捆在了床的四根柱子上，估计自己的双腿也被捆住了。

她使劲地挣扎着，心想不能就这样束手就擒了。她试着扭动身体，嘴里咒骂着，无奈嘴里塞满了东西，她只能咕咕哝哝地出声。火柴熄灭了，黑暗再次降临，她继续不停地扭摆着，坐在床上那个男子任她折腾，对胶带充满信心。

过了一会儿，有人在屋外敲门。

"达维娜？亲爱的，你没事吧？"

是爸爸，她停止了挣扎。那个红毛又点着了一根火柴，火柴的火焰和影子在墙上摇晃，好像是在嘲笑她。秃头手里拿着手枪缓慢地、小心地靠近卧室的门，将手枪瞄准了她爸头部的位置上，她能看得清清楚楚。就在这时红毛把塞在她嘴里的东西取了出来。无须多说，史提尔知道这时她该怎么做。

"嗯，你回去睡吧，我没事，刚才就是做了个梦。你走吧。"

门外迟迟没有回声，房间里的三个人都在等着。秃头一直把枪顶在门上。

“那好吧，那祝你继续睡个好觉，做个好梦啊！”

他们听着老人的脚步渐渐走远，回到自己的房间，关上了卧室门。当他钻进被子里的时候，那张床在他身子底下咯吱咯吱作响。

那个红毛又把东西塞回了她的嘴巴，她真想咬他。她还真在嘴里那个东西上咬了个缺口，可是，好像无济于事，因为红毛把东西塞得太深了。她的鼻子呼吸起来都很费劲，根本就甭想去咬他了。

红毛又点了一根火柴，他几乎是温柔地微笑着，一语不发。

不一会儿，她发现他在摸她的睡衣。他那双粗胖的黏糊糊的双手撩起了她的睡衣，缓缓地把手伸向她的肚子，又摸索着伸进了她的内裤里，眼睛直直地盯着她那双惊恐的眼睛。他的手最后找到了他要找的地方。他的两个手指头一起伸了进去，插到了最深处。还好火柴没掉到地上，没酿成火灾。

她哭了，这是她现在唯一能做的事。她不敢再使劲挣扎，生怕搞出太大的动静。她了解如果她爸再过来的话，可能会想跟她聊会儿。没准儿还会给她送进来一杯牛奶或者一块蛋糕什么的。她清楚如果那样的话，那将肯定是他人生最后一次走在这个过道上了。所以，她绝不能挣扎。她只好任由红毛熊一样的手指头想伸哪儿就伸哪儿了。

等他感觉自己已经表明态度了，他把手抽了出来，轻轻地提上她的裤子，帮她整理好睡衣。这时秃头走了过来，红毛便站了起来，将他的位子让给秃头。秃头瞪着她，很长时间他就这么边笑边瞪着她。她知道他脑子里一定是在想什么坏招，这次可能不只是想表明态度了。

红毛点的第三根火柴也熄灭了。他走回床边，递给个儿高些的秃头一个大家伙，然后朝他点了点头，好像是在跟他说：把她交给你了，你继续吧。史提尔借着窗外透进来的光线，看见他递给他的是一副连着金属罐的煤气面罩。秃头俯身把这副面罩戴在了她的脸上。她现在才明白过来，刚才压在她脸上和鼻子上的就是这个玩意儿。难怪他们当时捆绑她的时候，她毫无察觉。外面透进来的光线，不知道为何也在此时暗淡了下来，房间突然变得像山洞里一样伸手不见五指。两个男人谁也不说话，他们好像从来都不用说话，这就是他们之间特有的方式。对哈利斯和皮特来说，语言从来就是累赘多余的。行动永远是最重要的。

她醒来的时候，正是公鸡啼鸣时分，清晨的曙光已经洒满了房间。她听见父母已经窸窸窣窣起了床，准备去马路对面的咖啡厅了。他们在讨论她昨晚做的噩梦，她妈总是担心她。她往自己的身上看了一眼，双腿和双手都已经松绑，床柱上也没有一丝半缕胶带的影子。

她感觉有些虚弱、麻木，行动也不是很自如，好像是在第一次使用身上的这些零部件，需要好好活动活动每个零部件。她坐了起来，把脚放在地板上，接着站了起来。她在琢磨，昨晚会不会就是一场噩梦？还是真实发生过？

三根燃尽的火柴在她床对面的那张桌子上整整齐齐地摆放着，似乎在提醒她，那不只是一场噩梦，有人蓄意的谋划不会被她轻易遗忘。

第二天早晨六点钟，乔治亚就与达林少将和内务大臣会了面，今天离白屋柜子里的那个炸弹爆炸已经过去五天了。财政大臣既要处理财政部的事务，又要处理首相日程上的紧急事务，都是些事关重大、不能耽误的重大事件。所以，她的时间安排得满满当当的，一个接一个的会议。雪上加霜的是，昨天半夜在黎巴嫩突发了一个人质劫持事件，其中四名英国士兵被劫持。目前只有少量的有关消息，无论如何这又是她需要处理的一个危机。外交大臣半小时后会带着最新的报告来见她。

乔治亚的药片很快要吃完了，她过去一直都是从她父亲开的那个位于芬奇利的药店里拿的。不久，厄里又该趁着天未破晓，开车拉着她，然后从药店的后门进去拿药了。她很讨厌这样做，当然，她本来是可以从唐宁街特聘医生那儿要到这个药的，只是她不想有人说她已经依赖上这种可爱的小药片了，尤其是在目前这个节骨眼上。如果罗兰回不了唐宁街一旦变成事实，就将很快展开一场由谁担任政党领袖的政治角逐。绝对不能跟医生要，她还是要用自己的方式去取她的小药片，这也是她唯一的方式。

达林少将掌握了有关塔图的一些新情况。

“美国联邦调查局提供的塔图的指纹和牙齿记录与塔图租的那个福特后备厢里的尸体完全不符合。看来那个美国人根本就没死。”

“是吗？那这个尸体到底是谁的呢？”

“我们还不能肯定，阁下。这个情况是最新的，而且事情一直处在变化之中。应该很快就能真相大白了。好在他还活着，这对我们来说是个绝好的消息。我认为塔图完全不是一个人单干的，我们得弄清楚他是跟谁合伙的？动机又是什么？我们最好的策略就是能找到活人，然后把他带过来，让他自己交代情况。我们必须赶在谋杀后备厢里那个人的凶手之前找到塔图。那帮人肯定是想永远地让他的嘴闭上。”

乔治亚同意他的意见。她假装不痛不痒地问了一句史提尔。她听说年轻的警探因私事请了半天的假，下午才来上班。乔治亚表示希望她一切都安好，随即将话题转移到了下一个议题。她不愿让达林或者伯恩勒觉得在财政大臣的眼里，史提尔比那些每天出入唐宁街的公务员或者政府雇员都要来得重要。

实际上，乔治亚昨天晚上在床上辗转反侧，久久不能入睡。她在想念和琢磨着史提尔。她想再见到她，跟她聊天、讨论案子、讨论她的生活、她的爱好、她的家庭，当然还有她的香水。她尤其想再跟年轻的史提尔聊她的香水，因为，那天当她提到香水的时候，她从史提尔的眼神里读出，她和乔治亚一样希望有这种只有女孩子之间才有的闲聊。

早晨，伯恩勒和达林来到她的办公室，但是没见到史提尔，房间里好像顿时失去了激动和兴奋，就好像一艘帆船丢失了一个主帆，开始漫无目的随波逐流。乔治亚很伤心，想到她那天早上是因为史提尔才有动力醒来、起床，还把自己打扮得漂漂亮亮的，特意化了点淡妆，这一切可以说都是为了史提尔。她想停止这一切，停止对这位年轻警探的朝思暮想。这没有任何意义的，她把这些都归咎于那些药片，是那些药片混淆了她的思维判断。她敢肯定，是它们控制住了她并且改变了她。

与伯恩勒、达林开完会以后，乔治亚还和外交大臣爱琳娜·道尔—考提斯开了一个简短的会。黎巴嫩的人质危机已经解除，一位英国士兵受了伤，其他的人质都安然无恙地得到释放。为此，阿兰·门罗需要起草一个声明，乔治亚答应在晚间新闻之前把这份声明在摄像机前宣读一遍。她认为在镜头前谈论罗兰之外的问题会对她有利，这样一来，公众会习惯看到她、习惯听她讲话。

乔治亚坐着司机开的车夹在摩托车队中间，过了桥来到医院。她是利用午餐时间来看望一下拉西特。拉西特苏醒过来已经整整二十四个小时了，克斯蒂和医生们认为她应该尽快来探视一下以表示慰问。医院外面仍然有一堆来自世界各地的媒体记者在马路牙子上宿营。这里的安全措施，比乔治亚见过的伦敦任何别的场合都要严密。当然最严密的要数几年前国王的加冕礼了。

罗兰一副有气无力的样子，用了太多的药，不过，他总算神志清醒了，而且多多少少可以说点话。医生们严格限制探视次数，还备着秒表在一边嘀嗒嘀嗒地计着探视时间，因此，他只能和乔治亚单独待一小会儿。她进屋的时候，他冲她点了点头，还伸出手来要水喝，他的嘴唇干得几乎无法说话。她见他拿着杯子有些费劲，立刻过去帮忙。看起来，他还是那么的帅气，尽管在过去的五天里他好像老了有二十岁。

“可怜的人儿，你一定受了不少罪，对吧？”

他们俩说话都放慢了速度，他慢是因为他体力不支，她慢是因为她的话承载着她一生的感情。

“现在，我体会到你上次飞机坠落事件后的感受了，乔治亚。”

“我知道你也是受了罪的，我们俩都挺痛苦的。”

她对他笑了笑。

“我可是指望你能挺过去的啊！”

他也笑了笑，他的眼神有些许游离。短暂的对话，已经搞得他有些力不从心了。

“是一个美国人，对吗？一个神经病？克斯蒂这么跟我说的。”

“我们还不能确定，罗兰，情况很快就会明了。他是和基廷的人一起进唐宁街10号的。我觉得还没有足够的证据表明基廷不是个受害者。”

罗兰倒是都听进去了，但是，显然他的思绪还是有些混乱不清，时断时续。

“他是去卖养老金计划的。”

“他跟你说了些什么吗？罗兰，说了些什么没有？能让你回想的？”

罗兰好像想了有十几年，总算有了点思路。

“他跟我说在你看那个文件夹之前让我先看。他还告诉我一定要在你来之前仔细阅读后面的总结。我说我会的。但是我很好奇，所以，我才走近那个柜子。就在那时爆炸发生了。”

显而易见，目前让他去回忆当时的爆炸情况实在是太难为他了，因为事情刚刚过去不久。果然他的眼眶湿润了，乔治亚的眼眶也跟着湿润了。这个答案太说明问题了，是基廷将他引到那个柜子去的，让他遭受了炸弹的全部冲击力。这当然是个可怕的指控，但这难道真的只是个指控吗？也许，基廷会说他只是来卖他的养老金计划的。

医生们回到了房间，礼貌地催促乔治亚尽快离开。她跟罗兰吻别后，离开了医院，强忍着眼睛里的泪水。他太疲惫了，以至于没有精神跟她道别。她走的时候，他的神志又开始恍惚了。

从医院回办公室的路上，她又经过了那座桥，他们告诉她史提尔想见她。无论她上午发生了什么样的个人问题，现在也应该解决好了，显然，她又有了新情况。乔治亚吩咐厄里可以安排会面。回到唐宁街以后，乔治亚立刻上楼到她自己的房间里整理打扮了一番，把头发梳理一下，又服了一颗药片。

史提尔今天穿得很随意，上身一件羊毛开衫，下身穿一条名牌牛仔裤，头发做得很漂亮，又喷了上次同样的香水，这次甚至喷得更多。今天，她的眼圈有些黑，乔治亚想，也许是昨晚没睡好或者心中有什么烦心事，样子看起来好像不久前还曾经流过眼泪。

厄里端了茶进来，出门的时候把门给带上了，这样她们俩可以单独谈谈。乔治亚立刻开始刨根问底起来。

“你没事吗，警探？你现在的样子看起来好像整个世界都压到了你一个人的身上。”

史提尔想跟财政大臣敞开心扉，将昨晚发生的事情一五一十都告诉她，但是，她还是觉得拿自己的事来烦扰乔治亚不太合适，尽管对她来说，乔治亚是她唯一真正想要倾诉的对象。她真想靠在她的肩膀上好好地大哭一场。

“没事，没事，感谢你的关心。昨晚过得不怎么样。”

乔治亚知道肯定还有更多的故事，但是，她不想再盘问了。她没用拐杖，自己走到了沙发边上，在史提尔的身边坐了下来，递给了她一杯茶。

“大臣女士，我知道达林少将已经把那个美国人的情况跟您通报了。那不是他的尸体，我们在全力调查塔图车里的那具尸体究竟是谁？并且将尽快查清塔图全家目前所在的位置。”

“整个事件变得错综复杂了，是不是？从企图暗杀，到现在的谋杀。”

史提尔点了点头，喝了一口茶。

“是基廷，阁下。他和他的手下是整个事件幕后的操纵者。我将如此肯定的判断告诉您，达林少将和内务大臣一定会有些不快。他们不希望我现在说这个，因为，他们想要找出更多的证据。但是我不需要，我可以毫不犹豫地告诉您，基廷就是这一切的幕后指使者。”

史提尔等着乔治亚对她说的话做出回应，但是，乔治亚没有。她坐在沙发上盯着史提尔看。她感觉到太不可思议了，似乎一夜之间已经把这位年轻的警探本人给牵扯进这件事。乔治亚往她身边挪了挪，想安慰她一下。于是，她不动声色地跟史提尔透露了点秘密，希望史提尔也一样会跟她说点什么。

“今天早上我和首相聊了一会儿，他已经差不多清醒了。他解开了爆炸那会儿为什么他正好会在柜子边上的谜团。是大卫·基廷把他弄过去的，让他在我读那个文件之前，先把那个文件给看了。”

史提尔听她说的话，心里明白乔治亚实际上是同意了自己做出的基廷是主谋的判断。

“这表现出了基廷阴暗的一面，同时也让我倍感担心，警探。我敢肯定他已经准备好了一套说辞，也一定准备好了证据来证明他是无辜的。这我就更加纳闷了，那还会有谁参与了呢？他这个人各种人脉资源关系非常深厚。政府的运行有时候是由各路木偶提线操纵的，各路躲藏在阴暗角落里的提线。”

她和史提尔在沙发上面对面地坐着，两人都在尽量避免向对方传递倾慕之情，也避免流露出自己从对方身上接收到了这种美妙的倾慕之情。虽然如此，毕竟它是存在的。就在这时，一滴眼泪从史提尔的眼角流淌了下来，它突然蹦了出来，跳出了她的眼眶，流下了眼角，缓缓地滑下她的脸颊。

乔治亚第一时间就注意到了，她极力忍住没让自己用手指去接住那滴眼泪。她轻轻地将它从史提尔干裂的脸上擦去，又伸手够了一张面巾纸递给了这位年轻的女子。

“谢谢，很抱歉，是因为昨晚我过得太不容易了，阁下。”

她还是什么都没说，她不想在首相的办公室里把什么都给说了，她觉得那样做有些不合时宜。

乔治亚可管不了那么多。她抓起史提尔柔软温暖的手，用她的大手指轻轻地揉搓着她的手背。

“告诉我，是什么事情在困扰着你？达维娜。告诉我好吗？”

史提尔闭上了眼睛，然后再使劲睁开，她在做准备工作，她已经决定将经历过的事情告诉她。

“两个基廷的手下昨晚到我的卧室里来了。他们是半夜进的屋。”

她很谨慎地选择着措辞。乔治亚紧紧地抓住她的手，想让她知道，她是可以帮她把这个大包袱给卸掉的。

“他们用煤气毒晕了我，绑住了我的手脚。其中一个人还调戏了我，他们那么做更多的是为了警告我，但是，恶心极了，我好像现在还能感觉到他的手指头在我身体里面。”

乔治亚点了点头，她懂的。

史提尔接着说。

“他们还威胁要杀害我的父亲。整个事情的目的就是威胁我，威胁我的父母，威胁我的家。”

她此刻变得无比愤怒，乔治亚的抚摸安慰了她，让刚才的痛苦转化成了愤怒。乔治亚看得出来，她的眼睛已经暗淡无光了。

“我以前曾经见到过他们的。我去基廷大楼的时候跟他说过，我要他告诉我他对那个美国人的过去到底了解多少，对在唐宁街10号发生的事情又到底了解多少？当然，他极力想澄清自己，但是，他肯定感觉到我手上掌握更多的情况，所以，他才派手下半夜溜进我家，走进我的脑海，进入我的身体。”

史提尔深吸了一口气，她想让自己平静下来。这时，又有一滴眼泪顺着她的脸颊流了下来。这次乔治亚不想去控制自己，觉得没有这个必要了。她轻柔地抚摸着史提尔的脸颊，深情地望着她那双棕色的大眼睛。史提尔伸出另一只手，紧紧握住乔治亚那只正在抚摸着自己的手。她就这样让自己的双手包裹在乔治亚柔顺如丝的肌肤里，跳跃着、颤动着。

“你写报告了吗？”

“你是说强奸报告吗？阁下？没有。我不想让他们得逞，他们会因此逃脱掉。我知道他们能干什么。他们会把苗头转向我，把这件事搞成与我有关。他们会利用这个机会把水搅浑，我绝不会给他们这个机会的。”

“你跟别人讨论过这些吗？”

乔治亚关心地问道。

“只有和爱德维娜·威尔士谈过，她是我在SO15的老板，她明白，我可以信任她。”

乔治亚将史提尔额头上掉下来的一缕刘海轻轻地捋到一边，她得尽量保持冷静。史提尔还想对乔治亚表明她的决心。

“我到时候会处理的。”

她又开始手舞足蹈起来。乔治亚拽住了她的手，越拽越紧。

“没事的，亲爱的，我们会搞清楚的。我们一定要确保让他们付出代价。我向你保证，我们会的。”

“那是必须的。我们应该把整个外交保护小组调动起来，拿到搜捕证。他基廷得付出代价，这可是叛国罪，他会受到惩罚，他应该烂在一个山洞里。”

“是，是。但是我们得用合适的方式。他可是有权有势的，又擅长玩弄权术。我们需要以冷静制胜，不能硬来胡来。先深呼吸一口气，待到情况稳定下来，肯定还有更大的故事发生，一定的，他太神通广大了。”

史提尔点了点头，低头发现她们俩的双手已经紧紧地扣在一起了。乔治亚坚强有力，拥有这样一个伙伴，史提尔感觉信心倍增。对于昨晚发生的事情，以及首相所遭受的痛苦，还有最近一段时间举国上下所承受的一切，必须有人为此付出代价。

她想靠在乔治亚身上，还想深情地亲吻乔治亚，她希望她们的嘴唇也能像她们的双手一样紧紧地缠绕在一起，不离不弃。她不敢相信怎么就变成了这样？这种难以抵挡的相吸相引。需要多久才能把这种热情的火苗浇灭？没准儿这就是一场灾难？没准儿结果只会带来羞耻与后悔？

她们俩都听到厄里笨拙沉重的脚步正在往她的办公室走来，乔治亚几乎可以数得清在他敲门之前他还需要再走几步。两人都希望这一刻能长点，再长一点，都不希望此刻这么快就结束，但是，它终究还是结束了。乔治亚礼貌地把手拿开，微笑着捋了捋史提尔的头发。

“一切都会过去的，亲爱的姑娘，我保证。你做得很棒，我为你感到骄傲。”

她站了起来，在厄里推门之前，及时起身从史提尔的身边走开。

之前　7

“我就不明白，为什么你就不能把你的那些担心和那些有关间谍的说法抛到脑后去呢？为什么不为自己能去唐宁街 10 号会见英国首相而兴奋起来呢？为什么你不为即将见到英国首相而兴高采烈呢？你知道今天有多少人会想替代你，亚当？”

塔图深吸了一口气，今天早晨，同样的话她已经说了不下六遍之多了。他没法让她明白他有多担心，也没法向她暗示他即将面临的危险。她的父亲也不帮忙，但是，他肯定没把这些告诉他女儿。很显然，高登知道是自己将亚当推入麻烦当中的，他也知道有些事情并不是光明正大的。

凯特帮他打好领带，在房间门口跟他吻别。

“你看着帅呆了，就是得笑一笑。你肯定一辈子都会记得这一天的。”

他往大堂走去。

高登像往常一样在等着他。

“我必须说一下，你今天看着特像模像样，年轻人。”

他想跟他逗乐，但是亚当跟平常一样，提不起兴趣来。

“我不知道这都是为了什么？高登，但是我知道如果我聪明点儿的话，现在就应该去当地的警察局。一定是有事的，我知道你肯定也是知情的。说白了，这至少也能算上个诈骗案。”

“那好吧！你自己决定吧。如果你认为去警察局能解决问题的话，你就去吧。如果我是你，车已经来接我，我会立刻上车。”

亚当真想抽他，真想把这个老头的脑袋直接抽到墙上。他忍住了，迈出了大堂，走到外面的马路牙子上。高登等着 HGI 其他的高官从他们的房间下来。

亚当在外面深深地呼吸了一口正午的空气，看着一群小鸟飞到前美国使馆那幢空楼的屋顶上。楼里的住户都已经搬到了河南岸的新使馆大楼里，工人们也已经准备对这座孤零零、丑陋无比的老楼进行改造和装修。他回头时，看见他女儿和埃迪安一起坐上了一辆出租车。他想阻止他们，叫住他们。正在这个时候，埃迪安的母亲爱丽丝向他走了过来。

“他们一起去转转，你妻子已经同意了。”

亚当走开马路牙子。

“哦，我还没同意啊！今天不行，得有人跟他们一起，也许明天……”

“亚当，你得听我的。我跟你一样，也不想干，但这些人是很认真的，那我们也得认真对待，不是吗？我也犯嘀咕，只想赶紧把这事干完，然后带着我的儿子回巴黎，行吗？”

她一脸惊恐，有点神经质，还略加点宿命主义的恐惧。他有时候在想，是不是自己有点臆想症？是不是自己想得太多了？

他看见出租车后面停着一辆 HGI 的奔驰车，看来不是他在臆想什么。基廷的那两个保镖，那个红毛和那个秃头两人已经上车，准备跟踪那辆出租车。他大声呼叫，可是已经太晚了，出租车已经往布鲁克街开去，奔驰车紧随其后。瘦弱的爱丽丝身穿一件普拉达的西服，全身微微发抖，向他紧张地笑笑。

“没事的，两个孩子今天会被监视，我会在会议上监视你。”

她拿起她的手机朝亚当晃晃。

“别担心，如果有问题，他们会立刻向我汇报。当然，如果我们这边有什么情况，我也会立刻让他们知道。”

这就是明目张胆的威胁，她就像在念一句宣扬暴力的台词。

“我很抱歉，亚当。但我别无选择，我不能让他们伤害到我的儿子。”

两辆 HGI 的车在她身后停下，基廷从车上走了下来，整了整他的领带。这个法国女人走过去，紧张地吻了一下他的脸颊，随即上了车。基廷对亚当点点头，指指车的后座。亚当走了过去，对着基廷的脸说。

“你觉得你可以这样犯浑吗？威胁我的女儿？你很幸运我没把你当场打翻在地。”

基廷也不甘示弱。

“非常勇敢，我保证，亚当，你的女儿、你的儿子、你的妻子还有你自己都会没事的。你有些夸张了，我只是希望你保持冷静。”

基廷上了车，所有的人都在等着亚当做决定。显而易见，这场比赛已经开始了。亚当中了圈套，他没有什么棋子可以走的了，只能乖乖地上车，去唐宁街 10 号。

白厅街上设了一个绿色的安全岗亭，形状就像出租司机栖身的老旧房子一样。这是进入唐宁街的最后一道关卡。十个人花了将近四十五分钟的时间才算通过这个小岗亭，即使是大卫爵士也被检查了一次又一次。这些高官们随身的玩意儿、书籍、手提包、文件都得经过一系列的安检扫描。他身上没有什么违禁物品引发警报，亚当松了口气。这就说明基廷他们无论计划想做什么，至少没有丧心病狂到使用武器或者其他什么违禁装备。他脑子里想到了转身走出岗亭、跑到白厅街上、大造声势、拼命喊叫，用这种方式来阻止这个会议的召开。

可转念又想到了自己的女儿，想到那个法国女人会打什么样的电话，想到他进了警察局以后结果又会怎样？他还想到了凯特，想到了她有多么希望他能从过去的阴影中走出来，重新开始他们的生活。

他们离开了岗亭，走进了唐宁街，在去唐宁街 10 号的那条路上。右手边是唐宁街 10 号，左手边是外交部办公楼。基廷追了几步赶上亚当，边走边在他的耳边咕哝了几句。

“我们的会议将在楼上的白屋里召开。你进去以后，就会有人把一份新的材料给你，这是我们给他们准备的。你尽量坐在桌子的前面，拉西特的助理路易斯·布鲁姆菲尔德到时候会拿出那份已经批准了的文件。你想办法找到机会把你手上的这本与她的那本调换过来。然后，由爱丽丝负责把那本你调换过来的文件带走。”

说完这些，没等亚当答话，他就加快了步伐。他要在代表团队伍走到唐宁街 10 号的时候，赶回到队伍的最前列。基廷走到门口的时候，大门神奇地从里面打开了。于是，他们进了前门，路过了刻着第一财政大臣字样的那块铜牌，那时，一些公务人员已经在前厅迎接他们。站在迎接队伍最前面的，便是乔治亚·特恩博财政大臣。

基廷和财政大臣热情拥抱，显然他们是老朋友了。大卫·基廷和每个人都很熟，对这个地方也很熟。其他人对这个地方都有些胆怯不安，可对基廷来说，就像是每天来办公室上班那么稀松平常。

亚当在电视里见过财政大臣，心里清楚她在英国政府中举足轻重的地位。但是，他确实不明白究竟有多重要以及为何如此重要？他也不懂“财政大臣”究竟是干什么的？实际上，他认出她的原因主要是因为她的拐杖。以前，可能是新闻里看见她拄着拐杖去白宫或者联合国总部。他觉得她长得很美，那头乱发看起来甚至还有点性感。

财政大臣和基廷带着众人往楼梯走去，两边墙上悬挂着历届首相的照片。最后，他们走进了白屋。白屋内宽敞、明亮、豪华，直到二十世纪四十年代，这里都是首相私人住宅的一部分。战后，自克莱门特·理查德·艾德礼时代起，这个房间就被用作召开内部会议的场所。后来，在哈罗德·威尔逊时代此地被用来举办电视采访。

基廷有十位代表团成员出席，加上另外八位唐宁街的工作人员，亚当走在最后一个。他刚进房间，马上有一位与他年龄相仿、穿着一套不合身西服的男子，将一份与 HGI 那个文件相仿的东西塞到他的怀里。把东西给了亚当后，他立刻就走了出去，从房间里消失了。这个活页夹掂起来分量不轻，比他在基廷家书房翻阅过的那个要沉许多。

亚当脑子在琢磨这事的时候，大家已经围坐在两张红木咖啡桌旁。后面墙边上放着一张做工非常精致漂亮的木质古董柜子，柜子上方挂着威廉·马洛画的圣保罗大教堂和黑衣修士桥。另一面墙上挂着撒切尔夫人的一幅巨型画像，俯瞰着整个房间，似乎在叮嘱人们永远铭记自己是英国人。

一位女子走到那个木头柜子跟前，从柜子里拿出了一本和刚才那个男子塞到亚当怀里一模一样的材料。后来亚当意识到，这个女子应该就是路易斯·布鲁姆菲尔德，拉西特的私人助理。她拿出来的就是被财政部批准过的那本。布鲁姆菲尔德女士坐在亚当对面的沙发上，把那本“备案了的”文件放在她前面桌子上，正对着亚当。

财政大臣宣布会议开始。她感谢基廷和他的代表团的光临。基廷也做了简短的讲话，主要是关于他的团队为这个项目所付出的辛勤劳动，对他们表示感谢，然后，向财政部的工作人员点头致意，也对他们所做的贡献表示感谢。他讲述了公务员系统的光荣历史，讲到了确保养老金投资的安全、健康以及富有成效，事关每位令人尊敬的雇员，绝非小事。

一位名叫亨利·德斯彭的小个子法国人，事先对今天的发言做了精心准备，这时候他站了起来。他概括了文件里的内容，简单扼要地阐述了基廷全球公司的长、短期计划等等。阿姆斯·哈里森，就是那天跟他们一起去过高级妓院的那个德克萨斯人，做了关于从公务系统管理养老金过渡到由基廷公司接手管理养老金的报告。在他做报告期间，亚当瞅了一眼财政大臣。她看着有些无聊，但倒不像他那样对数字完全没有概念，相反，她似乎对整个交易的每个细节都了如指掌。

就在这个时候，拉西特首相走进了房间。样子看起来特别强壮、结实。财政大臣介绍罗兰·拉西特的时候，在座的各位都站了起来。所有人都把眼光投向了拉西特首相，爱丽丝——那个法国女流氓偷偷地把布鲁姆菲尔德跟前的那个文件往自己那边挪了挪。布鲁姆菲尔德专心聆听拉西特对各位的问候，无暇顾及刚才的那一幕。紧接着，爱丽丝示意亚当赶紧把文件调换一下。

亚当知道这是个错误，他知道自己总有一天会后悔的。他停顿了一下，犹豫着是否应该站起来，然后走出去，跟大家道歉一下，然后去楼下找到负责安全的头头。他试图理清自己的头绪，那个法国女人读懂了他脸上的意思。亚当察觉到了她脸上写满的恐慌。她偷偷地拿出手机在手上晃了晃，让他脑子清醒些，如果出现任何问题，她立刻会给谁发短信。

大家互相介绍完以后，亚当小心地把他手边那本死沉的文件往坐在咖啡桌对面的布鲁姆菲尔德面前推过去。布鲁姆菲尔德根本没注意到有人做了手脚。总算完成任务了。此时，房间里安静了下来，大家都正襟危坐，聆听首相简短而风趣的谈话。他称赞他的“老朋友”大卫爵士和他的基廷全球公司人员为政府所付出的辛勤工作。他的讲话受到了大家热烈的欢迎。

亚当被拉西特的外貌深深地吸引了。他在电视上看着特别帅气，但是，本人看起来更加气质超凡。充满生机的肤色，一头油光发亮的头发，一对闪闪发光的棕色大眼睛。他身上也会有一丁点忧郁的感觉，不过，只有离他很近才能感觉出来。在政治家老练的笑容下面深藏着一种疲惫和破碎。

最后，首相跟他的财政大臣点了点头。这里其实主要是她的工作，他准备去出席下一个活动。拉西特就是一个明星。应付这样一屋子的人对他来说驾轻就熟。除了乔治亚，没有人能觉察出来他在直升机失事以后的这两年中所经历的痛苦。他就是这么能掩饰。

拉西特将要离开的时候，基廷拉着他的朋友，在他的耳边说了几句话。拉西特往回看，穿过沙发和咖啡桌，他看到了那个柜子，然后点了点头，拍了一下基廷肩膀就离开了。会议也就这样结束了。路易斯毫不知情地把那个推给她的文件放进了柜子，上面又压上去几本其他的文件。放的时候还做了个鬼脸，嘟哝了一句，这些文件好沉。没有人理会她，她也没想让别人有什么反应。与其说是说给他们听的，倒不如说是说给她自己听的。大家都在互相道别、闲聊，一起分享着拉西特和唐宁街10号的逸事。

大卫爵士和乔治亚·特恩博一起，将HGI代表团的人员送出楼下大厅正门。到唐宁街10号的实地考察任务就这样完成了。亚当内心还是很狐疑，那个文件太沉了，实在是太沉了。他再次希望自己只是想多了而已，但愿他的怀疑大错特错，保佑那个文件只是一个文件而已。

之后　8

早晨六点半，内阁秘书菲力斯·德莱登召集部长们出席内阁紧急会议。伦敦警务处总部、特别行动处、军情五处、反恐指挥部（SO15）的负责人，加上外交大臣、内阁办公室简报室（COBRA）主任，还有反对党领袖斯坦霍普也都被召集了过来。内阁会议室里济济一堂，该到的人全体到场。大家心里明白一定是出事了，而且是出大事了。

乔治亚首先起身发言。达林少将和梅尔文·伯恩勒坐在她的左右两侧，史提尔坐在她对面靠墙的位置上，直接可以看到乔治亚。

“诸位好！感谢大家及时赶到。六天前，这座房子受到了最阴森恐怖、最令人憎恨的攻击。这种犯罪行为摇动了这座大楼，震撼了全体国民，令我们惊魂动魄。但是，我们没有像有些人说的那样无所事事。在军情五处、SO15、外交保护小组、达林少将、达维娜·史提尔警探的积极努力下，到目前为止，我们有了一些最新进展。我们锁定了一个嫌疑犯，他叫亚当·塔图，芝加哥人。此人有过前科，曾经实施过具有破坏性和侵略性的行为，误入歧途走上了暴力的道路。”

当乔治亚宣布该美国人为头号嫌疑犯后，房间里开始了一阵窃窃私语。自从乔治·布什总统灾难性地出兵伊拉克，紧接着在中东开始了与伊斯兰国漫长而艰苦的战斗，这使得英国与美国之间的“特殊关系”经历了严峻的考验。英国政府里有许多人开始不信任美国和美国人。实际上，英国公众也开始对美国以及它在全球扮演的角色深表“严重担忧”。此时，他们又锁定一个美国公民为此次事件的主犯，这将给整个形势带来新的内涵和沉重的低音。

财政大臣讲话期间，关于亚当的材料被分发给了屋子的每个人，人手一份。大家开始静静地阅读。这些材料包括他的一张正面照片、一张他在密歇根冲入州长官邸的照片，还有一些有关“兰辛事件”的新闻报道。乔治亚继续说道。

“他的动机可能是因为他是工会活动积极分子，愿意为他的工人兄弟们做出自我牺牲。我相信在座的可能有一些人不同意这种说法。他们不相信这会是一个人的单枪匹马所为。有些人会认为这应该是一次更大规模行动中的一小部分，尽管对那个大规模行动以及它的动机我们尚无法确定。有些人担心我们可能身处危险。可事实上，也许那个美国人的性命也危在旦夕，因为，那些把他牵扯进来的人一定会想方设法地去杀害他，让他永远闭上他的嘴巴。我们曾经以为他已经被害，但是，现在看来情况并非如此。他还活着，并且在逃。”

大家开始传看在亚当租的那辆福特车后备厢里发现的那具尸体的恐怖照片。这个时候，乔治亚与史提尔交换了一个眼神。史提尔为能在乔治亚手下工作感到无上荣光，她仰慕她在发言的时候表现出来的强大气势和生机活力。

“我们必须找到这个人。我们要动用政府所有的力量将他缉拿归案，然后，找出他背后的线索。必须把他的照片和资料立刻送达所有的警察分署、边防、英国境内和周边的每一个警察手里。不能向媒体透露他的名字或者任何消息，我重复一下，任何有关他的以及潜在背后阴谋的消息。我们还不想打草惊蛇惊动他。我们要给塔图先生一个假象，以为自己尚可以自由活动，甚至还可以有所行动而不被发现。”

此时她的背站直了，胸也挺起来了，声音更加清晰洪亮。她在转变，史提尔想着，在所有人的眼里，她正在蜕变成一位真正的领袖，一位举足轻重的人物，甚至是像丘吉尔那样的人物。史提尔太崇拜她了。很显然，那一刻，那一会儿，她对乔治亚·特恩博已经崇拜得五体投地了。她怎么能不崇拜她呢？

屋子每个人都专心致志，每双眼睛都紧紧注视着财政大臣。她情绪激昂，决心坚定，传达的内容事关重大，所有的部长和公务员都对她如醉如痴。

“这个必须得到制止。如果果真是一个预谋的话，肯定将威胁我们国家的组织架构和未来前途，可能还会导致无法弥补的后果。他们别想有什么结果，也别想得到什么好处。”

她的声音有些声嘶力竭了。

“我们当前的目标是把我们的岛关上门，严密监视每一趟火车、每一个航班、每一艘轮船、每一个大堂、每一家咖啡厅和每一所购物场所。从这一刻起，我们首要的任务就是调动所有的力量，坚定我们的信念，去找到这个美国人。”

说完以后，她在她的那把总爱朝着左边的椅子上坐了下来，这个位置正好位于沃波尔的画像下面。她把发言席交给掌握了更多塔图情况的达林少将。达林少将讲话期间，乔治亚往那边看了过来，她看见年轻的史提尔也正在看着她。她的目光给乔治亚带来了莫大的安慰。她现在太需要这个了。这辈子她还没像刚才那样害怕过。

KEEP CALM

第二部分

PART TWO

追捕

逃跑

逃跑　1

大家乘车来到了康诺酒店。大卫爵士请众人一起去喝杯庆功酒。亚当想告假回千禧酒店，但是，基廷怎么着也不同意。

“别这样，塔图。我们今天过得非常开心。我们取得了令人兴奋的成功。你必须一起来，松一口气，享受一下你的成就。爽快地去喝一杯，来吧！伙计。”

亚当就这样跟着进去了。路上，他停下来给千禧酒店他们的房间拨了个电话。是朱迪接的，她和彼力俩人在房间呢。凯特出去了，朱迪也不知道去哪儿了。亚当深深地吸了一口气。女儿安然无恙，总算卸掉了一个大包袱。

康诺酒店的酒吧，烟雾缭绕。HGI这帮人情绪高涨，绝大多数人都在谈论在唐宁街10号见到罗兰·拉西特首相和乔治亚·特恩博是多么激动人心。基廷讲了他年轻时候去唐宁街10号的有趣故事。他们喝着昂贵的苏格兰威士忌，抽着浓烈的古巴雪茄。但是，这一切对亚当来说好像都不太对劲，不仅仅是因为他感觉到这件事的结果不妙，而且，他们还公然以女儿做人质要挟他，强迫他做他内心不愿意做的事，对此，他耿耿于怀。他们把他带到伦敦，利用他做一件他至今不明缘由的事情。不过，他知道这件事肯定不符合法律，从道义上讲也是站不住脚的。

那个坐在他对面的法国女人，给了他一个友善的、放松的微笑，他回了她一个最阴沉的脸色。他们在聊“这笔生意”、“执行情况”、“领袖的比较”，如此规模的计划可以说是“统计学上的奇闻”，他们所做的具有深远的历史意义，将为未来的许多年都树立起“标杆”等等。

亚当先告退了，基廷还是不想让他走，但是他也不想拦着他。就在亚当发作之前，他离开了酒吧，一肚子气地往千禧酒店走去。他就这样双手插在口袋里，眼睛盯着脚下，一路走到了格罗夫纳广场。

走进大堂的时候，他注意到很多人站在酒店的吧台那儿盯着电视观看。所有的人都被电视屏幕吸引住了，也有一些人走过去听的。电视里正在播报最新消息。酒店工作人员罗尼也离开前台跑过来看大家都在关注什么新闻。

亚当穿过大堂的时候，把头偏过去瞅了一眼电视。当他看见天空新闻台在播放唐宁街资料片的时候，他的心脏快要停止跳动了。一颗炸弹在唐宁街10号爆炸了！目前知道的仅限于此，尚没有其他的消息，还不清楚炸弹是从哪里来的，以及大楼的哪个部分被炸毁？也没有人员伤亡情况的报道。

新闻播报员和酒吧里的人都不知道是谁干的。大家首先猜的是伊斯兰国，也有人猜是叙利亚人干的。

“别忘了，我们去年可是把他们整个使馆的人员都给他妈的驱逐回国了！我打赌是叙利亚人干的。”

有一位客人说是巴勒斯坦人干的，另外一位开玩笑说是以色列人干的，想就此嫁祸于巴勒斯坦人。酒吧里的每个人都有自己的想法。

“也可能是埃及人，那个国家整个都支离破碎了，我敢说是他们其中的一派干的。”

一个在吧台尽头穿着体面的男子说道。一位坐在后面桌子上年长些的妇女说可能是爱尔兰人，她这一说法差点把大家笑出门去。

亚当心中有数。他知道究竟发生了什么。他至今还能感觉得到他给路易斯·布鲁姆菲尔德放到柜子里那本报告的重量。那个重量已经深深地刻在了他的脑子里，刻在了他的手上，那是一个炸弹的重量。他开始浑身冒冷汗，身上的每一个汗毛似乎都在流淌着恐惧。趁别人还没看见他满头大汗的额头，还没看见他整个身心就要崩溃的样子，亚当离开了吧台。他知道那既不是伊斯兰国干的，也不是叙利亚人干的，不是爱尔兰干的，也不是埃及人、以色列人或者什么巴勒斯坦人干的，是他亚当·塔图干的！是亚当·塔图放的那个炸弹，而且，很快全世界就都知道了。

在从大堂回套房的途中，他试图用手机给凯特打电话，没有应答，电话直接就转到了语音。他懒得留言，她应该会打回来。再说他能留什么样的言？他想。嘿，宝贝，赶紧回来吧！我刚把唐宁街 10 号给炸了，我们得谈谈？

当他走进房间的时候，朱迪正在和那个法国男孩打电话。彼力在看一个新的动画片。他试图打断朱迪问她妈妈去哪儿了。

“我不知道，爸爸。她说要去看望一个老朋友。她说她会在吃晚饭之前回来。”

“哪个朋友？”

“她没说。她也没有义务告诉我，她是我妈，我是她女儿，你没忘吧？”

她耸了耸肩。他没再理她，他对她这种说话方式已经习以为常了。这是他在监狱待过以后，他得付出的另外一部分代价：当他们俩意见相左的时候，她跟他讲话的样子更像是兄妹之间而不是父女之间的谈话。

“你为什么不给她打电话啊？”

“我打了，她不接。”

“再试试。”

她回去接着泡电话了，开始轻轻地笑着，冲着她爸翻白眼。

“你赶紧把电话挂了，朱迪，现在就挂掉。我要你和弟弟赶紧收拾好东西，马上。”

他看着她，给她一点时间消化他刚才说的话。她看着他，听着埃迪安在电话那头说着话。她一只耳朵听着那个法国男孩说话，另一只耳朵听着她爸说话。

“我可是严肃的，朱迪，马上把电话挂了。”

她伸出了一个手指头意思是再说一分钟，他得耐心点儿。他走了过来，把话筒从她手里拿了过来，直接挂掉后放回了桌子上。

“你干什么啊？我还没说完呢。”

“收拾东西，马上。去帮一下弟弟，我是认真的，我们马上就得离开。”

她站了起来，她第一次意识到他非常严肃。她明白他这样的语气通常意味着再过几分钟他就要开始嚷嚷了。

“去哪里？你在说什么啊？那妈妈呢？”

“我们肯定得等她，但是，我们必须先做好准备，她一进门我们立刻就走。”

他走到电视机跟前把电视给关了。

彼力给了他一个眼神，意思是说是他爸爸把刚才电影里所有的人物都给杀了。亚当知道这部电影他看了不下五遍了。

“爸爸，你在开玩笑吧？为什么啊？我还在看呢。”

“不能再看了，去收拾东西，立刻马上。”

“什么？为什么？我不会收拾，每次都是妈妈帮我收拾的。”

“听见我说的了吧？你们俩。我要你们都给我仔细听好了！我们得在五分钟之内把东西收拾好，离开这里。我们得换个酒店。”

彼力的眼睛还盯着电视，心里也受到了伤害，他希望电视会重新打开。

“但是我喜欢这个酒店。”

“那太不幸了。我们得走了，赶紧收拾，马上。我们到大堂去等妈妈回来。”

朱迪还在全力以赴地坚守自己的阵地，她用尖利的眼神瞥了一眼她爸。

“妈妈不会喜欢这样的，你知道的。”

“她没有任何选择，现在我再最后重复一次。赶紧去收拾好你们的东西，你们俩，马上！”

他们进屋以后，他又试着打了一遍凯特的手机，还是无人应答。

理查德·莱勒身上还是以前的那股味儿。二十年以后的今天，他还是跟他们俩初次见面的那天一样，身上散发着清爽的古龙香水般的香皂味，当年她十六岁，朱迪现在的年龄。理查德的房子在离帕丁顿车站一箭之遥的小马厩街，房子散发着和过去一模一样的味儿，汗味、木头味、微波炉爆米花味，还有护发用品的味，各种味道夹杂在一起。自从高中毕业以后，他就一直住在这儿。他现在开了一家音乐管理公司，出售音乐会门票。还在家运营一个广告咨询公司，另外，他还会做头发设计造型。她过去一直取笑他，说他其实一辈子都不用走出家门的。那时候她负责采购、做饭，所以哪用他管啊？

脸书上的照片非常具有欺骗性。打车从梅菲尔过来的路上，她一直这样对自己说，没有人可以阻止你放一张十五年前的照片，然后，标榜这就是现在的你，说就像今天的报纸一样新鲜出炉。但是，理查德不是那种人，她知道，她知道他贴的照片一定是最近的。她知道这次他不会跟十七年前来密歇根劝她回英国那次变化那么大。

她是做好了心理准备的，他还会和上次一样。她只是没有料到他身上的味道还是那样的"理查德"，没想到这个地方对她来说还会如此熟悉，似乎时光停滞，静等她离燕归来。

"好，让我瞧一下，你是不是还是个漂亮妞啊？"

他穿着一件很潮的夹克，配一条黑色牛仔裤，脚上穿一双鳄鱼皮靴子。他是为她精心打扮的，完全按照她过去喜欢的样子。无论如何，已经过去二十多年了，但是"想到了才是最关键的"，她这么想着。她是可以帮他搭配穿什么衣服的，就像过去很多次她为他安排好了一样。那是另外一种生活，另外一个世界，另外一个维度。她不晓得怎么自己又突然跨回到了这个维度。

理查德·莱勒确实没有变老。如果有的话，那也只是给他加了分。她嫉妒男人能这样优雅地老去，他头发虽然短了，但是浓密了，肚子虽然不如以前扁平了，但却风度依然。他肯定还在坚持晨练，还严格遵守着饮食禁忌。

“你看着超棒，理查。”

“你也是，我的漂亮妞。见到你真是太开心了，我都不知道该说什么了。”

“嗯，我有几小时的空闲。亚当开会去了，我觉得应该过来跟你打个招呼。”

她不知道该说些什么、说多少、用什么语气说。

他给两人泡了茶。

房间的装饰和家具就像理查德的履历一样不拘一格。维多利亚风格的古董放在一个角落里，电子游戏机放在另外一个角落里。餐厅区域摆满了规模不小的二手健身设备。早餐台已经被改造成了只有一个位子的理发室，三只喜马拉雅猫懒洋洋地蹲在客厅中间的现代皮沙发上。

理查德和凯特走出后门坐到了阳台上。他把这些年来的情况跟她介绍了一下，还跟她说了那个刚刚把他给甩了的“漂亮女人”。他那些跟古怪女人们一起的费劲的故事逗得她捧腹大笑，她点了一根烟抽。

“五年没抽烟了，即使偶尔抽过一根，也是偷偷抽的，都快觉不出味儿来了。”

这根烟有味儿，她一直抽到烟屁股，这也是理查德最喜欢的法国烟。

茶也特别有味儿。理查德又说了一些好笑的，她笑得很开心，他们重温了过去的事情，回忆过去在一起的美好快乐时光。

“你知道我时常会见到高登的，对吧？我们会约在一起吃早餐。”

她笑了，叹了口气。

“他有点孤单。他太孤单了。”

理查德同意。他给她续了茶，又点了一根烟递给她。

“这就是为什么我要和他吃早饭。除此之外呢，他也会跟我通报‘凯特的’情况，这样我就能随时知道你的最新消息。所以，我做好了准备，一旦时机成熟，随时准备溜回你的生活。”

“听你说的。”

“为什么你这时候开始听我说了？你可是从来都不听我说的。”

他挤了挤眼。她也乐了。他们就这么静静地坐着，抽着烟、喝着茶。

“知道吗，凯特？我知道你过得很不容易，你男人也经历了些难事。”

“是啊！不过看起来情况有些好转，我希望。高登帮他找了份工作，是跟着大卫·基廷干，好像干得还不错。”

“我听说了，就像我刚才说的，我对你所有事情的来龙去脉都了如指掌。可是，你爸爸却讨厌他自己的工作，他觉得基廷对待他就像对待一袋垃圾。”

“真的吗？他可从来没跟我说过这个，只字未提。其实，他跟我说的正好相反，他说他喜欢给基廷干。”

“哦，那就太好了。看看我，又被夹在了你们俩之间了。那个老头他信任我，跟我说心里话，然后我就跟他女儿告密。很有可能，以后他不再给我买早饭吃了。”

她笑了。

“别担心，我会给你保密的，有可能他将来某一天还会继续理你的。”

玩笑过后，她要再想想这个事，她要消化一下刚才理查德跟她说的话。

“他讨厌自己的工作，基廷对他不好，这听着好悲伤啊。他没告诉我这些，真是太遗憾了。我们俩离得越来越远了，我爸和我。这实在让我太伤心了。”

他们又聊了聊别的，她向他敞开了点心扉，但不算太多。她太了解理查德了，如果她跟他流露太多她和亚当之间的猜忌和麻烦的话，他是会利用这些信息的。和他待在一起真是太开心了，她喜欢他对自己的关注。但是，她知道已经回不到这里了，再也回不到这个失去的世界，永远都不可能再回来了。发生了太多的事情，过去了太长的时间，她现在已经是一个女人，不再是个小姑娘了，而理查德需要的恰恰是个小姑娘。凯特已然是个为人之母、为人之妻的女人，两个孩子的母亲，一个男人的妻子。这次探望该结束了，她该走了。

他把她送到门口，他们俩最后久久地深情凝望着对方。他对她还是有意思的，她对他也是。也许不完全是同样的意思，但肯定都是有意思的。他把她的脸捧在手掌里，这是他在另外一个生活中、另一个维度里经常做的事。他的大手捧着她的脸，像纸托蛋糕，在那一刻里，她仿佛又变成了他的小姑娘。他把脸凑过来，亲了亲她。她知道他一定会的，她没去阻止他，区区一个亲吻算不了什么事。

她心跳得厉害。和从前一样，他依然是个亲吻高手，没准儿更好了。他把她拉进了自己的怀里，紧紧地抱住她，这立刻让她想起了他们过去曾经有过的种种亲密。除了亚当以外，他是唯一一个跟她分享过这种柔情蜜意的男人。她被带回很久以前已被尘封的气味和声音、感觉和快乐之中。一切都已经被取代了，永远也无法复制。过了一会儿，她从他的怀里脱出了身，离开了他。太不容易了。

亚当带着两个孩子，还有那些大包小包，连滚带爬地出了电梯，到了大堂。彼力专注于他的手持游戏机，在去前台的路上一直在玩一个游戏，他们在哪儿，要去哪儿，他一概不知。朱迪正好相反，她发疯似的给她妈的手机拨电话。

“你不能这样做，爸爸，你不能就这样让我们走了，我还没说再见呢！我们在这儿应该还要待八天的，我是做了计划的，你知道的，爸爸。”

亚当根本就不停下脚步。他径自往前台工作人员罗尼那儿走去。

“事情发生了些变化，朱迪。我不能老跟你重复。我们别无选择。”

穿过大堂的路上，他往酒吧方向又看了一眼，人越来越多了，天空新闻台在直播直升机航拍的一些镜头。只见一些士兵和政府工作人员在大楼里跑进跑出，这就是两个多小时前亚当进去过的那个大楼。有一个市警察署的警察手拿一个大型灭火器冲出了 11 号，冲进了 10 号，一队卡车和坦克也开进了唐宁街广场。

亚当走到前台，把房间钥匙扔在了柜台上，他都不愿办理退房手续。朱迪还在继续，走到大堂正中间的时候开始哭出声来。亚当想尽量保持安静，他最不愿意在公共场所大吵大闹了。他轻轻拿起朱迪的背包，抱着她温柔地说道。

“朱迪，我也不喜欢这样，我一会儿跟你解释好吗？我保证，现在我们得赶紧离开这儿，我知道你现在不明白，但是，我是为我们全家人着想，为你们，请相信我，再过一会儿，好吗？”

她不情愿，但还是答应了。这时，罗尼看见去见理查德的凯特回到了酒店，走进了大门。他立刻走了过来。凯特注意到了他们家所有的包，包括她自己的，都在千禧酒店大堂中间的大理石地上堆着。

“这是怎么回事？发生什么了，亚当？”

亚当还来不及回答，彼力突然蹿上前来，一把抱住了他妈的腿。

“妈妈，我要待在这儿，我喜欢这个酒店，姥爷会过来跟我们一起去喂鸭子的。请你告诉爸爸我们要待在这儿。”

那个前台工作人员罗尼也跟凯特一样着急。

“对不起，先生，是出现什么情况了吗？是酒店的问题吗？酒店服务有问题吗？我能帮上什么忙吗？”

凯特也看着亚当等着他的答复。

“不用，没事，跟酒店没关系。我们突然改变了计划。我们要上别的地方去，谢谢你的关心。”

朱迪又开始哭闹了。凯特看着他，与其说是生气，不如说是被搞糊涂了。酒店前台人员在场，亚当没法跟她解释什么，只是蹲下身去抓起行李。

“往哪儿走？你到底要干什么，亚当？”

“我们走吧，拿上包，我一会儿再跟你解释。”

他给她使了个眼色，想告诉她，她得支持他，得赶紧走。罗尼没看出来亚当需要一点私人空间。

“需要我为你们安排一个车吗，先生？或者出租？”

“不用出租，也不用车。我们没事，谢谢你。”

亚当往街上走去，他环顾了一下四周，考虑下一步他该怎么办？凯特、孩子们还有罗尼紧跟其后。凯特抓住他的手臂，迫切地希望搞明白到底发生了什么事？

“亚当，你得告诉我，我们为什么要走啊？发生了什么？你告诉我爸了吗？告诉你公司的人了吗？”

亚当走到她身边，紧靠着她轻声说道。

“我会跟你解释的，解释所有的事情，但现在我们必须得走，你得相信我。我们的生命危在旦夕，凯特。”

“什么？……你喝多了吧？”

还没等他答复，那个前台工作人员又过来了。

“你肯定吗，先生？不用我给你叫个出租？机场大巴或者轿车什么的？”

罗尼不想放弃，他被培训得超级称职。

“不需要出租，谢谢。一切都很好，跟酒店也没任何关系。非常感谢你的关心，我们就是得去和朋友住在一起，他们刚刚邀请了我们。”

凯特的眉头紧锁。

“什么朋友？你在说什么呀？”

他把她拉到一边，压低声音说。

“没有的事。我这么说只是想让他知道我们不是在逃跑，也不是惊惶失措。”

“天哪！他为什么会那样想啊，亚当？”

她充满讽刺地说道。他想跟她解释，最后还是决定先不说了。他跟酒店前台挥了挥手，手上拿着、背上背着一大堆的行李。等着车辆过完了，开始往格罗夫纳广场走去。

“走吧，凯特，孩子们，我们现在就得走，已经晚了。”

朱迪和彼力使劲央求妈妈跟他讲讲道理。但是，凯特已经明白这时候说什么都是没用的。她抓起几个包跟在亚当后面，小心地把孩子们带过马路。

罗尼一直看着这一家人走到广场中间的位置上，这下他只能算了，他觉得他已经竭尽全力，心想这下他们就不归他管了，该归别的前台人员管了。

追捕　1

达维娜·史提尔在特别行动处大卫·贝林中尉、安德鲁·塔维斯以及达林反恐指挥部（SO15）的副手爱德维娜·威尔士的陪同下，来到了位于法林顿大街的基廷全球大楼。同时到达的还有八名便衣人员，随身携带了几个获取亚当·塔图有关情况的搜查证。这是一次有计划的武力炫耀。史提尔的腰间别着一把格洛克手枪，手枪旁边挂着一副手铐。她希望今天能撞见那个红毛和秃头，这样一来，她可以报复他们去她父母家的那次造访。很遗憾，这次没被他们支东支西的，基廷也出城了。但是，基廷公司的高层迅速赶到了一楼那个木板镶嵌的会议室，来与史提尔和其他的调查人员会面。

如果相信这些跨国公司富有同情心的雇员说的话，那就获取不了太多的信息。根据档案，塔图一家是在爆炸前几天到的伦敦，入住的是千禧酒店，直到六天前，他们全家在爆炸后突然匆匆离开。自从失踪到现在，他们一直没在监视器上出现过。至于他们究竟在哪儿？又去了哪儿？以及是谁选中塔图作为代表团的成员？又为什么会选中他等等这些问题，好像没有人能说出个所以然来。HGI 声称他们和反恐指挥队（SO15）一样对亚当·塔图的情况完全不知情。

会议室最后一排坐着一个年长些的男子，理着平头，身体粗壮结实，鞋子擦得铮亮。史提尔拿眼角余光瞟了他一眼，他好像尽量不想参与说话，而且总有一只眼睛是一直盯着会议室门口的。史提尔从他挺拔的身材上判断，他以前一定做过警察或者军人。但是，他身上有一种脆弱的东西，她琢磨着，他缺乏自信心，这点与他宽广的肩膀和粗壮的身材完全不相称。他性格里面有一种懦弱，块头那么大却胆小如鼠，看起来魂不守舍的样子。她有一种预感。她转过身来，大声地用她那种“街头”的口音叫道。

“哎，你是高登·汤普森吗？”

那个男子被吓得胆战心惊的，看了一眼门口，好像想逃走，稍后又回过头来。他不知道是否该应答，最后还是开口说话了。

“是，我是，我是高登·汤普森，史提尔警探，我怎样可以帮到你？”

“第一，你可以回我的电话。这周我已经给你打了三次电话了，你们公司的前台给了我你的电话号码，说是你给塔图他们一家订的酒店，而且，他们抵达希思罗机场的时候，也是你安排的接机。”

“是的，对的，是我安排的。我很抱歉没给你打回去。我一直在基廷先生北边的那个房子里。平常照看那个房子的人去国外了，所以，我得照顾一些后勤事务，请你原谅。”

她盯着他又看了一会儿，然后接着问道。

“那是你给他们订的房间了？在千禧酒店？”

他点了点头，突然面无血色，显而易见，这个人肯定有问题。

“我是和芝加哥分公司的一个叫艾伦·多乐的人一起安

排的。她主管旅行事务，事实上是她安排的，我只是执行她的安排。”

“那是谁让你去执行的？你向谁负责呢？”

“没人，我只是做我眼前该做的工作。我负责确保代表团进驻的时候能够顺利地安顿下来，那是大卫爵士吩咐我做的事，手头有什么事就做什么事。”

他一定了解更多的情况，史提尔可以感觉到。

“塔图一家看着怎么样啊？”

汤普森回答之前略加思索了一下，他不想回答错了。

“他们看着是挺好的一家人。到了伦敦很开心。”

“那他呢？塔图先生有什么异常的吗？”

“他好像有点紧张，觉得这是个陷阱，我可以看出来。”

“那个塔图，他跟基廷先生熟吗？”

“我不敢肯定，女士，以我的地位，我无法知道基廷先生跟谁熟或者不熟。”

史提尔知道这个汤普森肯定在撒谎，她能感觉得到。这只能更加激起她对基廷公司以及这整个地方的愤怒。她得再琢磨琢磨他的作用，此刻她准备先问到这儿。

“我给你拨的那个手机号是对的吧？”

“是对的，女士。”

“下次我再给你打的时候，你他妈的把你的手机给接起来，听见了没？这可是在对一个刑事案进行积极的调查。没准儿还有可能是叛国罪呢！我可没时间跟你捉什么手机迷藏，也没时间跟你玩游戏。明白吗？汤普森先生？”

“是，女士。我保证第一时间应答。”

塔维斯和威尔士两位侦探相互对视、忍俊不禁。同事之中，爱德维纳·威尔士是史提尔最亲密的朋友，就像她姐姐一样。不知怎么回事，她还就是喜欢看着这个小个儿史提尔把那些五大三粗，比她年长许多的男人们给整得像小学生一样瑟瑟发抖。

塔维斯和威尔士都为史提尔刚才在会议室里的表现感到开心、痛快。但是，当他们离开大楼走向他们停在法林顿大街上巡逻车的时候，他们目睹了截然不同的一种表现，这是他们从未见过的一种景象。

广场上，达维娜远远地看见哈利斯和皮特，她隐约觉得那个红毛还有那个秃头的眼神，好像是在嘲笑她。他们在唐宁街10号的所作所为，以及在她家公寓干了那些坏事，居然还能逍遥法外，他们在扬扬自得呢！她再也控制不住自己了。她躲在其中一辆巡逻车后面，拔出她的格洛克手枪，朝空中放了一枪。

这时，警察、侦探们以及基廷全球公司的工作人员都被这突如其来的枪声吓傻了，没有人知道这声枪声是从哪儿来的。史提尔从一辆市警察署的车辆后面跳了出来，端着枪，全速向哈利斯和皮特奔去。

“你们俩，给我跪下！马上！”

她对那些穿制服的警察说。

“你们去那儿，是他们其中一个开的枪。”

她边喊边往那两个一头雾水的保镖跑过去。

“跪下！赶紧的！”

哈利斯和皮特还没搞清楚怎么回事，来不及做出反应，她已经跑到了他们身边，将那把格洛克手枪举到哈利斯的脸上，狠狠地抽了他一记耳光。

“赶紧跪下，你也跪下！你个秃头！你他妈的给我跪下。立刻！”

市警察署的警官们也都赶到了，举着枪，把哈利斯和皮特团团围住。史提尔控制了整个局势，尖叫着发号施令。

“抓住他们俩。抓住那个秃头，他们都有枪，是他们俩其中一个开的枪。”

哈利斯已经跪在地上。她用脚踢他的肚子，让他躺地上。

“躺在地上，马上！”

她把他的手拷在身后。特别行动处的人员、贝林、反恐指挥队（SO15）的威尔士和塔维斯都不知道该做些什么。以防万一，所有的人都把武器拔了出来。史提尔以迅雷不及掩耳之势，把皮特的手也给铐了起来，然后把他摁在地上，搜了他俩的身，找到了武器，举起来给大家看。

“在这儿呢，刚才是其中的一把开的枪。”

她摸了摸哈利斯的枪管。

“是这把，还在冒热气呢！”

塔维斯和威尔士明知刚才他俩根本就没开枪，他们清楚史提尔这么做一定是另有原因。他们不知道事态会怎样发展，所有人都看呆了。

史提尔蹲在哈利斯的身边，举着她的格洛克手枪，用枪把敲打他的腿，然后，把枪对着他的屁股，在他耳边说道。

“你给我听好了，红毛。你丫如果再敢来我家一次，如果胆敢再去碰一下我的父母，我就把你的鸡巴给一枪打飞，然后，把你活活烧死在田里，给你扔在几百英里之外没有人能听到你喊救命的地方。你听明白了吗？”

她的口音确实非常浓重，跟苏格兰大街上的口音一模一样。

“这算对你客气的，就算我对你的文明的警告，点一下头告诉我你听明白了吗？”

哈利斯点了点头，他明白了。

她又走到皮特跟前，把他翻了过来，背朝下头朝上。她蹲了下来，看着他的眼睛，用枪点了点他那秃头，随后，她举起她的格洛克顶着他的胯。贝林中尉见状，想过来阻止她。不过，知情的爱德维纳·威尔士悄悄地拦住了他，让他别去管她。

史提尔紧贴着皮特的脸，发疯似的盯着他的眼睛，枪顶着他的裤裆。她就这么盯着他，不需要任何语言，她跟他点了点头，也等着他跟她点头，表示他明白了她的意思。他明白地点了点头。于是，她把她的格洛克枪从他的裤裆处移开，起身站了起来。她环顾了一下四周。所有的警察、侦探、路人、HGI 工作人员，还有那两个戴着手铐的，一个肚子朝下，一个背朝下在地上躺着的。此刻大家都看着她，她的格洛克手枪还握在手里。

大家都在等她冷静下来，等她开口说话。终于，她把枪插回了枪套，转向市警察署的警察，把手铐的钥匙扔给了他们。

“我刚才搞错了，不是他俩开的枪。没准儿是哪个车回火了。把他俩给放了吧。”

她走到她坐的那辆巡逻车边，打开车门。在准备上车的时候，她回过头来看了一眼这座大楼，基廷的助理吕贝卡正站在台阶上观看着她的一举一动，希望史提尔也看到了她。她确实看到了。她对她微微地点了点头，关上车门，冷静地等着司机把她送回警察署。

逃跑 2

亚当扛着大包小包穿过格罗夫纳广场来到了广场的东北角，这儿与杜克街交叉，身后是伦敦万豪酒店。他停下了脚步，回头看见凯特和孩子们正费劲地拖着那些行李，于是，他放下了自己身上的东西，跑回去从他们手上抓过些包包，过了这条单行道，将行李和他的那堆东西扔在了一起。

凯特真的是受够了，她马上就要崩溃了。

“好吧，亚当，你跟我说说，到底发生了什么？”

孩子们还被拉在老远的后面。亚当觉得此刻跟凯特说点情况应该是安全的。

“我们遇上麻烦了，巨大的麻烦。我说对了，基廷的事儿是个坏事。我被迫犯了罪，是大罪。我们得离开。好了，现在没时间再说了。”

凯特扑闪着大眼睛，她可不是那种盲目跟从别人的人。

“没时间也得找出时间来，亚当。你把孩子们都吓得慌神了，我也担心你是不是得了什么精神分裂症了，所以，你最好他妈的挤出时间来跟我解释这一切到底是怎么回事！”

亚当越过她的肩膀看见孩子们已经穿过了交通岛，上了布鲁克大街，正在赶上来。他转向他那十六岁的女儿。

“朱迪，我要你待在这儿，看好弟弟，照看着点行李，我需要两分钟时间。”

刚才，一直在哭的朱迪又开始大吵大闹，像她美丽的妈妈一样无比生气。

“为什么呀？爸爸？为什么？你为什么要这样啊？我得回去，我得跟埃迪安在一起，至少也得跟他道个别吧！”

亚当很坚定。

“现在不行。现在你得看好你弟弟，哪儿也别想去。也别用手机，保持警惕性，我要和你妈妈单独待一小会儿。我说话算话，别让我失望。”

“你才让我失望呢！你不知道我对他的感觉，爸爸，我以前从来没有过这样的感觉。”

他心软了，一把拉过她，亲了亲她的额头。

“我们现在先要渡过难关，埃迪安他得等等。这才是事关你的家庭的大事。”

他示意凯特跟着他往万豪酒店走。凯特跟朱迪再次强调了一遍，必须警觉些照看好弟弟。她保证她会把事情问个水落石出。说完，她小跑着追上亚当。亚当此时已经走进了酒店。

亚当在酒店大堂里找到了酒吧，凯特紧随其后。虽然，这儿的人比千禧酒店的少了将近一半，而且，他们都被电视给吸引住了。亚当让凯特看电视。

电视里滚动播放着从直升机上拍的警察、工作人员、坦克还有卡车的镜头，屏幕下方的文字写着最新新闻：唐宁街10号爆炸。最新的进展是首相在此爆炸中受伤，已经被送往医院。关于他是否生还，尚没有进一步的消息。

凯特看着亚当，大约有一分钟时间她一直屏住呼吸，他也盯着她，他的眼睛血红，脸色铁青，全身发抖。她无声地问那是不是他干的？他点点头。他们启用了一种婚龄很长的夫妻才可能在危机时刻启用的交流方式——心灵感应。她觉得自己快要晕过去了。她转过身想找个地儿坐下来，亚当迅速地把她扶到一个靠窗的双人位置上，从这儿，他可以看见两个孩子在马路牙子上，朱迪还处在刚才的崩溃情绪中，彼力坐在行李上心不在焉地玩着游戏机。亚当在他心力交瘁的妻子对面坐了下来。

“这事一开头就是一个陷阱。这就是为什么他们在一年半前，也就是在去年十一的时候给了我这份工作。后来，他们就开始布置如何来给我下套，利用我在兰辛犯下的那个错误。现在我们麻烦大了，凯特，麻烦大了去了。”

她全身发抖，如今事情居然出了这么大的一个岔子，而且这么突然，这几乎要让她窒息了。她几乎说不出话来，只能有气无力地说。

“那是你放的炸弹？是真的吗？请告诉我，没准你搞错了。”

“我没搞错，我也希望我错了。但是，我是被陷害的，那里面还有一个人协助我，是他递给我那东西的。可是问题在于，是我这个从密歇根来的疯子对罗兰·拉西特下的手。”

“真是疯了。”

“我知道，这就是问题。他们会说我是个疯子，他们会说我蓄谋已久，他们都想好了的，我是那个最好不过的替罪羊。‘他以前曾经干过，企图谋杀州长。现在他又来干了，这次没准儿他干成了。’”

凯特好长时间一言不发。她转过身子，向窗外望去，看见孩子们还在原地，她于是转回身，盯着她老公。

“警察局，我们得去警察局找警察，亚当。现在就去。走吧，咱们去找警察。”

“不能找警察，相信我，如果能找，我早去找了。”

他看着桌子对面的妻子，读出了她一脸的惶惑，像是一张吓人的去世界尽头寻宝的寻宝图。他深吸了口气，然后，讲了他跟基廷一起去那个高档妓院、被捕随后又被释放出来的故事。他想让她明白，他们那么做就是为了表明你找警察无济于事。她就这样傻待着很长时间，思绪一直在那个被打的应召女郎身上。

“那你做了吗？打那个女人了吗？那个妓女？这可能吗？”

在回答这个问题之前，他又得深呼吸一次。过去的几天，他翻来覆去想了很多，把那天晚上的事情像磁带一样一遍又一遍地在脑子里反复回放，他知道那天早上他手上的疼痛是千真万确的。

“没有，当然不会。”

他们一起坐着这一会儿，他又回想起那个女孩。最后他跟他妻子说，口气不如原先肯定了。

“我被下了毒品，我敢肯定。房间里就那个女孩和我。她把我推到一个我不想进去的地方。”

凯特把手抽了回来，万分沮丧地靠在椅背上。

“我们遇到的麻烦太大了，凯特。每一件事、每一分钟都是个圈套。从得到这份工作开始，到这次来伦敦出差都是圈套，一整套为我设计好的圈套，直到我狠狠地掉进了这个圈套。”

凯特需要点时间来理解情况有多么的严峻。

“那结果会怎样呢？”

“我们得消失，立刻。他们为什么选中我？那是因为他们可以杀了我，我死了一切也就结束了。‘他是个疯子，他死了’。如此而已，故事结束。”

他又给了她一点时间，她需要理解形势的危险性，这很关键。他不可能再有时间停下来跟她做任何解释了。他们得尽快行动，而且，当着孩子的面也没法再说了。她明白那些想暗杀首相的人，现在如果要杀一个普通人，一个普通的密歇根人，肯定是连眼睛都不需要眨一眨的。

“我死了以后，政府和媒体怎么猜测都行了，其他的都将成为民间传说，只是又多了一个阴谋论而已。更糟糕的是，凯特，即使他们杀了我，我不知道他们接着还想要杀谁？他们还要把谁的嘴给堵上？我必须立刻把你和孩子们转移走，我要带你们去机场，现在就走，把你们送上飞机。我还走不了，他们拿走了我的护照。等你们到机场，他们就该开始找我了。所以，现在一分钟都不能浪费了。炸弹是两个小时之前爆炸的，看住机场会是他们的第一反应。我们必须赶在前面。”

“他们为什么拿走你的护照啊？”

“我被抓的那天拿走的，他们一直把它抓在手里呢！基廷拿着的。我得让你和孩子们赶紧离开，离开英国，回家去。在美国，我的叔叔们和兄弟们可以保护你们。我们得走了，凯特。”

她开始哭了起来，她再也忍不住了，她开始放声大哭起来，隔壁桌上的一对夫妻看了过来。

“我们该怎么告诉孩子们呢？”

“我还没想好，走。一个街区之外有一个租车点，我们去那儿租一辆车，我会告诉孩子们只是去兜个风，然后在去机场的路上再想想怎么跟他们解释。”

“如果你不走的话，我们也不离开英国。”

“你们必须走。我会想办法的，我会用别的办法回家，我向你保证。”

他把手伸过去，抓住她那双放在膝盖上的手。她的手冰凉冰凉，神志也有些麻木。突然，她又意识到了另外一件事，于是，眼泪从她的眼眶里蹦了出来，脸上显得更加忧郁了。

“那我爸呢？”

“嗯，他也参与了。”

追捕　2

达维娜·史提尔坐在首相办公室门口那个拥挤的走道上的一张沙发上，目前，这儿是乔治亚的临时办公室。乔治亚在屋里和厄里、达林少将、伯恩勒、爱德维纳·威尔士以及几个内阁办公室简报室（COBRA）的高级官员在讨论案子的侦破情况。但实际上，他们是在讨论史提尔，讨论她是否应该被调离本案，去处理别的案子。

史提尔在基廷全球大楼门前歇斯底里的表现，在全系统上下影响很大。如此重大的案子，是否应该由史提尔这样情绪多变、幼稚冲动的人来牵头领导？史提尔在外面坐着的时候，办公室里讨论的正是这个问题。她漫无目的在电脑键盘上敲来敲去，等待里面的消息。自己是否会被调离本案，调离与乔治亚之间这种特殊的亲密关系？也许，这并不是件坏事，在她左右总是令人心潮澎湃。

屋子里面，乔治亚坐在拉西特的办公桌旁，努力保持着清醒的头脑。她已经筋疲力尽了，这是一大早，昨晚她又没睡，媒体占用了她一整天的时间询问有关拉西特的情况。他还会回唐宁街吗？内阁重组中政党会怎么做？乔治亚会当选吗？门罗为她安排了一系列与媒体总编们的一对一会见，但是，大多数总编可不在乎什么礼貌不礼貌。

根据日程安排，财政大臣今天应该赴斯特拉斯堡出席与部分欧洲部长的会议，讨论如何减缓即将到来的脱欧公投的步伐。这个公投很有可能会导致英国永远地脱离欧盟。一方面乔治亚希望公投尽快进行，让选民们来决定未来。唯有在这个重大问题上，她和拉西特意见相左。眼前还有一个新的遗产税减税的法案需要财政部的指导。如果，她最后当选首相了，这个问题就像深入政治雷区的一次试探，最后还会回过头来困扰她。总而言之，整个工作量根本就不像她原先预料的那样。从唐宁街 11 号走到 10 号距离虽短，但感觉却像是踏进了另外一个截然不同的维度。

除了身心疲惫和日程爆满以外，她的止痛片也下得极快，现在，仅剩下最后几颗了。她也试着想戒掉，结果却是她变得更加烦躁不安，甚至没法入睡了。在精神极度脆弱的情况下，史提尔还常常魂牵梦萦在她的脑海里。也许应该让他们说服达林少将，让史提尔坐冷板凳。也许对乔治亚来说，有太多的东西需要消化了。她对史提尔的感觉也不是太自在，她已经很久没对一个女人有这种感觉了，事实上，从大学以后她就没有过这种感觉。史提尔显然也对她有意思，这使得情况变得更加复杂。

内阁办公室简报室（COBRA）和外交保护小组的代表以及特别行动处的人员，一致恳请乔治亚和伯恩勒立刻将史提尔调离。

“她已经跨越了所有的界线。”

“把基廷牵扯进来本身就是荒唐无比，居然如此对待一位前部长。”

“拿枪威胁那两个男子？我们今天讨论的问题应该是：是否指控她，而非是否应该留用她。”

“我们应该集中精力去找那个美国人塔图，而不是去骚扰基廷和他的手下。基廷对此也非常关切，他已经请了他的律师温克尔，准备正式起诉。这个女人要有麻烦了，应该立刻予以撤职。”

尽管大家说法种种，爱德维纳·威尔士和达林仍然坚持史提尔是最合适的人选。他们也同意她确实做得有些过头，但是，他们相信自己可以制止住她，并保证给予她大力支持，如果一旦她再次出现情绪失控，他们会启动预案。

大家争论激烈，乔治亚又开始走神，她急需再吃一片药，她的眼皮像是灌了铅一样沉重。她可不愿意再一次在开会中间睡过去。上次首相问答时间中，她睡着了，因此她受到了媒体的强力抨击。她那张睡着了的照片不光刊登在默多克旗下的所有报纸上，还刊登在了当天所有日报的头版。

讨论期间，史提尔推开门口那个满脸通红、坚持要通报的工作人员，径自冲进了会议室。她手拿电脑，兴奋得两眼放光。她又找到了拼字游戏中的一块字块。

“高登·汤普森是塔图的岳父。塔图娶了他的女儿。”

达林、乔治亚和其他人员开始在脑海里迅速消化这个消息，这跟他们目前对高登的了解完全不相符合，他只不过是个无关紧要的人物。

“他的女儿叫凯特·汤普森，她在密歇根上的大学，在安娜堡遇到的塔图，当时他是那儿的一个警察。”

伯恩勒还没明白怎么回事。有件事困扰着他。

“那他为什么不告诉我们呢？这件事是很容易被查出来的，我的意思是，这样一来基廷不就很容易被牵扯进来吗？他的一名手下、一个老朋友与制造爆炸的人有关系。这也太漏洞百出了，太漏洞百出了。”

史提尔也觉得，但是，她把整个情况都想透了。

“也许，汤普森在这个游戏中的角色就是要被揪出来的，也许目的就是等他或者塔图有一天意外死亡，然后，线索就此中断。我们那天跟他说话的时候他吓得要死，他可能也看出故事的情节了。很明显，他不只是有点儿害怕。我知道这很奇怪，而且也都没说明什么问题，我们至今还不知道塔图车后备厢里的那个尸体是谁的。”

所有的问题都问得很好，找出拼字的最新一块不但没解决什么问题，还把原来的给搞乱了。不但没回答问题，又提出了新的问题，而且矛头更加指向基廷。但同时令史提尔纳闷的是，像基廷这样重量级的、具有影响力的人物，为什么要把自己放在这个刀尖上呢。这有些站不住脚啊。

史提尔明显觉得乔治亚也有同感。与基廷的关联更使人疑惑不解了。其中的一些人急于撇清基廷与此事的关系，一些人又热衷于让史提尔退出，这些都让空气中充满了一种不确定性，加之那些在她人生中飘忽不定的各种矛盾，此刻她最不需要的就是这种不确定性。

“不，史提尔得继续待着，从现在起，所有进来的消息都得通过我，通过我的办公室。”

伯恩勒站了起来，他反对。

“乔治亚，不能这样做。”

“可以这样做，而且必须这样做。我要史提尔警探尽可能保持我对此案的消息畅通，我要她随时可以来找我。”

杰克·厄里使劲点头表示他明白她的指示了。虽然有各种各样的不情愿，伯恩勒、达林以及所有其他的人员都只能接受。乔治亚和史提尔隔着拥挤的办公室互相点了点头。她们谁也不敢说又接近了对方一步，是最健康的个人选择，还是不是。

逃跑　3

从棕鹿园（Brown Hart Gardens）的 Avis 租车没出岔子。亚当冷静地挑选了一辆福特面包车，凯特带着孩子们在外面等候。朱迪请求妈妈跟她解释到底是怎么回事？连小彼力都很关心地将他的脸从游戏机上抬了起来。

“姥爷怎么样了？我们什么时候去看姥爷啊？”

小男孩用他那双清澈透明的棕色大眼睛央求着他妈。

“如果他以为我还在酒店，去看我们怎么办呢？我们说好要去公园里喂鸭子的，他会不会难受啊？姥爷和我，我们是特殊的朋友，我们俩可就是这么说的。”

“没事，宝贝儿，姥爷没事的。”

谈到她父亲，她就觉得心如刀绞。她努力不去想他，她太生气、太心痛、太愤怒了。她父亲参与陷害他们全家，将他们全家置于这般危险境地。她无法面对这种火上浇油的做法。她为她的儿子感到很受伤，他满以为总算跟他走失多年的“神秘”姥爷团聚了。这老人原来是一大堆屎，他完全不知情。

凯特和他们俩说话的时候小心翼翼的，生怕自己会哭出来。

“孩子们，你爸爸今天工作挺累的了，他特别需要我们的支持，我们开车去兜一下风，让他冷静下来。我希望你们俩尽最大努力让他放松，好不好？现在最好别跟他争什么。”

两个孩子答应会表现得好些，他们都信凯特说的话，她很快就会跟他们解释是怎么回事的。

车子里很安静，从海德公园下面绕过去开到克伦威尔大街上，走 A4 接着上了 M4。亚当一言不发，双眼紧盯前方，一个劲地一直往前开，偶尔被出租车或卡车司机切道的时候，他会滴一下车喇叭或者冲着他们叫骂一声。朱迪再三问她父母他们这是去哪里？他们俩谁也不作答。时不时地，凯特会抽泣哽咽，但是很快会强忍住自己。彼力使劲问他妈怎么了，妈妈每次都会轻轻地拍着他，小声地对他说没事、没事。他快急哭了，嘴里冒出了“离婚”俩字，朱迪点点头表示肯定，看来只剩下这一种解释了。

车子沿着君纳士贝利（Gunnersbury）公园的外围上了通往希思罗机场的高速，这时，凯特的手机响了，是高登。她把电话接了起来，一半是出于本能，一半是故意而为之，她想借机臭骂他一顿。可一旦接通了，就在那一瞬间，她又发现自己几乎没法跟他说什么，一方面是当着孩子的面没法跟他讨论什么，另一方面，他已经完完全全、彻彻底底地让她失望了。她用一种平静的、慎重的口气说道。

“你想要什么？”

“我得跟你聊聊，亲爱的。”

“我没什么可跟你聊的，你让我恶心。”

亚当看了过来，看着她的眼睛抓住她的手，示意她把话筒盖捂上。她随即捂上了话筒。

“别告诉他我们去哪里，一个字都别提，他肯定会问，千万别告诉他。”

她点了点头，默默地答应着。话筒的那端，她爸在喋喋不休着，申诉他是无辜的。

“我也不知道发生了什么。凯特，你得明白，我原以为这只是单纯的白领犯罪，不会对亚当产生严重的负面影响，只是冒个险去犯一个愚蠢的错误，然后可以因此赚上一大笔。他们还告诉我，他们会承担一切后果。没人告诉过我炸弹的事，等我知道已经为时太晚，我事先真的什么都不知道。我保证我说的句句都是真话。”

凯特可不想就这么轻易地放过他，一点都不愿意。她把声音压到最低，但是语气斩钉截铁。她要让他知道此时无论他说什么，都没法让她信服，除非他说从现在开始永远都别再互相说话了。

“我不相信你，这个你听着感觉怎么样？如果我相信你，那我就应该知道你有多傻、有多蠢！简直是蠢到家了——一个愚蠢的老东西把我所珍爱的一切都置之于危险境地。”

“听我说，凯特，这远比你想象的要复杂得多，也比我了解的要复杂得多。这水太深了，我们得团结紧密，我得帮你们，你男人还有你和孩子们可能都会处于极度危险之中。”

“你觉得？真的吗？爸？”

她打断了他。她想在他们对话的每个句子中毫不犹豫地把它打断。如果孩子们不在车上，她就真的该剑拔弩张，义愤填膺了。她太想让他在今后的许多年、许多年都背上这些骂名：任性、胆小、愚蠢的蠢货。她特想把所有的愤怒和怨恨都一股脑儿地发泄在他身上。但是,她克制住了自己,因为孩子们在车上。她往下坐了坐,压低了嗓门。

“那你觉得是谁把我们拖入这种危险的呢?谁应该受到谴责呢?你在想什么呢?你脑子里在想什么呢?他们给了你多少钱?难道他雇用了你,你就不得不对自己的家人做出如此冷血、如此残酷的事情吗?”

电话的另一头是死一般的静寂。她可以听得出来他在做思想斗争,她可以听得出来,他在想如何更好地措辞才能让她明白他那些软弱无力的借口。最后,他蹦出了一个简短而无力的问题。

“那你们现在在哪儿呢?要去哪里?”

“这不关你的事。”

她看了看亚当,他的双眼好像刻在了车窗玻璃上,直盯着前方的道路,盯着那个未知的、危险的未来。她转过身看了看坐在后排的孩子们,彼力也正在看着她,朱迪在她的苹果手机上玩着游戏或是别的什么,凯特琢磨着。她把头转回前方,低声对高登说道。

“你活着一天,我就一天不想跟你说话。你再也别给我打电话了。”

她挂掉了电话,盯着亚当正行驶的那条布满荆棘、危险重重的道路。

没过一会儿,亚当的手机响了,还是高登。他把手机给凯特看了一眼,她摁了不接。一分钟后老头又开始发短信。

“我必须跟你说话,亚当,紧急。”

“马上给我打电话。”

“特急。”

“你们全家都危在旦夕，立马给我打电话。我知道你特不高兴，我也不开心，但是，我们必须得说上话。”

亚当看了看他的手机，觉得它唯一的作用就是可以用来跟踪他。他要让手机远离他的家人。他们很快就要追上来了。

一旦爆炸带来的震撼消停下去之后，他就会是警察要找的那个人，“那个美国人”、“那个密歇根的激进分子，谋杀未遂者”。他想起了那年冬天在自家车库和客厅里听到的动静，他忽然明白了自己并没有神经错乱，他们确实来过他家，是来安放证据的，没准儿是在网上订购个东西，没准儿是发一个邮件提到他暗杀首相的计划。谁知道他们在他的电脑里安放了什么样的证据呢？现在看来一切都明朗了：他怎么得到的那份工作？又为什么会选派他来伦敦？以及为什么基廷对他的兴趣会如此浓厚。一旦他们开始调查他，这些线索就会像多米诺骨牌一样，一个接一个地倒下。英国警察会很快来追捕他，基廷和他的手下可能会迅速让有关部门明白，由于他们不小心把一个“疯子”放进了唐宁街10号。英国警察或者他们派去调查这个案件的福尔摩斯们会觉得自己全是天才，不会意识到有人用勺子一口一口给他们喂了假证据。所有这些是需要时间的。他不确定需要多少时间，只是希望至少有足够的时间让凯特和孩子们坐上飞机，逃离英国。

他摇下了车窗玻璃，随意地把手伸了出去，这样孩子们就不会看见他在做什么。就在手伸出去的那会儿，他把手机扔到了高速公路上。从后视镜里，他看见手机落在了高速路面，然后又弹到了路肩上。他们继续往希思罗机场开去。

亚当和凯特不知道、也无法知道的是朱迪和埃迪安自打车子上了布朗普顿（Brompton）路后，就一直在互相发短信。

“我想你，朱迪。”

“我也想你，我爸妈都快疯了，简直就是疯狂了。”

“为什么？发生什么了？”

“我也不知道。我爸妈都要崩溃了。我觉得他们要离婚了。太可怕了。”

“你们要去哪儿啊？”

“我不知道。每个人都要疯掉了，我爸妈真够戏剧的。”

“你在哪儿？”

“在车上，我们租了一个车，我们在往什么地方开呢。”

“你要去哪儿？我要见你，你不是要离开了吧？啊？离开英国？我不让你走，我爱你，朱迪。你知道的，对吧？”

“我也跟你一样，你是我的一切，我要跟你度过我的一生。我知道你可能会觉得我有些幼稚或者愚蠢，但我就是这么想的，我要跟你在一起，这一辈子都跟你在一起。”

“我也一样，我不觉得幼稚，你在哪儿？我要去看你，我要抱着你，我要抱紧你、亲吻你、永远不让你走，只要我活着，就不让你走，朱迪，我要现在就见到你，现在。”

“不可能，我在高速上，不知道要去哪里。”

“你不能问一下你爸你们去哪儿吗？”

“我试了，他不回答我。他们现在脾气可古怪了，有时候觉得他们真失败。”

“我知道，我妈也是，她也是为了一件什么事心情糟透了。我爱你。”

“我也爱你，埃迪安。”

“再问一下你们去哪儿。”

当他们的车开到隧道拐弯的地方，希思罗机场的方向牌出现的时候，朱迪觉察出他们可能是要离开这个国家，她开始哭了起来。

“哦，糟糕，我们是在去机场的路上，机场，该死。”

“爸爸，你在干什么啊？我们要离开这儿吗？我们能不走吗？我不能走，你不能这样对我，你不明白，他是我的灵魂伴侣，你不知道你在干什么！”

她开始不顾一切地趴到前面，几乎想爬到驾驶座上，哀求着。

“瞧，爸爸，妈妈，我知道你们要分手了或者怎么样，也知道你们俩因为某些事情绪低落，但你不能拿埃迪安和我出气。求你们了，我们正在相爱，我们特别相爱，妈妈？妈妈，求求你，就让我留下吧，我可以和姥爷待在一起，就一个星期，行吗？求求你了，妈妈，求求你！”

彼力跳了起来，也和姐姐一起央求。

“去机场？我们不能离开这里。姥爷怎么办啊？我要待在这儿，我要和姥爷一起生活。”

亚当没理他们，凯特没法回头，没法面对他们。这时，他们抵达希思罗机场了，预付了短期泊车所允许的最长时间的停车费，然后，找到了一个车位把车给停了。亚当看了看表，快晚上八点了，有一架美国航空公司的飞机晚上九点半起飞，这点自由时间应该还可以有的，估计现在所有的歇斯底里和惊恐慌乱都集中在唐宁街10号，应该还不会来找他们。不过，他们很快就会开始控制出境的人口，尤其是没有计划的出境。希望在他们控制机场之前，还有几个小时他可以自由行动。

他没去理会孩子们的抱怨，推着行李车就往航站楼售票处跑。他迅速地查看了一下报纸，报纸上还没登出消息。他想找一个电视机，但是在出境的航站楼没找到电视机。他以为机场会增加大量的警力，但是好像跟他们来的时候没什么差别。

"你在机场路了吗？"

"是啊，我不知道该干什么，我该怎么办啊？"

"你可以劝你爸，让他允许你留下吗？"

"我试了，可是没用。"

"我爱你，朱迪。"

"我也爱你，我该怎么办啊？"

"你看见机场快速的标识了吗？应该到处都有的。"

朱迪很快地看了一下四周的墙，看到了从希思罗机场开往伦敦市里的希思罗快速火车。

"我看见了，我看见箭头了。"

"如果你跟着箭头走，就能坐上回伦敦的快速火车，只要十五分钟的车程就能到伦敦城里，我可以去车站接你。”

凯特和亚当在排队买票的时候，都没有看对方。高登一直在给凯特打电话，亚当能听见她的手机响。他觉得现在最好别在那儿大吵大闹的了。他感觉自己应该还有些时间。他拉着凯特的手，凯特则把头倚靠在了他的肩上。

“一切都会过去的。好吗？”

她转头看着他。她眼睛的颜色是他从未见过的那种深色——蓝色消失了，恐惧使得蓝眼睛变成了黑眼睛。

“不，不会过去的。我害怕，亚当，我全身在发抖。”

“我知道，亲爱的，我也害怕。”

他给妻子和孩子们买了三张票，当售票员往电脑里输入名字的时候他很担心，是不是他们已经上了黑名单了，是不是已经启动某种筛查手段，筛查所有出国的人员，如果是那样他很快就会知道的。出票过程很顺利，售票员看出来这一家子因为什么有些悲痛，她想没准是临时赶航班，可能家里有亲人去世了，特别同情他们，也特别热情，给了他们去头等舱休息的礼券，还让他们通过贵宾通道办理海关手续等等。亚当也顺着演戏，低着头对她表示感谢，装出刚刚失去亲人后内心万分悲痛的样子。这并不难演。

他们往海关走去。亚当觉得凯特和孩子们有希望安全离开了，总算打了个时间差。就在这时，他往回看的时候，简直不敢相信自己的眼睛。朱迪居然在发短信！他再也无法控制自己，跑到朱迪跟前从她手里把手机抢了过来。

“你干什么呀，爸爸？”

“你在干什么？这他妈的是怎么回事？”

他迅速地读了一下短信，脸气得发白。

“你怎么可以这样？朱迪，你怎么可以这么做？你告诉了他们我们在哪儿，你知道吗？”

这下把这个年轻人惹毛了，她可不习惯这个。他刚才跟她说话的口气好像她是个罪犯。

“你在说什么呀？”

她不知所措，她爸的怒火来得有些莫名其妙，他从来也没有这样对她说过话。亚当不在乎，他气昏了头。他打开她的手机盖子，取出芯片，一把把它扔到了地上，再用脚后跟将它踩个粉碎。有几个旅行者注意到了他们的动静，停下了脚步。

“你到底出什么问题了，爸爸？”

“我的问题就是你，你背叛了我们，你难道还不知道吗？”

这句话一说出口，他立刻就后悔了。发生了这么多的事，他毫无思想准备。朱迪是他落进别人圈套的牺牲品。他想把她拉过来，抱抱她，但是他不能，他还愤懑难平。凯特推着行李车走了过来，彼力照例坐在行李车上，看着父女两人互相瞪着对方，谁也不说话。她看见了碎在地上的芯片，看见朱迪气得满脸通红。

“出什么事了？”

朱迪懒得回答她。她看看她爸，再回头看看她妈。

“我恨你们俩，你们让我恶心。”

说完她转身跑了，她拼命地跑，怀揣着一个女孩的爱情和恐惧，她要逃离父母，像一匹脱了缰的野马。很快她就穿过了航站楼，消失在了人群里。亚当把机票递给凯特。

“你在这儿等着，就在这儿，我去追她。”

他追过了航站楼，追到了一条长长的一直往下旋转的通道。每到拐弯处，墙上都标有箭头和方向牌，广告宣传希思罗机场快速火车如何快速、便捷、舒适，只要短短的十五分钟车程就能从机场到达伦敦市中心。亚当从来没看见朱迪跑得这么快。航站楼内人头攒动，朱迪小巧灵活，在人群当中、在行李车缝隙间穿梭自如，很快，朱迪就甩开亚当越来越远了。

跑了大约半英里的地，最后终于到了售票处，朱迪停下来琢磨该怎么买火车票？亚当这时很快追到了这里，出乎朱迪的意料。正当她在研究出发班次的时候，亚当冲到了她的跟前。这段路跑得他上气不接下气的，体力有些不支。当他冲向她的时候，她轻巧地躲开了，他又使劲往她身上扑了过去，结果用力太猛扑了个空，他摔倒在地，在刚刚打过蜡的地面上狠狠地滑了出去。看着他摔倒，朱迪内心充满矛盾。她想看看他有没有事，但是，很显然如果她停下来，他就会抓住她，让她回去，离开英国，飞回家，离开埃迪安。

她要抓住这个机会。于是，她转身三步并作两步地跑下了楼梯，再回头时，看见她爸又追上来了。他跑得飞快，眼里冒着怒火。她跑到了站台上，看见轨道上停着一辆闪着开往伦敦字样的火车，她飞也似的往这辆车跑去，在车门即将关闭的一瞬间，钻进了离她最近的一个车厢。总算上了车，再晚一秒钟就晚了。看着窗外，她爸这时跑了过来，车子已经缓缓启动。他看见她在看他，但是，她很快避开了他的目光。一位坐在隔壁车厢，穿着毛茸茸貂皮大衣、戴着一顶复古帽子的年长妇女盯着朱迪看。朱迪此时为了不让她爸看见她，一屁股坐在了车厢的地上。亚当使劲敲打着车门想让人把车子立即停下来。朱迪注意到那位年长妇女在看头顶的紧急按钮，在考虑是否要去按下，因为，只要按钮一按下，车子就会立刻紧急刹车。车外，亚当还在一边喊叫，一边敲门。

那位年长的妇女最终没去按那个紧急按钮，火车也没有停下来。它冲出了车站，逐渐加速开往伦敦市中心。

亚当在隧道坡道的尽头，眼巴巴地看着火车在他眼前消失，越开越远。他跑得满身大汗，浑身发抖，脸色苍白，他希望他的身体能争口气让他呼吸顺畅点儿。

他把她弄丢了，同时也丢掉了他的时间差。

回到出发航站楼，他在刚才的地方找到了凯特和彼力。凯特在很远处就看见亚当一个人，朱迪没跟他在一起。她在四个柜台之外，就已经读出了他的表情。

“她回伦敦了，去找那个法国男孩了。”

凯特紧紧地抱住彼力，她不知道该怎样反应。

“也许这样更好，也许这样她就可以躲开麻烦了，也许她现在应该离开我们直到……”

他打断了她。

“这没什么好的，他是个骗子。我甚至都不觉得他是那个法国婊子的儿子，她跟他们是一伙的。谁知道他们在打她的什么主意？”

“你在说什么？亚当。”

“他们利用朱迪来逼迫我跟他们合作，他们用她的生命相威逼。”

“谁用她的生命威胁你啊？”

“埃迪安的母亲，她也参与了的。她和基廷是一伙的。”

凯特叹了口气，事情变得越来越糟糕了。

“朱迪有麻烦了，凯特，我得回伦敦去找到她，立刻就去。你接着去安检然后去登机，尽快上飞机。”

“如果飞机飞了，你还没回来怎么办？离起飞时间只有一个小时了。”

“你们先飞，我一找到她，就会把她放在下一个航班。你们得赶紧离开这个国家，凯特，把彼力带走。”

凯特就这样瞪着他，一切都发生得太快了，这个残酷的现实对她来说没有任何意义——逃离英国，逃离自己的家乡。

“我不能离开朱迪，我也不能离开你。”

“你没有别的选择，你必须完全按我说的去做。求你了，告诉我，你听明白了。”

他看着她，她不知道该如何回答。她已经慌了神，没法再跟亚当争执。

“是，是，我明白了。”

反正也没关系了。这几个字一说出口，哈利斯和皮特已经从远处的台阶跑过来了。他先看见的他们，于是，他把行李藏到了一个外汇兑换亭后面，然后拉起凯特和彼力就跑。那两个老混蛋穿过了航站楼，到了他们刚才买机票的售票台，秃头在找人，那个帮助他们买票的人被叫了过去，时间差没有了，他们开始找他们了，情况就像他当初预料的一样糟糕。

他把最小的包背在肩上，跟凯特说。

“拿着你的背包，我们走。”

“什么？那行李车怎么办？所有的行李呢？”

“把它们留在这儿，我们走。”

彼力拽着他的行李箱不肯放。

"不，我的玩具，我的书。不，爸爸，我们得带走，求求你了，求求你。"

"好吧。"

他拿起彼力的行李。彼力又有了一个新问题。

"我们去哪儿啊？爸爸？我害怕，你吓着我了。朱迪在哪儿？"

"你说你不想离开的，对吧？好，我们不走了，走吧，凯特，我们现在走。"

凯特拿起行李的时候，嘴里还在嘟囔着。亚当拿起行李，抱起彼力，小心地往那个通向停车场的电梯走去。

"爸爸我们在干什么啊？我们不是要上飞机的吗？你和妈妈实在是太可笑了。我好害怕。"

"没事，彼力，妈妈改主意了，我们不走了。"

"那我们还能回那个酒店吗？那个可以看电影的酒店？公园旁边那个？"

"我们去找个更好的。"

他们一路小心翼翼地来到一个报亭的后面，在那儿等着电梯下来。电梯下来后，他把他们往电梯里推，就在关门那一会儿，亚当和皮特的眼神碰上了。他们被发现了。

电梯停在了停车场那层。门打开以后，亚当、凯特和彼力飞快地冲出电梯，穿过长廊，冲向短期停车场。跑到半路的时候，亚当回头看了一眼，发现哈利斯和皮特正在爬楼梯长廊，他们大概还有三百码的距离，但是，他们身上没背着八岁的男孩，也没拿这么多的行李。

他们跑到了停车场，向左转，躲在了一排车后面。这时哈利斯和皮特也跑进了停车场，他们选择了右转。塔图一家幸运地赢得了一点时间，他们的车在停车场的西头，于是，轻手轻脚地绕过一排排的车辆，总算找到了他们的福特车。亚当打开车门，警报器响了一下，亚当皱了皱眉，他迅速地把凯特和彼力放进车内，以最快的速度悄悄地启动车子，开出了西停车场。

车子驶上了通往伦敦的 M4 高速，在开了四分之一英里以后，亚当看了一下表。已经无济于事了，他们不可能赶上快速火车了。于是，他离开了高速，开向了一条小路，把车停稳后，打开车门下了车。他需要呼吸新鲜空气来思考一下，都没有什么时间可以让他想出一条出路。他走到车边让凯特摇下车窗，她又开始哭了起来，彼力很尽心尽职地在劝妈妈安静下来。

“把你的手机给我，我来给你爸打个电话，他得去帕丁顿站去接火车。”

她从车里走了出来，关上车门不让彼力听到谈话。

“我们不能给我爸打电话，我不相信他，我再也不想跟他说话了。”

“我想我们没有别的选择了。那趟车会在八分钟内到达帕丁顿车站，如果接不到她，我不知道我们下一步该怎么走了。我也可以给勃打电话，但他去那儿时间太长。你爸也许有些资源，一些朋友，前警察或者什么人，毕竟他是她姥爷啊！看在上帝的分上。”

她就这样盯着他看，手上拿着自己的手机，不知道是否应该递给他。她在想另外一种可能性。想了很久，她不知道这一步是否正确，但是，她意识到自己也没有别的选择，她开始拨号。

“你在给谁拨电话啊？”

“理查德·莱勒，他家离帕丁顿车站只有一个街区，我今天下午去了他那儿了。”

亚当无法相信自己的耳朵。这就像往他的伤口上撒了一大把盐。

“这真是太好了！你把我骗进了一堆狗屎里头，让这堆屎把我埋在里头，而你呢，却与你的老相好去偷偷摸摸约会？在他的公寓？”

“没有，我只是去看望一下老朋友，再清白不过了。”

她转头用冰冷的眼神望着他。

“我只是跟他一起喝个茶而已，而你却在炸唐宁街10号。请别教育我该怎么度过我的下午。”

幸运的是这时候理查德接起了电话，他们的争吵只能就此告一段落。她很机智地告诉他，他们现在所处的困境，不过没有跟他透露太多的细节。她希望他立刻去帕丁顿车站截住朱迪。她告诉他情况紧急，不要让任何人跟她说话，也不要听信别人的劝告，只要把朱迪放上下一趟快速火车就行。他很乐意帮忙，也听出了她声音里的紧张不安。其实，他无须了解太多，他只知道他有了一个做凯特的英雄的机会，有机会再见到她。他绝不推辞。

“太感谢了，理查德。你真是个天使，但是请你现在就出发，好吗？谢谢。”

亚当让她把话筒捂上。

“我们需要给他发一张朱迪的照片吗？”

她觉得这是个好主意，于是跟理查德提了一句，等着他的回复，她点了点头。

“好吧，亲爱的，那你走吧，赶紧走，接上她以后给我打电话。非常非常感谢。”

她挂上了电话转向亚当。

“他说不用发照片给他，因为，他从脸书上看到过她的照片。”

亚当挥舞着双手，嘴里嘟嘟囔囔地说着什么，好像是在说脸书是世界上最糟糕的发明。

追捕　3

乔治亚做了一晚上的噩梦。梦到罗兰去世了，他终于没能挺过去。整个城市都在为他哀悼，街上空无一人，所有的电视台也都停止了播放。国王发表了一份声明，白金汉宫也熄灭灯光为他默哀。唐宁街10号和11号也人去楼空，大家都各自回家，就剩乔治亚孤孤零零一个人。

她光着身子，一丝不挂地走出去来到了白厅街头。无所谓了，反正也没有人，偶尔可能有位古怪的老妇人坐在一条长凳子上哭泣。一辆空荡荡的大巴从她身边开了过去，但是，司机根本没往她这边看。她向议会走去，随风飘扬的那头乱发，此时是她身上唯一的遮挡。当她走到议会广场那个角落的时候，看见广场上人山人海，尽是她认识的人，她父母、儿时的朋友、表姐妹表兄弟，甚至还有大卫·坦布里顿，她的首任男朋友。大家聚集在点着蜡烛的广场上向罗兰致哀，到处是他的相片、他的画像和招贴画。

她快速地走进了一个建筑物底层的角落里，趁别人还没发现她，突然，她为自己赤身裸体的样子感到尴尬。这时候，有一辆老式的、车型优美的宾利车停在了路边。后座门打开了，是罗兰开的车。他看起来完好无损，张着嘴龇着牙冲她笑，还喊她过去。她立刻跑了过去，跳进了他的宾利车走了。

他们驾着车驶过那些空荡荡的街道，一片欢声笑语，外面暖洋洋的空气从车窗飘进车里。穿过林荫大道，过了白金汉宫和宪法山开往海德公园方向。一丝不挂的乔治亚在罗兰面前好像一点都不觉得有什么别扭，只有欢乐开怀，沉浸在年轻时的梦想和对过去的回忆之中。车里播放的是怀旧的音乐，米克·贾格尔、安妮·蓝妮克丝。他飞快地将车开进了海德公园，偌大的公园里空无一人，好像还是当年国王的私人狩猎场。随即，车又开到通往海德公园水池的通道，他问她是否还记得他们赢得第一轮大选的那天，他们整晚没睡，一直在讨论如何改变世界。

她记得的，她告诉他，她记得的。这一会儿她身上已经穿上了衣服，穿着那天晚上穿的那套衣服。一会儿，她又换上了那天早上他们俩一起坠入大海时的套装。那套装撕裂了，满是血渍。这时，他停止了欢笑，变得恼羞成怒，他加快了速度要将车往水池边开去。她求他快点停下，但他就是不听。于是，他们开进了那个空水池，车子沉了下去，就像那天沉在蔚蓝色的大海里一样，而不是一个长满青苔的小水池。这时，她又变回了全身赤裸，他开始哈哈大笑。两人一起生龙活虎、欢天喜地地往下沉。

她平静地醒来，缓慢地睁开眼睛，没有突然坐起。她就是醒了，身上冒了一身冷汗。这个梦应该是几个小时前做的，但是，她记得真真切切，醒来后似乎还能闻到宾利车上那牛皮的味道。她坐了起来，她需要更多的止痛片。

但是药瓶空了。

杰克·厄里和他结婚二十年的妻子以及他的两个女儿和十五岁的儿子住在泰晤士河南面，克罗伊登往下一点的一套三居室小房子里。做乔治亚的私人助理已经将近八年的时间了，他还是跟别人一样了解她，那意思是说他并不怎么了解她。这份工作薪水不错，虽不是什么大富大贵，但是福利待遇优渥。他尤其愿意成为“特恩博团队”的一员。

唐宁街10号的工作并不是他的头份工作。在乔治亚录用他之前，他做过十个月的“花园女郎”。这个绰号可以追溯到丘吉尔时代，后来就一直被沿用下来。做这份工作的人无论性别，都被称为“花园女郎”。所谓“花园女郎”，指的是那些速记或者打字员，他们为10号和11号打出需要发布或者送出去的讲话稿和文件，其他的办公室都瞧不起后花园。杰克在那儿工作期间，有一次还差点儿把这份差事给搞丢了。事情是这样的，戈登·布朗首相有次生气把一位女打字员一把推到了一边，自己开始接手打起字来。首相跟那个女孩说话的样子让厄里非常恼火，厄里就当着布朗的面实话实说了。戈登·布朗一边打着字一边抬起头看看他，考虑是否该对这个瘦高的公务员发脾气，就像一只熊考虑吃掉一只它在河边抓到的受伤的小鹿一样。但是，他哼哼了两声以后，改变了主意，然后回到了他的电脑前。厄里的工作保住了，但在一年以后的裁员中又被裁掉。

一年以后他卷土重来，这次是躲在了新任财政大臣乔治亚·特恩博的羽翼底下。乔治亚懂得保护自己人，厄里也很把这份工作当回事，即使有时候他也会出点丑什么的，比如摔倒啊，绊个脚啊或者说个错话什么的，但是，乔治亚需要他。她需要有一个人全天候地看着她、支持她，他很骄傲他就是这个人，即使有时候这意味着他得做些他不确信是否正确的事。他的任务就是让乔治亚运转起来，只要她运转起来，乔治亚就能让火车、钟表准点无误，让银行有效运转。他只要对付好乔治亚即可，这笔生意划得来。

一个寒冷的星期三早晨，凌晨四点他就从克罗伊登出发往伦敦城里开。通常他是坐公共汽车进城的，但是，今天比平时还要早出一两个小时，街道上空空荡荡的。去唐宁街 11 号这十英里的路程，平时需要开一个半小时，今天，他一路绿灯只开了一刻钟。到达以后，他绕过皇家骑兵卫队驻地，开到后门一个鲜为人知的入口，拿出他的门禁卡刷了安全岗亭的大门，将他的福特福克斯一直开到了花园的边上。他下了车，迎面而来冷冽的清晨空气，夹杂着一股干土和马粪的味道。虽然这个点不算太早了，但是天空阴云密布，天看着还很黑。趁着等乔治亚这会儿，他想点烟抽，根据他过去多次的经验，乔治亚一般都会等到后草坪的最后一次夜巡过后，才会偷偷地从后门溜到皇家骑兵广场。她十八分钟前给他打的电话，当时他睡得正香，接到电话后立刻连滚带爬起了床开着车来到了这儿。就他对她的了解，他肯定会有充裕的时间，所以，他给自己点了一颗手工卷烟。

那烟根本就没抽成。还没等他抽上烟，她就已经从一棵老榆树下冒了出来。其实，她早在那儿等他了。这还真是头一回。只见她头上披着一块超大尺寸的围巾，戴着一副墨镜，穿着一件很厚的棕色羊毛大衣，脚上穿一双古里古怪的靴子，连鞋带都懒得系上。她看着像个无家可归的流浪汉，至少也是个要上医院去的病人，与她平日精力旺盛的样子差得不是一星半点，而且，手里又拄上了那根拐杖。他注意到，这些天她可没怎么用它了。

“把烟赶紧灭了，我没时间了，我得赶在高峰前回来。”

“是，夫人。”

他点了点头。

她做了个鬼脸，没等他来给她开车门，就已经自己爬进了车里。她要赶时间。

他们飞快地往北开。上了山坡，开过霍洛威，路过东芬奇利到了芬奇利中心。幸亏时候还早，加上他们很幸运地赶上了一路绿灯，从白厅出来总共才开了二十分钟。路上车辆稀少，只见到了零星的几辆送货的卡车和面包车。厄里很是开心。他心里明白，带乔治亚做这种事情自己从来也没觉得对过，既要瞒着保安处，又要瞒着礼宾处。他甚至明白他可能会因此丢了饭碗。但是他更知道，如果他说不，他可能照样会丢饭碗。所以，他选择尽量让乔治亚高兴。

他们开到了商业区，过了特恩博药房——她父亲开的药房，一直到了这个街区的尽头。然后又沿着小路绕了回来，厄里想尽量把车停得离后门近一些。他点着发动机，她找到了钥匙，下了车。他们俩谁也没跟谁说话。在过去的一年里他们俩已经来过这里好几次，只是最近来得越来越频繁了。看着她从后门偷偷溜进去，他在想他是否应该让她坐下，跟她好好谈一谈，是否应该让她考虑去寻求某种帮助。刚一想到这儿，他就立刻把这个主意给否定了，这主意听起来就像个灾难。他发誓他再也不考虑这个了。

乔治亚十几岁的时候就在她父亲店里工作过。事实上，整个学生时代她一直都在店里打工。这个店是七十年代他们家从格拉斯哥搬过来后开的，那时候她只有一岁。她知道门禁密码，也知道地上哪几块砖会发出声响，哪些不会，她根本不用开灯就可以摸到柜台，找到放药品和医疗器械的那些架子。她爸工作台上的那盏台灯总是亮着的，部分是因为迷信，部分是出于安全考虑。那根管状灯管里闪耀的是一束永不熄灭的光线，驱逐了黑暗，照耀着她找到那个架子。她从上面拿下她需要的小瓶子，放进了自己的口袋里。

每当这个时候她都会考虑再多拿一瓶，为的是不用如此频繁地回来，这样厄里的日子也可以好过些，但她以前从来没拿过第二瓶。首要原因是因为她的脑子老是在欺骗她，总觉得自己不会再需要它们了，她很快就准备放弃这个可怕的需要了。这第二个原因也是更重要的原因，是店里的库存流程。她知道店里对库存管理严格，每两周就会清点一次库存的数量。丢一瓶意味着只需要补上一瓶，丢两瓶就意味着要重新核查药品账目，比较以前和当前的销售。查账可是万万不可的。虽然她害怕媒体、害怕政党、害怕保守党、害怕选民们，但是，她最怵的是她父亲。她一生中永远也不想做对抗、玷污以及惹怒她父亲或者让他丢脸的事，因为她深爱着他，享受这些年来她给他带来骄傲的感觉，父亲的支持和鼓励让她的生命有了存在的意义。一趟一趟来这里，其实百分之百是违背她的心愿的。一想到她父亲知道了以后会对她失望，她就会惊恐万分，因此，她从来没拿过第二瓶。

今天早晨，她也想要拿第二瓶，手头千头万绪的事情让她神经高度紧张：无论是醒着还是睡着，脑子里都充满了很多古怪的想法。史提尔、她的嘴唇、她的眼睛、她的外貌、她说话、她大笑、她聆听时候的模样，这个精干可爱又严厉的小警探。史提尔和罗兰、生与死、政党、权力、罗兰，她即将要承担的责任，反对党、欧洲、税务、唐纳德·斯坦霍普、大卫·基廷、《镜报》、《每日电讯》、《太阳日报》。这些天，脑子里有太多太多的事情，即使在睡梦里也困扰着她，没完没了。

可今天与往常不同，她确实得拿第二瓶，也值得去冒一下这个险。她又回到那个架子，伸出手又够了一瓶，和刚才那瓶一起放到了口袋里，然后，匆匆忙忙地离开了药店。

逃跑　4

大西部铁路的帕丁顿乐队是由铜管和木管组成的乐队。这支由上了年纪的男女演奏家组成的乐队，几乎每周五晚都会在维多利亚车站的主广场上演出，演奏的主要是些怀旧曲目。火车站人来人往，熙熙攘攘，从希思罗机场开来的快速火车正在开入这个 19 世纪 60 年代开始建造的列车棚里。朱迪・塔图是第一个下车的旅客。

她迅速地扫了一眼人群，看是否有埃迪安。她没法给他发短信了，因为她爸已经把她的手机给毁了。她知道她这么跑走肯定得付出巨大的代价，但是，她现在也管不了那么多了。她得找到她的埃迪安，她必须亲耳听到他跟她说那些短信里的话，他说他要一辈子跟她生活在一起。她必须亲眼看着他说，看着他的嘴唇说出这些话。她得抚摸他的脸庞，他的头发，紧紧地抱着他，他也会同样紧紧地抱住她。她肯定会想出办法来和爸爸妈妈和好，但是，此时此刻只有埃迪安才是最重要的。

朱迪一张脸一张脸地挨个儿找，前前后后地跑，在各种椅子旁来回地搜寻，眼前有团聚的家庭，有拿着电子书的，把脸埋在报纸里的，有打着手机的无聊的旅行者，但没有一张脸是埃迪安的。朱迪已经觉得无法忍受，她原本确信当她下车的时候，埃迪安定已在车站里等她，像她一样急不可待。

她心情沉重、步履艰难地往火车站尽头走去，往广场以及那些正在欣赏乐队演出的人群走去。就在这时，她看见了埃迪安的母亲爱丽丝，她的心都快要跳出来了。她为什么会在这儿？是她的心上人出什么事了吗？或者是爸妈给她打电话了吗？他们是要把她放回回机场的火车里，然后飞回芝加哥，再也见不到他了吗？她向这个女人走去。她正在打电话，兴高采烈地告诉某人她已经找到了朱迪。看见朱迪，她把手机给挂了，用和她儿子一样可笑的英文跟她说。

“朱迪，感谢上帝你在这儿，没找到你我很着急，赶紧过来，我们得马上走。”

没等朱迪答复，她就一把拉着她的手往车站外面走去。朱迪停了下来，这个女人转过身来。朱迪问这么多的问题让她很生气。

“埃迪安在哪儿？为什么他没来？为什么你会在这儿？他在哪儿呢？”

她心爱的人没能来，居然派了他妈来接她，朱迪的心都快碎了。

“他在酒店，他很激动马上要见到你。但是，我们现在必须得走了，朱迪，马上。”

她又拉起朱迪的手，往广场方向走去。朱迪再次停下了脚步，她的双眼湿润了，她的美梦被残酷冰凉的现实狠狠地泼了一盆冷水。

“他自己不能来吗？他为什么不能来？”

你为什么会在这儿？这是她想要问的。我历经了千难万险来到这里，他居然派他的妈妈来接我？

这个女人不想再演了，她转过身来，眼里流露出严厉的目光。

“我们现在就走。别再说了，现在就走。你得听我的，如果你不听我的，我们就该有麻烦了。”

她一脸担惊受怕的样子，说话的时候神色紧张。她发现自己已经黔驴技穷了，拉起朱迪就走。

说时迟，那时快。就在这时，有人从后面拉住了朱迪——是一位高个子、黑头发男子，看着非常友善。他紧紧地抓住朱迪，把那个法国女人和朱迪都拦了下来。

“你好，朱迪，我是你妈的朋友。你跟我走，小公主。”

他的英文里带着浓重的英国口音，声音既深沉又温暖。她完全不知道他是谁，但是，看样子他是认识她的。

“我刚和你妈通完电话。她让我给她拨个电话，这样你们俩可以通个话。”

那个法国女人也不顾一切地拽住朱迪。

“不行，朱迪，你得跟我走。现在就走。”

她拽住朱迪的领子，拉着她往人群里走。但是这个英国人决不妥协。

“不行！对不起，亲爱的，这个女孩今天跟我走。她需要回到她爸妈身边。”

他一把推开拉着朱迪的法国女人，把朱迪拉到自己的身边，挡在年轻女孩和法国女人中间。来来往往的人流不停地在他们身边川流而过，没有人注意到这场针对朱迪的争夺。爱丽丝又上来了，只见这个高个英国男子用他那又长又壮的手臂推开了这个法国女人，这个瘦小法国女人的身体还不如这位英国男子的手臂粗呢！爱丽丝被推得往后撞到了一根柱子。这位男子见机会来了，他用手臂一把抱住了不知所措的朱迪。

“我认得你，在脸书上见过你的照片。如果你想知道我是怎么知道你的，那我告诉你，我和你妈是脸书上的好友，当然我们的历史要比脸书的历史长多了，那是肯定的。”

他们路过了铜管乐队，就在他们即将走出车站的时候，朱迪发现爱丽丝又冲上来了，但她没看见她手上拿着一把刀。

“这个女孩得跟我走！”

法国女人往理查德身上扑去。他皱了皱眉头，法国女人退了回去。这时，朱迪发现她手上的刀沾满了鲜血。朱迪再看那个英国男子，他的衬衣染上了深颜色的液体。只见他往后踉跄了几步，无法判断是什么东西伤到了自己。有几个路人察觉到了这边事态的发展，开始尖叫起来。但是，他们离铜管乐队太近，乐队正在演奏《欢乐满人间》里的一首曲子，几乎没人听见他们的尖叫。

这时候，朱迪已经害怕得有些头晕目眩了，直想吐。爱丽丝正是利用了这个机会又紧紧地拽住了她，把刀子藏到了口袋里，故意扭痛她的手臂。上面有人示意她不许大吵大闹，现在倒好，她居然拿刀把人给扎了。很快车站里就会一片慌乱，她得赶紧带上朱迪离开此地。

她们跑离了人群。朱迪受够了，她用尽全身力气一把将爱丽丝推开。虽然别人没看见她那把刀，她可是看见了的。她一边高声大叫着，一边用劲推开爱丽丝。那个法国女人飞快地跑去躲到了坐在折叠椅上的一位乐队演奏者的后面。有一些演奏者此时中断了演出。爱丽丝又迅速起身跑到朱迪身旁，一把抓住她的头发。这个法国女人眼冒凶光、歇斯底里，她又从口袋里把那把刀拿了出来，猛然扎向朱迪。

说时迟，那时快，爱丽丝突然被推开了，推到了至少五英尺开外乐队演奏者的队伍里。演出只能告一段落，大家你推我，我推你，乱成一团，很多人趁早跑离了这个是非之地。还是刚才那个男子，那个自称是她妈朋友的高个男子，他愤怒地一把抓住爱丽丝，重重地把她往前推去，她的头部正好撞到了前方的一根柱子上，然后又弹了回来，像一袋石头一样砸在地上，动弹不得。

这个英国人回头看见了朱迪，跑了过去，一把抱着她飞也似的往车站外跑，就像一匹脱缰的野马。朱迪不明白为什么爱丽丝会失去理智，不知为何她感觉这个男子安全可靠，她好像确信他不会伤害她。他的衬衣上面全是血渍，但他还是抱着朱迪拼命地跑，边跑边和朱迪讲笑话，让她别担心，马上就没事了，他居然还想逗她乐。

“我实际上是很喜欢乐队那些老人们的演出的，他们不得不中途停演，可惜了。”

整个火车站乱成了一团，大家都歇斯底里地到处乱跑。朱迪从男子的肩上看见爱丽丝又爬起来了，正拿着刀往那些试图帮助她的人身上扎呢！此时，两个警察赶到，想方设法想让这个疯女人平静下来。抱着朱迪的这个男子利用这个机会，赶紧走出人流往帕丁顿火车站的出租车等候处跑去。他跑到了车站外面，放下了她，两人一起头也不回地往前走。这时，突然两个男子冒了出来，把他们俩给拦住了。

这两个男子年纪比他小，身穿同样的制服，其中留着胡子的那个过来冲着她妈妈朋友的脸上就是一拳。这一拳打去，野马的双腿一软，跪在了地上。另外一个男子，小个的那个，拉起朱迪，想把她塞进一辆旁边停着的车里。那匹野马瞬间站立了起来，那个胡子男子掏出了枪。朱迪尖叫起来，不过她不用担心，那匹野马不知怎么就把枪抢到自己手里，他调转枪口，将枪把子对准那个胡子男的头就是一通打，胡子男最后疼得昏倒在地。紧接着，野马又使出了比刚才推埃迪安母亲一倍的力量，将小个男子从朱迪身上扒开，抓起他的头往车上撞，直到那个小个男子被撞晕过去。

一堆人围观了过来，这时野马已经累得上气不接下气，但是，他竭尽全力站稳。他看见了朱迪，看见了那个胡子男又一次爬了起来。野马见此情形，集中力量跑过去就是一脚，将胡子男踢倒在水泥地上。

这个神秘男子、这匹野马、这个她妈妈的朋友再次转向朱迪。他有些缺氧，说话有点费劲。他向朱迪点了点头，然后，将朱迪一把背在他的肩膀上，再次开始奔跑。很快，他们穿过了另外一条街道，跑到了大路上，过了大约一个街区后又拐入了一条小胡同，两边全是老马厩房改造的小屋。

他从口袋里掏出了一把钥匙，确信后面没人跟踪以后，打开了小街上的一扇门。进门之前，又再次回头看了一眼后面有没有人跟踪，这才把朱迪背进了房子，关上了门。

这是她见过的最古怪的房子。餐厅里摆放着游戏机，健身器材放置在客厅里，有几只猫蹲在门厅的现代沙发上。事实上，她喜欢这个地方散发出来的那股子味道，一股酸味，像洗发用品的味道，怪不得在厨房里看见了一张理发椅子。那个怪人正在水池子边检查自己肚子上的伤口，她慢慢地走过去，当他看见了身后的她，冲着她一边眨了眨眼，一边处理着自己肚子上的伤口。

“没事的。”

过了一会儿，他喘过气来了，确信这伤口也要不了他的命。于是，伸出他那只腾出来的、刚洗干净的手跟朱迪握了握，一边露出了灿烂善意的微笑，笑的时候，他露出了白白的牙齿，像咧着嘴的高飞一样。

“认识你很高兴，朱迪小姐。我叫理查德·莱勒。”

亚当和凯特的车正在往伦敦路上，他们一边收听收音机里的报道，一边等着理查德的电话。此时，英国广播公司正在播放有关爆炸的报道，他们认真凝听，急需了解究竟被卷进了怎样的麻烦之中。彼力安静地坐在后座上，有些紧张害怕，有些心不在焉，他不知道到底发生了什么？最终，他把自己封闭进了自己觉得最安全的游戏世界里。

新闻里报道的消息还是非常有限：一个炸弹爆炸了，首相严重受伤，被送到了医院，财政大臣乔治亚·特恩博很快将会对媒体发表讲话。这就是目前大家所了解到的所有情况，不算太多，但是，很快情况就会发生变化，亚当想，他们很快就会开始找一个美国人，一个疯子，一个精神失常的前警察。然后，媒体很快就会知道他的名字叫亚当·塔图。很快。

他们这种无聊的沉默被旁边的一辆奔驰车打破，那辆奔驰从隔壁的车道上猛烈地碰撞亚当驾驶座一侧。亚当的车被撞出去两个车道偏离到了逆行的车道上。是基廷的人，他们从机场就开始跟踪他了。

那个秃头开的车，他又一次撞了过来，彼力的游戏机突然没法玩了，他在后座上大叫起来。奔驰车又撞上来了，把亚当的车再次撞入了逆行车道，车道上的小车和卡车都在以每小时七十英里的速度飞奔着。亚当把方向盘使劲往左打，再狠命地把油门踩到底，迎着前方疾驰过来的车辆开去，一片喇叭声、紧急刹车声。

他们的车刚好落到了路肩上，刹车已经不管事了，惯性带着他们的车冲出了大路，飞到了一片庄稼地里。车子狠狠地落在了地面又飞快地往前冲了一段，以每小时八十英里的速度把农场主一排排整齐的新长出来的庄稼压得稀巴烂。

“亚当，你开慢点。”

凯特恳求他，她的手紧拉着扶手。他根本就不理会她，继续飞速往前开，他心里此刻只有一个念头，那就是赶紧逃离那俩神经病，离得越远越好。

“爸爸，求你了，开慢点儿，求你了，慢点儿。”

彼力开始哭起来。他别无选择，他不想费力去解释，他的双手紧握着方向盘，全神贯注地看着前方。车子以飞快的速度一路飞奔、颠簸、咆哮着。最后，他们开到了路边的一个篱笆墙，车子直接冲了过去，被撞碎的篱笆墙散落一地。

随后，车子开过一条水沟，来到了一条小路上，往南再开四分之一英里左右，然后向右转，继续开了大约十分钟以后，上了一个小山顶。此时再回头，身后的那条路已空无一人。然后，车子开进了一个貌似废弃的海运仓库停车场，开到了楼后头。从这个位置，他可以一览无余地观察刚才的那条路，以及远处浓雾弥漫的山谷。

他总算感觉相对安全了。于是，熄灭发动机，让车歇一会儿，自己也往后靠会儿松口气。他们就这么静静地坐着，大家都感觉身心疲惫。亚当不知道此时该说些什么？至少，凯特现在应该明白他所处的危险。她的脑子也停止了转动，感觉惶恐不安，彼力也吓坏了，他坐在后排还没醒过神来，这到底是真的还是在做梦呢？他还等着爸妈把他从梦中叫醒呢！

突然，凯特的手机响了，将他们三个人从愣神状态中惊醒。

“是理查德。”

凯特接了手机。

“她在你那儿了？哦，感谢上帝，理查德，太感谢你了，非常感谢。”

她看了看亚当，可以看出来他也明显地松了口气。她听着理查德在继续跟她讲话，美丽的面孔瞬间皱成了一团。

“什么？哦不！她用刀扎你？爱丽丝？我的天哪！发生了什么？到底发生了什么？”

她转向亚当，眼泪忍不住又掉了下来。

“告诉他，我们需要见个面，接上朱迪。我们不能去机场，得先把有些事情搞个明白，问问他我们在哪里会面安全些？告诉他我们见面的时候，我会把事情前因后果都跟他解释。”

凯特点头，接着把刚才亚当的话跟理查德传达了一遍。理查德想出了个主意。

“你爸的地儿？肯特那个磨坊？不是你姑姑所有的吗？是，是，我知道，我记得怎么走，我应该记得。”

她又转向亚当。

“他有一个地方，说准确点儿，是他姑姑的地儿。他在替她修整那个地方，位于坦布里奇韦尔斯（Turnbridge Wells）的一个磨坊，在肯特附近。那地儿荒无人烟的。”

“你爸知道这个地儿的位置吗？”

她想了一下，不能确定。她问理查德，她听他说完情况，然后告诉亚当。

“是个破地儿，他去那儿只是去喝酒，然后看足球比赛，除了他和他姑姑，没有人知道这个地方。他姑姑现在住在她达利奇

（Dulwich）的家。”

亚当点头表示同意，凯特回头继续跟理查德说话。

“理查德，非常感谢啊！你真是天使，我是认真的，你就是我们的救命恩人。”

她把电话挂了，大声嘟哝着，与其说是自言自语，倒不如说是对着亚当的。

“感谢上帝，我们总算有个人可以信任和依靠的了。”

亚当特想对凯特的这种情绪发表一下自己的意见，用一个比较强硬的回应将她的话给顶回去。可是有很多的理由、更充分的理由告诉他，他不应该这样，他决定就此罢休，随她去吧。

追捕　4

此时，史提尔在父母位于布鲁姆伯利的公寓里，正与审理亚当·塔图密歇根案子的检察官通着电话。伦敦时间晚上十点，唐宁街 10 号爆炸案已经过去整整一周了。确实找到了一个嫌疑人，但是，他的作案动机不充分。这一切对她来说讲不太通：无论是塔图也好，还是基廷也好，这两种说法在她看来都站不住脚。她想从美国检察官处得到更多的信息，以便更多地了解塔图的情况。

在打电话的时候，她妈端了一壶茶进来。她穿着睡衣坐在了咖啡桌对面，听着她打电话。她认真地看着女儿记笔记、提问题，然后，翻看那一堆的资料和电脑里的档案。对于希娜·史提尔来说，这一切都是那么的激动人心，跟她那个三明治吧的枯燥单调的生活比起来，可谓天壤之别。

史提尔总算打完了电话，她妈坐在那儿满脸笑容。

“你怎么了？”

史提尔笑着问。

“你真是个小机灵鬼，跟大头针一样锋芒毕露，真是天生的，没准儿哪天你会成为第二个乔治亚·特恩博，对吧？”

“这可不是我想要的，对吧？”

“什么？别来这一套了。我以为你对乔治亚·特恩博佩服得五体投地呢？”

“我是佩服她，但是，我可不想搞政治。”

“这个头脑也许可以经商？没准儿哪天会成为一个金融界女王呢！”

她喝着茶端详着女儿，被她女儿折服，为她骄傲。

“我喜欢我的工作。挺好的。”

“我知道，宝贝儿。只是，你觉得这样的工作能干多久啊？总有一天会惹祸上身的，谋杀啊，爆炸啊，这些你每天在处理的事情，总会有后果的，我是担心你。”

“嗯，那你就别浪费精神了。我热爱自己的工作。它就像一个字谜，我需要把这些字谜拼凑起来，我很享受这个过程的。妈，你知道的。”

希娜笑着点头。

“那你跟我说说这次这个谜吧？”

史提尔看着她妈。她已经憋得够久的了，真想跟她透露一点点，也算是显摆吧！她靠近她妈。

“我又找到了一条线索，另外一块字谜块。但是，还没想清楚应该把它摆哪儿。第一，他其实没想谋害密歇根州长，从来也没计划要杀他。他们冲进他家的时候不知道州长在家的，他不是杀人犯。”

“接着说。”

希娜好奇的双眼此时瞪得滚圆。

“整个事情前后，应该说是一个业余者的恶作剧。他根本就不是什么恐怖分子。这个人，只是演技粗糙，被人误导了以后要的手腕，结果还弄巧成拙了。”

“那他为什么那么大老远地，要把炸弹安在唐宁街10号呢？他显然是计划首相当时在家的啊！肯定的。”

希娜这下进入案情了，特别享受达维娜跟她分享这个事儿。

“是这样的，妈，你看啊。他们四张机票是一起买的，是从伦敦出的票。”

“那也许是有人要陷害他们？我爱听这个。这个太刺激了。别人安放的炸弹，这个人只是个替罪羊？我在德克·博加德的电影里见过一次这样的情节。”

“有时候一个字块放进去正合适，有时候你把它硬塞进去的话，整个大画面就看不见了。也许，他是想干这事的，也许他是烂到了根子上，或者他就是个十足的疯子。只有到最后时刻，你才能全部搞明白。但是，我的感觉不大像是这种情况。如果他要谋杀英国首相，他为什么要带着全家来伦敦呢？它好像又在跟我暗示另外一个字块。”

希娜坐得笔直，想着想着摇了摇头。史提尔看着她妈脸上突然露出开心的傻笑。

“你在想什么哪？你这个疯子高飞？”

“我就是骄傲，如此而已。达维娜，亲爱的，比别的母亲都骄傲啊！”

逃跑 5

那个位于坦布里奇韦尔斯（Tunbridge Wells）德里（Derry ）路上的磨坊，并不难找到。凯特二十岁之前的很多个周末，都是来这里和理查德的家人一起度过的。这个地方现已年久失修，院子和草坪也好久没人打理了，但是，这座用围墙围住的老式砖房还跟过去一样结实、坚固，还跟过去一样静谧、舒适。很显然，理查德或者有人曾经来这里维修过，但工程好像在最初阶段就搁置了下来。

理查德和朱迪赶到的时候，亚当、凯特和彼力已经在那儿等了好几个小时。看见他们过来，凯特立刻从车里跳了出来，直接奔着朱迪跑去，朱迪也从理查德的车里冲出来跑向她妈。凯特哭着紧紧地抱着女儿，亚当也走了过来，抚摸着朱迪的后背。

“我太抱歉，太、太抱歉了，爸爸，妈妈。”

她一把拉过亚当，三个人紧紧地拥抱在了一起。

“我不敢相信我有多么愚蠢，我觉得自己是个大蠢蛋！”

“没事，朱迪。你现在跟我们在一起了，这才是最重要的。”

“他们利用了我，利用了埃迪安，一切全是假的，没什么是真的，对他们来说都只是游戏，对吧，爸爸？”

“不，不是游戏。这个事情现在很严重。我很抱歉你们俩都被卷入了其中。”

他转向彼力。此时，他正紧拉着姐姐的手，专心地听着大家讲话，小脸上露出了恐惧和害怕。

“孩子们，我们处境危急，有人把我拖入了这场危险中。但是，一切都会好起来的。我们要想方设法闯过去，我确信你们会按照我说的去做的，相信我。我们得团结一心，清楚了吗？”

朱迪点点头，她没有任何疑问了，彼力还有些问题。

“姥爷呢？他会安全吗？我们会再见到他吗？”

亚当看着凯特，不知道她是不是想回答这个问题，她显然不想。亚当回头转向彼力。

“我不知道，彼力。我现在还没法告诉你，我们究竟还会不会再见到他。很抱歉。”

“因为你恨他，对吗？就像妈妈一直想的那样，对吧？”

凯特走向彼力。

“不对，彼力，错不在爸爸这边，这是跟姥爷一起工作的那些人的问题。这跟你爸爸对姥爷的感情没有任何关系，明白吗？”

她想去安慰她儿子，但是他抽身走了。

“是的，我知道你们都在撒谎。”

朱迪开始说话让弟弟明白情况。

“他们没有撒谎，彼力。我以前也以为他们在撒谎，但是他们没有。姥爷公司的人的确干了特别特别糟糕的事情，然后，他们想让大家以为是爸爸干的。妈妈和爸爸没有撒谎。”

“爸爸撒谎了，爸爸还在撒谎，他是罪犯，所以，有人想把爸爸关回监狱。他想怪在姥爷身上，但是，其实他自己才是罪犯。”

彼力受不了了，他转身跑到磨坊后面哭了起来。朱迪跟过去，让爸妈别担心。

“我来跟他谈，没事，他会明白的。”

亚当和凯特看着他们姐弟俩走开。孩子一旦走开，大人们顿时觉得不自在起来，凯特走过天井给理查德一个热情洋溢的拥抱。

“理查德，太感谢你了，真的非常感谢。”

她拉着他的时候，亚当也过来向他道谢，并注意到了他衬衣上的血渍。凯特从他那件撕破的法兰绒衣服底下察觉到他只是凑合地处理了一下伤口。

“她给我的那一刀不赖，不算太深，很快就会好的。我看出来她是你女儿男朋友的妈，我在那儿关照她，她看着可是不开心啊！于是，就给我来了点疼的。”

他向亚当伸出了手。

“我是理查德·莱勒，亚当，很高兴见到你。”

亚当也向理查德伸出了他的手。

“我真不知该怎么感谢你。”

“那就别那么客气了，看来你们是被一群坏人给缠上了。”

凯特看着亚当不知道该说些什么。亚当把话接了过去。

“理查德，我们的确遇到麻烦了，我们全家，蹚进了一摊浑水。”

“看起来是啊，那你干了什么呢？抢了银行了？”

凯特开玩笑地拍拍他。

“别说了，现在不是开玩笑的时候。我们真的遇到麻烦了，大麻烦。”

亚当注意到凯特站得离理查德很近，而且，一点也没觉得不舒服，但是，他决定现在不是吃醋或者要小心眼的时候，就是这个男人刚才还救了自己女儿的性命。

“确实，我们现在处境危险，我本来是想让他们三个人离开英国的，结果朱迪从机场跑掉去会她男朋友了。”

“但他妈好像有不同的打算哦？听着好像她也是你们之所以身处危险的原因之一。”

亚当同意地点点头。

“她也是参与了的。对，男孩只是控制朱迪的一个工具而已。他们利用了她。他们从一开始就利用她来控制我，迫使我犯罪。”

理查德同意，其实，他也不知道他们指的是谁。

“也许，你们俩都应该进屋来。我来开瓶酒，应该会有些帮助。”

他们进了屋子，两个孩子还在屋外磨坊那儿玩。亚当跟理查德将事情的经过详细地讲述了一遍，不知道为何，理查德好像一点也没流露出惊讶的表情。也许，因为这些年在伦敦拳打脚踢地打拼，虽然日子凑合能过，但是，事业从未发展到巅峰状态，他已经习惯去适应这个由别人掌控的世界，让他保留了一种纯真和愿望，容易相信别人说的话。他相信亚当的叙述，一点也没怀疑它的真实性。

“事实上，我是刚才在来这里的路上，从收音机里听到这个消息的。可怜的拉西特，我当时不敢多想，有个女孩子在车上呢，不过，因为我听你说过亚当今天去唐宁街 10 号，我确实在想是不是他受伤了或者会议延迟了，倒没有想到他是否跟爆炸有牵连。哇塞，你还真是被套在里面了。”

亚当千方百计想让自己别去喜欢上这个理查德。他想跟他当面理论理论他给凯特发邮件的事情，还有邀请她去他公寓做客的事情。但是，亚当也明白，如果他认为凯特没有权利去做自己想做的事情，那他这种想法实在是太荒唐了。而且，现在他要这么做的话也说不过去啊！他没有正当的理由。在这种困难时期，是理查德给他们提供了一个可以藏身的地方，否则，亚当都不知道自己该往哪儿跑。他知道，此刻对他妻子的前男友怀有敌意，不会给自己带来任何的好处。

他们一边喝着酒，一边讨论着这所房子是否安全的问题。凯特去外面看一眼孩子们，彼力已经准备下一个活动了，到河边泵房里去玩那个水磨盘。要换成平时，凯特是一定不会同意的，担心有水坑啊，危险啊！但是，今天这个地方比外面的世界安全多了。因为她想跟朱迪待一会儿，所以她千叮咛万嘱咐，要彼力千万小心。彼力跑出去玩了，又变回了八岁的孩子，把过去数小时的紧张和不快，一股脑儿全抛到了脑后。

亚当把租来的车藏在了丛林背后路旁的地里。他可不能冒这个险，没准已经有人拿到这个车的车牌号了。他回房子的时候，从窗子里看见了理查德，他正在打电话。亚当进门的时候，他已经快打完电话了，一点也不担心亚当会看见他。他对着电话那端的人说了再见，然后把电话挂了。

“是谁啊？”

“就是一个朋友。”

实际上那是高登。他快担心死了，之前他就打过电话，理查德只是告诉他，他们现在都在他这儿，很安全，说等他们都安顿下来会再给他打电话的。他只是在做一个好朋友应该做的事情，或者说句更实在的话，如果将来某一天事情搞得好的话，那就是在做一个未来的好女婿该做的事。

“听着，理查德，请你别给任何人打电话，也不要告诉任何人我们在这儿，还是把你的手机给我吧！”

“什么？为什么？”

“我得拿着它，确保你不拨打电话，或者避免更糟糕的情况发生。有人可能会利用这个手机定位到我们，我保证这是个残酷的现实。请把手机给我吧。”

亚当用他的眼神逼着理查德，丝毫不想躲避他的目光，同时把手伸了过去。理查德耸了耸肩，将手机递给了亚当。当他看见亚当把他手机的芯片取出来的时候，他惊讶地看着亚当，强忍着没发脾气。

“我很抱歉，理查德。我必须保护我的家人，我不能再犯一丁点儿的错误了。”

理查德点点头，很显然，他和亚当是不可能成为好哥们儿的，这就是为什么理查德给自己制定了一个长远的计划要赢回凯特。他的脑子飞快地转动着，也许这个亚当真是个疯子，也许他确实是有罪的，确实参与了唐宁街10号的爆炸。即使他无罪，看来他摔跟头的可能性也不小，甚至有可能会去监狱里待一阵子。理查德的计划是这样的：善待他们、帮助他们。事情会自然而然地发展，作为家庭成员在这次磨难中站在凯特一边，这场考验过去后，等她孤独无助的时候，等她眼泪哭干了以后，她会回到她的理查德身边。这就是他的计划：做个好人。

“亚当，再来杯红酒？”

“不了，谢谢。”他又看了看理查德。

“你有武器吗？我们可能会有来访者。不会太快，但如果我们待在这儿，我得有个家伙。”

理查德走过去打开一个柜子，拿出一把散弹猎枪和一盒子弹，递给了亚当。

“是我爸的。他是个猎手，我从来没用过，我不相信枪的。”

亚当没吱声，现在不是做控枪辩论的时候。

“他还有一支手枪，在某个架子上，我都没怎么用过。”

凯特从外面回屋来了。理查德把猎枪和子弹放好。亚当走向他妻子。

“彼力怎么样了？”

“好多了，他在磨坊里玩呢！注意力分散了。”

“他不想相信你爸也参与其中了，对吧？不相信你爸从一开始就是其中的一分子？”

“他才八岁啊！好不容易跟他一直期待会面的姥爷相聚了。他原来都以为已经失去他了，然后，现在他又要再次失去他。除了这个，他什么都不相信。有一点值得庆幸的是，亚当，他也不相信你是罪犯，他相信你，他只是害怕再次经历这些。”

他心里跟明镜似的。其实她也在说自己，她把眼光转向理查德·莱勒和他撕破的衬衣以及上面的血渍。

“要不要我帮你检查一下你的伤口？”

“我也不确定，我觉得可能需要一点帮助，可能需要些补给。坦布里奇韦尔斯（Tunbridge Wells）市中心有一家药店，我可以去买点东西，看来我们得在这儿待……”

亚当打断了他。

“我去，我现在就去。天黑之前赶回来。”

他其实想说的是，在这个地方变得太热门之前他会赶回来，但是，他不想吓着理查德和凯特。他觉得自己应该还有点时间。爆炸是四五个小时前发生的，很快他的这张脸就会在所有的媒体曝光，也许几小时后，也可能一天以后，但肯定不会再长了，他想利用最后的这个机会单独出去一下。这样他可以趁机琢磨消化一下所发生的事情。

亚当怕他们已经开始寻找他租的那辆车，所以，他开着理查德的那辆古董沃尔沃车进的村。不知道基廷会以多快的速度对他落井下石，他感觉“白痴爵士”会再演一会儿。他会让那些侦探们顺理成章地发现线索，然后他假装震惊、假装惊慌失措。

距离这个磨坊二十分钟左右的那个村子是个典型的英国乡村，位于小镇的闹市区，主要街道上有一排时尚的商店。车堵得还真有点伦敦的意思，村子的规模也比亚当想象得要大些，路上行人也比他希望的要多些。他从车上找到了一顶刷油漆用的帽子，走进了药店。

采购了凯特所列的药品清单，亚当走到马路对面想找一个杂货店。他很快地瞄了一眼下午的《标准晚报》，上面登了有关爆炸的新闻，不过，谢天谢地，上面没登嫌疑人的名字。

他路过了一个酒吧，透过铅窗往里望去，有一小拨人在盯着电视机看，就像伦敦酒店酒吧里的两拨人一样。他走了进去，很高兴没人注意到他。他把帽子拉下来挡住脸，在后面找了一个位置坐了下来，面对着墙上挂着的平板电视。

乔治亚·特恩博，就是那天开会坐在他对面的那个女人，她刚从停在唐宁街正门外白厅门口的一辆 SUV 上下来，走向她面前的一片混乱不堪。她站到了被众多麦克风和带闪光灯的相机包围着的讲台，开始发表讲话。讲话期间，有线电视的画面切到了罗兰·拉西特和她在过去政治生涯中的各种镜头。

在亚当看来，她看着很震惊的样子，好像没有了方向感也失去了判断力，完全不是那天下午留给他的那个强势自信的形象。她说话语速很慢，声音也略显低沉，好像在表现她很冷静，一切都在掌控之中。虽然，亚当对她一点都不了解，在他看来，当她很温柔地说到那个受伤的首相的时候，好像马上就要哭了。

酒吧里的人，聚精会神地听着电视里的每一个字，那些热心人已经喝下好几品脱了。这是自爆炸发生以来，政府第一次发表声明。毫无疑问，大家必须全神贯注地认真听。人越来越多，大街上肯定也在传播有关的消息，酒吧里的人跟财政大臣一样大惊失色。罗兰·拉西特毫无疑问是个备受喜爱的政治家。不仅如此，英国的首脑受到了攻击，这等于是打击了所有的英国人。

亚当不禁在想，如果这些人知道制造爆炸的那个人就坐在他们后面，他们会做何反应呢？他开始在脑子里想象着，他得承受由爱国主义情绪驱动的人们一阵阵痛打。特恩博女士的最后一段话，也没能减轻他对报复行动的担忧。她直视着面前的摄像机，第一次看起来对自己所说的话充满信心。

“很快，尘埃落定之后，我们会将这个发生在黑暗之日的事件搞得水落石出。待到那时，伴随着一个清朗早晨的温煦阳光，我们会去找你，并且最终找到你。我代表我们大英帝国在这里发誓，你们将为此付出代价！”

酒吧里的一些人哭了，即使那些没哭的人，也已经热泪盈眶。

有些人在欢呼雀跃，另外一些人在宣传阴谋论，每个人都像是专家，酒吧里尽是些喝得醉醺醺的国际恐怖主义专家，就政府应该如何纠正这种做法，谁应该受到指责以及使用多少武力等问题发表着自己的高见。亚当拿起他的购物袋准备去找杂货店。

朱迪和彼力两个人已经在楼上卧室睡着了，自从离开芝加哥以来，两人一直没睡过一个整觉。凯特去看他们的时候，虽然时间还早，但是，两个人都已经筋疲力尽了。她坐在床边轻轻地摸着朱迪的头发。凯特理解年轻人的痛苦，她想减轻她的痛苦，但是给她的却是更多的磨难。

她离开了孩子们的卧室，走过了主卧室，她往里看了一眼，看见理查德正在光着身子冲澡。他没注意到她，出淋浴房的时候，他拿一块浴巾裹住了自己的下半身。她正要转身，却看见了他肚子上的伤口，他在地砖上走的时候一直疼得在皱眉头。于是，她走了过去，他允许她检查一下他的伤口。

“我会没事的，你别担心。”

这时浴巾很合时宜地滑落到了地上。他骄傲地站在那儿，就像以前一样，他喜欢炫耀那些男人的零部件。奇怪的是，她丝毫也不感觉到尴尬，尽管她赶忙关上了卧室的门以免孩子们会随时醒来。

她拿起一张纸巾，擦干伤口，再仔细地检查了一下。他应该会好起来的，但是需要包扎一下。她连想都没想就一边轻轻地帮他擦干前胸，一边琢磨着他的伤口。当她的眼神往下落去的时候，不经意间看见了他的勃起。

他瞧着她的眼睛，很调皮地笑笑，只有前男友才会这样地笑。此刻她想，如果她能不陷入这种肉欲的、低俗的、“错误的”事情里该有多好。她真想蹲下去把它拿在手里，抚摸他，让他要了她，把她带入一个没有恐惧的地方，哪怕只是短暂的一会儿也好。她在考虑是否需要逃避，还是要用这个打击一下亚当？或者干脆就放纵一下自己，让理查德就在洗手间把她要了，还是不要呢？她在洗手间镜子里看见了他的身影，看见了一种被压抑着的强烈的需要和渴望。她觉得镜子上的雾气，明明就是他身上冒出来的热气。

她缓缓地蹲了下去，抬起头透过他的阴茎看着他的眼睛。那双眼瞪得又圆又大，就像二十多年以前一样，一切已经准备就绪。当时，这种事情对他们俩来说都还新鲜。俩人的眼神交融在了一起，他低着头充满渴望地看着她，她也抬起头热切地望着他。两人都在想此时此刻这裸露的时光，会不会因此打开那扇通往他们共同拥有的过去的大门。

她把眼睛从他身上挪开，捡起了掉在地上的浴巾，站起来把它包在他身上，然后走出了洗手间，去取药物来给他包扎伤口。

在基廷位于肯辛顿花园旁边肯辛顿公园马厩（Palace Gardens Mews）的宅邸里，今天这个夜晚显得凝重，雾霭沉沉。自从爆炸的消息传来后，这里的安保措施和伦敦城一样严密。

基廷和高登都在厨房里。基廷爵士在给自己做一个三明治，他让他的厨师和厨房员工早早地下班了，这样一来，他可以享受在这个巨大的厨房里自己动手做点美食的时光。他已经不是微醺，会后在康诺酒店他已经喝了不少。此刻，房子几乎是他一个人独享，他可以好好地吃点东西，抽一根雪茄，然后看看有关唐宁街 10 号的新闻。这一切计划得那么完美，直到高登冲进房子。

“不是说‘没有炸弹’的吗？这不是你亲口对我说的吗？什么

一个‘哑弹’，就是用来吓唬吓唬首相的，让他精神错乱，你就是这么跟我说的！这跟实际情况也差得太远了吧？大卫？”

“你得平静下来，汤普森，你别没事搞得太激动。”他把三明治切成两半儿，将一半放在了盘子里，然后，从光滑如镜的不锈钢台面上向高登推了过去。高登看了一眼，把盘子推开了。基廷从高登怒火中烧的眼神里看出，这次无法再一次把他这位牧羊犬似的老朋友推下道路，让他去取棍子。他既不想被安抚，也不想被碾轧。

“是的，好吧！高登，你说的对。按原来计划确实是个哑弹，就是为了吓唬吓唬拉西特，再打击打击他那已经脆弱不堪的神经。也应该是一个没啥了不起的事件……”

高登打断了他。他提高了嗓门，他的神经现在已经脆弱不堪了。

“我不在乎你本来怎么样！我在乎的是它最后成了什么样！这个孩子眼看着就会面临谋杀罪，我们都有可能面临谋杀罪，大卫。”

“如果不是因为我了解你的话，我真会以为你在威胁我。”

“这不是什么威胁！这是现实。现实是现在一团糟。”

“我完全明白。相信我，其中有一个方面确实有些失去控制，你说对了。但是，你就不明白这事情闹得有多大，它意义有多深远？另外，也多少是在我掌控之外的事。”

“那跟我无关。我关心的是，是你把我的家人牵连进来的。”

“不对，是你把你的家人牵连进来的，而不是我。我根本就不知道他们要和塔图一起过来，是你事先做的安排并且办完以后，我才知道的。你自己背着我把你的女儿和她的孩子带过来，我要是知道是绝对不会批准的，高登。别忘了，这是个严重的错误。”

“我那么做是因为我信任你，以为你跟我说的全是实话：我们只是利用他来补救一个‘计算错误’，最多也就是坐上几年牢，他们会‘像贵族一样’应付过去的。你他妈的肯定知道，我是不会让他参与这种事情的。”

基廷自斟自饮了一杯酒。

“你女儿和你的外孙、外孙女肯定会安然无恙的。我们会照顾好他们，我向你保证。”

“那亚当呢？他怎么办？”

高登其实不需要他的答复，他太了解这个计划是什么了。他知道任何参与其中的人都不可能让亚当逃过这次劫难的。

“实话实说，我还不知道下一步该怎么走。现在，我不想动任何一个棋子。”

“狗屎，大卫，你就直说了吧！该死的。看着我的眼睛。他们会杀了他，这就是计划，对吧？他代人受罪，拉西特或者去世或者辞职，对吧？”

基廷只是瞪着他。他对高登的肢体语言显示，他已经厌倦了与他平等相处。高登还在继续说。

“这是因为欧洲，对吧？全民公决，对吧？你就直说了吧。”

“没错，高登。这是关于欧洲，还有其他问题。”

他吃完了自己的那半个三明治，开始打扫桌面。

“这事关拯救这个国家，好吗？不是一般杀人狂爱好的那种工作。这都是为了一个重要的转折，这点你一定要相信。”

“我什么也不信，我只知道，这事关我的家人。”

“我已经向你保证过了，他们会安然无恙的，你的家人不会受到任何伤害。你得想法找到他们，就像我们计划的那样。”

“那亚当就可以被牺牲了？”

“等事情过去，迟早事情会过去的，你女儿和孩子们会飞离英国。公司有一个条款，万一雇员旅行中遭遇意外的话，公司是会补偿的，我们会严格执行这个条款的。她会受到很好的照顾。”

“然后他就会死掉？”

基廷笑了，拿着他的雪茄在手里转着，凑到鼻子边闻闻。

“你带着录音机了吗？高登？”

“当然没有。”

“那你为什么需要我把什么事情都跟你说得那么一清二楚呢？”

“因为我们现在在谈我的女婿。”

“你到底受不了谁？又到底是谁把他的妻子弄得尴尬不堪的？还记得吗？当时说让他去监狱关一小阵子的时候，你是举双手赞成的，对吧？他被彻底消灭，她可以因此回伦敦？现在，确实比那种情况要糟糕些，然后你来跟我说你的底线了。你是不是这个意思？因为对不起，游戏规则改变了，赌注又加高了，你就坐在这张桌子上，高登，喜欢、不喜欢，你都已经无法退出。你不能兑了现然后走开，现在不行，咱俩谁都不行。”

他吃完后把手头的东西收拾好，给高登一点时间考虑。

“两小时前，你不是还和她的前男友通电话的吗？你用手机打给他的手机的。他跟他们在一起的，他找到了你的外孙女，他们现在在哪儿？”

高登目瞪口呆。这些人的手伸得有多长、动作有多快！这些都是他所担心的。基廷的资源确实可以说是无限广大。

“我们都在一条船上了，高登，紧紧地绑在一块儿了。你就别再摇摆不定了，这样做是不明智的。”

高登最后点点头，他明白基廷其实是对的，他已别无选择。

“坦布里奇韦尔斯（Royal Tunbridge Wells,）他们家在皮尔加河道上（Pillgar Riverway）有个磨坊，大约往东十英里处。”

“在哪个方位？”

“德里（Derry）路上某个位置。凯特和孩子们必须是安全的，对我来说，他们是最宝贵的。”

“是的，好，安全，这才是个好孩子。我已经跟你保证过了，别紧张，高登，一切都会没事的。”

追捕 5

乔治亚在一群助理和秘书的簇拥下，在唐宁街 11 号和 10 号之间来回穿梭。开完教育会议后，立刻赶到内阁会议室出席有关唐宁街 10 号爆炸案的吹风会。就在这时，她看见一个老人坐在等候区，看到这个画面，她立刻蒙了，是她父亲。

哈里・特恩博今年七十八岁，是一位善良、和气、沉静的绅士。乔治亚和她父亲互相崇拜，在他药房的墙上挂满了女儿职业生涯中的各种照片和报道。母亲在她六岁的时候就去世了，父亲从此没再结婚，他一辈子就忙着养活三个孩子，乔治亚和她的两个弟弟，除此之外，就是运营他在芬奇利的药店、陪他的孙子们玩、和他的老伙计们一起观看体育比赛、每周日去教堂、每天抽一根廉价的香烟。他从来不来麻烦他的日理万机的女儿，也从来不需要别人的帮忙。他绝不想进入他女儿所在的那份权力和荣耀之中，哪怕是沾一点儿边，他都不想。他也从来没有不请自到过。

他来唐宁街 10 号等她，十有八九是给她带来了什么坏消息。乔治亚看见杰克·厄里和他的金发手下们在围着他转，倒咖啡的倒咖啡，显然是想告诉他，代理首相公务有多繁忙。她径直走到父亲跟前。在过去的几天里，他们只通过一次电话，就是爆炸当天她打过电话向他和家人报平安。她父亲只是说了他替罗兰·拉西特和他的家人感到难受，他想知道他是否可以帮上点什么忙。这就是哈里，典型的哈里。

“爸，你还好吗？”

“我还好。亲爱的，我得见你。”

厄里插了进来，他想让财政大臣知道有人会照顾好哈里先生，而且他们已经告知老人，她的日程安排得满满当当的。乔治亚谢过他后，决定暂时中断大队人马去内阁会议室。她请大家稍等片刻，然后她把老爸带到了拉西特的办公室，随手关上了门。

“这是你现在工作的地方了？”

“是的，爸，暂时就在这儿。”

“挺不错的，我只进来过一次。几年前，拉西特生日来吃过一次蛋糕。”

“我记得，那是个美丽的早晨，你能过来他特别激动。”

“他这次能挺过去吗？”

“我希望，爸，我真心希望。”

他们在那儿站了一会儿。哈里环顾了一下四周，并不是特别兴奋地要进入他今天过来谈的话题。

“乔治亚，你看起来不是很舒服。这事好像害得你够呛啊！”

“我会好起来的。我不想骗你，确实过去的这一星期实在是太可怕了。”

“我知道，我跟踪新闻报道的，通常我不这样。这周我想我也只能做这么多了。”

“爸，出什么问题了吗？我能帮你做点什么？”

“我店里丢了一些药片，乔治亚。”

“药片？”

她的心像铅球一样沉了下去。此刻，她觉得自己又变回了一个九岁的小女孩，惭愧羞耻就像一片云萦绕在她的四周。

“丢了？是被偷了吗？爸？有人偷你的药片？如果真是这样，那太可怕了，我们可以请一个警察侦探来……”

“我上个月刚装了摄像头，这还是我的新经理拜伦的主意，我批准的。”

现在，她的胸口突然感觉呼吸不了了，比上次脚的情况更严重。她感觉胸口压上了一块巨石，其实她明明是站立着的。

“你在店里安装了摄像头？”

“后面也装了，还有架子上，二十四小时运转的。是你乔治亚，没装摄像头的时候我就知道是你，我很担心你，非常担心，这些可是特别强效的药片啊！”

她一时不知道该说些什么。她只想大声哭出来，但是，她不会这样放任自己。一想到让她父亲失望了，想到她父亲在这种情况下看到她，对她来说简直恐怖至极。她被抓住了，暴露了，像是被人脱光了衣服一样。

哈里走了过来，看着她，严厉的眼神里透着关心，还带着面对现实的难过无奈。这是一个全新的乔治亚，太多的事件、太长的时间、还有年龄和生活加上太多的责任，所有的这一切，把他的宝贝女儿给吞没了，变成了眼前这个一头乱发、药品成瘾的受伤女人。他抓住她的手握在自己的手心里，他的手还像以前那样巨大、温暖、友善。

“我知道你身处痛苦之中，宝贝儿。但是，这些是特别强力的药品，如果你的身体需要修复，需要镇静剂的帮助来痊愈，服用两周是不会有什么大问题的，但是，像你现在这样经常服用，你就会变成不是你自己了。你会做出非常错误的决定，你会失去控制，乔治亚，我保证。你得立刻寻求帮助。”

他轻柔地把她掉下来的刘海拂到了一边，她的眼泪像断了线的珠子一样劈劈啪啪顺着脸颊掉下来。

“我谁也没说，我也无人可说。”

“我爱你，爸，我很抱歉。”

她几乎没法面对她父亲，她觉得太尴尬了。

“别说抱歉，去寻求帮助，立刻。这是我今天来的原因，来看看你的眼睛，来告诉你得请别人帮助。马上。”

二十分钟以后，乔治亚出现在了内阁会议室召开的会议上，那个因为和她父亲小坐而被推迟的会议。她梳洗了一番，尽量让自己平静下来。达林、内阁办公室简报室（COBRA）的代表、内务大臣、几个内阁成员。当然，还有史提尔以及她的助手们出席了会议，向她通报了追捕塔图的最新情况。有一些进展，也有一些内幕会令人尴尬。

史提尔做了汇报。只要看见她的脸蛋，对乔治亚来说就足够了。其实，她更愿意跟她单独谈话，告诉她，自己身处地狱般的境地；告诉她，她是如何让自己的父亲失望的；告诉她，她是怎么去偷药又怎么被当场抓获。她不知道史提尔会不会同情她？没准儿，她会被她的信念所驱使，直接就把乔治亚交给外交保护小组去处理。

乔治亚的脑子在一秒钟内闪现出了上千个主意：告诉史提尔，

清理干净，永远远离那些事情，向媒体承认，调查，丑闻，辞职。她的神志真的已经飘离了这个房间，就像上次她开会的时候睡着了，醒来满以为刚才是在自己卧室里睡觉。这样的情形真的特别具有戏剧性。只见史提尔的嘴唇在动，她根本就没听见她在说什么，还使劲点头，假装自己和他们保持着步调一致。

史提尔感觉到了，她的本能告诉她乔治亚脑子有些犯糊涂，有些迷惘失神。她在考虑如何去帮她，想从房间的这头伸过手去抓住她的手。她暂停了下来，喝了一口水，很长时间不说话，假装自己糊涂了。达林最后打破了沉默。

“史提尔警探，可以继续吗？”

“当然，我刚才不知为什么有些走神了。如果财政大臣同意的话，我想从头再来，从报告的开头重新来一遍？我太抱歉了，今天上午的事情实在太多了。请大家原谅。”

乔治亚表示同意。房间里的男人们有些嘟嘟囔囔，史提尔又从头开始做她的汇报。乔治亚心知肚明，史提尔为什么要这样做，这次她专心致志地听她讲每一个字。

确实，有一些重要的事情乔治亚需要了解。他们发现了爆炸过去一周一直被大家疏忽的一条重要线索。

塔图的妻子和她的孩子们在爆炸发生三个小时后，曾经去了希思罗机场，而且还突然订了回芝加哥的机票，塔图不包括在内，只有他的家人。更加令人奇怪的是，他们最后居然没坐上飞机。

“我们的猜测是他们想逃跑，但是，有人在机场追上了他们。”

达林想问，这个情况为什么在一周以后的今天才被发现？为什么没有实时了解？内务大臣请内阁办公室简报室（COBRA）的联络官雷吉诺尔·阿特韦尔做相关解释。

“塔图的相片被分发到机场警察局之后，我们才了解到他们购买了机票。他们没有经过海关和安全检查，所以，那条线上不可能响起任何警报。一旦他的照片分发到系统上下，几个小时之后就被认出，他上周五曾经到过机场，事实上，他在闭路电视里出现了，不知为何他在航站楼里追赶他的女儿。”

达林向财政大臣解释那是一个多么忙乱的星期五，既需要确保不再有新的炸弹爆炸，又要保证主要的机构安全，而他们的人力又是那么匮乏。史提尔还有更多的消息，说上周五在帕丁顿车站广场发生过一次打架事件，一个毒品成瘾的疯女子应该跟此案有某种牵连。

“怎么可能会有牵连呢？”

因为史提尔的提醒，乔治亚现在全神贯注了，她倒是跟上大家了，但是脑子整个也被搞糊涂了。

“塔图的女儿。塔图在机场追赶的就是她，闭路电视显示她跟那个法国女人说过话，这跟希思罗机场二十分钟前的录像吻合。我们知道她逃离了她爸，上了机场快速，来到了帕丁顿，下车的时候就出现了奇怪的那一幕。后来她失踪了，我们把一些录像拼接起来后，发现有人紧紧跟踪这一家人。”

“那个法国女人呢？那个吸毒者？”

乔治亚说话的时候脸部有些抽搐。

“她被带到了交通部进行审讯调查。”

“然后呢？”

“然后，她就被释放了，我们不知道为什么？放她走的时候连姓名和地址都没留下。财政大臣夫人，我们已经在调查此事，但是她失踪了，我很抱歉。目前就这个问题我们只掌握了这些情况。”

还有别的情况，她打开了另外一个档案。

“我们获取了塔图夫人通过基廷全球公司租借的一个手机的通话记录，通话记录也是他们公司提供给我们的。”

“有什么收获吗？”

“在伦敦期间她与一位叫理查德·莱勒的前男友通话频繁。他是伦敦人，生长在伦敦，也生活在伦敦，好像是从事音乐推广的。对于他，我们目前就了解到这些情况，很快应该会有更多的信息。”

“我们是认为这个理查德·莱勒与此事有关？”

“目前还很难说，事态发展很快，我们的确知道那个周五晚上，他曾经用他的手机从肯特地区给塔图的岳父高登·汤普森打过电话，然后，打那以后他一直没用过这个手机，事实上，这个手机现在已经停用了。”

“肯特？那辆租的车不是也在那儿发现的吗？还有那个尸体？”

乔治亚此刻精神抖擞，坐得笔挺。有一幅画面在她脑海里开始浮现，她觉得血战时刻来到了。

“是的，就在肯特周围。我们还无法确认是怎样的一种关联。为什么是肯特？在肯特的什么地方？塔图的姓名至今没有出现在这个区域的任何租赁房屋或者入住酒店的人员名单里。一旦我们调查出理查德·莱勒是何许人，他跟他们又是什么样的关系之后，我们相信答案就会浮出水面。我们正在全力调查，期待不久就会有进展。应该说，在今天晚上的早些时候，我们就会了解到他们到底藏身在肯特的什么位置。”

逃跑 6

磨坊的夜深了，所有的人都已进入梦乡，只有凯特还睁大着双眼。这种宁静让她害怕，万籁俱寂，连夜晚的空气都好像静止了似的。通常从原野里、小河边吹来的风，都会把这座古老的木磨坊刮得吱嘎乱响，但是，今天晚上不知什么原因，这风好像一点儿都没有动静。此时，她身边的逃亡老公睡得正香。

他们在这儿已经待了整整四天了。第一个晚上和随后的那些个晚上她几乎都没睡。其实大家都一样，谁都没怎么睡，也许，理查德和孩子们睡着了，但是她和亚当没有丝毫的睡意。他们想再谈谈发生的这些事，转念又觉得没什么值得再聊的。这些天来所发生的事简直就像噩梦一场，无法让人相信这居然是真的。

他们到磨坊的那个上午，大约十一点的时候，《星空新闻》报道了首相在爆炸中幸免于难的新闻。首相所在的医院位于泰晤士河对岸，正对着唐宁街 10 号，年轻的国王和财政大臣乔治亚·特恩博去医院探望他，亚当和理查德一起看了这条新闻。凯特和亚当都各自暗暗地松了口气，至少，他们面对的事件局势显示，这不能算是个谋杀案了。就为这个也得谢天谢地。

头两天的下午和晚上还算平安无事，凯特带着孩子们在周围的金色麦地里徒步远足，亚当大部分时间都在看电视新闻，双手托着头，理查德在磨坊里干点小活儿，其实，就是为了在房子外面打发点时间，免得进去跟亚当聊天。他们一起吃晚饭，之后朱迪和彼力看看录像，亚当则独自一人出去散步，一去就是很长时间。

空气里充斥着一种麻木不仁，漂浮着一种无声的、轻柔的伤悲。孩子们不知道该说什么，也不知道该不该再深究下去。也许，如果大家什么都不提的话，就会像什么都没发生过一样。看来，这是目前被困在磨坊里的这些人觉得最舒服的状态。于是，那天夜晚房子里一切都是那么的静谧。可好景不长，凌晨三点，风声陡变，有不速之客来访。

一辆汽车在这条漆黑的路上停了下来，从车上下来两个人，偷偷地来到房子前，爬进了围墙。理查德最先听到的动静，其实他是感觉到的。他迅速起身穿好衣服。几秒钟后，亚当也醒了过来，他转向凯特，惊讶地发现她居然没在睡觉。他们俩一言不发，屏住呼吸听着。理查德穿好靴子，走下那个又高又陡的木头楼梯。他们听到他打开大门，在院子里与两个人在对话。

亚当光着脚、穿着睡衣走到了楼下，从门厅的柜子里拿出理查德父亲的那支猎枪和一盒子弹，又抓起了一双理查德的工作靴子，光着脚丫穿了进去。接着，他又从里面拿出一件棕色的工作服套上，并把那盒子弹放进了口袋。凯特站在楼梯上面低着头望着他。

“在房间里待着好吗？求你了。别出去。跟我们待在一起。”

他抬头看看他的妻子，只见她的双手紧紧地拽着楼梯扶手。他没作声。他不确定应该怎么答复，所以，干脆什么也不说。他走到窗前，小心翼翼地躲在窗后，透过窗帘往外看，看见理查德在院子里很礼貌地跟一个人说话。从亚当这个角度，看不清那人的长相。理查德看着好像一点都不担心的样子，他在给他们指路，去坦布里奇韦尔斯（Royal Tunbridge Wells）该怎么走。

亚当正看着，这时，凯特也想知道到底发生什么了？他示意她别出声。当亚当再次回头往窗口看的时候，那两个男子进入了他的视线，是哈利斯和皮特。他俩正假装在听理查德给他们指去往村子里的路。就像是个跳接镜头，外面的空气瞬间跳转。离理查德更近些的红毛不想演戏了，他突然拔出了一只带消音器的手枪，连续两抢打在理查德的头部，当场将他打死。理查德的双腿就像游戏里演的那样弯曲了下去，倒在了砖头地面上。

亚当转过身去，压低声音对凯特坚决地说道，

“上楼去，睡到孩子们身边去，锁上门！”

“发生什么了？那是什么声？是枪声吗？声很轻，是枪吗？”

“立刻马上，走！快去。”

“你去哪儿啊？你不能出去啊。”

“如果我不出去，他们就会进屋来，只能二选一。你赶紧走。”

她转身跑到孩子们睡的房间。亚当冲过厨房，打开通向侧面花园的后门，蹑手蹑脚地爬过沾满露水的灌木丛来到了前门。他看见哈利斯和皮特在翻看理查德的口袋。他们找到了他的钱包，哈利斯把钱包给皮特看了一眼。他们找对地方了。哈利斯扔掉了钱包，然后，两人跨过理查德鲜血直流的尸体，一人手上拿着一把上了膛的手枪，往前门走过来。

亚当朝他俩走去，就在他们也感觉到有人在向他们靠近的时候，说时迟那时快，亚当举起了他手中的猎枪，皮特应声倒下，亚当站在原地又开了一枪，哈利斯也向亚当回了一枪，差一点被打着。他拉起皮特往后撤退，想带着他的搭档撤到大街上去。亚当趁机上了子弹。他们俩沿着那堵长满青苔的围墙逃跑，皮特肩部受了伤，伤口的血就像旧时校舍里的饮水器流出来的水一样。哈利斯借着夜幕帮他把衬衣脱了，撕成碎条，包扎了伤口。虽然皮特伤得不轻，但是他没死。

亚当又开了一枪，他想改变他们之间的力量对比。他沿着围墙跑出院子大门，又上了更多的子弹，在暗处准备好等着舞台指导一声令下。最后，他看见两个影子在逃跑，他追着他们又开了好几枪。

现在他要等待反应。夜晚似乎又恢复了原来的平静，就像刹那间从静谧转跳到恐怖之中。现在的世界又跳回到了无声的黑暗之中。每一瞬间都像是永恒，哈利斯和皮特就在某个地方躲着，他哪儿也不能去，他就得在外面和他们战斗，远离他的家人。他再次上了子弹，试图在这伸手不见五指的沉寂中观察到任何的形状或者移动。费了好长时间他终于喘过气来。

前面路上一辆车的车门咔嗒一声响，车内的灯开了一会儿又关上了。他快速地向那辆车跑过去，他可不能眼看着他们又去调动更多的武器和人手。他穿着理查德的靴子，连鞋带都没系。等他拼命地跑到那辆车的时候，车子已经启动了，这是基廷无数辆奔驰车其中的一辆。

他瞄准车子开枪，打碎了后窗玻璃，打开了后备厢的门闩，后备厢因此大开着，接着他又打碎了一盏尾灯，最后一枪他故意瞄高，打在了车顶上。他不想阻止他们逃跑，这不是他的目的。他的目的是让他们赶紧滚蛋。让他们在这儿占着地儿，并没有什么好处。他了解这些人的路数。他眼看着他们残忍地谋杀了理查德·莱勒，最好是让他们赶紧趁早滚回去去舔他们自己的伤口。他明白他们一定不会就此善罢甘休的，一定会重新部署再次进攻，这是毋庸置疑的。但现在最重要的是让先他们滚回去。

那辆车开跑了，车后掀起阵阵灰尘和石子。亚当又迅速给枪上了子弹，再发一枪，以防他们改变主意调转车头，向他碾轧过来。他站在那儿，看着他们渐渐加速，直到他们开出将近四分之一英里之后，他还盯着那辆车的尾灯，其中一盏灯罩已被自己打碎，泛着白色的光亮。毫无疑问，他们会卷土重来，待到那时，只要有那么一丁点儿运气，亚当和家人应该早已跑得无影无踪了。

他急忙回到房子里，理查德的尸体躺在冰冷的地面上，像个木偶人一样一动不动。亚当走到尸体旁边的时候，他的双眼正盯着高挂在天空中的月亮，奇怪地凝视着永恒。亚当走进了房子，在门厅柜子里翻找了一番，找到了理查德父亲的手枪。他把手枪上满子弹以后，箭步跑上了楼。

在门外，他冷静地向凯特通报是他。凯特小心地打开房门，此时两个孩子都已经醒来，想知道那些动静是怎么回事。

“是鞭炮，一些年纪大的人在恶作剧。没事孩子们，接着睡吧。”

他们不相信他说的，一致抗议要求知道真相。但是他确实没有时间再回答他们了。他示意凯特到门外去，她已经被吓得胆战心惊，放鞭炮的故事恐怕她也无法相信。她紧紧地抱着他，生怕再次吓到孩子们，于是她轻声在他耳边说道。

“我的天哪，亚当，发生了什么？你没事吧？”

“我没事，我没事。”

“理查德呢？他还好吗？”

他擦掉她脸颊上的泪水，深呼吸了一下，鼓起勇气跟她说实话。

“不好，他不好，他已经死了，我很抱歉。”

“他死了？怎么可能呢？你在说什么啊？”

“刚才来了两个男子。我打中了其中的一个人。他们开车逃跑了，他们走了。”

“是他们杀了理查德？哦不，不，他们是什么人？”

“基廷的人，他们是基廷的手下，他们是给他做事的。”

她从他的怀里挣脱开。对她来说，这些都已经没有任何的意义。她只知道理查德已经死了，已经不在了。

“凯特，我们得马上离开。我想把那辆租来的车藏起来。我们得用一下理查德姑姑那辆停在车库里的车。我们真的必须尽快行动。”

他从口袋里取出手枪递给凯特。她一脸茫然地从他手上接过手枪。直到她感觉出它的重量，她才回过神来，明白这是什么东西。

“你待在房间里。如果有人走进房间，你就对准他开枪。一直开。”

“等着什么？你别离开我们啊。”

“我会回来的，我五分钟后就回来。我只需要五分钟，你做好准备。我们很快就带着孩子们离开这里。”

外面漆黑一片。他快速跑到大路上，往西穿过田野，来到他扔那辆租借车辆的灌木丛。他把车开回了磨坊，把它停在理查德尸体的旁边。然后他把尸体抬起来，放到了福特车的后备厢内，又找到了一块防雨布将它盖上。然后他从地上捡起了理查德的钱包，然后把自己的钱包放入了理查德的口袋里。他无法长时间代替亚当·塔图的，但至少当这辆租借车辆被发现的时候，可以先让理查德临时替他一下。无论谁接着赶来，让他们先偏离线索忙活一阵子再说。

看起来这一系列周密的计划好像有点冷血，但是他别无选择。从现在开始的每一步棋，他都要竭尽全力确保他和家人的生命安全。他把租借车辆开回到了灌木丛中，又从原路快速返回了房子。他从车库里把那辆老式的沃尔沃车开了出来，回到厨房收拾了一些补给，放到了车后备厢里。

凯特带着孩子们下了楼。两个孩子困得东倒西歪，加上有些担惊受怕。两人都想知道他们这是要去哪儿。

“我们去兜兜风。等你们上车以后，我告诉你们我们去哪儿。”

朱迪这时插了一句，用一种他从未听到过的成熟口气。

“爸爸，你不会有什么事吧？”

“不会，谢谢。”

“我爱你，我知道你是无辜的。彼力也相信你，他就是有些悲伤，如此而已，但我是真的知道你绝对不会做那种事情的。你懂我的意思。对吧？”

“我懂，宝贝儿。谢谢你这么说，这对我来说意义重大。”

他让孩子们上了沃尔沃车。亚当故意把车正好停在那摊血渍的上面，这样盖住它，凯特就不会看见。她偷偷问他理查德的尸体在哪儿，他摇了摇头。现在不是讨论这个事的时候。

他们开出了鹅卵石铺成的车道，朝着哈利斯和皮特逃跑的相反方向开去。

彼力睡眼惺忪地问了几个问题之后，就睡着了。亚当加快了车速，整整四十分钟时间，他们一直在孤僻冷清、森林覆盖的道路上开着，车上气氛也和外面一样冷冷清清。对于凯特来说，只要一想到理查德已经死了，就够她受了。这意味着他们共同拥有的回忆、快乐、痛苦，以及她所熟悉的这个男人身上所有的特点都随他而去了。他已经不在了，为什么啊？就因为他帮助了他们。

那一瞬间，她真的希望前一天晚上他就应该要了她。她许了一个愿：在她有生之年，那天晚上的画面将不会一直萦绕在她脑海里：洗手间雾气腾腾的镜子里，他用蒙眬的眼神望着她，那种饥渴、愤怒加上渴望的表情。她得想办法从脑海里甩掉这些画面。她不能再往下想了，她已经没有精力让它们去慢慢发酵了。理查德已经死了，这比任何其他具体的想法都要来得痛苦、来得忧郁。他就这样完了，已经不可能再说什么“如果我有”、“我希望我没有”了。理查德的故事已经完结了、停止了。这一切都是因为她。

“我们要去哪儿？亚当。”

我不知道，我不知道，他自己想着。这他妈的是个孤岛。

他没回答她，只是径自开着。

又开了一会儿，他在一条大路边把车停了下来。他深吸了口气，望着他那魂不守舍的妻子。他想安慰她，但是脑子里想不出合适的词语。他自己也不清楚下一步该干什么、该去哪儿、该向谁求助，只是非常明确他不该去找谁，那就是所有的人。她的嘴唇微微抖动了一下，似乎在说，此时她需要听到一句能让她放心的话，哪怕是一个字也好。于是他做了一桩他发誓绝不再做的事：跟妻子撒了个谎。

“给我一点儿时间，凯特，我就能想出我们下一步该做什么。”

追捕　6

史提尔和她的大队人马一清早就拿下了磨坊。现在离爆炸已经过去八天时间了，她开始有些忧心忡忡了。她已经让那些追捕塔图的人，无论他们是何许人也，在自己和塔图之间插入了太多的时间。

亚当和他的家人是这个拼字游戏中最核心的那一块。毫无疑问他们应该了解是谁、为了什么、他又是如何被卷入唐宁街10号的爆炸中的。她已经拿到了从他家取回的第一手证据。他在网络上做的那些评论，电脑硬盘里存的罗兰·拉西特的令人作呕的照片等等。说实话她并不相信那些证据，但别人可都信了——伦敦警务处总部的法医男神、女神们，内务大臣的团队等等，他们都信了。他们发誓那些证据确信无疑是塔图留下的。但史提尔就是不买这个账。

身穿制服的警官们在研究院子里那堵颇具历史感的石墙，她则独自一人靠在她的巡逻车上。事先她就知道房子里不会有人的，所以也无须向谁出示搜查许可。如果塔图一家还活着，一定早就跑得无影无踪的了。她确信无疑。

在租借车辆后备厢里发现的尸检报告出来了，那是一个叫理查德·莱勒的尸体。此人是塔图妻子很久以前的男朋友。尸体是两天前在离此地八分之一英里处被发现的。两发瞄准他脑袋的30口径子弹当场要了莱勒的命。血样化验花了不短的时间，因为无法找到与其相匹配的，直到发现他用手机与凯特·塔图和高登·汤普森通过电话，随后对他位于帕丁顿的家进行了检查并且提取了DNA的样本，在他家找到的纪念物表明了他与塔图妻子的关联。理查德·莱勒一贯遵纪守法。

要追踪他的这条线索并非易事。首先那个磨坊根本就不是他名下的财产，而是他姑姑，一个叫潘妮乐普·安娜·乔丹名下的房子。

根据法医报告，理查德·莱勒被害已过去四天。他尸体被掩藏的方式告诉史提尔，塔图并没杀人。如果是塔图杀了人，他就会把尸体藏在家里，然后潜伏在此，他也就没必要往别处跑。这个荒郊野外的磨坊应该是他藏身的理想之地。肯定是另有他人，而且他应该就是追踪塔图的人，这个人赶在了史提尔的前面。

根据史提尔的猜测，塔图一家应该是在理查德遇害后离开此地的，那就意味着自己比那些人足足晚了四天。如果塔图不是为了争取时间的话，他为何要把自己的钱包放在死者的口袋里呢？意在迷惑下一拨到来的人马？作为前侦探，他一定明白理查德被害后，他就必须尽快离开这是非之地。

他们在院子的地面上发现了一大块血渍，因为时间过去较久，血渍已经渗到了地里。他们取了样，做了记录，把血样送到了伦敦警察署。史提尔可以确认这是理查德·莱勒的尸体，他肯定就是在这个院子里被杀的。在停车位以及通往大路的沟里还发现了一些猎枪子弹。

塔图肯定也进行了自卫，把杀害莱勒的人赶跑，然后把莱勒的尸体藏入那辆车里，随后迅速开着另外一辆车与家人一起逃走了。

史提尔打电话给爱德维娜·威尔士，让她请相关人员查出理查德·莱勒生前驾驶的车辆，结果没查到任何信息。然后她又让他们查一下理查德姑姑开的车辆型号。二十多分钟以后总算查到有一辆车值得追踪，那是登记在莱勒姑姑名下的一辆1969年的沃尔沃。地面上那些进出车库的轮胎痕迹应该说明这辆车最近在这里活动过。外交保护小组在系统里亮出了警告要追踪这辆车，会有人在英国的某地见到这辆老式沃尔沃车的。

史提尔在这条路上慢慢地来回踱着步。她在路边光秃秃的灌木丛里发现了一个弹壳，于是她招呼其余的人过来。这时她又发现从路边那扇爬满藤蔓的石头门处开始有一路的血渍，血渍已经渗进土里和路面。她又找到了另外四个弹壳，顺着这几个弹壳的方向，她来到了柏油马路上，路面上有一些汽车尾灯碎片，除此之外，她还发现了一小块金属片，她推断这块金属片应该是汽车后备厢锁的钥匙孔。她脑子里已经形成了一幅画面，就像在口香糖商店里的那些杂志一样。塔图一定是打中了一个人，甚至还两次打中了那辆车，也许三次，其中应该有一人受了伤，这个情况太有帮助了。另外，把尾灯和那个后备厢锁结合起来就能搞清该车的厂家和型号，这个信息同样非常有帮助。从路面上留下的轮胎印记来看，该车从尾灯碎裂处开始可以说是仓皇逃窜的，就像一只翻垃圾桶的狗被人踩到了一只脚，同时还在头上被人用钢靴踢了一脚一样。

应该是塔图干的。为了保命，他们不得不逃跑。理所当然塔图和他的家人必须立刻离开，因为他确信他们必定会回过头来找他们算账的。

史提尔知道是谁杀了理查德·莱勒。她在院子里已经想象出来了，似乎四天前他们杀害莱勒的时候，她就在现场、就在上空亲眼看见一样。他们是基廷的人，那两个到过她卧室的男子。她知道他们是在夜幕的掩护下偷偷溜进来的，然后将这个原本就漆黑的夜晚变得更加阴森、黑暗。所有的一切都浮现在了她的脑子里，真真切切的，那个矮胖的红毛和那个瘦高的秃头从这条道路开走，额头上冒着汗，眼睛瞪得滚圆，默默地祈祷他们能跑出塔图的猎枪射程，要不塔图那支严阵以待的猎枪就该把他们的后脑勺给打爆了。

她乐了。这些线索条条指向基廷，她现在已经确信无疑了。是时候让乔治亚和其他人坐下来了——该签发搜查证了。

不到三个小时以后，史提尔在唐宁街拥挤不堪的安全亭里出示了自己的身份。她在内阁会议室与达林、门罗、伯恩勒、爱德维娜·威尔士和几个英国警务处总部来的侦探以及外交大臣会合，大家都在等候财政大臣。她开了一个上午的会以后回楼上自己的房间去了。

乔治亚再次在自己楼上的房间里为史提尔换衣服。她还重新做了头发，是什么促使她这么做的？每当她想起史提尔，她都会对自己的着装特别挑剔，她提醒自己别打扮得像个老妇人。回想起来每次见到史提尔的时候，她总能轻而易举地把自己打扮得端庄得体，她的短裙总会合身地垂在她那俊俏纤细的身体上。她换上了一套蓝色的裤装，心烦意乱地第三次梳着她那头乱发。最后又在两颊上略施了点胭红。厄里来敲门了，通知她所有的人都已经在内阁会议室等候她了。

这个会议已然成了每天必开的例会，今天开得还算比较顺利。不过好像大家开始有一种感觉，觉得这拨人“枪瞄不准”。乔治亚感觉到他们不再像过去那样信心满满，尤其是史提尔，看着好像特怕失去什么，态度也模棱两可。一贯严谨的达林倒是越发镇静了，他给人一种舒服放松的感觉，好像他们找到塔图一家、找到盒子底里的东西只是迟早的问题。门罗可是有些坐立不安了，尤其是会议中提到马上准备向媒体公布塔图的照片和他的姓名的时候。

“在我们对这个人还没更多了解的时候，在我们还没搞清楚他的动机、以及他受谁指使等这些问题的时候，我不想立刻指责这个美国人。因为如果我们指责他，那各大报纸的头版头条都会刊登‘是他妈的那个美国人干的’！相信我，我们立刻就会收到白宫就这个问题的反应。”

达林公开反驳。

“那如果我们搞清楚了呢？现在看来明明就是那个美国人干的。但你知道那只是一个美国人，并不代表整个美国。”

伯恩勒的观点却截然不同。他站起来面对全体与会人员。

“如果我们匆匆忙忙地下结论说是那个美国人干的，我想我无须提醒在座的各位，我们这些年与美国的关系有多么的飘忽不定。因此我们无须再给英国人民一个新的理由去仇恨美国，除非到了万不得已。”

乔治亚插了进来。

“我们是否至少应该知会一下白宫？提前跟他们通一下气？”

“我觉得我们没有这个时间了。”

史提尔说，她同意达林的意见。需要立刻找到塔图，因为除了他们之外，显然还有别的人也在找寻他。会议室里上了茶，乔治亚在思量。她读了所有的报告，关于磨坊的档案，那些发生在肯特的事件。

她边看，边饮了一口茶，手还在拨弄她的头发。

达维娜感觉到了她的担心。如果向公众曝光此事这个事件就会被搞成一个国际事件。亚当·塔图是来自密歇根的美国人这个事实会彻底改变整个故事的结构，音量会因此变得巨大，恐怕要听完就很困难了。当然，同时也会使得塔图更难找到藏身之地。乔治亚必须得以一个政治家、国家首脑的角度来思考问题。这时史提尔想出了一个方案。

“也许我们可以给你们争取点时间，把不关紧要的事实，比如莱勒的死亡、他的车辆，以及发生在肯特的事件先向媒体透露，利用媒体向公众宣传的机会看看能否找到那辆沃尔沃车，这样也给了你时间来处理与白宫和美国使馆的关系。”

乔治亚从咖啡桌的另一端看过来，她特想再次跟她挤眼、感谢她，但是她明白对于达林和伯恩勒以及其他的人来说，史提尔像是跨越了一道界限，直接参与到政治里来了，这完全不符合她作为侦探的角色，尤其涉及的又是如此生死攸关的重大案件。她用眼睛瞟了一眼桌子对面，那意思好像是在说这个主意初听起来并不合她的口味，好像她觉得有人踩到自己的尾巴一样。

达林少将却赞同这一想法。

“要我说，这个办法行。我们得向公众宣布，我们也该宣布了，不能再往后拖了。我可以向你们保证媒体一眨眼工夫就会找到塔图，因为如果这样拖下去我们的一个大问题会演变成好多个更大的问题。让我们给伯恩勒一天时间去与白宫交涉，正好也给公众一个机会帮我们找到那辆沃尔沃车。”

该是时候谈谈“房间里的大象”了。基廷的角色到底是什么？

又怎么可能是他？史提尔做解释的时候好像这种说法已成事实。她确信是基廷的人谋杀了理查德·莱勒。除了确定尾灯碎片和后备厢锁这些是新款奔驰车的零部件之外，她没有别的证据。但是她有天赋，她有老天赐给她的高度灵敏的直觉。

莱勒是在院子里被害的。在破碎砖块上的血渍证实了这一点，两发子弹从近距离打入了他的额头。他根本就没想逃跑，也没想躲避，所以他要么是被他的熟人所杀，要么是被他认为对他不构成威胁的人所杀。她再次肯定就是基廷的那两个手下。

基廷躲在剧院后面观看这个戏，当所有的出场演员在背台词的时候,他在舞台后面偷笑。这不是侦探应该做的工作,这全是她的直觉。财政大臣和其他人员必须看到这点。她要求签发一份搜查证。她想要把他带到警察署来让他坐下谈谈。内务大臣代表了主张克制的一方。

“大卫是个神通广大的公众人物。如果我们在没有任何证据证明他参与了的情况下就去抓他，这样的举动只能说是愚蠢透顶的，就像是拿着铁锅乱敲一气，只会把所有这一切都演成一部耸人听闻的二十四小时肥皂剧，却根本没能帮到我们证明大卫是有罪的。我们在座的应该都认识他多年了，他应该不会参与到这种事情当中来。”

乔治亚提出了一个折中的方案。

“我想把他找来，到这里，到我的小办公室里，就把他当成政府工作人员，跟他聊聊。问他作为一个英国人，对目前的局势有什么样的看法。就从这个开始吧。达林少将，梅尔文爵士，请你们俩一起参加这个会面，我们三个人一起来对大卫的情况做一个评估。我想不出别的好方法了。我赞同内务大臣所说的，我们不能直接冲向他，毕竟他为这个国家做出了巨大的贡献，他的家庭也同样。应该暂定他无罪，暂且相信他。”

史提尔插话了。

“我也想参加这个会面。请允许我参加这个会面，大臣女士。我需要亲耳听着他说出他的看法，如果你不反对的话。”

伯恩勒代表在场的各位回答了史提尔的请求。

“在目前阶段，这样做会破坏他对我们的信任。这只是一次交谈，如此而已，不是一场审讯。”

在座的每个人都知道内务大臣说的是什么意思。他们想让史提尔明白，现在不是做廉价表演的时候。“一个点不响的鞭炮”，她以前就是这么称呼自己的。这种会面不是她这种级别的人可以参加的。她只好不情愿地接受了这个决定。乔治亚想缓和一下气氛。

“我会亲自把所有的会谈细节通报给你，史提尔警探，我向你保证。我理解你需要这份档案，我保证你会拿到。”

“谢谢，夫人，我很感谢。”

乔治亚友好地笑了笑。她可不在乎伯恩勒和其他人会想，她是关注了史提尔还是没关注史提尔。她只要史提尔明白，并非她要推她出去，是别人的主意。

高登·汤普森是在一份《每日邮报》上看到理查德·莱勒去世的消息的。这份报纸是别人看完后留在醉鞋匠酒吧的，通常在他去基廷马厩喂狗的时候，来回路上都会路过这个位于蒂克斯伯里（Tewkesbury）的都铎风格酒吧，每次他都会在此稍作停留。理查德去世的噩耗以及警察追查他姑姑那辆沃尔沃车的消息，对高登来说太难以接受了。他知道是谁干的。他知道这意味着什么。

高登上一次流泪应该是很多年前的事了，可能还是海伦，也就是凯特妈妈去世的时候，也许还因为他意识到凯特要永远待在美国了，他就要成为孤家寡人了。真有那么长时间没哭了，此时此刻，他只想放声大哭。

他责怪自己，是他杀了理查德·莱勒。这些年来他一直特别喜爱理查德。理查德就像是他和凯特之间的一座桥梁，连接了他和海伦，也因此连接了他和他的父母。他的父母离开人世已经太长时间了，有时候他都觉得没法再回想起他们当年说话的声音、他们长的模样了。

至今在世的人当中，理查德是高登最在乎的人了。离开酒吧往南走的时候，他感觉自己有些软弱无力。他想开车，但觉得自己开不了。这全是他的过错，没有别人可以责备的，就像小时候他一直被大卫·基廷玩一样，他又一次被这个狡猾的撒旦玩了一次。

他在狭窄的东街上停下了车，再往下走，这条路就会跟特斯顿（Trinston）路会合，然后接上 M45。他把车开到一个小堤坝上，对面就是用围栏围住的绵延的绿色。他下了车，扑鼻而来的是夹杂着新鲜牛粪味的田间空气。他踉踉跄跄地走过一个标志着地产所有权的界门，进入了一块田地，费劲地调整着自己的呼吸。

基廷杀了理查德，他不会就此善罢甘休的。亚当、凯特、孩子们，还有他本人都得走理查德的老路，也没有人可以救得了他们。警察？高登太了解这里面的猫腻了。

媒体呢？这也许是他唯一的选择了。但是稍等片刻，他得赶在基廷前头，把凯特和亚当先找着。他绝不能让基廷伤害他的凯特、朱迪还有彼力，他那个超级可爱的外孙子。绝对不行。就在这个时候，就在蒂克斯伯里（Tewkesbury）这块堆满干草垛的地里，高登做出了个决定：宁愿自己在监狱里度过余生，也要让孩子们安然无恙。

他和基廷之间彻底结束了，永远地结束了。“大卫爵士”这个称呼即将成为历史。高登驱车回到伦敦，想好了一个周密的计划。

逃跑 7

离开坦布里奇韦尔斯以后，他们一路向东，以后的好几个日夜他们将栖身在莱伯赫斯特（Lamberhurst）西部一个旅馆内的一幢小木屋里。亚当用理查德·莱勒的身份证件租用了酒店深处的小木屋。只有当孩子们到公共区域玩耍的时候，或者当凯特和朱迪去TESCO超市购买补给的时候，他们才偶尔迈出木屋。只要孩子们一出门，亚当就会收看电视新闻，尽量了解最新的情况。

全世界的媒体都在对这个事件喋喋不休地报道，他们比亚当盯得还紧呢。谢天谢地，目前还没有提到他、提到那次会议，还有基廷全球公司、基廷，或者更糟的“那个企图杀州长的密歇根激进分子”。讨论的全是政治、恐怖主义、拉西特的健康状况、谁将在今后领导工党等问题。

即使在这个黑暗剧充斥着新闻报道的时候，电视里偶尔也会播放一些轻松的节目，当然这些对亚当来说毫无疑义。各个电视频道都在一遍又一遍地播放乔治亚·特恩博在下议院举行的首相问答时间中睡着的镜头。媒体尤其喜欢乔治亚机智灵敏地还击那个肥胖的反对党领袖。

这已经是他们全家在这个木屋里度过的第四个夜晚了，是该离开的时候了。《每日邮报》上已经登出了理查德被谋杀的消息。报道说谋杀者开着理查德姑姑的一辆 1969 年的老式沃尔沃，报纸上也刊登了这辆车的照片。不用多久就会有人发现停在小木屋前的这辆车就是报纸上所登的那辆车。亚当琢磨着当局应该已经在追踪他们。他们应该在不动声色地追踪他们，但是不知为何目前还只是媒体在孤立无援地折腾着。他知道用不了多久，即使政府不发表任何正式声明，媒体也该会拼凑出自己完整的故事。基廷全球公司与唐宁街的会议以及“那个密歇根疯子”在这个事件中的关联，很快就会成为引诱大鲨鱼的最新诱饵。同时他是以理查德·莱勒的身份入住这家酒店的，而理查德已经在不久前被枪杀了，更严重的是他还开着当局和媒体报道的那辆老式车。他们真的得离开，立刻马上。

可是他们没地儿可去，所以最后还是往西往北开，那是伦敦方向。他能想出的最好办法就是去找他们肖尔迪克的朋友勃和蒂凡尼。

亚当让凯特保证对蒂凡尼缄口不提他们的事。孩子们是不会提起的，因为他们对自己的父亲再次卷入一桩刑事丑闻感到既尴尬又震惊。孩子们不会是个问题，但是凯特可难说，她快要爆炸了。她很快就要乱了方寸了，也许就会对别人透露不该透露的事情。亚当感觉得出来，应该只是时间问题了，她现在就像一道马上就要决堤的大坝。

快到伦敦的时候，亚当突然想起了高登。自从离开兰伯赫斯特（Lamberhurst）以后，他们一直都没说话，这时他突然打破了这种沉默。

“你爸知道勃和蒂凡尼住的地方吗？他认识他们吗？”

“不知道，他为什么会知道？”

“我不知道，你是否曾经跟他提起过他们？我必须知道他对他们是否有所了解，是否知道我们在肖尔迪克有朋友。我不想再被基廷的那帮狗腿子们搞得措手不及了。”

他真正想说的是，他可不想眼看着勃和他的家人再被害。

“不会，我爸他不知道他们，我从未对他提过一个字。”

“你怎么知道呢？你怎么能如此肯定呢？”

她沉默了片刻，像是道出了她原本不情愿说出的一个有关自己的真相。

“因为我故意没告诉他的。从我们当年在密歇根开始同他们交往并成为朋友的时候起，我就一直对他只字未提。”

他看着他的妻子，她显得有些紧张不安，神经绷得紧紧的，脸部表情也明显有些僵硬。她既想把他们之间的那堵冰墙再次给砌上，同时在他们即将驶入人生的一个艰难篇章的时刻，又想与他同呼吸、与家人共患难。

“我不想让他知道我结交了从家乡来的朋友。我不想让他妒忌，我知道这听起来很愚蠢。但是你肯定记得，当他听说我不打算再回英国，并且已经下定决心要在美国定居之后，他有多么受伤。”

“他可以轻而易举地坐上一架飞机过来啊。这些年不都是我们的错啊。其他人也都是这样生活的，他们也去看望住得离他们很远的家人啊。”

凯特点头同意。但这不是她想要展开的争论。她与她爸之间不管出现了什么状况，那都是很久以前的事了，已经是很遥远的过去了。高登最近的种种行为才是让她这辈子都无法释怀的。她现在不想再为了二十年前到底发生了还是没有发生什么事情而伤透脑筋。

亚当、凯特和孩子们在没有任何事先通报的情况下，于晚上十一点敲响了麦卡利斯特的家门。勃和蒂凡尼自然是万分惊讶。在智能手机流行的今天，大家都不再互相搞突然袭击了，更不会像这样全家出动。亚当偷偷地把勃拉到一旁，跟他解释，他们遇到了点麻烦，需要有个住的地方，他需要时间想出个办法来。勃丝毫没有犹豫，蒂凡尼也表示他们的到来一点也不会打扰他们。她回头从柜子里找出了一些床单被子之类的。

几分钟以后，塔图一家人已经在客房里安顿了下来。孩子们睡在地上的睡袋里，亚当和凯特睡在那张超大笨重的空床上。当勃和蒂凡尼独处的时候，他们俩互相对了一下情况，都觉得应该是亚当失业了。勃的脑子里有个念头，那个爆炸与他们狼狈不堪的来访者有着某种关联。也许是爆炸影响了基廷全球公司的商业模式，亚当因此受到了牵连。塔图一家半夜来敲他们七楼的门，一副孤立无援、失魂落魄、衣冠不整的样子。但是他无论如何也想不到这个背后真正的原因究竟是什么。

亚当建议他和勃一起开车去兜一下风。他需要点时间来卸掉包袱并且重新策划。他讲话简短、精悍、严肃，声音也比往常要低一个八度。他说，没错，他是遇到非常严重的情况了。在这种时刻，谁会欺骗一个朋友呢?

他们走过了马路牙子，亚当走到那辆老旧的棕色沃尔沃车跟前。

“亚当,你从哪儿弄的这辆破车啊? 上次洗车得在三十年前了吧? ”

“是凯特前男友的，我们借的。你能不能开着车跟着我一会儿? 我得把这辆车给处理掉，我没法走回来，也没法坐公共汽车或者坐地铁。太多的摄像头了。”

“太多的摄像头？我不明白了，你害怕什么呢？”

“什么都怕。”

“怎么了？亚当？”

“我一会儿告诉你，但现在我得先把这辆车给处理了。你能开着车在后头跟着我吗？”

勃一边快速地转着脑子，一边点着头。他不知道他还能再跟亚当说多少次“可以”或者“没问题”，他是从车库里开出了自己的车，跟在亚当后面，两辆车一起开进了伦敦的夜晚。

他们开过肖尔迪克后，往泰晤士河边开去。又从布里克巷（Brick Lane）拐到了奥斯本（Osborn）大街。只要是个弯，亚当就拐，好像他完全知道自己是在往哪儿开，而实际上，他心里根本就没数。他就这么开着，想尽量拉开勃家和他扔车的地点之间的距离，可又不能太远了，生怕回来的路上会被人发现或者被人拦住。勃就这么开着车跟着他。他想给亚当打电话，但是他知道亚当的手机“弄丢了”，他只能就这么忍受着这次疯狂的旅行。

当他们开到沃平花园（Wapping Gardens），泰晤士河北面大概一、两个街区的地方，亚当拐进了一个公共住房停车场，找到了一个停车位。他等着勃把车开过来，然后他迅速下了沃尔沃车，跳进了勃的副驾驶位子上。沃尔沃车上没什么东西可拿走的，他们所有的行李和补给，加上理查德父亲的猎枪和手枪都已经藏在了麦卡利斯特家的客房里。亚当甚至都没把车熄火，也没拔车钥匙。

“走，赶紧的，快离开这儿。”

勃看着他，不敢肯定这是真的还是在演戏。亚当用疲惫的眼神望着勃，好像是在告诉他，后面没什么妙语连珠的台词了。

“开吧，勃，求你了。我们走吧。”

勃把车开了出来，亚当的身体使劲地往下钻。他们开离泰晤士河的一路上，盏盏街灯从他们两旁疾驰而过，车内时而闪亮刺目，时而宁静黑暗。

“亚当，到底是怎么回事？告诉我，到底发生什么了？”

他们往前开着，拐了一个又一个的弯，穿过一条接一条空旷的大街。过了一会儿，快到肖尔迪克的时候，亚当把事情的前后经过，一五一十全部都告诉了勃，他没什么可以隐瞒的，也没任何理由需要省略掉什么，所以他既没隐瞒也没省略什么。

追捕　7

英国广播公司播出了一期讲述乔治亚·特恩博生平的一小时特别节目，《如果……会怎样》。现实是她很有可能会成为下一任首相。爆炸已经过去一周零一天了，媒体只好把注意力转移到假定继承人身上。乔治亚无疑是最吸引大家眼球的。难免会把她和各种人物相比较，比如把她与撒切尔夫人相比，两人出身同样微贱，乔治亚有个开药店的父亲，两人同样稳扎稳打、严格要求，直到攀登到权力的巅峰。也有很多关于她未来出任首相之后的猜测，比如她会如何执政、又会与谁共同执政。甚至还有人在猜测，如果她上台，谁会最倒霉。这个节目既耸人听闻、哗众取宠，又充满了预测，所以特别引人入胜。

史提尔是在父母家中与爸妈一起收看这个节目的。她表现出一脸无动于衷的样子，其实她特想告诉妈妈，她们俩特熟，而且已经有一种纽带把她们俩紧密地连接在一起。还想告诉妈妈，其实她觉得自己已经疯狂地爱上了乔治亚。当然她只字未提。她冷静地、超脱地看着电视，假装跟乔治亚之间仅仅只是一起共事的同事关系，对这个女人的介绍片，也没有任何倾向性意见。

晚上独自一个人躺在床上，她把头深深地埋在枕头里，想象着自己轻吻着财政大臣的身体的时候，只有这个时候，她才让自己的脸部表现出她是多么迷恋与乔治亚之前所发生的一切。

第二天达维娜早早醒来，开车到肯辛顿宫花园等基廷。她一本正经地站在巡逻车边上，脱下了帽子，一头短发在微风中飞扬。正在这时基廷的司机把车开出了基廷的宅邸准备去唐宁街10号。既然她没有被邀请出席这个由基廷、乔治亚、达林、内务大臣出席的会议，那她要在他脑子占得一席空间。她想让他明白，到时候逮捕他的时候，她会在场；在这场考验结束后，该把他扔进深坑的时候，她会到场；当她最终将拼字游戏的最后一个字块拼上，暴露他彻头彻尾卖国贼形象的时候，她更会亲自到场。

哈利斯的车穿过了骑士桥（Knightsbridge），从保尔戈拉维亚（Bulgravia）后面下去，然后经过白金汉宫背后到鸟笼道（Birdcage Walk），最后到达白厅街，这一路上史提尔一直紧紧地开着车跟在后面。只要一有机会，她就会让她的巡逻车司机把车开到他的旁边，假装甜美地对基廷微笑，然后对他点点头。他也会骄傲地跟她点头，向她回以致意。他太聪明过人了，太处事不惊了，太自信满满了，以为他的结局会很圆满。她就是要告诉他，他的结局不会太好。确实没错，他丝毫都不担心，他的笑容还跟以前一样，一副胸有成竹的样子。但是她很清楚这种胸有成竹中间已经出现了一道凹痕。他基廷会彻底失败的。他总有一天会彻底垮掉的。她深信不疑。

等红绿灯的时候，她注意到坐在副驾驶位置上的皮特的一个肩膀上绑了一条绷带，她暗自一笑。他肯定是挨了枪子，她知道，是塔图打中他了，她情不自禁地偷偷乐着。当哈利斯把洗刷得油光铮亮的奔驰车开过白厅街，开往唐宁街的时候，她和她的巡逻员使劲把车朝着这条大道的尽头开去。她已经做了她该做的，剩下的事情留给她可爱的伙伴乔治亚·特恩博女士去完成。

“我告诉你，乔治亚，我们对这种情况感到非常反感。基廷全球公司的全体人员，包括我在内。这是令人伤心的事情。”

今天基廷身上的古龙香水比乔治亚所记得的任何时候都要来得浓烈。她认识他已经很多年了。九十年代末，乔治亚甚至还跟他约会过几次呢，虽然这些约会没给她留下什么深刻印象，但她因此知道他有喷很多香水的习惯，但今天确实是太多了点。她不禁想到，今天他是不是过于紧张了，或者想到“坐下来聊聊”，就心生害怕了。

“我们公司雇用了这个人，是出于对我的一位老朋友高登·汤普森的照顾。他的女婿在密歇根惹上了官司，顺便说一下，我一点都不知道那官司意味着什么。他后来就去我们芝加哥公司上班了。他在那儿干得不错。不知怎么回事，汤普森把他放入了这次来伦敦开会的代表团名单里。我再强调一遍，我不认识这个人，其实直到开会前的几天，我连他的面都没见到过。”

基廷感觉到了屋里有一种不确定性，他们需要就塔图的案子达成某种说法，需要搞清基廷与此案的关系等等。

“乔治亚，问问你自己，对于这个参加会议的人，你对他还能有多少印象？”

“我一点都不记得了，我没记得他说过一句话啊。”

“那是因为他确实一句话没说，他也没对我说过话啊，会前会后都没说。到今天为止，我都不清楚他是怎样把东西带进来，又是怎样把东西留在这里的。”

达林有现成的答案。

“东西藏在一个大本子里头，这本文件留了下来而且放到了柜子里面。是你请拉西特首相亲自过目那份材料的。”

“在我读它之前。”

乔治亚敲了一记警钟。所有的目光此时都转向了基廷，希望通过仔细观察，从他身上找出点前后矛盾的迹象，或者一些隐瞒和欺骗的暗示。基廷镇定自若，坚持他在此次事件中也是个牺牲品。

“你们得相信，这些事情出来以后，我们也都震惊了。他过去参与过的案子，他在网络上对罗兰·拉西特首相的恶意威胁。这不符合逻辑啊，这怎么可能是事实呢。公司上下认识他的人、与他共过事的人，没有人可以说得出他有任何不检点的行为，或者有过什么偏差，更不曾表现出一星半点的暴力倾向。什么都没有。就大家对他的了解，他是个特别低调的人，事实上还挺有魅力的。没错，他在密歇根有过麻烦，但是因为这样那样的理由，我们只能怪他的岳父。他把他介绍去我们公司面试的时候，没把以前在密歇根的案底向我们公司人力资源部披露。”

“那你的意思是高登·汤普森让他躲过了背景调查？”

“是的，很不幸。这正是我的意思。HGI 是一个大型公司，现在看起来确实有点太大了。”

基廷说话的时候，乔治亚一直靠着沙发后背上专注地听着。

“那你觉得他岳父是同谋？他参与了爆炸案？参与了幕后的一切？”

“现在这个汤普森在哪儿呢？”

达林想要知道。

“他在我伍斯特郡（Worcestershire）郊外的农场里，今天应该回到伦敦的。我们已经安排他来接受你们的提问，之后我们内部也要对他进行审问。警察署的时间定在了下午一点。”

乔治亚看着达林，希望得到他的确认。达林点头，会面时间已经定下来。可达林满腹狐疑的样子，好像这些都不符合他心中所想的。

“再告诉我一下，基廷，你为什么要请拉西特首相去看那个文件？是什么原因你让首相在乔治亚之前读它？”

“那只是生意上的事而已，达林少将。我们花了三年的时间将一个金融服务系统几乎私有化了，而这个系统之前一直没有理会会员们的退休计划。我只是想让罗兰帮我把这个事情给做成了，你明白的，对吧？”

达林半信半疑。

“其实我还没完全理解。你到底想让罗兰帮你做什么呢？”

基廷领会了这个问题，实际上他偷偷乐来着。

“嗯，其实我不想提这事，我就是需要他帮我说服乔治亚。她态度强硬，是我们最后的那道障碍。没有人可以像罗兰那样搞定财政大臣，我是请求他的支持，就是这个意思。”

达林听完点点头，但不知何故，他还是没有全信。

在伯恩勒看来，好像也有什么东西不大对劲，这些疑问全写在他脸上呢。内务大臣比基廷、特恩博、达林都要年长二十岁，他熟识基廷的父亲和叔叔，他们俩当时都是议员。事实上，基廷的叔叔爱德蒙顿·基廷还曾担任过伯恩勒目前的职位。伯恩勒善于观察，在这种时候他一般很少发言。他会让别人发言，然后自己在一旁体会字里行间的意思。他的风格一贯是他只听这个屋子的主调，而不是追究个别乱蹦出来的字眼。他一直沉默不语说明他心存疑问。基廷在撒谎，伯恩勒对此毫无疑问。

“也许是美国的事？有没人想到过这个呢？”

基廷冷静地问道，乔治亚和其他的人都被问得目瞪口呆了。

“美国的事？什么意思？”

“他是个前警察，也许是中情局的，当然这个我不得而知。我知道美国人如果看到我们现在失去平衡，他们会很高兴的。我知道他们对罗兰更是不感冒，我还知道他们希望在中东问题上手脚可以再放开点，我还知道他们应该会乐见脱欧公决可以最终通过，这样我们就会脱离欧洲。这样资金和合同就都会流往纽约或者洛杉矶了。听起来像是胡思乱想，但最终不就是这么回事吗？如果中情局找到了高登·汤普森，买通他去给他女婿设下陷阱，然后再按照计划把他俩都妥妥地除掉呢？”

“这想象力也太丰富了点。太离谱了。”

伯恩勒抗议。

“我同意，在这个阶段一切纯粹是想象而已，对吧。这些都还说不通。”

房间里鸦雀无声，没人再有什么问题了，基廷也没再提出什么新的理论。乔治亚礼貌地结束了这次会面。

基廷离开首相办公室后，大家总结了一下这个会面。乔治亚和达林同意内务大臣的意见：基廷一句真话都没说。大家默默地坐着，谁都不想做第一个把这张窗户纸给捅开的那个人：基廷还有他的同谋们想从内部瓦解政府。那样的话就可以正式把这个事件定位为全国性灾难。这不只是猜测而已，如果基廷参与了，那就肯定有内部人员协助了他，这种厚颜无耻的企图令人发指。达林和伯恩勒都确信无疑。

乔治亚的最坏的噩梦已经完完全全变成了可怕的现实。

凌晨时分，乔治亚就醒来了，躺在床上想着，所有的这些会在哪儿结束，明天又会把他们引向何方。她的肩上虽然没有肩负着整个世界的责任，但至少是担负了整个英国的重任。

她东想西想了一阵之后，最后想到了史提尔。她在想这个年轻的侦探是否意识到自己已经蹚进了一摊浑水里。她想跟她聊聊世界怎么会突然变得如此可怕，跟她谈谈事关国家的重大事件，但是更重要的是她想以一个担惊受怕、睁着一双大眼睛的女孩子身份，跟她用非常个人的、亲密的身份聊聊天。她想史提尔应该会理解她的，她会理解她，没准还会用她的小手背轻轻地抚摸她的脸颊，没准儿也会亲吻她的鼻尖，然后用她的手指头缓缓地穿过她那一头浓密的头发。她们会四目对视，一起讨论被卷进这段重大历史之中。她起身坐了起来，双手抱住膝盖，想给史提尔打电话。渐渐地，这种冲动变得越来越强烈，而且无法摆脱。她把电话机够了过来，把它放到了自己温暖的床上，然后躺回床上，给史提尔拨通了电话。

“你好。”

史提尔听到床头柜上自己的手机在响，她从熟睡中惊醒。在刚才的梦里，她梦到了和爸妈一起在美国滑雪。爸妈都比实际年龄要年轻些，而且下坡的时候滑得特别溜。她醒来得很快，所以还清楚地记得梦里的情景。当她伸手去够手机的时候，自己好像还沉浸在梦境里。

“你好。”

号码显示是乔治亚，但是她的声音听起来与平时完全不同，声调很平静，语速也比平时要慢得多。

“很抱歉把你吵醒了，史提尔警探。”

“没事、没事，别说抱歉，您没什么事吧？”

“能有什么事？这世界该怎样还是怎样。”

“是啊，我能想象出来您盘子里的东西量有多大。一想到您每天的工作量，我就为你担心。”

乔治亚停顿了一会儿，从床边的水晶杯子里喝了一口冰水。

“简直疯狂透顶，警探，我不想跟你说这个了，感觉好像一座大山山体滑坡到了我的头顶上一样。”

史提尔默默地点头。那该是怎样的一种感觉啊？突然被推到这个位置上，凡事最终都会落到你头上？所有的决定都需要你来做，当然也有可能是由你来搞砸？

“您现在肯定感觉特别孤独吧？”

眼泪顺着她的脸颊滚了下来，史提尔不需看见眼泪，就已经理解了电话那端的沉默。她从乔治亚的声音里已然听出了乔治亚的痛苦。

“我能帮您做点什么吗，让您的日子能好过些？什么都行？财政大臣女士？”

“你可以叫我乔治亚，我很愿意听到你叫我的名字。”

“是吗？真的？”

这听起来简直太不真实了——乔治亚·特恩博享受她达维娜·史提尔叫她的名字，可这应该不是假话。

又是一阵沉默。当乔治亚跟她说话的时候，史提尔的心都快跳出嗓子了。

“我很享受跟你的谈话，达维娜。这些天我好像没什么人可以说话的。我的天哪，听起来一定很可怜吧？”

“没有，没有啊，我也有同感。跟你聊天，我也很开心的，乔治亚。”

不知怎么回事，说出她的名字的时候，史提尔有点想笑。乔治亚也笑了。她们就这样你一句我一句地闲聊着，什么生活啊，童年啊，压力啊，增肥啊，减肥啊，头发护理啊，时尚啊，狗啊猫啊，网球啊，叔叔阿姨啊，英国啊，她们甚至还聊到了亚当。一个多小时里她们聊了上面所有的话题，然后突然又是一阵沉默。史提尔等着对方的下一个话题，但没动静了。

“你是不是睡着了？乔治亚？乔治亚？”

过了会儿，她又神志清醒了，有气无力的样子。

“是，我可能睡着了，我很抱歉，我不是有意这样无礼的。”

“没有，我是想让你休息了，我敢肯定明天又会是忙忙碌碌的一天。”

“我多希望你……”又是一阵沉默。

“希望我怎样？乔治亚？”

她不再说了，史提尔已经感觉到了。她知道她不该追问，因为有些话说出来以后就难以收回，也可能情感丰富，也可能混杂着太多的渴望和顾盼。对她们俩来说，此刻最好就是互道再见。于是她们说了再见。

“再见，乔治亚。”

“晚安，达维娜，谢谢你陪我聊天，我很开心。”

逃跑　8

第二天凯特和蒂凡尼一起去买东西，蒂凡尼开玩笑说要让她“见识一下”位于肯辛顿大街上的超大的 Whole Foods 超市。凯特一路强忍着不让自己的眼泪流下来，她答应过亚当她会保持镇静，他会尽快想出办法。她们一边排队秤蔬菜和水果，一边闲聊着。一方面，想到日常生活如此庸俗，一日复一日地机械性重复，凯特感到有些悲伤。另一方面，她又羡慕蒂凡尼平静无奇的未来。她预测到自己和家人的未来会既冷酷又无情。她试图想象出一个时间，她可以随意地秤、装蔬菜，然而她清楚在可见的未来，她们的生活恐怕会跟自由自在这四个字搭不上一点边儿。

在她们排队结账的时候，蒂凡尼跟她聊勃、他生病的父亲、他们在伦敦的生活、美国人在英国的生活、远离印第安纳的父母独自抚养孩子的烦恼等等。凯特点着头，尽量参与一点对话，但她脑子里想的全是全家过去七天的生活：亚当怎么逼着她们全家逃跑；她爸如何故意给她们一家设下圈套，最后导致他们狠狠地摔了跟斗；想到雾气腾腾的洗手间镜子里理查德的脸部表情；理查德被害，亚当满以为她没看见院子里的血渍；她和她家人导致了亚当这种既精彩又别扭的生活暂告一段落；亚当脸部老挂着的忧愁，他收看电视的时候心里明白，随时可能掀起的大浪会把他瞬间吞没。

回肖尔迪克的路上，车子经过坑坑洼洼的路面。蒂凡尼边开着车，边讲着她孩子的故事。凯特最后还是没忍住，开始哭了起来，那哭声与其说是哭，不如说是从嗓子底部发出的痛苦的呻吟。她有些上气不接下气。

蒂凡尼把她的宝马旅行车停到了路边。其实自从塔图一家到她们家的那一刻起，蒂凡尼就嗅到了凯特及其一家人身上弥漫着一股苦涩味。但是他们的痛苦强烈到了如此的程度，这是她远没料想到的。蒂凡尼不知道该说些什么，她寻摸着最好就是让凯特把情绪全部发泄出来。

“没事，没事，凯特，哭出来，哭出来就好了，宝贝儿。”

她也只能这样安慰她了，凯特哽咽地向蒂凡尼道了个谢，轻声地几乎听不见。她又哭了一会儿，眼泪已经哭干了，她确实也发泄出来了。蒂凡尼握着她的手，给了凯特暖暖的感觉。凯特没有守住她跟亚当许下的诺言，她把事情的前后经过跟蒂凡尼和盘托出了。

当天晚餐大家都很沉默。大人们都没说话，孩子们吃完晚饭以后，在看一部看过了十几遍的皮克斯动画工作室出品的动画片。勃和亚当则漫步在大东方路上那些棕红色的砖楼里，在寒冷的晚风里，勃与亚当坦率地交谈着。

“亚当，恐怕你们得离开我们家了。蒂凡尼有些惴惴不安，她完全有权利如此。无论你有多么清白，你很快就会成为头号嫌疑犯，你、我都明白，如果把你们藏匿在家里，那就是犯法。即使你们最终逃脱了这个倒霉的噩梦，我们也需要付出沉重的代价。”

亚当理解。下午蒂凡尼和凯特一起从外面回来，从她们一踏进门的那一刻，他就看出来了。合情合理，他们不能将麦利卡斯特一家也拖进这个泥潭里头。他们已经让理查德·莱勒丢了他的性命。

一位老妇人在办公楼外的一个垃圾桶里找寻可回收的垃圾，两个骑自行车的男孩在通向花园路的岔道口转自行车玩。大家看着都不怎么开心，无论是自行车上的男孩、马路上的行人、还是经过他们身边的大巴车上的乘客。整个城市的快乐幸福好像都和亚当一家人一起被剥夺了似的。他已经害得理查德·莱勒永远地闭上了眼睛，又将麦利卡斯特一家人原本阳光灿烂的生活变得暗淡无光。现在他又使得整座城市，从一个街区到另一个街区，都沉浸在愁眉不展之中。在那一刻他强烈地感受到，他是被诅咒的，他的朋友千方百计地要与他亚当和他倒霉的一家人划清界限。

“再给我一个晚上想想该怎么做，勃。我明天就离开。我想我有计划了，就给我一个晚上的时间来接受这个计划。”

勃也很真诚地回答道。

“我很抱歉，亚当，我真心很抱歉。如果我能想出别的办法来帮到你，我会帮你的。”

亚当点头。他们继续散着步，透过路边酒吧和餐厅的窗户，亚当一心想找寻到一个开怀大笑的人，但就是一个都没找到。亚当·塔图身上的诅咒像一块乌云厚厚地笼罩着肖尔迪克。只要他在，这个诅咒就会随他而在。

踏着清晨的第一缕阳光，勃的宝马车开到了位于伦敦九榆树区

（Nine Elms）装修一新的美国驻英国使馆门前。使馆最近刚刚开馆，是一个熠熠生辉的方形建筑物，看着像是被人从别的星球上扔下来的。它昂首挺胸、目中无人地坐落在河边，好像在挑战，有谁胆敢来侵犯我的领地。亚当和家人提着剩下的几件行李下了车。理查德父亲的枪已经被亚当扔进了路边的一个垃圾桶。

亚当再次对勃表示感谢，凯特用热情的拥抱跟他道别。无须多说什么，勃回到他车上，跟往常一样一本正经、非常绅士地把车开走了。亚当表情严肃地带着凯特和孩子们穿过马路，走到使馆门厅跟前，急切地要把自己交给自己政府的手里，然后请政府把凯特和孩子们从这个城市带回美国。可以把他关进监狱，管它关多久。最好的情况也就是：他将在各种监狱里坐N多年的牢，没准他得在监狱里度过余生。除非帷幔渐渐打开，基廷和他的所作所为能被暴露在光天化日之下。

正当他们在过马路的时候，朱迪听见有人在叫她的名字。

“朱迪，朱迪，我亲爱的，求你……”

她转过身去，看见埃迪安站在一辆基廷的奔驰车边。她停下了脚步，一看见他，她心里又泛起了一阵阵的涟漪，心旌又开始飘荡起来。尽管她知道自己都做了些什么，她还是穿过马路，向他跑去。她有很多话想问他，她有很多话要跟他说。她的心在指挥着她的双腿。

过了一会儿，亚当和凯特才反应过来，他们已经要到美国使馆了，亚当本能地意识到有人掉队了。正在这时，他看见朱迪跑过马路，往埃迪安跑去，而基廷的枪手哈利斯和皮特此时正从车上下来。亚当用尽全力大声喊着。

“朱迪，朱迪，别去，停下来！”

在马路中间的地方，她停了下来。爸爸的声音把她从神志恍惚中拽回了现实，她看见了爸爸目光里的恐惧和哀求。凯特、彼力也都向她跑了过来。看见哈利斯和皮特气势汹汹地冲她走来，这个犯相思病的年轻人此时才意识，自己犯了一个多么严重的错误。她正要跑回她爸妈那儿的时候，又一辆奔驰车开了过来，是她姥爷，高登，他的车正好停在了她和那两个基廷手下之间。

“上车，亲爱的。快点。”

高登把后车门打开。哈利斯和戴着绷带的皮特冲着他们走来，朱迪爸妈从另一个方向也跑了过来。朱迪跳进了车里，高登走下车，一眨眼的工夫就把手举到车顶，朝着哈利斯和皮特就是一枪。他们俩都躲过了子弹，亚当、凯特和彼力此刻赶到了车旁。高登看着他们，他的脸部表情从未如此痛苦、僵硬过。

“上车，立刻！”

亚当想跟他理论。

“我们想去使馆的，高登，我要去自首。”

高登转身对着哈利斯和皮特又发了两轮子弹，不想让他们追上来。

“那是个错误决定。你的对手可以影响使馆官员思想的，是高层人物。你处境极端恶劣，孩子。你这个方案不行，我倒有一个计划。我保证能行，上车来吧。”

他看着凯特，凯特正用厌恶的眼神看着他。他的心都凉透了。受了惊吓的小彼力靠在他妈身边，迷惑地望着他那端着枪的姥爷。

“相信我，凯特，你得上车来，赶紧的。我以你妈的灵魂起誓，我都是为你好。上车！”

她看着亚当。就在这时哈利斯和皮特躲到了一辆停着的车后，向他们开枪，打碎了高登这侧的窗玻璃。使馆的警报响了起来，大门上方的红灯开始闪亮。不出几秒钟工夫，整条大街就会被从那个方块建筑冒出来的使馆安全人员所包围。

亚当把凯特和哭着喊着的彼力，以及朱迪一起塞进了后排车位，他最后一个上的车。高登在哈利斯和皮特的枪林弹雨中把车开跑了。奔驰车抄小路、走近道，一路开到了巴特希公园。高登这时拿出了一个牛皮纸信封，扔到后排正在安慰家人的亚当身上。

“是护照。这是金钱所能买到的最高级的假护照了。我有一个朋友，他在西海岸组一艘船从圣乔治隧道到博雷，然后从博雷穿过海到爱尔兰的戈尔韦。之后我会安排你们从戈尔韦坐邮轮去纽约。”

亚当打开了信封，看到了贴着他们照片的护照，还有不少的现金。他们的身份是从格林尼治来的戴韦斯一家。

高登加大马力，在路面上疾驰了一会儿后，车子开到了皇后镇大街的十字路口，在这儿高登来了个急转弯。凯特第一次开口说话。

“你怎么知道我们会去使馆？”

她还在打探他，还没有完全信任他。

“我知道啊，哈利斯知道啊。基廷知道啊。我只是跟踪他们而已。我知道他们的首要任务就是要找到你们。他们已经在使馆周围等候你们两天了。我是想等他们最终找到你们的时候，我再赶过来。”

他在一条小路上放慢了速度，把车停在一个老式砖砌的过街天桥下面。

“我们现在要做的第一件事，就是让你们离开伦敦，离得越远越好。”

他跳出了奔驰车，示意一家人跟着他来到了另外一辆停在天桥下面的车旁，这是一辆七十年代后期生产的老式大众面包车，车里面放满了钓鱼竿，自行车和折叠椅绑在车顶，钓鱼执照和其他各种可笑的标签贴满了前窗玻璃。亚当指示一家人按照高登的方案行动。大家于是都坐进了这辆脏兮兮的老嬉皮车，高登戴上了一顶巨大的钓鱼帽子，亚当坐在副驾驶上，他岳父也递给他一个类似的、看着特可笑的帽子。

他转过身对着他外孙女。

“那个冰柜里有三明治，宝贝儿，还有一些喝的。我还给你们挑选了一些旅途游戏过来，孩子们。”

在后视镜里，他的眼睛和凯特的眼睛相遇了。他跟她挤了挤眼，然后慢慢把车掉过头来，开上了巴特希公园大道，回到刚才来的路线上。

别的车道上到处是警车和使馆车辆，车上打着警灯，响着警报，来回闪着、叫着。两架使馆直升机在空中护卫着巡警车，在几百码之外就掀起阵阵大风。就在他们鼻子底下高登从容地将车开走了。

凯特还不确定应该做出怎样的反应，还没想好应该对她父亲的这个新表演给点什么颜色看看。但在内心深处，七天以来，她第一次笑了。

追捕　8

第二天上午的内阁会议上，门罗和伯恩勒要求乔治亚同意他们把亚当·塔图的名字以及他的照片向急不可待的媒体团公布。该是时候了，应该把完整的故事公布出来，希望能通过这个渠道将抓捕塔图一家的渔网再收紧一些。公关部长深信无疑，只要大张旗鼓地公布出来，不但能达到不让塔图一家逃跑的目的，而且也应该会增加其他人想偷偷处理掉他的难度。伯恩勒同意这种说法。

史提尔坐在后排靠墙的位置上，坐在她老板唐纳德·达林少将后面。达林不表态，老是自言自语的。在爆炸过去的九天里，他应该是首当其冲的。塔图至今仍然逍遥法外，他和他的合作者挫败了达林这个老兵、海湾战争的元老。他们每天都在嘲笑、讥讽达林，而他却一点也无能为力。他坐着直生气，他的短头发几乎就要融进到他的前额里了。没有人能像史提尔那样理解少将此时的失望无助。

史提尔当然也强烈地感觉到了乔治亚目前的紧张情绪。她望着桌子对面的财政大臣，想着她有时被这些事情压得都快淹死在水里了。

财政大臣今天的说话跟昨天晚上打电话的时候可完全不是一回事。昨天晚上她睡过去之前，她的声音充满了生气与活力，这种生气和活力如今在她身上非常少见，今天早上也不例外。昨天晚上她们俩谈得兴致正高的时候，乔治亚所拥有的力量好像比唐宁街所有的问题加起来还要大。

“我们跟美国人已经谈好了吗？和白宫？”

乔治亚问。伯恩勒点头。他是赞成的。他总能想在别人的前面。

“昨晚我跟艾力艾特·安德森，新任的总统白宫办公厅主任通了很长时间的电话，他今天一大早又给我打来电话，我们的立场是一致的。他们就是要求实时向他们通报情况。”

“需要我给总统通个电话吗？”

“不用，她完全明白我们的目的。”

乔治亚听到了。如果她当上首相的话，她就需要和美国具有历史意义的首任女总统搞好关系。她可不想让她们之间的关系从一开始就酸了吧唧的。她需要找到这个塔图。这次的追捕实在是花了太长的时间。

“好，那就这样吧。把所有关于塔图的情况都向公众公开。我要他的照片出现在所有的英国电视节目、网站、杂志上、商店里以及智能手机上。让我们全民动员找到这个人吧。”

会议结束后，乔治亚再也控制不住自己了。她知道伯恩勒、达林、厄里以及其他工作人员都在看着，但是只要关系到史提尔，她好像就是无法自已。

“史提尔警探？我可以简短地跟你谈一下吗？到我的办公室？”

达林一脸疑问地看过来，还没来得及动嘴唇问出问题，乔治亚就把答案告诉了他。这样他或者伯恩勒就没法再抱怨什么了。

“我只想跟她单独待会儿。没什么紧急事务，就是女孩子之间的事情。”

她笑了笑，轻松地走出了会议室。

史提尔向达林和其余的人耸耸肩，装出一副她什么也不知道的样子。达维娜跟着进了首相办公室，乔治亚关上了门。她的掌心全都是汗。她转向史提尔，希望她保持冷静。

“我只是想让你知道，达维娜，昨晚打电话的时候我有多么开心。”

“我也是，财政大臣女士，时间过得飞快，对吧？”

“乔治亚，请叫我乔治亚。”

她半开玩笑地责怪她。

“我们单独在一起的时候就叫我乔治亚，好吗？达维娜？我已经告诉你了，我有多么喜欢听你叫我的名字。”

“当然，乔治亚。”

“谢谢。这些日子事情真是太多了，对吧？”

乔治亚走到她身边。

“所有的事情都要么充满了危险，要么有附带的目的，有时候纯聊天、闭口不谈要事，本身就是一件令人兴奋的事。”

她事先没计划过这个动作，她用手抚摸着史提尔的头发，轻轻地从头上拨下一缕来垂在她的脸颊旁边。史提尔也深吸了口气，同时轻轻地摸着乔治亚的手臂。她们俩都还没来得及考虑，这样做是否明智，乔治亚就已经把脸贴了过来亲吻史提尔。

两张热切的嘴唇碰在了一起，亲了一会儿后，乔治亚把身子抽开，两人互相看着对方。就在这时有人敲门，一个金发女郎拿着一堆文件走了进来。

“不好意思打扰了，夫人，这是今天上午跟财政部开会的会谈纪要。”

乔治亚几乎头也不动，眼也不抬，自始至终盯着史提尔。

“好，谢谢。就放在书桌上吧。”

那个金发女郎听从乔治亚的指示，把东西放在书桌上就出去了。

屋子里又只剩下史提尔和乔治亚两人了，和刚才唯一的区别是现在的房门是半掩着的。够了，乔治亚心想。她已经说了该说的话，做了想做的事。她跟史提尔互相点了点头，再握了握手，握的时候又使劲地捏了捏对方。史提尔随即转过身去，走出了门。乔治亚靠在书桌前，想着如何把脑子转回到手头的工作中来。

不到一个小时以后，基廷与哈利斯、皮特和另外两个人在位于法灵顿大街的HGI大楼顶层套间里开会，大家谁也不作声。基廷的助理吕贝卡推进来一车喝的东西和一盘烤饼。晚上基廷去了一趟斯特拉斯堡，接着又去了他瑞士的新家，然后迅速地返回了伦敦。这没日没夜东奔西跑还真有点要他命了，其实过去的一周真够他呛，他饱满又挺拔的胸膛开始像泄了气的皮球一样塌陷了下去。已经四天四夜没合眼了，他开始有些垂头丧气，就差恼羞成怒了。哈利斯和皮特心里明白。他们从来也不是多说话的人，此刻还是没什么可说的。他们手头的这项任务比他们想象的难度来得更大些。他们了解基廷，也知道事情已经从不妙发展到了很糟。他们可是极少像现在这样被召到这个房间里来的。

“高登·汤普森转入地下了，他本来应该从农场回来了的，我把农场看守人派到瑞士的家中，去做些准备工作，所以我让他去农场喂狗。按照先前的计划，他今天应该回到伦敦去警察署录口供的，这是达林和外交保护小组安排的，结果他没到场。这就说明他已经离开我们阵营了。我敢肯定。”

房间里的人点头同意。他们明白基廷所说问题的严重性。

“我认识这个人不是一天两天了。我了解他，我以为他会一直坚持到最后，没想到他不想干了。”

他起身，一边在房间里走来走去，一边自言自语，自己是如何陷入目前这种复杂局面的。

“我应该早点下手的，胆子还应该再大些，我早该知道他会搞破坏的，应该在出事当天就把问题解决掉，我的过失就是想留他一条命。现在他会竭尽全力挫败我的计划，然后我得去承担后果。如果局面不能扭转过来的话，我就得首当其冲承担后果。”

他看着房间里的四个人：皮特和哈利斯是他最得力的两个助手，另外两个年轻人是德曼和查尔兹，他们均属于个子高大、身手不凡、冷漠无情的那种人，这应该是决定他未来的四人帮了。如果他们不能现在就解决这个问题，那基廷就该彻底完蛋了，他就会被彻底废掉。必须是现在，不能再晚了，不能再过些日子，更不能再过几周，那样他所拥有的东西都会被剥夺，他会被贴上叛国的标签，很有可能还会在监狱里悲惨地度过余生。他是否会走向他的末日，就看这四人帮了。

为什么？因为他热爱自己的国家。这就是为什么他愿意付出。四十多年前有人就开始陆续将它赠送了出去，分割了出去，先是灵魂，然后再是肉体——那些人才是他爸眼里的叛国贼呢。他们如此推崇帝国，以至于为了换取金钱、权力、欧洲，还有点芝麻绿豆什么的，宁愿出卖自己的国家。基廷和他的那伙人想要的，就是回到原来的英国。

他们是罪犯吗？他们是叛国贼吗？如果是的话，那就算是吧。拉西特肯定是感觉到了有很多人支持脱欧公决，却无法鼓起勇气面对全民公决，那他就得被清除出去，没有别的办法。

基廷知道高登正在计划并安排他的家人包括他的女婿离开这个国家。虽然基廷的资源丰富，也都能整合在一起，但无奈现在时间紧迫。他接到了一个电话，门罗和伯恩勒刚刚说服了乔治亚，同意将塔图的名字和照片向媒体以及全世界公布。这意味着他的人想要赶在当局之前找到塔图的可能性越来越小了，可现在他不能就此收手。他的四人帮必须明白他们是他最后的救命稻草了。

他从咖啡桌上拿过一个牛皮纸信封，从里面拿出一张从摄像头中冲洗出来的照片。

“这是昨晚从伍斯特郡看守员住所调出来的。”

他把照片给他们四个人传看了一遍。上面拍的是高登、亚当、凯特和孩子们从破旧的野营车上下来的情景。

“他知道除了他和狗，不会有别的人在那儿，所以他又回到了那里。他们应该不会待长的。我敢肯定，他会向西开，把他们弄到爱尔兰，然后从那儿转道再去纽约。你们只有一个机会，没有别的选择，那就是，在伍斯特郡把他们所有的人悄悄地处理了。”

这几个人点了点头。作为一个团体，没有人为他们即将要去执行的任务感到自豪，也没有人想过多地表现出自己的自信来。但他们都明白：他们没有犯错误的余地。基廷冲他们点了点头。房间里很快就剩下他一个人。他坐到了他垫得厚厚的俱乐部皮椅上，充满希望地深吸了口气。他告诉自己还是有机会的，有机会扳过来的。他闭上眼睛、伸出双手，打开手掌，又深吸了一口气。要有信心。再深呼吸，呼、吸。保持清醒。最后再深吸一次，再吐一大口，必须坚强。

波够（Bongo）酒吧就在牧羊人的丛林（Sherperd's Bush Green）边上，是一个古怪、很潮的小地儿，年轻的专业人士还有工作的单身狗们都愿意来这里坐坐。酒吧虽然规模不大，但它气氛幽暗多情，专门为消除一天的工作压力和烦恼而量身定制的。吕贝卡·唐顿独自一人坐在酒吧里，头顶幽暗的灯光打在她那一头美丽光滑的长发上，制造出了头顶着光环的效果。她此刻靠在吧台边上，品着她的马爹利，看起来她时刻都在为拍杂志广告而摆着姿势。

吕贝卡是从南非来到伦敦的。她的朋友，家人甚至很多陌路人常说她长得特别像年轻时的查理兹·塞隆。她在湖畔镇长大，经常会有人请她做模特儿或者上表演课程。有一些完全是合法的，也有一些只是当地一些男人的诱饵而已，其中也有些是她爸妈所在马场里的工人。她对模特和表演一概没有兴趣，她觉得那是演员和模特的事情。

她做梦都想投身到商业世界里去。她想去时尚业、体育业，甚至传媒界，但都是从商业角度。她想摆脱她父母三代养马人的那种生活，她要打破那根链条，估计她最多也就只能逃到商界去了。

她在约翰内斯堡的一个小型大学里获得了一个学位之后，便从姑姑那儿借了钱，独自一人跑到了伦敦。在 Pret A Manger 餐厅工作了漫长的一年时间以后，她设法取得了基廷全球公司的一个高级助理的面试机会。等她第四次面试的时候，她才知道他们是在为世界著名的基廷全球公司的董事长大卫·基廷爵士挑选新的首任助理。

被公司雇用以后，她的生活真的变成了童话故事。虽然不能说是进入了她在大学里学到的那种意义上的“高端金融”，但是已经足够了。在大卫·基廷爵士这样一个远远大于现实的人身边工作，已经完全补偿了她，虽然有时在大巴上，她只轮到坐一张折叠小凳子。私人飞机、各种晚宴、名人午餐等等，虽然她只是以一个“帮手”的角色出现。经常也就是在门口等候一下詹姆斯·保罗·麦卡特尼或者鲍勃·吉尔道夫，然后把他们送出基廷的办公室，但她总算是混入了这个圈子，过着电影里蒙太奇式的生活。

基廷是个工作狂，她得全天候待命，可以说根本失去了自己的生活。对于她是谁，或者她的观点是什么，他丝毫都不感兴趣。他付给她的薪水非常优厚，对她也算尊重。虽然他会常常带个把小明星或者模特儿上他的喷气式飞机，但他却从来没有找过吕贝卡去他的身边或者到他的床上。他们之间除了工作还是工作，即使是一起去长途旅行，在大家兴致特别高昂的时候，她其实都欢迎他给她去个电话，请她去他的套房喝喝香槟或者和他一起泡泡澡啥的，但是他从来没有，甚至连开玩笑的时候都没说起过。

后来，她跟他公开了她的性取向，那时她跟一个她在温布尔顿遇到的女孩在一起。他听完后表示完全尊重和支持。这份工作真的可以说是理想中的工作，这四年也是她一生中最美好的四年。现在得结束这一切，真令她伤心欲绝。但是她别无选择。

史提尔警探八点半准时赶到。她打电话的时候说的就是这个点她会到。她们在餐厅里找了个安静的角落，她给两人都点了喝的，两人先随便地聊了聊。史提尔并不是对吕贝卡的美貌视而不见，在这个单间顶上那盏灯暖色的灯光照耀下，她比在基廷办公室见到的时候更加光彩照人。史提尔本人很少花时间在自己的外貌上，也不知道自己在这个南非女孩子眼里有多么魅力无穷。她们聊了伦敦的生活、伦敦和约翰内斯堡的区别，以及吕贝卡在牧羊人的丛林（Shepherd's

Bush）附近的公寓，还有一些好玩的事，两人笑得前仰后合的。史提尔也搞笑地描述了她与父母住在一起的生活，并且表示她多么希望找个地方自己搬出去。

她们又点了些喝的以后，吕贝卡想用不经意的方式讲出一个刚和她分手的网球迷的故事，一个“她”的故事。她是一个单身的同性恋，这就好像她往空中放了一枪，但是她知道她有更严肃的话题要讨论，那个话题会把这种浪漫情愫顷刻间破坏掉，尽管她知道史提尔并不是那种会对别的女人感兴趣的人。

这已经无关紧要了，其实史提尔已经感觉出来吕贝卡是女孩中的女孩，倒不是因为自己也是。乔治亚·特恩博是第三个她特别喜欢的女人，然而相对来说，头两个更像是周末玩伴，她们都超级可爱，和她们在一起的短暂时光里，她还是很开心的。在认识乔治亚之前她从来没有现在这样的感觉。

不难看出，如果没有乔治亚，她是可以和吕贝卡玩玩、笑笑、闹闹的，可现在不行。她的整个身心都是属于乔治亚的，对其他任何人都不感兴趣，无论她的头发和牙齿有多美。

“为什么不说说你为什么给我打电话，吕贝卡？你说有要事相告的。”

“比要事还重要，我其实觉得闲聊有些无聊。我只是好紧张。”

“你紧张什么呢？”

吕贝卡把她杯中的马爹利喝完，环顾了一下四周。一个穿着西服的年轻人独自一人坐在吧台上，她知道自己有些夸张，但她还是觉得他是在观察她，虽然男人看她是件司空见惯的事情，但是今天晚上她却感觉到了自己的另一种赤身裸体的样子。

“我们能离开这儿吗？出去走走？”

史提尔感觉到了她的恐惧，想让她放松下来。

“好，走吧。”

她们穿过了牧羊人的丛林。她们在酒吧的时候，外面一直在下雨，现在正巧雨停了。月光洒落在水坑里、路面上，地面上到处闪闪发光。马路两旁的小树上滴滴答答地掉着些许雨水，给人舒服惬意的感觉。

“他参与了。我相信你知道的。”

史提尔停下了脚步。南非姑娘开始哭泣，她的心怦怦直跳。

“我知道这件事情已经有一段时间了。他郁郁寡欢的，而且还老在里面窃窃私语，还经常偷偷召开些会议，不是商业会议，就是跟他的安全人员开会，尽是些名声不好的人，你明白吗？最近他更是一反常态，最近三个月以来吧，他一直都暴躁易怒。跟他一起的旅行机会也减少了，就更不说了解他的行程了。一周前，也就是唐宁街 10 号爆炸之后，也就是你开始往我们公司跑的时候，他完全把自己封闭了起来。我知道的，我知道的，我看得出来的。”

她盯着史提尔的眼睛。

“今天他召集所有的安全人员在自己的办公室里开会，会议中间我给他们送吃的进去。他一直在旅行，需要吃点东西，所以我把托盘放在了咖啡桌上。我没注意到托盘的边压到了电话机上，就是那个内部通话的键上。等我回到自己办公室坐下的时候，可以清楚地听到他们在里面开会的所有内容。我想进去告诉他，再把托盘挪开，但就在这个时候，他们开始说要干这个，我就不能不听了，我也不能再装了，我想让自己离这种事情远些。”

“到底是什么事？亲爱的？告诉我，你可以放心地告诉我，我保证。”

吕贝卡点点头，她想让史提尔知道，她是信任她的。

“我不能再隐瞒了，我得告诉某一个人。我觉得他们都不安全。没有人是安全的，即使汤普森先生也不见得可以信任。”

“你是在说塔图一家吗？”

“对，对，我觉得他们准备杀了他们。他们已经知道他们在哪儿了。”

“他们在哪儿？”

“在伍斯特郡，在多林顿（Dorrington），基廷在蒂克斯伯里（Tewkesbury）的农场里，他们的处境十分危险。”

史提尔点点头，眼睛看着吕贝卡。

“我希望我搞错了。我也可能会犯错的。”

“不不，你完全正确。他们绝对身处险境。”

“你能帮忙吗？帮助他们？”

“可以，我想我能帮到他们。事实上我会竭尽全力的。”

吕贝卡突然笑了出来。史提尔充满信心的答复让她开心，她的双眼开始放出光芒。

十五分钟后，史提尔已经跟安德鲁·塔维斯和爱德维娜·威尔士乘坐巡逻车去直升机机场，准备赶往蒂克斯伯里。

逃跑　9

高登的车开进了那条通往这座具有两百五十年历史的老房子的车道上。过了正门以后，车子又沿着一条长长的拖拉机道，来到了位于房子北面的看房子的人住的屋子。就在这辆破旧不堪的钓鱼车开往房子北面的时候，眼前出现了一条用铁链连接起来的围栏。关在里面的十一只脾气火暴的巨型卡斯罗犬在他们车辆开过的时候，狂吠不止。亚当心想，这群狗肯定是饿了。高登知道它们已经饿坏了，刚才为了赶回去接凯特和孩子们，他没来得及喂它们，他提醒自己一旦一家人在房子里安定下来，他就赶紧去给它们喂食解饿。

看房人的屋子既宽敞，又凉爽，还很安静，外面狗狗们的叫声是唯一的动静。看起来这个地方已经关闭多时了。高登解释说看房人去瑞士忙活基廷那边的夏季别墅了，过去的一个来月，他是唯一上这屋子来的人，主要任务就是喂狗，然后顺便巡视一下房子，一旦发现问题，立刻请在伦敦的修理人员来进行修理。高登倒是喜欢上了这份寂寞但安静的工作，尤其在过去的六个月里，基廷和他的世界变得日益疯狂，他就更喜欢这块方圆三百多英亩的清静天地，晚上有夜空中的繁星点点，早上有树上鸟儿们的叽叽喳喳，还有狗狗们的陪伴。

去接凯特和孩子们之前，他已经事先买好东西，塞满了厨房。他带着一家人参观了一下没啥家具的屋子，然后把最好的卧室套间分配给凯特和亚当住，并吩咐他们早点休息。他则需要出去安排一下他们去爱尔兰的有关事情，安排完了才能回家。他和亚当一起把这辆钓鱼车存放到了狗窝旁边的车库里，然后从车库里开出了一辆崭新的奔驰车，准备第二天早上把行李装上车，把他们拉到西海岸去。他在用行动而不是语言告诉亚当，他和亚当一样，是被人玩了，而且没准儿他被玩得更厉害呢。

亚当服从着高登的种种安排和各项准备。高登觉得，如果还谈不上宽恕的话，他女婿至少已经明白了有些事情他也是被迫的。他们之间的坚冰尚未破开，但可能很快就要开始慢慢融化了。他希望不久他能从他外孙子、外孙女身上找到同样的感觉，更重要的当然还得在他女儿身上找到这种感觉。

夜深了，凯特和孩子们上床睡去了。他和高登喝着基廷的苏格兰威士忌，亚当一边还看着电视。根据最新消息，唐宁街已经把他的名字和照片公之于众，他的面孔出现在了所有的电视频道上。美国有线电视台采访了所有对密歇根州长谋杀未遂案有所了解的人：他的老朋友们，以及他高中时期的女朋友珍妮·普兰娜。她讲述了当年亚当如何给她临终的母亲送花的故事，眼中饱含着激动的泪水。

每个频道都是连续几小时重播这条消息，有图片、有证词、有各种理论，还有他的简历。估计到第二天早上，地球人都会知道他的名字了。

这条最新消息确实像一组重拳，给予亚当更加沉重的打击，高登从来没见亚当如此低沉过。他从沙发上把亚当扶起来，拿过了遥控，关掉了电视。他拍着亚当的肩膀。

“会没事的，孩子。我们已经想出了计划，我们就按计划行事。”

亚当点头同意。他说的有道理，但是他无法想象最终的结果，无法想象他怎样从目前的境地走出来、从他在密歇根所犯的错误中走出来、从新闻里那个逃犯的形象中走出来。虽然他们的计划非常周密，但是看起来好像都没什么意义，就像面对核武器的攻击，人们还在做防火演习一样。

第二天一大早，高登站在厨房里，听见凯特在楼上薄地板上走动的声音。他煮了一壶咖啡，又拿出了一扎橙汁，坐在桌边等着她下来。过了一会儿，凯特下楼来了，她给自己倒了一杯咖啡。高登趁机向他女儿敞开心扉，希望会出现良好的结果。

“凯特，请你相信，我绝对不会有意地加害你和亚当，还有我的外孙子、外孙女。我宁愿去死上千次也不愿意背负这个罪名。我是被骗的。我确实是个老傻瓜。我唯一希望的就是，你能朝我微笑一次，哪怕就只有一次，高兴一次，对我来说就足够了。我以为让亚当去基廷那儿工作是件好事，我向你发誓，亲爱的，以你美丽的妈妈起誓，我说的全是真话。”

凯特转眼看着坐在桌边的爸爸。他看起来好像比以前小了许多，眼睛红红的，两个手掌紧紧地攥着，一副伤心欲绝的样子。

她走到桌子跟前，在他布满皱纹的额头上甜甜地亲了一下。她几乎能感觉到她的亲吻已经融化了他的全身。她拿着咖啡坐在他的身边，握住了他的手。他低下头亲吻她那只拉着他的手，眼睛里含着泪珠。

“这些年我真想念你啊，女儿，想你、想你妈。”

“我知道，爸爸，我知道的。”

“这件事情结束后，等我把你和全家送出英国之后，等我把我这边的事情清理干净以后，我会去芝加哥。我不需要在别人的屋檐底下生活，我有钱，我可以去找一个地儿，然后开始新的生活。我太傻了，很多年前我就应该这样，我老觉得自己离不开英国，觉得走了就是离开你妈妈、我母亲、我父亲。我以前还能感觉他们就在这儿，但现在我感觉不到了。你明白吗？我感觉不到他们了。”

她过去抱住他。他干脆放声哭了出来。他们俩又是哭又是笑，就这么互相拥抱着。这一刻等得太久，除了这一刻，他们俩的生活中没有别的什么，可以让他们开心雀跃的。哪怕只有一点点光明，他们都会欣喜若狂。于是他们要尽情地享受着这一份喜悦。

追捕　9

史提尔、安德鲁·塔维斯和爱德维娜·威尔士中午之前赶到了这个位于多林顿（Dorrington）南部的房子。威尔士要求地方当局先清场，让他们自己来决定塔图一家是否已经离开此地。他们最不情愿看到的就是塔图一家在他们赶到之前就已经逃跑，或者更糟糕的是不得不用交火来结束这场追踪，然后塔图在交火中被杀，这就正中了基廷的下怀。他们调好对讲机，拿着手枪，在茂密的灌木林掩护下，一步步地向这座房子前进。

史提尔不知道乔治亚是否对她的这次行动有所了解。她特想离开她的人马，去给她打个电话告诉她，但她还是克制住了自己。她想给她留下深刻印象，让她听到这个最后抓捕的消息之后，会精神抖擞、心情激动。但是她知道这样无视级别的越级汇报只会把乔治亚置于尴尬的境地。她知道那样做不对，所以她很快就开始想别的理由来给她打电话、倾听到她的声音——比如简短地打一个电话，向她汇报一下其他相关的事情。在她们从灌木林向那座屋子推进的时候，她满脑子想的都是乔治亚此刻在干什么。乔治亚日理万机，如履薄冰，每天的分分秒秒她到底是怎样度过的。她想象着她今天的穿着打扮、她的心情状态。随着她的人马往那屋子逐步推进，她也在更加深入地思考她和美丽的财政大臣之间的关系该何去何从。

乔治亚开完财政部的每周例会之后，厄里偷偷地把乔治亚叫到走道，告诉她有人给她打过电话。乔治亚的心怦怦直跳，就像有个大鼓在使劲地敲打着她。她让厄里跟着她去了唐宁街10号的拉西特办公室，然后轻轻地关上了门。

“告诉我怎么回事，厄里，那个电话是什么时候打来的？”

“就刚才，夫人，他说他要跟你通电话，有急事。”

她的脸唰地一下就红了。她明白，现阶段她与基廷的所有私人电话都必须经过达林和内务大臣的批准，否则都是错误的。她很了解基廷，他会给她打电话，想方设法把她牵扯进来，拿她来做掩护。

“如果你真要打电话，夫人，那我建议你把通话录下来。”

遇到紧张局面，厄里好像反倒活跃起来了。乔治亚可与他完全不同。

“我不确定我是否可以这样偷偷地录一个基廷打来的电话，杰克，我觉得好像这不是我的性格。而且结果又会是怎么呢？”

她问他，真诚地期待他的答复。厄里没心没肺地站着，抓耳挠腮地在想该如何恰如其分地回答这个问题。

“不对，我觉得不应该录。如果录了，那不就让人抓住把柄了吗？”

“但我还是应该给他打回去，而且迅速给他打回去。如果不打，他就完全明白了达林和史提尔他们已经盯上他了。我们肯定不想让他知道这个，对吧？”

厄里同意，应该还和往常一样，公事公办。厄里开始拨号，乔治亚瘫倒在了拉西特的椅子上。

“我只是想看看你怎么样，乔治亚。发生了这么多事情对你来说应该非常不容易，就你现在所处的位置。”

“没事，没事，谢谢你打电话来。这一切确实像噩梦一场，对吧？每天早上醒来都以为这不是真的。”

“你觉得他会挺过去吗？说句心里话？你觉得呢？乔吉？”

他用了一个男孩的昵称，让她瞬间想起了他们之间的关系曾经是如此的深厚。他们一起打过胜仗，一起吃过败仗，一起嘲讽各自悲催的性生活，一起在饭桌上争论不休。他们之间的关系确实可以说是源远流长。这个绰号一下让她想起了太多太多。

“我不知道，我真的不知道他是否可以活下来，我不是医生，对吧？”

说完这个，她想友好地结束这次通话。

“我怎么可以帮到你？大卫？”

基廷笑了，他太了解她了，知道她言下之意是什么。

“你可以慢慢来，这是你可以做到的，亲爱的，慢慢来，危机四伏，对吧？让头脑更清醒的人获胜吧。这是我唯一的要求。别在没搞清楚自己会遭受怎样损失的情况下，就轻易将人惹毛了。对谁都一样。”

这是赤裸裸的威胁，这是他给她在下命令。她想发作，但是知道此时发作没有什么好处。让他说去吧，她心里想着。让他继续说，她已经下了决心。自己深吸了口气，让他继续做他的大卫可爱吧，或者大卫掌控，大卫狡猾，大卫棋手。

“有人得为此事受到惩罚的，毫无疑问，乔治亚，最后尘埃也会落定，你不用担心。你只要知道这点，那就是如果我去受刑，那我的心里是怀揣着一个微笑的。我知道我是为了我的国家、为了英国，你明白吧？我知道我做出了一件正确的事情。你呢，你能做得到吗？”

她就让他这样没完没了地说着，那威胁、那语调、那自傲。她无法跟他玩一样的游戏。

“我得走了，大卫。我觉得你以后最好还是别再给我打电话了。”

她挂掉了电话。盯着桌子对过的厄里。厄里使劲地躲避她的眼神。

史提尔、塔维斯和威尔士走到了篱笆和狗窝的后面，狗狗们听见动静，在篱笆的里侧狂吠。史提尔的双腿发软。

“我从来都讨厌狗的。”

她向威尔士承认，而威尔士却是出了名的爱狗人士。

“你怎么会恨狗呢？达维娜？恨它们什么呀？看着它们，可怜巴巴的。它们只是饿了而已。”

塔维斯可没有那么同情它们。

“这些可都是凶猛的卡斯罗犬，不过看起来确实是饿坏了，这是英国罕见的犬种，最具咬伤力，爪子跟鲨鱼一样尖锐凶悍。”

说完，他非常严肃地看着史提尔，嘴角露出了狡猾的笑。

“说正经的，达维娜，如果狗狗让你心惊胆战的话，这些狗狗才是真正会让你吓破胆的。它们可麻烦了。你看你看。”

他往篱笆里扔了一块石头。狗狗们愤怒地在篱笆里面冲着他们咬牙切齿地狂吠。塔维斯今年三十出头，个子高高瘦瘦的，长了一张帅气的娃娃脸。他狠劲地取笑了一通达维娜。

这时他们听见屋子后面传来了一阵汽车声，他们赶紧躲到了旁边的一棵大树后面。只见一辆崭新的奔驰车停到了绿草茵茵的小山丘那头，车上的人下了车，是哈利斯和手臂上还吊着绷带的皮特。他们后面跟着两个年轻人。史提尔没见过这两个年轻人，他们跟基廷雇用的所有安全人员一样，面无表情。在狗狗们的叫声的掩护下，他们过了主楼，躲到了树丛里，偷摸着瞄准了一处低房子。显然他们不是来做客的。

三个侦查员决定兵分三路，希望包抄并且遏制住基廷的人。史提尔硬着头皮不去理会狗狗的叫声，集中精力打开枪保险，装上一发子弹。她的本能告诉她，今天的事情可能会非常糟糕，甚至会糟糕透顶。

逃跑　10

高登听到安装在门厅柜子里的电子设备发出了声响。他起身走到设备跟前。亚当和凯特都以为是洗衣机或者烘干机完成后发出的声响，但当高登从柜子里走出来的时候，他们俩发现他脸色有些苍白。

“你没事吧，高登？”

“我没事，平安无事。我得去主楼看一下，是电子设备。”

亚当十分好奇。

“要不要我跟你一起去？”

“不用，不用，你待在这儿。一吃完午餐，咱们就上车出发，明白吗？”

“好的。”

高登跟大家挥挥手，然后开着一辆高尔夫球车，沿着拖拉机道路，往主楼开去。亚当不相信他的故事，他觉得刚才高登从柜子里出来的时候，他看见了他衬衣下面鼓出了一个包，那形状像是一把手枪的样子。凯特和孩子们都在忙着各自的事情，在看自己手头的 iPad。亚当想去打开那个柜子，可门是锁上的。他从旁边的抽屉里翻找了半天，总算找到了把钥匙。

柜子里安放的是这块地盘各个位置摄像头的监视屏。这套系统看起来非常先进，基廷在这儿的时候应该是由专人手工操作，现在只用各种运动传感器来完成监视任务。高登开着高尔夫球车经过卡车道的时候，这个监视器也发出了声响。

位于上方的一个监视屏说明了高登要出去的理由。屏幕上显示了在主房前停着一辆奔驰车，是基廷的人，他们已经到这里了。安装在柜壁上的枪架子上精心地摆放着一排来复枪和手枪，每把枪都有自己的位置。亚当发现少了一把。

亚当一手拿着一把 Barret REC7 自动来复枪，一手拿着一把玛格南手枪，在浓密的树林和灌木的掩护下，悄悄地摸到了主楼，希望能帮上高登。亚当已经开始原谅高登所犯下的愚蠢错误了。但此刻跟在他后面跑着、躲着，他又在心里骂这个老傻瓜。

刚才从柜子里出来的时候，亚当要求凯特和孩子们把东西装进高登为他们准备的奔驰车里，并且在车里等着，准备随时离开。当然凯特又要求他解释，但他没时间解释。他只好嚷嚷，吓着她和孩子们，然后他们就不再提问，只是乖乖地去执行他的命令，这正是他想要的。吩咐完了，他立刻去追高登。

水渠附近树木稀少。空地上传来一阵吵嚷声，只见高登站在高尔夫球车旁边，正在与哈利斯激动地说着什么。哈利斯就是那个杀害了理查德·莱勒的家伙，皮特和另一个年轻男子在一旁听着。

亚当蹲下身子，躲在树丛后面，朝着那个方向匍匐着身子，一点点爬过去。他屏住呼吸，听清了十码之外的对话。高登显然非常生气，四个人个个拿着手枪，每个人都在琢磨，一旦有人能开枪，自己别是那个最先被打中的。

“你是个傻瓜，哈利斯，你也是，皮特，你还能当他的走狗当多久？你没看见这事情已经成什么样子了？如果你杀了亚当，接下来呢？接下来会怎样？杀了我？然后他还要干什么？”

他指着那个年轻点的男子说。

“然后，我来告诉你们，然后他就会让多曼杀了你。这样下去，哪儿是个头啊？他现在自己已经身处绝境了，他会带上你的，你得明白这点。你应该清醒地认识到这一点。伙计。”

哈利斯笑着向他走去。

“不，汤普森，是你搞错了，大错特错了。一切尽在基廷的掌控中。你跑得太快了。”

高登不想妥协，他举起了手里的枪。

“我说的千真万确。无论如何，基廷会被抓起来，到时候你会怎样？杀了我们又能管什么用？”

“问题是，他不会被抓起来的。你又错了，汤普森。他在内部有人，那个人在最高层呢。没有人可以逮捕基廷。照样还是他说了算。”

亚当侧着耳朵听他讲。他对自己所听到的不敢确定，哈利斯此刻开始解释。

“乔治亚·特恩博，你个傻瓜！她会当上首相，而且很快就能当上。你以为他很傻，他可不像你想的那么傻。现在你要么把枪放下，要不就开枪打我，然后皮特就打你，你话太多了。”

高登转向秃头皮特，他手中的手枪正对准自己的脑袋呢。然后他转头看哈利斯，他的 Beretta 对准着他的眉头。那个年轻人，觉得他们俩已经足够制服高登，根本连枪都没拔出来。他只是冲着他笑笑，表示他也在呢。

亚当把他的枪对准哈利斯的红毛脑袋，他要先把他干掉，然后再干掉那个年轻的，这样突然袭击应该可以同时干掉两人，希望高登可以快速地打中皮特。就在他的手指头准备扣下扳手的那一刹那，他听到了一个声音。

“别动，都在原地别动。市警察署的。放下武器！”

亚当抬头一看，是安德鲁·塔维斯警官。他一手拿枪，一手出示着他的胸牌。塔维斯这句话的话音未落，就被致命的一枪打死了。他从山坡上滚了下去。这一枪是基廷的第四个人，那个年轻些的男子，从亚当后方的树丛中打过去的。他在亚当西面的方向，正准备要打第二枪。

亚当转过头，看见哈利斯正准备朝高登开枪。上次他也是这么冷血地将理查德·莱勒送上天的。哈利斯的这一枪从三英尺之外直接瞄准了高登的脑袋，高登应声倒在了草坪上，还没倒地，就已经咽气了。

亚当怒了。他首先向那个隐蔽在树林中的狙击手连发了两枪。只听得一声惨叫，应该打中了，但不确定是否打死他了，但肯定是打中了。他转而瞄向哈利斯，朝他开了一枪，可惜没打中哈利斯，但打中了多曼的胸口，只听得“噗”的一声，他应声倒在了高登的身旁。还没等哈利斯和皮特缓过神来，亚当又开了一枪。这次亚当打中了皮特的另一个肩。然后塔图把来复枪背上了肩，拔出了那支玛格南手枪，边开枪边朝着哈利斯走去。子弹呼呼地在空中飞过，皮特狼狈地往安全地带逃跑。

只剩二十英尺左右，亚当就要追上哈利斯了，高登的尸体就在十英尺左右的地上躺着。他准备好了要替他岳父报仇。根据他的目测，他可以扑向哈利斯。于是他停止开枪，慢慢地向哈利斯走去。他想从近距离朝他开枪，就像哈利斯对待理查德和高登那样。

哈利斯站在原地，一言不发。他朝亚当投去那种魔鬼般的笑容，那意思好像在说，休想让我放下武器。亚当靠近了他，正当他要开枪打哈利斯的时候，又听到了一声大喊。

“市警察署的！放下武器，立刻！”

是一位二十多岁的年轻女子，小小的个子，脖子上挂一个胸牌，手上拿着的那把手枪跟她手臂大小差不多。

“你们俩，都放下武器，他妈的！听见没有？快放下！”

亚当纳闷这个操着浓烈苏格兰口音的小人到底是谁，但是他立刻意识到基廷的手下们知道他们的对手是何许人也，显然对她不感冒。

哈利斯不顾一切地向她开枪，这下可把她惹急了。她敏捷地躲开了他的子弹，但不小心倒在了坡地上。哈利斯重新瞄准，准备再次向她开枪。就在这时，亚当瞄准红脑袋的后脑勺就是一枪。哈利斯应声跪着往前倒在了草地上，口吐鲜血。几秒钟后他咽气了。

史提尔看得清清楚楚是谁救了自己的命，就是那个美国人亚当·塔图。而亚当呢，可以说是丈二和尚摸不着头脑，他不知道这个年轻的苏格兰女子到底是谁。他只知道他应该利用当前的几秒钟时间赶紧跑到相对安全的林子里去躲着。

追捕　10

史提尔听到西面有枪响，爱德维娜·威尔士在大声喊叫。她自己一直在跟踪那个美国人，从一个树丛躲到另一个树丛，紧紧地跟在他后面。他进林子，她也跟着进林子，他出林子，她也跟着出林子，他上草地，她也上草地，他下，她也跟着下。听到威尔士叫喊的时候，她想过去帮忙，但是她不想把塔图给跟丢了。其实她已经跑得上气不接下气了，他以为她会放弃，但是他错了。

爱德维娜又大叫了一声，此刻史提尔别无选择，只能停下脚步，她必须先回去帮爱德维娜，她不但是她的导师，也是她在反恐指挥队中（SO15）最强有力的支持者。她不能丢下她不管，只能一会儿再去追塔图了。史提尔眼睁睁地看着塔图跑进了远处的林子里，她回头向爱德维娜的方向跑去。就在这时，在拖拉机道上，迎面而来的是比噩梦更可怕的现实。

十一条狗正在全速朝她奔跑过来。皮特虽然也筋疲力尽，身上流着血，但是却在远处幸灾乐祸地看着这一切。他邪恶的笑说明了一切，是他把所有的饿狗放出来咬人的。

史提尔拔腿就跑，转身跑回了林子里，绕过了灌木丛，跨过倒下的树木，跑到了一个树木覆盖的山谷。猎狗们在后面紧追不舍。她气喘吁吁，双腿跑酸了，脚上还有剧烈的疼痛，但是强烈的求生愿望促使她拼尽全身力气继续跑。她跑上了另外一座绿树成荫的小山坡，这时这群狗已经快追到她了。

快到坡顶的时候，她实在跑不动了，摔倒在地。这时十一条猎狗同时向她扑来。她把身子团成了一个球，用双手紧紧地护着自己的脸。就这么完了，她想，如此可怕的死法：被一群狼狗撕成碎片。她脑子里迅速闪现了爸爸、妈妈，还有乔治亚。猎狗们边叫边开始撕扯她的衣服，她感觉自己的后背开始流血，皮也被撕破了，右腿上被咬了一口。无数的狗牙，咬她、拉她、扯她，恶心的狗舌头还到处舔她，舔她的手臂、脸部和她的全身。她开始哭了起来，希望这一切快点结束，希望狼狗们能直接咬中她的心脏部位，掏出心脏。只希望这一切能快点结束。

这时，只听到一声枪响，接着又是好几声。瞬间这些猎狗弃她而去。走了，就这样结束了。她抬眼一看，又是这个塔图。他正在山脚下朝它们开枪，一边朝它们大声嚷嚷，一边挥舞着手臂，吸引它们往他的方向奔去。

“来吧，你们这帮丑恶的笨蛋。快他妈的离开她。”

他再一次救了自己的命。狼狗们好像很听他的指挥，开始疯狂地向他跑去。它们下山的速度比他想象得要飞快得多，他转身飞跑，但是它们就要追到他了。就在这时，他被树桩子绊了一下，倒地的同时，来复枪甩了出去，他的身体重重地摔在了泥地上。

狼狗们追到了他。还没等他把自己团成团，它们就已经撕咬开了。倒在地上的史提尔看见了这一情景，刚才狼狗们也是这样撕咬她来着，只不过此刻变本加厉了。她想站起身，但是双腿被咬得鲜血直流，根本不听她的使唤。她几乎要昏死过去，但是她知道如果她任随自己昏死过去，那等到自己再醒来的时候，狼狗们一定已经跑得无影无踪，那个美国人肯定也早就被撕成碎片了。

她艰难地爬起身，爬到了来复枪被亚当甩下的地方。她捡起枪，对着那群狼狗狠命地开火，心中暗暗祈祷别误伤了塔图。她打中了两条狗，它们像两袋面粉一样扑通砸在地上。她又打中了一条，其余的狼狗们好像知道大势已去，一溜烟瞬间消失在了沉寂的森林之中。

塔图挪动了下身子，看见了史提尔。他虽然多处被咬伤，但他尚可动弹。他站起身，史提尔看着快要昏过去了，他知道的。他想向她道谢，但是她脖子上挂着的那块胸牌时刻在提醒他，他必须赶紧走，去找他的妻子和孩子们。

史提尔还想指挥塔图站住，但是她发现自己已经说不出话来了，接着直接瘫倒在了树桩上。她想让自己赶紧喘上气来，也就在这时，亚当拖着被狗咬得遍体鳞伤的身体，跑上了山。她只能眼睁睁地看着他消失在了无声无息的森林里。

突然间一切恢复了以往的宁静。树枝在晚风中轻柔地摇曳着，好像一切都回到了原点。狼狗们已经狼狈逃窜，跑得老远，它们的叫声也已经消失在远处。如果不是因为地上的血渍，那些撕破的衣服碎片，还有史提尔胳膊上、双腿上，还有后背剧烈的灼痛，她肯定会以为自己只是做了场噩梦而已。

她坐了几分钟，喘上了气。虽然她已经遍体鳞伤，但这些伤应该不至于致命。伤口的血也不流了，她应该暂时还死不了，她想。没时间再想别的了，树林那头的拖拉机道上，皮特的奔驰车停了下来，那个年轻的狙击手身上血迹斑斑的，一瘸一拐地上了车。她躲在树林深处，看着这对伤员开着车走了。

过了一会儿，史提尔听见威尔士在不远的地方又喊了一声。

史提尔花了足足半个小时在黑灯瞎火的树林里搜寻威尔士。一边找，一边还准备着随时对付再回头的人或者狗，或者任何别的情况。在另外一个小山包上，她终于找到了威尔士，她坐在地上，无力地靠在旁边的一棵树上，眼看着就要不行了。

看见史提尔爬上坡来，威尔士笑了。这位资深的侦探平静地朝史提尔挥挥手。等史提尔到了坡上，才发现威尔士的胸部中弹了，衬衣上有一大块黑血。威尔士最后向史提尔这个年轻的天才笑了一笑，之后，她的头软软地瘫了下去，闭上了眼睛，断气了。

逃跑　11

亚当回到住处的时候，谢天谢地，凯特和孩子们已经把行李全部装上了车，他们也都坐上了车，一切准备就绪，就等他了。他看起来惨不忍睹，他知道，而且他还有特别可怕的消息要告诉大家，但是这得再等会儿。现在他们必须立刻离开此地，没有时间跟任何人解释任何事情。

凯特惊呆了。亚当看着好像去粉碎机里走了一遭，双手和脸上到处都是血渍，身上血、汗、泥都混杂在了一起。瘸着腿，上气不接下气的。小彼力看见他爸这个样子，立刻开始哭了起来。朱迪觉得虽然伤在爸爸身上，却疼在她自己心头。他们从来没见过如此可怕的情景，与眼前的景象相比，过去几天可怕悲惨的经历好像成了郊外野餐的美好回忆了。亚当连滚带爬地上了车，坐到了后座上，大声对凯特说马上开车。

“我爸在哪儿？发生什么了？”

“他没事。”

他迫不得已地对她撒了谎。现在没有时间悲伤，所以现在跟她说实话，对她来说不公平。

“姥爷在哪儿？”

孩子们吓蒙了，害怕说话，害怕问那些本能告诉他们不需要答案的问题。

“他在那边，你就开车吧。他会随后再跟我们会合的。没事，我就是被狗咬了。”

凯特开过了主楼，开上了通往主路的车道。她从后视镜里看见了儿子一脸难受地看着他爸身上的伤口。亚当呢，还在大口地喘着粗气，想着怎么开口说话。

“继续开，凯特，不管你做什么，也不管发生了什么，千万别停车，听见了没？别停。”

他知道很快大量脖子上带胸牌的人就会赶到。他清楚他们必须立刻逃离，他们所剩时间不多了。他尽量不让自己的脑子去想他岳父躺在泥地里的尸体，但只要他一闭上眼睛，满脑子想的都是他岳父的形象——还有那些狼狗。

到了主路以后，他让凯特左拐上了通往高速的道路，他已经听到远处传来的警笛声，警车像蝗虫一样乌泱乌泱的。

“左转？我以为我们要去……”

“计划改变了，往左转上高速，去伦敦。”

她听他的，上了辅路，接着上了高速，直接奔南。

“凯特，别停车啊，不管发生什么，都别停车，往伦敦开。”

“那我爸怎么办？告诉我到底发生了什么？”

“没什么，接着开。”

他已经不行了，快要撑不住了，马上就要昏过去了。

“去伦敦，我需要去伦敦。”

“我们去伦敦干什么啊？亲爱的，到底发生了什么？跟我说话啊，求你了。”

“我得去见乔治亚。”

“乔治亚·特恩博？财政大臣？你能有什么事要见她啊？亚当？你告诉我啊，求你了。我害怕。看看孩子们，我们大家都提心吊胆的。亲爱的，告诉我，求求你了。”

亚当用尽了全身的力气回答道。

“快点开，别停车，一直开到伦敦。”

“为什么要见乔治亚·特恩博？亚当？”

“我得去见她。”

“见她干什么啊？你又怎么能见得到她呢？”

“开车。”

亚当说出的每一个字都要花费好大的力气。他越说越少，讲话频率也越来越慢，呼吸已经有些困难，孩子们快听不清楚爸爸在说什么了，本来就吓得要命的凯特就更加听不懂他在说什么了。

“你见到她以后你又要做什么呢？亚当？啊？你见到她以后你要做什么？”

亚当好久都没回答她。没有人再说一句话。虽然现在的车速是每小时八十英里，但对于这辆德国车强劲的发动机来说，这完全不在话下。彼力一路上害怕得上牙和下牙直打架。朱迪感觉阵阵的心痛，此刻她才知道什么是真正的心痛。凯特只能小声地啜泣，一边啜泣一边开车。

突然，亚当用最后的一点力气莫名其妙地说了一句，好像是在做最后的声明。

“我得去见财相。”

KEEP CALM

第三部分

PART THREE

特恩博

塔图

史提尔

特恩博　1

乔治亚又梦到罗兰了。就在直升机坠机的那天早上，阳光灿烂的，明亮得让人睁不开眼睛，比实际的情况要灿烂得多。他们俩在直升机上有说有笑地喝着香槟。罗兰给她模仿有些议员在布莱顿会议上的各种滑稽表现，气氛轻松愉快。直升机就在离地面、车辆和行人不到几英尺的高度飞行。他们俩都认为飞行员如此炫耀自己的驾驶技术很可爱也很聪明。罗兰甚至还把手伸出侧门把一个男士帽子从窗口扔了下去。他们俩笑得前仰后合的。

这次飞机安全降落在了肖尔迪克机场，整个坠机事件被重新改编、改写、改演成了普通的一天。下飞机的时候两人均有些微醺，一路上嘻嘻哈哈的。突然罗兰过来亲吻了她，她有些手足无措，他告诉她，其实他一直都深爱着她。她听完之后，脸通红通红的，心扑通扑通狂跳。他抱住她，又一次亲吻了她，她哭了。他指挥飞行员重新把直升机飞向空中。之后，飞机就在布莱顿海滩上空低空飞行，他们俩开心地看着世界在他们脚下平静地逐渐往后退去。

醒来的时候她心里感觉阵阵悲伤，就好像一条沉重的被子压在了身上。肯定是因为今天的日程上安排了去探望罗兰，才会做这么一个梦。乔治亚有些心神不安。

爆炸九天以来，这是她第四次去医院探望罗兰，也是首次明确得知他的身体最终可以完全康复。

“有太多的事情想撂倒你，对吧？乔治亚？一旦你上到了山峰，就成了被拉下马的对象？”

她点头同意。简单的对话对罗兰来说就像爬山一样费力。说话的时候他的另一只手在他的嘴边摆动着，好像是想帮他的嘴一把。

“克斯蒂觉得是内部的人干的，我告诉她，那是科幻小说中的情节，我还认为是伊斯兰极端主义者干的。我哥哥觉得是美国人，是中情局。你说他有多荒唐？”

“我听说这个理论在电视讨论当中，在网上到处都在传播。”

乔治亚解释道。她想告诉他，她几乎可以确定是基廷散布的这个理论，但她现在不想让他伤心。

罗兰把手够了过来，他想喝水。她帮他倒了一杯，他微微笑了一下，不太确定别人帮着倒杯水这样的忙，他到底应该表现出多少的谢意。

“无论结果如何，我都不想干了，我也不能再干了，这应该是个结局。坠机事件是个开头，这次是个结局。我应该很快就能走路，我觉得，他们不能再让我这样躺着了。但我不想再上舞台了，我得让我的游行告一段落。”

她握了握他的手，吻了一下他的脸。然后他的那些药物又开始起作用了，他的脑子回到了半清醒状态，身体也需要躺下休息了。乔治亚尽量地多陪了他一会儿，随后静静地离开了医院。

回到唐宁街10号，她会见了一些工党议员。请他们来是为了讨论过渡政府事宜的，好像他们在罗兰的病房里安装了窃听器一样。这个时间点有些诡异，但确实这段时间白厅上下都在讨论，何时将这个消息公布出去。乔治亚需要说服政党领袖们，现在是时候公布了，她得站出来号召组成新政府。然后她得拜访白金汉宫，请国王授权她做此事。在罗兰办公室出席会议的所有部长们都觉得乔治亚没有什么竞争对手。也许安德鲁·罗根或许那个电视台的婊子迪昂·波特，Hendon的议员，过去的一周半里乔治亚觉得她一直就住在直播厅里了。副首相菲里克斯·霍尔穆比肯定不是她的对手，乔治亚心想，他在党内没有任何地位，而且他的个性也受到严重的挑战。

在这次悲剧发生后的全过程中，是她在代表国家，而且在过去十五年里她一直颇受公众喜爱。民调显示她在党内的知名度仅次于罗兰。她答应代表团，她会在下周党大会之前做一个正式声明。他们走后，她在想，如果他们知道，她一开始就参与策划了炸弹的安放，他们会做何想法。他们还会觉得她是“最具可能、也是最应该推出的那张面孔吗”？

当她与党代表们开会的时候，基廷又打来电话。厄里安排了他来见乔治亚，该面对面谈一谈了。按照约好的时间，一小时后，他们俩在白屋会面，就是当时炸弹爆炸的地方。基廷带了一个年轻人过来，在等候乔治亚的那会儿，这个年轻人用随身携带的设备先检查了一下房间是否安装了监控设备。乔治亚中间赶到，她对他的厚颜无耻不屑一顾。基廷耸耸肩。

“在这个节骨眼上不能出任何差错，对吧？”

那个年轻人检查完之后，基廷示意他离开会议室。有人端了茶水进来，然后就剩他们俩了。

“在多林顿（Dorrington）那边发生了枪击案，外交保护小组的两名警官被击中身亡。你应该知道一下，很快会有人向你汇报的。”

乔治亚差点喘不过气来，会不会是史提尔？

“两个上尉，女的叫爱德维娜·威尔士，男的叫塔维斯。死得确实很惨，还有我的一个老朋友高登·汤普森。”

乔治亚总算松了一口气，她知道，如果他这时说出达维娜·史提尔的名字，她会痛苦得无法自拔的。

“高登·汤普森？他不是那个美国人的岳父吗？”

“是啊，完全正确啊。乱成一锅粥了。但很快会清理完毕的。就现在咱俩说话这会儿，已经有人在安排这事了。最后所有的一切都会发生在我的领土东边的一块地盘上，那将会是一场出现了差错的逮捕行动，会被定性为‘涉毒’案。不必要让它搅和进来，别和罗兰的案子掺和在一起了，我们希望这两件事情毫不相干。”

他给自己倒了点茶水。她惊讶地发现，遇到如此错综复杂的局面，大卫此时还显得那么逍遥自在，好像生来他就是做这些的：制定计划、阴谋诡计、瞒天过海、逃之夭夭。

“我们俩需要好好聊一聊，乔治亚。咱们俩是在一条船里的，事实上我们比以往的任何时候都需要相互支持。我希望咱俩中间的那两条腿是绑在一起的，我们要同步前进。我们必须步调一致，你和我，明白吗？”

“按我的理解，你现在的意思是在说，我得听从你制定的计划，执行你的计划。那个我听得一清二楚的。”

“你为什么要这个样子呢？如此好战会给你带来什么好处呢？什么好处都没有。尤其在这个节骨眼上，什么好处都没有。”

他在她对面的沙发上坐了下来，用勺子搅了搅茶水，等着她坐下来。她坐了下来。

“大卫，按照计划，那个炸弹是不应该爆炸的，应该只是个‘哑弹’，只是用来吓唬一下罗兰的，让他脆弱的神经再受一次刺激，仅此而已。这不是你的原定计划吗？”

基廷想回答她，她不给他机会。

“你欺骗了我，蒙蔽了我，而且犯下了滔天罪行。你把我深爱的人置身于死亡的边缘，令他蒙受了巨大的痛苦。我永远也不会原谅你，我也再不会相信你，你明白了吗？”

基廷点头，同意她刚才说的。

“很好。你一贯立场鲜明。这一直是你的优点。”

她摇摇头，对他的这种自信忍无可忍。

“乔治亚，我很抱歉。最终我觉得一个‘哑弹’应该不足以吓唬罗兰被迫退出。我知道你觉得哑弹已经足够了，你说他精神已经濒临崩溃，只要找出一借口，他就会退下位来。但你是唯一持这种意见的人。我同意炸弹用量有些过多，我其实也没有兴趣让罗兰经受那么严重的伤害，事情确实有些失控了。但话虽这么说，好在他还活着，而且身体有望全面康复。那你就有事做了，按照我们既定的方向前进。”

她起身开始在房间里踱起步来。这些天她一直没用过拐杖，这是这些日子事情繁多给她带来的一个副产品：肾上腺素水平、药片，还有史提尔——天哪，有时候一想到她，就觉得难以控制自己。她此刻多想离开这个亿万富翁，走出房间，跑到外面一个安静的角落里给史提尔打电话，听到她温柔的声音。

“我想我们应该制定一个清晰的计划，乔治亚。你得到你想要的：当上首相，政党会听从你的指挥。但是在脱欧公决上，你得表现好点。不能再等了，我们不要斯特拉斯堡加入到会议中来，制定出什么补充条款，这正好会给自由党在此事上推诿的理由，他们甚至还能趁机争取到更多的影响力。我们应该现在就把这事给做了——几周、几个月以内。我需要你的承诺。”

她抬头看了一眼撒切尔夫人的画像，又看看另一幅戴维·劳合·乔治的画像，心中充满了羞愧。怎么会走到今天这一步的？眼前这位衣冠楚楚、口舌如簧的无耻之徒怎么会控制住她的？她肯定不会那么愚蠢的。应该是那些药片，她想。如果他们没有掌控住她的话，他绝不敢这么玩她的。

“你得继续往前走，你别无选择。”

“别这样跟我说话，大卫。我不会成为你的奴隶。不会的，你听见我说的了吗？如果你觉得你可以让我当提线木偶，由你来掌控唐宁街，那你就大错特错了，永远不可能的！”

她提高嗓子，开始嚷嚷。

“你告诉跟你一伙的那帮不要脸的人，我不会做你们的提线木偶！我会先递交辞呈，从台上下来，什么也不会留给你们的。我向你发誓！”

基廷给她一点时间平静下来。他知道她会平静下来。她以前都会的。

他站起来，走了过来，把手搭在了她的肩膀上。她想让他把手拿开，把身子挪开，但是她没动弹。

“不会走到那一步的，乔治亚。我保证。你不会成为任何人的挑水工。不就是个脱欧公决吗，让大家惴惴不安的不就是这个问题吗！放心吧，别紧张。”

她转过去看着他的眼睛。

“我很害怕，大卫，真的特别担心，为我们大家。”

“好，你应该担心，确实有许多需要担心的事情。”

他走近她，亲了一下她的脸，走出了屋子。

塔图　1

塔图一家来到了位于厄尔斯考特（Earls Court）的一家破旧不堪的小旅馆。凯特独自一个人进去办理了入住手续，用现金预付了一个两居室的一周的房费。主人是位年长的中国妇女，她对他们是谁，是什么一概不感兴趣，只对那现金感兴趣。墙上的电视机里正在转播乒乓球锦标赛，屏幕下方滚动着汉字，她身后桌子上摆放的报纸也是中文版的《人民日报》。看起来这是英国唯一一个电视机里不在播放她丈夫照片的地方。

他们是在太阳落山的时候到达伦敦市区的。在离旅馆不远的地方亚当先下了车，彼力跟着亚当。凯特和朱迪继续把车开到金丝雀码头（Canary Wharf），把车扔进了水里之后，随后打了一辆出租车到厄尔斯考特（Earls Court）。亚当脸色发青，需要一些药物治疗，好在血已经止住不流，凯特用朱迪的围巾做了一个绷带，把他的大腿绑了起来，这个位置受的伤看起来最严重。凯特又去了一家邦利药店，买了一些绷带和药物。凯特只能让自己不停地忙着手头的事情，让自己的脑子没时间去想别的事情——她爸、理查德、首相办公室的爆炸、她丈夫目前是全英头号通缉犯，甚至也许是全世界头号通缉犯。

天黑之后，他们找了一条没有安装闭路电视的小径，她和孩子们扶着亚当进了旅馆，经过那个老女人的时候，她正在用中文打电话。于是他们乘电梯回到了自己的房间。

两个房间里几乎所有的东西都蒙着一层黄色的霉菌，洗手间的水池子居然还黄兮兮的，床垫像木板一样坚硬，被单破旧得边上都掉线了。房间闻起来一股又潮又湿的味道，就像公共汽车站边上的电话亭。百叶窗也老旧磨损，估计两个房间的每一样东西都得超过四十年历史了：家电、家具、床上用品，还有书籍杂志之类的。

一进房间亚当就开始昏睡，趁他睡着的时候，凯特和朱迪帮他把伤口洗净，凯特尽量把所有开着口的伤口都包扎上，把包不上的伤口也进行了消毒。彼力坐在一把吱嘎会响的椅子上哼唧着，他已经哭得太久，现在只剩下轻声啜泣，身子微微抽动着。半夜时分，和孩子们一起睡在隔壁屋子的凯特听见亚当起床并且打开了电视，把音量调得很低。他在看亚当·塔图秀。几乎所有的频道都在不断重播“那个美国人”。一些评论者甚至利用这个机会重申他们一贯的立场，在当今世界上所有出毛病的地方都有美国人在插手。为阻止美国在现代生活各个方面横加干涉的做法，这个“亚当·塔图”又重新开启了这个话题，什么可以做、什么不能做。

后来英国广播电视台播放了一个关于乔治亚·特恩博和组阁的节目，设想如果拉西特下台，谁会与谁结成联盟——四分之一的节目时间总算开始谈点别的了，不再谈论亚当了。电视节目有点新鲜劲儿了。

在乔治亚·特恩博问题上，所有的专家意见相当一致，都认为她会出任下一任首相。亚当把自己裹在被单里，边看电视边担心，又生气又沮丧。他要集中注意力想出一个主意、制定出一个计划、找到一个方法来阻止她，把她拉下马，以洗清自己的名声。

然后在一个关于乔治亚·特恩博生平的电视节目里，他看见了杰克·厄里。节目里简短地提到了她的私人助理厄里。电视里播放的就是乔治亚的镜头，厄里就站在她身边。一个英国喜剧评论家甚至还在用慢动作回放一段几年前乔治亚发表演讲，厄里站在乔治亚身后挖鼻子的镜头。另外还有一段爆炸当天乔治亚去医院探望拉西特的录像中，厄里下车的时候摔了一跤。这些评论员们拿这些镜头开玩笑，然后评论她其他的内阁成员，谁会支持她，谁又会背弃她。

亚当对别的一律不感兴趣，他只盯着杰克·厄里看。他认识他。他们见过面。就是这个男人那天在唐宁街10号开会的时候，把那个沉重的文件递给了他。虽然是十一天之前的事情，多么漫长的十一天啊，但是他记得，清清楚楚地记得。这个厄里，这个精瘦的小丑，他参与了的，是他递给了亚当那个炸弹。这个“杰克·厄里”现在是解决问题的关键。

凯特帮他冲了澡，他以身体虚弱为借口，两人很少说话，要说也尽量简短。他递给凯特一个他躺在床上列出的购物清单。

“我们需要这些东西。”

他拿过了高登给他的信封，里面装有现金、护照和驾照。

“我需要这些补给。”

她的眼睛盯着他的一举一动，声音有些沙哑。

“我爸呢？你什么时候告诉我……？”

他打断了她。刚要说出口的话不得不又咽了回去。

“他走了，我很抱歉，凯特。是基廷的人杀了他。我很难受。”

她听着，一言不发，只是点头，两眼瞪着他，她强忍着自己的眼泪，不让它们掉下来。亚当知道很快堤坝就会决堤，山洪就会暴发。她会悲痛万分，会精神崩溃，他没有时间等。

“你和孩子们赶紧走，等你买回东西以后，你们乔装打扮一下，然后拿着这些护照飞离英国。我在安娜堡的哥哥会照顾你们，你们在那儿等我回家。”

她缩成了一团，再也忍不住了。他用手揉着她的后背，抱着她。她将身子抽开，很明确地告诉他，别碰我。他走开，让她独自沉浸在悲痛之中。

过了会儿，她抬起头，眼睛又红又肿，跟亚当说道。

“他准备来芝加哥的，跟我们在一起，他要过新的生活。”

“我很抱歉，凯特，我真的非常非常抱歉。”

过了一刻钟，凯特带着朱迪去采购亚当需要的东西。她们打了一个车去牛津街。在这期间，凯特想说话，想告诉朱迪都发生了些什么，但是她找不到合适的语言来告诉朱迪。姥爷走了，他们要回家了。最后她还是决定先不说了。

她不想跟亚当打架。她知道彼力和朱迪谁也不想离开亚当。但是凯特已经准备好回家，准备好结束这一切，也结束和亚当的关系。

史提尔 1

伦敦北部伍德格林（Wood Green）的新约教堂里正举行着安德鲁·塔维斯和爱德维娜·威尔士两人的葬礼，安德鲁的葬礼在上午的晚些时候，爱德维娜的在随后一个小时之后。他们生前是同事，但仅此而已，两人同在多林顿（Dorrington）被杀害，他们俩死后的关系比他们生前任何时候都还要紧密。

史提尔坐在教堂中间的位置上，听着爱德维娜的妹妹做的一个热情幽默的发言，讲她的姐姐兼最好的朋友，发言期间时不时流下眼泪。史提尔觉得全身疼痛，不是身上那些伤口的疼痛，而是因为知道这些人的死都将永远地被包裹在谎言里，这使她怒火中烧。所有的早报上报道的全都是同样的故事，就是根据市警察署和蒂克斯伯里（Tewkesbury）地方当局公布的那个版本。

两个侦察员是被毒品走私贩杀害的，毒品走私犯很有可能是土耳其人，这个逮捕行动出了差错，所以酿成了悲剧，出事地点离最近的住家还要往南一英里左右。报道中压根儿就没提到多林顿（Dorrington）

这个地方。

当然也没提到高登·汤普森、哈利斯和多曼。他们三个人就这样在蒂克斯伯里（Tewkesbury）清晨寒冷的空气中消失了。史提尔气愤填膺去敲打达林等人的台式电脑，但官方的说法只能是这个，这个意图来自达林的上司，恐怕连达林也无能为力。虽然达林和史提尔两人一心希望基廷为他的歪曲事实而受到惩罚，但是达林想暂且就让基廷以及基廷的同伙以为他们阴谋得逞了，他们已经成功地把该加的加上了，把该去的去掉了。

史提尔需要信任某个人，事实上她是信任达林的，所以她最后才勉强接受了那个编造出来的故事。此刻她坐在爱德维娜家人中间，大家都为失去她而伤心难受，可史提尔却一滴眼泪也没流，她满脑子想的都是应该怎样为他们报仇。

她在伍德格林站坐上了皮卡迪里线。周日下午地铁里人相对稀少，有些乘客在读早报，封面故事是关于乔治亚的，大家公认她必定要登上首相的宝座。她准备坐到罗素广场，因为那儿离她父母的公寓近，只要走几步就能到。拉西特几乎已经公开表示等他身体康复，他不能，或者更确切地说，他不想再回到首相的位置上。唐宁街爆炸案过去已经将近两周的时间，世界已经准备好继续往前走了，史提尔想。这已然成为又一个媒体故事而已，一个未解之谜，一种隐隐的痛。这种痛也会渐渐淡去，它所引起的愤怒和恐惧也会逐渐被正常的生活所替代。明天又会是哪张新面孔出现在电视上。从对面乘客手里的报纸看来，应该是乔治亚·特恩博的面孔。

她特别想给乔治亚打个电话，她好想安抚一下她紧张的神经，更想用她的亲吻带走她所有的烦恼和疑虑。

下一站就该罗素广场站了，突然她脑子里闪现出一个念头，其实她以前就想到过，只是她一直都不愿去想，也不愿再去提而已。这个字块她一直都没想好应该摆放在字谜的哪个位置上。如果乔治亚参与了呢？很高层的人，级别很高的人。只有拥有深厚的关系网，加上威压的手段，才能将威尔士和塔维斯的被杀瞒天过海地掩饰过去。既然基廷能做到，他手里一定拽着非常强有力的关系。那谁会从中获利最多呢？谁又可能会有内部渠道，在这样常人高不可攀的场所内安放炸弹呢？如果罗兰·拉西特倒台，谁会是最大的受益者呢？答案非常清楚：星期日杂志上的那个女人，拉西特的法定接班人。

史提尔在脑子里慢慢地将这块字谜块捡起来，想法拼凑上去。这会儿，她尽量不让自己去想乔治亚亲吻她的时候，她的呼吸有多么的甜蜜、多么的清新。地铁在罗素广场站停靠的时候，她整个人好像有些麻木不仁。乘客们上上下下，只有两样东西一动不动，乔治亚的照片和她本人。

地铁离开了罗素广场站，窗外一片漆黑，只听到铁轨单调的哐啷哐啷声，史提尔还在原地一动不动。最后一个字块放进去再合适不过了，周围的其他字块也因此顺理成章地入了位，可谓天衣无缝。她怎么以前就没看到这个呢？是她对她的迷恋蒙蔽了自己的眼睛？不对，那只是借口而已。所有她的能力、她的天才、她的本能都因为一个小女孩般的迷恋而轻而易举地失去了它们的作用。

基廷在唐宁街10号内部有同伙，就像基廷一生中遇到的其他事情一样，在内部有帮手是最好不过的了。他的搭档应该是未来的首相，没有比这个更好的结局了。这个大白的真相就像一记响亮的巴掌，打得史提尔麻木不仁、神志不清。一直坐到了霍尔博恩站，史提尔才算清醒过来，下了车，往家的方向走去。

特恩博　2

她的捷豹车和随行的另外一辆车在白金汉宫的边门停了下来。楼上通往豪华会客厅的走道上，国王的男仆安德鲁·迈克劳站在巨大的木门口。乔治亚耐心地等候着国王的接见，等待国王问她媒体和专家们都在问的一个问题：她能够组成新政府吗？

进了会客室后，她向国王点点头，在进门的地方向国王鞠了一下躬。这个房间顶部装饰得富丽堂皇，连墙面都是用真丝镶嵌装饰，房间大得好像没有个尽头。房间里就剩下她和国王两个人。他伸出了手，乔治亚握住国王的手，突然忘了此时她是否应该再次鞠躬。我是只在门口鞠躬，还是应该在国王对面鞠躬？我应该吻他的手吗？我知道私人会见规矩应该有所不同，但我忘了该怎么做了。去他妈的，这些破规矩。为什么我不记住这些规矩？

她不知道自己究竟该怎么做，于是她又鞠了一次躬，肯定特别别扭，她心想。国王好像并没太在意，邀请她在他对面的沙发上坐下。

“你坚持得怎么样？特恩博女士？这段时间可不容易啊。”

“是的，陛下，太不容易了。”

“我给首相送去一个便条，是我对他即将离开公众生活的一些想法。那将是个损失啊。”

“是的，应该是个巨大的损失。”

“我估计以后应该是你的事了。你有能力组建新政府吗？”

他一点也没浪费时间，直截了当、开门见山。这个问题来了，这个最关键的问题。她总想象着与国王的私人会见中，应该有更多的话题可聊，分享一些真相啊，或者分享一些智慧什么的。但他只要那个答案，这完全出乎她的意料。宪法赋予他责任，来提这个问题。仅此而已。

“我相信可以，我能组成新政府。那将是我的任务。”

“在昨天送给我的公文中，我看到了你总结归纳了你的任期目标。我看了，而且觉得它们都能立得住脚，不但继承了罗兰未竟的事业，还给了公众一种延续不断的感觉。对于脱欧公决，我倒真有些担心，特恩博女士，我看那将成为你政府的一件头等大事。对吧？”

“是的，我想是的。我想该是处理这个问题的时候了。”

“在这个问题上，你可以说我是个中间派。我只是希望由大多数人来决定英国的未来，我敢肯定，这将具有深远的影响。”

“是的，陛下，这条道路上充满了艰难险阻。但是我觉得我们还是得往前走。”

“肯定会引发剧变，要脱离欧盟可是需要全体选民来做决定。我讨厌某些大公司、大机构或者任何团体背后施加压力或达成什么交易。这必须完全彻底是人民的声音。毫无疑问。”

“是的，当然。陛下。我完全同意您的意见。”

他坐在对面看着她。

他可以看穿我，乔治亚想。他看到了我的灵魂深处。什么都明白。不对，不可能，他只是一个人而已，他确实是国王，但是，归根结底他还是个人。亲爱的上帝，这一切为什么如此令人心力交瘁？

过了一会儿，国王打破了沉默。

“你肩负着整个世界的责任啊，是不是？”

他充满同情，表示理解地问道。

“我相信担当这个职务，就需要承担这些责任。但是，确实没错，我已经感觉到肩上的担子了，说实话。”

“你慢慢就会适应的，它们会成为你生命的一部分，这些责任。你会学会与它们共处。”

他歇了口气。

“我会为你祈祷的。”

“谢谢您，陛下。”

“谢谢，特恩博女士，再次见到你很高兴。”

他起身，她赶紧也跟着站了起来。他们面对面站着，会议就算结束了。她又开始紧张了。我是应该向后一直退到门口吗？这距离可不短啊。我可不敢保证路上不绊倒或不做出什么傻事。见鬼，为什么我就不能搞搞明白呢？

国王笑了，好像他可以读懂她的脑子。他点点头，转身从后面的门厅回他的住所了。乔治亚等着他走出这个房间，离开这个没有尽头的会客室，然后也尽快转身，狼狈地跑了出去。

“我刚刚接受了国王的邀请，准备着手组建新政府。”

乔治亚在唐宁街10号外通过媒体向全体英国人民宣布。清晨和煦的阳光照耀在她的脸上，她简短地宣读了新政府的重点任务，第一条当然是要将制造这次爆炸案的犯罪分子绳之以法。她宣读完毕之后，没有回答任何问题，便匆匆忙忙地走进背后那扇黑色的门里，从记者的视线中消失了，令记者们大失所望。

乔治亚已经好几天没吃那些药片了，她现在感觉好多了，但是在一个人独处的时候，或者心情忧郁的时候，她还会有特别想跑回她卧室、与她的药品们团聚的冲动。到现在为止，她已经坚持七十二个小时没服用药片了。眼前有这么多事情需要处理，她必须保持清醒的头脑。她知道除非她奋力坚持直到最后完全戒掉，否则她是不可能完全恢复以前的清醒状态的。

她和副首相霍尔姆比、内阁办公室国务大臣阿诺德·哈顿，还有怀孕了好几个月的露西·巴那森一起在罗兰的办公室简单地用了早餐。几乎毫无悬念，在议会她能拥有足够多的票数。她会启动投票，她的政党会支持她。这样她就真的要组建政府了，乔治亚·特恩博会成为新任首相。这事就这么定了，板上钉钉的了。她只需要指挥，指挥，然后呼吸。

她原本不想这么早就对内阁成员的人选做任何变动的，但是内阁秘书感觉很多人都认为现在是时候了，该进行内阁重组了，尤其是因为伯恩勒已经明确表示，他不再想继续担任内务大臣一职，而是想接任乔治亚担任首席大臣兼财政大臣。在其他一些部内诸如司法部、卫生部、就业和养老金部、能源和气候变化部等等，也都有些蠢蠢欲动。乔治亚请求露西和哈顿尽量推迟重组，至少目前暂且先搁置一下。

她的要求应该会得到大家的同意。现在大家对乔治亚还是以好意居多，自己党内自不用说，即使是保守党和自由民主党也是同样情况。国家尚处在危机时刻，新任首相需要大家的支持。大家也愿意支持她。只是希望大家的观点都一致，但愿如此吧。

内阁会议之前，伯恩勒一个劲地试图说服她，假如他现在就把财政部接管过去，那他实际上是在帮她。这时厄里过来告诉她，史提尔有要事求见。乔治亚深吸了口气，只要一想到史提尔就足够令她失去平静的。怎么会变成这样呢？这一辈子她都没允许过任何人走进她的生活，这个年轻女子却跨越了那道戒备森严的高墙，爬进了她的心窝里。只要她脑子里稍微闪现一下她的形象，乔治亚就会觉得有些头晕目眩。

但是今天她见不了她。她没有力气，尤其是在她不想求助她那些药品的情况下。除了内阁会议，她还需要在议会发言，之后还有几个采访，包括英国广播电视台、英国独立电视台及星空新闻台。晚上还约好与她爸一起吃晚饭。史提尔会让她心跳得太快，她不想冒这个险。厄里又催她，不明白他的要求会给乔治亚造成负担。

“我是否要约她，等您从议会回来后见您？她说万分重要的事情，我想是关于案件调查的，一定是有了新的发现。我们必须第一时间了解案件有关的情况。您以前不是这么说过的吗？夫人？”

“是的，我知道，但是今天我见不了她，你听见了吗？让她见达林吧，让她把所有的内容跟达林转达一下，告诉她，是我同意的。”

“好吧，夫人，我告诉她。”

乔治亚走在铺着精美地毯的过道上，走向她作为候任首相的第一次内阁会议，这是她这毕生梦寐以求的事情。但是大卫·基廷、她自己害人不浅的野心、那些“见鬼的药片”，甚至连史提尔都在想方设法地剥夺这一胜利时刻给她带来的快乐。是的，所有她所期待的东西如今都已如愿以偿，但是她却自甘堕落、萎靡不振。具有历史意义的唐宁街 10 号的走廊此时好像都在嘲笑她，这种笑声回荡在这四堵墙壁内，久久余音缭绕。完全就是在嘲笑她。

塔图　2

亚当、凯特和孩子们都把头发染了。凯特把朱迪的头发剪短，又短又黑的那种，朱迪还挺喜欢这个发型的。很多天以来，这个年轻人第一次开心地笑了。彼力的头发则染成了棕色，基本接近白色，看起来有点像白癜风患者，像詹姆士·邦德电影里的一个间谍，惹得大家一通哈哈大笑。亚当则剃了个秃头，开始蓄起胡子。乍一看上去，这一家人像是要去参加化装舞会，到外面的世界去寻欢作乐呢。等他们安静下来，意识到事实的真相，才想起了如此打扮的真实目的。

染发所需要的材料都在亚当所列的购物清单上，除此之外，作为三个回纽约的旅游者，他们还必须配备衣物、纪念品、地图等等东西。凯特在网上订了三张机票，并购买了亚当列的清单上的所有物品。她是个好妻子，同意帮助丈夫完成所有的事情。但是她一刻不停地看手表，她几乎已经无法忍受这分分秒秒。很快她就可以飞离她的丈夫了。

亚当也看表，但他看表是另有他因。他需要在道别之前保持冷静，他深知这次的道别与以往不同，很有可能再也见不到他们了，至少作为一个自由的公民是见不到了。尽管他与凯特之间发生了一些事情，但他们还是尽量在保持一致，他知道她此刻的感觉，应该是精疲力竭的了。过去的三年，就他而言，就“他们”而言，把她所有的精力都消耗殆尽了。他知道一切都结束了，他因此心如刀绞。他没有什么语言可以、也不想试图去改变她的主意。他现在脑子里所想的只是赶紧把她和孩子们送到安全之地。

夜晚，当他一个人躺在那张潮乎乎的床上，凯特和孩子们酣睡在隔壁屋子的时候，他会想起当年在安娜堡，他是如何赢得凯特的芳心的。他记得她灿烂的微笑和糖浆般甜蜜的大笑，让他们的每分每秒都变得充实与幸福。他回想起当年他是多么愿意跟她做爱。在安娜堡值完夜勤以后回到他的女王身边是多么幸福甜蜜。那些似乎都是上世纪的事情了。记忆已成灰烬，在一场自己亲手点燃的大火中烧成了灰烬。他失去了凯特、彼力和朱迪，在这场大火中，他失去了他们。

在他们乘出租车去希思罗机场之前，他想跟他们说说话，尤其是和孩子们。他想跟他们解释一下，到底发生了什么，他想让他们知道，尽管种种事情使得他成为了现在的他，但是他到底是谁。他叫孩子们坐在他房间里那把摇摇晃晃的椅子上。

“我想让你们知道，我有多爱你们。我非常非常爱你们。”

“那你为什么不和我们一起走啊？爸爸？”

小彼力想明白到底怎么回事，但是又搞不明白。

“为什么你不跟我们一起回家呢？为什么见那个乔治·特恩斯坦会那么重要呢？”

朱迪瞥了他一眼，但还是非常懂事地没去讽刺他所犯的错误。

“咱们一起去见姥爷，然后请他和我们一起回芝加哥吧。”

凯特内心感到一阵内疚。她还不能告诉孩子们，姥爷出了什么事。她转过头去，让自己的情绪平稳下来。这时亚当回答道。

“彼力，我不能就这么一逃了之，我需要把这里的事情先办好。你们仨是我的一切。我得把事情纠正过来。如果我不去做，那我们这一辈子就得躲躲藏藏，一辈子就得东跑西躲。”

凯特知道亚当快要哽咽了，她知道他很少这样不能自控的。他的爆发，就像一盏孤独的车灯照耀着黑暗中的道路。

“我得洗清我的名声，我们的名声，好吗？彼力。”

他儿子郑重地点了点头。他抱住亚当，宣布他永远不会放弃。亚当开始抽泣，但他很快控制住了自己，他还要继续解释。

“有些人想让大家相信，是我做了一些事，但其实我根本就没做。他们利用我以前犯过一个错误这一点，所以大家很容易相信我又在犯错误了，但是我真的没做。那些有权有势的人，知道吧？他们做出了特别特别可怕的事情。他们得负责任。我得确保他们负起这个责任。完事后，我就回家，回到你们的身边。”

他的眼里突然流出了痛苦的眼泪，里面夹杂着恐惧和愤怒。他蹲到他儿子的旁边，凯特此时也泪如泉涌，她想表现得强硬些、狠心些，但是根本不是这么回事，她知道她还受着约束，她还是他的妻子，在情感上她还没有与他脱离开，这比她想象的还要难受得多。

她独自一人走回了另一个房间，倒在了那张破床上。她的生活中除了亚当，再没有别的人了，其他的人都已离她而去了。尽管她因为这个痛恨他，但是她不能因此抛弃他，至少不是现在，不是此刻。是该结束了，她越来越肯定，但是她知道她不能这样结束，她不能就这样把他一个人扔在伦敦。

她坐了起来，回到那个房间里。她声音低沉，但是态度坚决。

“我们不走了。”

“什么？你再说一遍？”

“你一定听见了，亚当。我们不走了，我们就在这里等你。我们一起走。”

“不，不，凯特，不行。你们不能待在这儿。”

孩子们如释重负。彼力用尽了全身的力气紧紧地抱着他爸爸。

“凯特，求你了，别这样。”

彼力用手捂住了他爸的嘴，他的双眼因为最近经历了太多的痛苦，哭得红肿红肿的。

“就是的，爸爸，我们不走了。我们要和你在一起。”

朱迪也蹲到地上，用手臂紧紧抱住亚当的腰，眼泪止不住哗哗地往下流。亚当看着他筋疲力尽的妻子。

“凯特，我不能让你们待在这儿。”

“你别无选择。”

显而易见，她已经选好了她要走的路。

全家人要坚决地绑在一起，就在那个旅店住着，这样她和孩子们就可以尽力帮助他、支持他。如果她此时离开，万一将来他遇到任何的危险，被逮捕了，或者被杀害了，孩子们永远都不会原谅她，她就得一辈子在内疚、羞愧中度过。她要走的路已经清晰可见，只有一条路可走：她要和他一起斗争。也许在这个斗争过程中，只是也许而已，她会有可能再次回到亚当的身边。

史提尔　2

自从参加爱德维娜的葬礼以后，史提尔把自己与世隔绝起来，整天把自己搞得忙忙碌碌的，她需要时间来疗伤。她至今还没跟达林少将说出她对乔治亚的想法，她连想都不怎么敢去想，就更不用提去跟他谈了。她常常晚上躺在床上思考这个问题，一次又一次地在脑子里回放整个过程，试图找寻出一点蛛丝马迹，说明自己的假想是荒唐可笑的，希望是自己搞错了。但是她没找到任何的错误，整个字谜现在看起来完整无缺了。她那颗破碎了的心需要赎罪，它在流血。

她又去了一趟位于多林顿（Dorrington）的那片森林，还拍了许多照片，想尽可能多地获取些证据，但那个地方已经被打扫得干干净净，什么东西都没留下。爱德维娜和安德鲁的枪杀现场已经被人小心翼翼地挪到了南面一个离此处两英里左右的地方，重新进行了布置，成了一个出了差错的抓捕毒品走私犯案。这些工作都是专业人士做的，史提尔想，也许是那些过去六年里一直与她肩并肩工作的专家们。这些都是她所熟识和信任的人，他们都把自己的才能用于制造阴谋和腐败了。

她独自一人走在森林里，想着这一切一定都是家常便饭。她是个新手，就像高大茂密的橡树底下一棵渴望阳光雨露的小嫩苗。这世界真的是像阴谋理论家和玩世不恭的人声称的那样在运转吗？诡计多端就是当今社会的秩序吗？即使在最高领导层？也许因为她是小兵蛋子所以无法洞察到全局？也许她只能看见些个芝麻绿豆，而看不到远处的地平线。

林中的山风吹拂在她身上，她往巡逻车的方向走去。难道是她的直觉不管用了？她不记得上次是什么时候，她也像现在这样深深地怀疑自己的直觉。除此之外，她还在哪儿出了差错呢？她怎么会让自己爱上这么一个奸诈狡猾的女人呢？

她爸妈看出了她的不对劲。一周前，达维娜身上、手上包着绷带回家的时候，她妈已经吓得魂不守舍了。达维娜现在睡得很晚，话语比平常越发少了，她的双肩好像也有些下垂。希娜尽量闭口不谈，实在忍不住的时候就小心翼翼地问上一句。达维娜当然是说一切都挺好，但这无济于事，希娜照样感觉到了女儿身上承担的痛苦。

史提尔的心碎了，就像别的年轻女子一样心痛的时候，心会流血。但是她又和普通人完全不同，她的就像电影或者间谍小说里的情节一样，每次只要一打开电视，电视里的新闻都与她个人的痛苦紧密相连，会像鞭子一样抽打在她的身上，因为新闻里播放的要么是关于“乔治亚”的，要么就是关于亚当·塔图的。

是她被利用了吗？是不是乔治亚的目的就是想跟她接近，然后从她这儿打探些情况？甚至是一些达林了解的情况？她到底跟她说了多少呢？在深夜的电话中，她到底跟她透露了多少东西？她努力回忆她们对话过程中的每一个细节。可是回忆她们之间的事情，给她带来了莫大的痛苦。

她第三次拨通了乔治亚的电话。她也不想打这个电话，她希望自己的态度可以更加坚决些。但最终她还是拨了，她屏住呼吸，等着拨号铃声一直“嘟、嘟、嘟”地响着。最后乔治亚接起了电话，她的声音轻柔、低沉，令史提尔平静，同时又令她害怕。

“我想见你。我一直在给你打电话，还给你留了言。”

“我知道，亲爱的。我也想见你，但最近这些天，我实在是忙得不可开交，你肯定也有所了解。”

“你现在是首相了，这种感觉怪怪的，跟以前完全不是一回事了。”

电话那端一片沉寂。乔治亚在等着自己的情绪平复下来，史提尔在电话的这端感觉到了。

“我想见你，乔治亚，特别想见你，我有许多东西需要告诉你，我们有很多问题需要谈谈。我就是需要……你。”

还是有一个字从她嘴里蹦了出去，就像桶里的鱼跳回了大海，瞬间在海水里消失得无影无踪。她希望自己可以换一种方式说话，别让自己显得那么软弱无力。

“我也需要见你，达维娜。真的。只是我们这边这些日子忙到了白热化的程度，你知道吗？每一个小时都至关重要，我们必须争分夺秒。”

“那现在可以吗？现在可以见你吗？我可以现在过去见你吗？”

就差求她了，但是她不在乎，她有需要，有目的，她极力想满足这个需要、达到这个目的。乔治亚觉得让史提尔来唐宁街不太合适，这里她的一举一动都在强光的照射之下。她答应她很快给她一个回复，说完就把电话给挂了。紧接着她拨通了厄里的电话，虽然她也不愿意这样把他从睡梦中惊醒，但是她别无选择，她让他过来陪她去布鲁姆伯利。

此时的大街上雾霭沉沉。她们俩就这么一语不发地走着，厄里跟在她们俩后面。他还坚持让军情五处的安保斯达希·里波跟着她们一起过来，不过厄里让他留在那辆停靠在史提尔父母公寓门口的车里头。乔治亚是不想带斯达希·里波过来的，是厄里坚持要带的，理由是她的世界已经不是原来那个世界了，需要采取必要的防范措施，即使在这种时候，也不能把警惕性抛到九霄云外去。乔治亚头上戴着围巾，遮挡着她的脸，身上穿一件破破烂烂的毛料夹克，看起来确实像一个药剂师的女儿与她的女朋友在风中漫步。

她们拐进了布鲁姆伯利广场。这是一块方方正正的草地，草地不算茂盛，周围是一幢高耸的写字楼和一排陈旧的公寓楼，黑咕隆咚的，像一个被人遗忘的角落。也难怪，这些树木不够高大、不够茂密，没法让吸毒者或性交者在此躲藏，也没有真正可以藏身或者睡觉的地方，所以晚上几乎没人光顾这儿。就等着第二天早上行人的光临，还有第一波开往地下停车场的车辆轰隆隆的发动机声。厄里和她们保持着距离，为的是给乔治亚一点私密空间，他知道以后她再也不会有这样的机会了。乔治亚和达维娜在几株小树下面停下脚步，这片树荫下月光被树叶挡着透不进来。

也搞不清谁先主动，她们俩开始亲吻起来，既柔情万种又小心翼翼。史提尔感觉到自己的双腿有些发软，她不想就此停下来，她想更深入，她用尽了全身的解数才控制住自己不把手伸往乔治亚的双腿之间。最后她还是没把手伸过去，也许是觉得乔治亚会阻止她，也许是担心自己一旦出手，就会停不下来。

她抽出身子，退后看着乔治亚，她感觉自己行走在危险的边缘。欲望、爱情、愤怒、仇恨同时被包裹在一支弓里。她极力掩饰着自己的恐惧，她来这儿不是来跟她分庭抗礼的，也不是来寻求戏剧效果的，她来这里是来找寻真相的。她清楚她不能把这点热情之火熄灭。她轻轻地摸着她的脸，开玩笑道。

“首相女士，感觉怎么样？您肯定心情特别激动吧？”

乔治亚笑着回答。

“我不知道自己什么感觉。真的不知道。如果一定要说的话，那就是有点飘飘然吧。好像在做梦一样，我这样说，你能听得明白吗？”

史提尔点点头，然后她小声温柔地说道。

“我一直特别想跟你聊，聊我们，也聊案子的调查情况。”

“你发现新的线索了吗？是不是有了突破性的进展？”

她拉着史提尔坐到了旁边的凳子上。两人手拉手坐下。

“没有，大大超乎了我的想象。甚至更明确了高层中有人参与了其中。上周外交保护小组的成员在蒂克斯伯里（Tewkesbury）被杀害……”

乔治亚打断了她。然后有些假模假式地关心道，至少史提尔是这么觉得的。

“毒品抓捕？”

史提尔想暂且信任她。

“是的，但那不是毒品抓捕行动。是谋杀。是基廷的手下干的，而且是发生在他多林顿（Dorrington）的那块地上。”

“这可太荒唐了。看起来像是已成定局的毒品抓捕案啊，我看了报告的。”

“我在现场的，乔治亚，是我亲眼所见的。我是看着爱德维娜死去的。”

乔治亚的脸色铁青。

“基廷是个魔鬼，他指使了这一切，他还杀害了那个美国人的岳父高登·汤普森。基廷想谋杀罗兰·拉西特。是他，我现在已经确信无疑了。”

史提尔的眼神变得冷若冰霜。乔治亚看出了变化，她紧紧地握住她的手。

她想跟史提尔和盘托出，让事实的真相从她的灵魂深处逃脱出来，飞出来，飞上天，飞到布鲁姆伯利上空，但是她不能。她身边这个人不仅仅是一个偷走她芳心的年轻美貌的小人儿，更重要的她是一个立志要查出事情真相的侦查员。她真想告诉史提尔她是怎样上当受骗的，她又是怎样心生厌恶的，她想跟她承认这一切，然后倒在她的怀里，期望听见年轻的达维娜安慰她说没事，一切都会过去的，她会尽力去保护她的。她们俩就这么手拉手地坐着，每一分每一秒每一次呼吸都让她有一种向她坦白的冲动，那样她就可以把包袱全部卸掉了。

史提尔感觉到了，透过了那件破旧的毛料夹克，还有乔治亚往下掉的围巾中，她得到了信息，她知道乔治亚有想跟她坦白一切的欲望。她想再进一步地试探试探她。

“你知道他是跟政府里面的谁合作的吗？你有没有什么想法？”

她盯着乔治亚的眼睛看，热切地希望她能用事实来回答她。乔治亚沉默了一会儿，希望答案出来，希望自己知道该怎么说。她应该保护什么？她的生命？她的工作？她的自由还是她的内心？最终她开口了，一边说一边摸着史提尔的手。

“没有想法，没有，我一点都不知道他是跟谁合作的。我甚至都无法想象谁会干出这样无耻的事情来。我希望我有答案，亲爱的，我真的希望我有。”

她们又稍微说了会儿话。乔治亚答应她会把真相全部告诉她，会另找个时间单独约她，一种更具私密性的场合，但是没有太多的诚意。该往前看了，她们俩心里都清楚。她们又亲了亲，再抱了抱，乔治亚便先走了。厄里陪她走到里波的车里。

史提尔目送着那辆政府的车辆离开。她给了乔治亚这个机会，她是可以借机向她坦诚相告的，但是她没利用这个机会。那就意味着她们之间从此结束了。她深信不疑。

她知道乔治亚很狡猾地把嘴闭紧了，她也知道她不会再跟她亲近了，她和新任首相之间的一切都已成为过去式。史提尔独自一人站在凛冽的寒风中，这条水泥大街上此时空无一人、毫无生气。她解开大衣，拿出了那个放在胸口没派上用场的录音机。

特恩博　3

基廷要求乔治亚在本周末举行的党大会上召集一次紧急会议，让她提议进行脱欧全民公决。他们在乔治亚唐宁街10号的办公室内又吵了一通。她好像从来也没有像今天这样暴跳如雷的，她现在已经开始鄙视基廷，“恨”这个字已经不足以形容她目前对他的看法，每次只要一提到他的名字或者想到他，她就会怒火中烧。他的古龙香水让她反胃，他那些不经大脑的低级粗俗的喋喋不休就像有人用手指甲在黑板上摩擦来摩擦去那么令人难受，他没完没了的要求已经公然升级为发号施令。

一周前她在国会演讲，接受了她的政党要求她组阁的请求。这一周显得尤其长，没完没了的会议、晚宴、大会，好像是过了一年甚至更长的时间，哪像是一周啊。她虽然筋疲力尽，但是她意志更加坚强了。她已经两周没碰药片了，站立的时候也稳健多了，睡眠的质量也有所提高了，连一日三餐都开始吃全了。她也想和基廷分庭抗礼，但是她还没想好该怎么去做。她现在需要与他继续保持紧密关系，这样她可以有一天从战略上理顺他们之间的种种瓜葛。

“现在这个时机是对的，乔治亚，就现在，不能再晚了。公众已经准备好了。他们已经经历了剧变，而且这又不会是世界末日。你已经顺利地度过了过渡期。罗兰也能活过来了，这也会没问题的。”

他在这个摆满各种华丽精美饰品的房间里手舞足蹈着。

“我们已经一切就绪，准备收复失地。我告诉你，保守党的绝大多数人准备赋予你这个权力来执行此事，你会得到所有独立党人的投票同意，负责政党政策的安德鲁·拜特－海德勒跟我说，他觉得我们政党内三分之一甚至一半的党员都准备就此一搏。连一些自由党人也准备加入。各方人士可是史无前例地站到了一起啊。”

“我不确定，我觉得现在时机还不够成熟。我倒不是说要再等多久，只是罗兰公开表示过他不赞成公决，而是要选择一系列的保护措施和修正案。他的白皮书就是证据，墨迹还未干呢。我觉得这样做，像是在利用他的不幸遭遇而做出的挑衅行为。”

“那样你会被当成女英雄的，把英国带回理智状态的女英雄。我们所做的民意调查结果完全一致，表明这个公决可行。”

她转过身去。

“我不会做的，现在不行。我们已经造成了太多的伤害。现在我需要让事态平稳下来，我需要政府正常地运转起来。我们锅里还有其他的鱼需要煎炸，不只是你那个宏大的计划，大卫。这次大会上我需要了解一些议程，并且组织人员将它们一一实施。中东地区还是一团糟，犯罪率在攀升，失业率也已达到了三年以来的最高点。给大家点时间喘口气吧，也给我点时间喘口气，我不会允许自己被逼得那么急的。”

门口有人轻轻敲门。门轻轻地打开，进来的是梅尔文·伯恩勒爵士。伯恩勒让她想起一株高高大大、与众不同的银灰色杉树，他总是打扮得衣冠楚楚，举手投足之间流露出高贵典雅、端庄稳重的气质。他一辈子都在政府部门工作，他的兄弟、父亲、叔叔伯伯们也都是。在英国，这样源远流长、枝繁叶茂的家庭已经为数不多了。

看见内务大臣乔治亚有些吃惊。他从不擅自闯入的，这不是他的风格，他是那种“照本宣科”的老派人物，会议需要提前预订，即使只是通个电话，那也是需要提前约好时间，然后放入他日程的。

“这么说来你和他在这个问题上是一致的，梅尔文爵士？”

“是的，一直都是。”

乔治亚觉得透不过气来。基廷常常挥舞着“其他人”支持他的计划这种说法，说他的关系有多深厚，他的同伙血统有多么纯正，但不知为何，乔治亚从来没有想到过眼前这位举止端庄的伯恩勒会和大卫公爵所代表的新贵一族走在一起。明摆着他们是走到一起了，而且此刻他正坚定而骄傲地站在基廷的一边。

“是时候了，乔治亚，我们走了很长的路，不能再回头了。”

这对乔治亚确实是个沉重的打击。如果伯恩勒出现了，毫无疑问还会有其他人。她的政党应该也是和他们在一起的，这是个有深厚基础的、有预谋的计划。从一方面来说她可以感觉更安全了，她不是在孤军奋战，她有广泛的支持，可以随波逐流，可以把任何事情都掩盖起来。从另一方面讲，从更深远的意义上来说，她为她的国家感到悲哀，为他们的所作所为，为他们挥霍掉的人民的信任感到难受。是的，的确他们也有他们的理由，也确实是为了国家的利益。他们渴望一个不为政治所左右的真正的全民公决，就是让“人民说话”，但为了达到该目的，他们所采用的方法却是极端险恶的。这是恶意的，当然也是邪恶的，从某些层面来讲，他们一定很清楚，只是即便如此，还是决定继续向前。

伯恩勒跟她点头，她没理他。他走出了办公室。基廷又看了一眼乔治亚。他好像还想说点什么，也许是为了安慰她。他了解她，知道现在不是时候，他低着头走出了她的办公室。

她告诉厄里，她需要休息一下。她回到11号自己的房间，关上门，极力控制住不让自己晕倒。她从最底下的抽屉里拿出了一个小药箱子，取出了那个瓶子，回到床边上，坐下的时候深吸了口气，打开了瓶子。她不想再与自己做斗争了，反正也无济于事。她吞下了两片药片。

塔图　3

亚当把家里人留在了“跳蚤袋子”，这是他们给目前自己所暂住的那个小旅店起的一个名字。走了几个街区，亚当来到一个出租无限网使用的打印店。上帝保佑，这家店的店主是个外国人，所以他不关心英国政治新闻，也不看当地人常常收看的“追捕亚当·塔图秀”。亚当已经把头发剃光，还养起了山羊胡子。因为压力过大，最近又瘦了大概十磅多，看起来确实完全不像原来的他了。其实他也感觉自己像另外一个人了。电视里的那个人，报摊上随处可见的那张脸，好像已经不是他了，而是属于另外一个时空，很遥远的地方的另外一个人。那个人他知道自己是谁，想要做什么，而且脑子里充满了梦想和目标。这个留着山羊胡子、皮包骨头的秃头，拖着一只被狗咬伤至今还跛着的腿，脑子里还常常回想起他岳父被残忍杀害的情景，这个男人已经没有了梦想、没有了计划，也没有了计谋。跟他生存无关的事情，他现在一概不关心。

他在谷歌上搜了一下“杰克·厄里”，找到了一条冗长的博客，讲述一次英国公务员的活动，描写了2007年在斯凯格内斯镇举行的一次晚宴。名单上有两个名叫厄里的：杰克·厄里和妲琳·厄里。应该就是这个男人，公务员，工作地址是唐宁街10号。

他又搜了一下“杰克和妲琳·厄里”，结果在一个叫克罗伊登的地产登记上出现这两个名字。他们俩共同拥有一个地产。他找到了地址，在克罗伊登的杜尔塞特（Dulcette Way）街上。上面注明业主“厄里”是位政府工作人员。他禁不住笑了出来，如此的轻而易举，得来全不费功夫啊。

坐在隔壁电脑边上的索马里妇女冲他笑笑，她很乐见任何形式的快乐，她的露齿大笑在那一瞬间温暖了他。

“找到他了。”

他说出了声，自己也不知道怎么会和一位陌生人去搭话的。

“我找到我要找的人了。”

那个女人冲他一笑，露出了一口白牙。看来她一句英文都不会说。

第二天他坐了一辆公交车来到克罗伊登，找到了位于杜尔塞特街上（Dulcette Way）的那幢房子。他到那儿的时候，刚早上五点半，他在“厄里家”（根据他的判断）对面公共汽车站的凳子上坐着等。从这个位置观察对面的房子最方便了。两个小时过去了，一点动静都没有。又过了一会儿，一个十五岁左右的瘦高个从里面走出来，他看着就像是年轻版的厄里。他打开锁在前面院子里的自行车，骑着车走了。半个小时之后，大门又打开了。一个身材浑圆，一头灰色卷发的女人带着两个女孩走出了门，一个女孩大约十岁，另一个大约十二岁。她们一起上了大街。

又等了两个小时，还是没见厄里。此时太阳已经高高地挂在了空中。过了一会儿，天空突然下起雨来，就在这时，那个浑圆的女人从外面回来，进门后关上了前门。路上行人来来往往，一辆又一辆的公交车进站、出站，他耐心地坐着等，直到他确认厄里不在家。

他坐上了回伦敦的大巴，觉得自己今天去晚了，厄里肯定早就离开家了。他拿起别人留在大巴上的一本杂志，在上面读到了一篇关于自己的故事，他的生活、他制造炸弹的技术、他在肯特谋杀理查德·莱勒——他妻子的前男友等等。从报道上看，亚当显然是个精神错乱的爆炸制造者，不但如此，还妒忌成性，谋杀自己妻子的恋人，此人目前正在潜逃，极具危险性。这个报道虽然写得让人觉得好笑，但是具有很强的可读性。看完这个，他又读了另外一篇有关一位歌星最爱喝哪些汤的报道，看起来这篇报道更具真实性。读完这篇报道的时候，大巴已经在过泰晤士河了。

第二天晚上，他坐上了往南开的一点钟的末班车。他得在天亮前，在发往伦敦的首班车离开克罗伊登之前赶到。到克罗伊登的时候已经是早上两点了。他找了一家名叫“两兄弟”的咖啡厅，在那里喝了一杯咖啡，然后在大街上闲逛了一会儿。到了清晨四点半的时候，他又来到那幢房子对面的公共汽车站，坐在凳子上耐心等待厄里。

他还是没有告诉凯特和孩子们他的计划。他们三个人挤在亚当隔壁的那间潮湿的屋子里耐心等待着。孩子们至今还有些懵，不怎么爱说话，平时就是看看录像，在iPad上玩玩游戏，点了外卖在家吃吃。他独自一人瘸着腿住在对面的那个房间里，时常自言自语。

他很快就会告诉家人他的计划的。他会先绑架厄里的儿子，然后请厄里帮忙。他还会逼着厄里把真相告诉媒体。现在还没到时候，还不能告诉他家人。凯特和孩子们是他唯一的所有，他需要他们的帮助，尤其需要朱迪的帮助。

四点五十的时候，厄里从前门走出来，穿过马路径直向亚当走来。糟糕，被发现了！这还没开始呢就已经结束了。是应该跑，还是应该留？他知道根据他腿的情况，他不可能跑太远。他准备让厄里来跟他对峙。随后他会还击他，控告他犯有蓄意谋杀罪、叛国罪。他还会告诉厄里，已经有人掌握了实情。当那个瘦高个穿过马路，向他走来的时候，他装得非常镇定，稳如泰山地坐着，其实他内心早已紧张得要命，心都快要跳出嗓子眼了。

厄里在他旁边坐了下来，还跟他打了一招呼，随即拿出一张报纸开始做起拼字游戏。亚当总算松了口气。从厄里从他家前门走出来的那一刻起，他一直屏着呼吸。厄里只是在等公共汽车而已，根本没有怀疑亚当。

开往伦敦的公共汽车终于进站了。厄里上了车，亚当也跟了上去，坐在最后一排的一个位置上。此时的公交车几乎一半是空的，他从后面可以清楚地观察到坐在中间位置的厄里。车子往北开过布里松，厄里过了泰晤士河就下了车。亚当也跟着下了车，然后厄里走进了地铁沃克斯豪尔站，上了去威斯敏斯特方向的车子。地铁比公交车拥挤多了，厄里站在车厢里手拉着上方的扶手，两眼盯着窗外飞驰而过的黑乎乎的隧道。

厄里的目光是漫无目的的，亚当想。没有什么让他担惊受怕的事情，他没有身处任何危险，家人安然无恙、幸福美满。拥有一份优越的工作，为全国最有权有势的女人工作，他确实是过着无忧无虑的生活。他合伙安放了炸弹，还差点炸死了首相，他犯了蓄意破坏罪，为此他应该被判终身监禁的。但那又怎么样，他一脸茫然的样子表明他丝毫不为他的所作所为而感到担心。孩子上学去了，根据谷歌搜索的结果看，还有六年时间就能还清房子的分期付款。“杰克·厄里”的一切都是那么顺风顺水。他当然也不用在逃，更没有理由去把头发剃光。

亚当看着厄里在威斯敏斯特站下了车。不用跟他坐到底了，已经没有任何意义了。该看的都已经看到了，足矣。亚当继续坐在地铁上。

史提尔　3

史提尔去了一趟位于霍兹登（Hoddesdon）的爱德维娜·威尔士的墓地，恰巧这时天空下了一场蒙蒙细雨。爱德维娜被安葬在她父亲和妹妹旁边。她父亲生前也是伦敦警务处总部的警官，她妹妹九岁的时候死于白血病，那是二十世纪六十年代。他们的家族墓地建造在一座石头教堂后面的小山坡上。

史提尔已经开始想念她了，比她活着的时候更加想念她。大概都是这样吧，只有当你失去了以后，你才真正懂得去珍惜。爱德维娜一直是她的好朋友。当年十六岁的她，突然来到伦敦警务处总部，讲述她那个出租车将被用来破坏女王的钻禧庆典故事的时候，正好是爱德维娜值班。是威尔士觉察出了她故事中的逻辑性，同时也是她洞察到了史提尔的特殊才能。后来还是威尔士说服了她父母，把年轻的达维娜送去学习班学习，之后她才得以服务于国家。

“你给我争光了。我为你骄傲，达维娜·史提尔。”

她听见她不断地在重复着这句。她思念她的好朋友，因此她才更加怒火中烧、义愤填膺。有人对她撒了谎，她被人欺骗了，她被一个叛国贼蔑视了。此时的乔治亚肯定是在笑话她、嘲笑她，为她偷窃到的权力沾沾自喜，嘲笑那些本该受到她尊敬的人。史提尔决心将她拉下马，要让她为此付出代价。她要让爱德维娜·威尔士继续为她感到骄傲。

她去反恐指挥部（SO15）见了达林。她突然想起，达林少将也有可能参与了爆炸案啊。多林顿（Dorrington）谋杀案现场的重新布置一定牵扯了很多的资源，肯定需要位高权重的人来操纵。但她感觉应该不是达林。他既不爱交际，也不喜欢搞政治。他是一名战士，一个有德行的正统男人，应该不屑于与他们沆瀣一气的。她觉得特恩博和其余的人是不敢去跟他提议如此下流的勾当的。

她强烈地感觉到自己对人有超常的理解力，通常可以透过表面看到实质。很多事情的结果确实证明了她的这方面能力，她声名远扬也说明了这个问题。但在乔治亚身上她却失手了，可到底有没有失手呢？难道在达林身上她又错了？她应该不会错吧。

“首相从头就参与了。她和基廷是一伙的，我很抱歉，但这是事实。”

达林听完，顿时目瞪口呆。他用眼睛盯着她，然后一个劲地咬着自己胡子底下的嘴唇。他就这样一言不发地足足坐了有三分钟的时间，就好像你突然把整个世界的压力都“哐当”一下，放到了他的身上。这三分钟对她来说就像是永远。他办公室的墙好像也在向她包围过来。他要是再不说话，她准备请求他说句话了。最后他总算开口了。

“这太荒唐了，但你确实说得有些道理。”

又是一阵沉默。

“我的意思是，整个事情是荒唐无稽的，但是很奇怪，你说的确实有些道理。如果这是真的，如果你的判断是正确的，那这简直是太恐怖了，是英国的悲剧啊。”

他起身开始在屋子里踱步。

“如果你错了，史提尔，如果你这次没看准，那你就完蛋了，你明白吗？这件事会让你从此彻底完蛋。你的职业生涯就到此结束了，你明白吗？”

“我不会错的，她参与了。还有别的人。我当时在多林顿（Dorrington）现场，我亲眼见证了整个事情的经过。我身上还有狼狗咬我的牙印呢。”

达林回头朝她看看。她知道他现在心里在想什么：多林顿（Dorrington）。一场阴谋，有可能全是真的。高层牵连？如果牵扯到基廷，那就顺理成章了。但这次她指的不是别人，是英国首相啊。

“我可以设下个圈套，那样她就会向你坦白所有的事情。这个听起来可行吗？”

他走回自己的办公桌，坐到了她的对面，拿手捻着他的胡子。不知过了多久，他突然抬起头认真地说道。

“说出来听听，你到底想出了什么样的圈套，史提尔？”

塔图　4

莱恩·厄里从来都没喜欢过设在西克罗伊登基督教青年会（YMCA）里的青年中心。这个地方看着像是个年轻版的养老院，里面的家具散发出一股子他在利物浦的奶奶家的味道。中心里负责制定规则并且管理学生的辅导老师们一律胖墩墩的，说话的语调更是给人以空洞乏味的感觉。

他去那儿是因为他的伙伴们几乎每天放学以后都去那儿踢足球、看录像、喝可乐、偷烟抽。十五岁的莱恩是个乖孩子，像他爸一样瘦瘦高高的，脸型有点像鸟脸。他嗜好油炸食品、糖果、含糖饮料，加上又是这个年龄，所以脸上长了不少的粉刺。他喜欢女孩子，他虽然年轻，但是非常封闭，他不知道喜欢女孩其实挺正常的，没什么不健康的。

他喜欢放学以后和伙伴们来这里的另外一个原因就是女孩子。女孩儿们每天都在那儿，倒不是说她们有多好看，也不是说她们会注意看他，但单单看着她们在那儿开心地又跳又唱又笑，这就足够了，然后再傻待着幻想幻想。比如他的邻居查德拉·约翰逊，她有一对巨胸。再比如敏迪·麦克塔维斯，她爸爸也和莱恩的爸爸一样在政府部门工作。她们俩是这群女孩子里最出色的两个，但她们从来不屑搭理莱恩，更不用说去跟他做些他脑子里想与她们一起做的“事情”了，更惨的是，他可能都无法让她们注意到他的存在。

有一个女孩子已经连续三天来这里了。她好像不知道从哪儿突然冒了出来，她人长得很漂亮。从她嘴里听到的只言片语中，可以判断她是个美国人，刚来此地不久，但没人知道她到底是打哪儿来的。

女孩子们好像立刻都喜欢上了她，她总有一些小道消息或者有意思的事情跟大家分享，所以很快她就成了那群女孩子的中心人物，老能逗得女孩子们咯咯大笑。查德拉好像对她所说的一切都很感兴趣。她有一头深棕色的短发。莱恩想象那头发闻起来一定像草地一样芳香四溢。莱恩不可能知道那头发是新染的颜色。她有一双美丽的蓝眼睛，还有好莱坞明星似的美齿。她好像比莱恩略大，也许十六岁。

瑞奇·芬纳根就常常给大家这样的印象。她是个明星，在体验生活，学习如何更好地表演一个克罗伊登的女孩子。他们都在为她为何突然空降到她们当中寻找充分合理的理由，因为除非有一个特别说得通的理由，否则太不可能了。对大家来说，她太完美了，完美得令人难以置信。

第三天，在喷泉旁边，她和莱恩甜甜地打了个招呼，幸亏他没激动地说不出话来，否则就要出洋相了。她跟他说话的时候，眼睛一直是看着他的。她肯定是个外星人，她肯定是到地球上体验生活来了，肯定不会错的。

第四天，他从学校往中心走的路上看见她在乔治街附近，正独自一人从一个橙色的手机店里出来，手上摆弄着新买的手机，那装手机的盒子和袋子还拿在手上呢。他在远处看了她一会儿，看见她好像很挫败的样子。正当她停下脚步，阅读说明书的那会儿，她转身看见了莱恩。她有些不好意思自己遇到了这样的问题，另一位年轻人也有些不知所措，不知这时候该说些什么、怎么个说法。他只知道此刻自己心跳加速，好不容易从嘴里挤出了两个字。

“你好。”

她笑了，看起来她很高兴见到他。

“你好，你也是那个中心的，对吧？我叫朱迪。”

“我是莱恩。”

她伸出了自己的手，他握了一下。他是对的。她的头发闻起来果然很香，像草地一样的清香。

“你在这边上学吗？”

“没有，我是从伊利诺伊来的。我爸在这边出差，我跟他一起来的。”

“我就觉得你不是这边的。”

“我希望我是呢，我挺喜欢这儿的。”

“是吗？”

“对啊，我喜欢那个中心，太好玩了，加上我爸在他下午没事的时候，只允许我去那儿。”

他想说点什么，但意识到说那个不是什么太好的主意，于是他只是边点头，边盯着她看。

“你懂手机吗？我刚买了个新手机，想给它连上，好给我爸发个短信告诉他我买完了，一切顺利，没被骗走或者跑走。”

她做了个鬼脸，想到了她爸瘸着腿的样子。莱恩看着她的手机，好像感觉自己中了个大奖。这个手机跟他的手机型号一模一样，他对它了如指掌。他算不上什么专家，但是你知道男孩子对自己手机的那点东西还是很在行的。

“我知道这款手机的，跟我的一模一样，对吧？”

他拿出自己的手机给她看，表示他没在撒谎。

“哦，那太好了！那你能帮我设置一下吗？用什么办法？”

他掩饰不住自己内心的喜悦。

“我们可以去哪儿弄呢？”

她边说边转向了马路对面的一个咖啡厅。

“我们去那个咖啡厅怎么样？占个地儿喝一杯咖啡？我请客。”

太好了。他们走过马路往咖啡厅走的时候他满脑子想的就是这个，一遍又一遍地在心里说。她太美了，她闻起来太香甜了，她的牙齿完美无瑕，她还碰了一下我的手臂。千万别搞砸了，别说太多话，别让她闻到你嘴里的异味。

后来，她和她爸开着她妈用假护照租借来的车辆回酒店的时候，朱迪坐在车上一声不吭的，亚当感觉出来她对他们正在实施的这个计划有些不太乐意。

“他看起来是个好孩子。”

“他就是个好孩子。”

她看着窗外，他们的车经过斯特里汉姆（Streatham Common），一直往北开向城里。她回顾了一下过去的几星期自己所做的一些事情。她现在做的事情都是当时埃迪安对她做的事，他和他的疯子妈妈一直在利用朱迪。而她现在又在对这个满脸长着粉刺的大鼻子男孩做同样的事情。她在想，也许埃迪安当时的心情和她现在是一模一样的，他说她讲的笑话好笑，是不是也只是假装而已？她“可爱无比”？是不是仅仅是演戏而已？她真是被如此利用了吗？她看着她爸。

“再答应我一次，我们不会伤害到他。”

“当然不会，朱迪，我们只是要让他爸爸担心，但是绝对不会伤害到他，我保证。”

“那好吧，我是认真的。我虽然不清楚为什么要这样做，但如果我们最终变成那样的人，我会觉得不对劲。”

他看着她，笑了笑。

“怎么了？你笑什么？”

“你开始长大了。我喜欢这样。”

那天晚上莱恩刚想上床睡觉，他的手机响了，是朱迪——那个天使。当天下午，在帮她设置手机的时候，他试发了一个短信给朱迪，所以她有他的号码。但这次可不是试发哦。她可是真的在给自己发短信哪。他看着他的手机好像它具有放射性，生怕一碰到它，对方立刻就会知道，那他就不应该碰。

“再次感谢你帮我设置我的手机，莱恩，你是最棒的，明天见。”

他应该答复吗？他是不是应该装一下酷？假装对数码世界不感兴趣？那怎么行呢。她发短信给他，就是希望他会看到的，也许她孤单寂寞，在克罗伊登期间希望能做他的女朋友呢。

“很酷，我还可以帮助你，做些别的事情。”

天哪，这听起来有多奇怪啊。写完这条短信，身上的鸡皮疙瘩都起来了。

“为了你的手机，不是为了你。”

这样写更傻。他想。要是发了这条，那太不可思议了。他琢磨半天，到底该怎么回呢，怎么样从他自己挖的那个洞里再钻出来。就在这时他的手机又响了一下，吓得他心惊肉跳的。

“你很搞笑，你把我逗乐了。”

这句话后面还加了一个大红亲嘴的表情，之后手机又响了一声。

“明天中心见。”

那天晚上，他一分钟也没合眼。

亚当和凯特发生了口角，焦点是亚当让朱迪做的那件事。好在他们在亚当的房间里吵，声音也不算太响。他千方百计地想让凯特明白，他们别无选择，事情已经往无法收拾的方向在发展，不是“你死就是我活”，必须得要挟杰克·厄里来帮助他揭露乔治亚·特恩博，只有这样做，他的名声才会被清洗。

“我是担心她这辈子都会带着这些记忆，这些事情会一辈子都跟着她。”

“我确信会的，凯特，毫无疑问。对于我们全家来说，这就是一场噩梦。你要知道，如果那些人得逞了，如果他们抓住了我们，他们就会对我们下手，就像当时他们对理查德·莱勒和你父亲下手一样。”

她把自己的头埋进了那张破床上破旧的被单里，这样他就看不见她在哭了。

“我很抱歉，凯特。我不想吓唬你的，但是我们真的是别无选择。”

第二天早上，亚当、彼力和朱迪开车来到克罗伊登。亚当故意没去叫醒凯特，也没跟她说再见。这些天凯特因为精神沮丧，还有恐惧引发的自我怜悯，每天她都会连续睡上十五六个小时。亚当也没什么好的办法可以帮她。他决定独自往前走，随她去，让她在那个破旅店里睡觉吧。

他准备去做他该做的事情，不再需要经过她的批准。他一直在等着她来向他承认错误，等她来向他赔礼道歉，说自己错了。他曾经告诉过她，自己遇到麻烦了，也告诉过她，他对这次旅行深表怀疑，他是不想去唐宁街 10 号开会的。但当时她不信他啊。她不信他说整个事情有点不对劲，说这事她爸也有分。道歉不是凯特的风格，她永远都不会犯错，她从来都是受害人，被冤枉的人总是她，这次也不例外。让她他妈的睡吧。他心想。我有他妈的正事要干。

整个下午朱迪都待在中心，她得想办法再和莱恩搞得近乎些。亚当和彼力则在外面吃吃比萨，在游乐场玩玩游戏，边消磨时间边等着她。亚当是想和他儿子谈谈的，想看看他是不是知道正在发生的事情，但是彼力根本不上他的当，他就是不想说话，他的回答也都简短扼要，就像给自己修筑的一道隔离砖墙上易碎的小块砖头。亚当决定先不强迫他了，不难想象，这些日子，这个八岁孩子的脑子里都经历了些什么。彼力已经表现得超棒了。

亚当为他的两个孩子感到骄傲，也许他们并不善于表达，但是经历了这些恐惧之后，他们仍然表现出要与自己的父亲站在一起，为他做些力所能及的事情，让他知道，他们是支持他的。

他们俩坐在克罗伊登一个酸奶店的塑料椅子上，一边大口吞着冰酸奶，一边望着窗外，等着朱迪。突然彼力开口说话了。

“姥爷死了，对吧，爸爸？有人在树林里杀害了他，就是你被狗咬的那次？对吗？”

亚当沉默不语。在这之前，大家一直都没去提这个话题，这是凯特做的决定。她尤其不想让彼力知道事实的真相，觉得他已经有太多的东西需要消化了。他们告诉了他，等他们回到家，会再见到姥爷的。当然，他们是对他撒谎来着。他现在想清楚了，转眼看着他儿子。

“是的，你姥爷死了，没错。”

“我是不是再也见不到他了？”

“见不到了，我很抱歉。”

“我其实并不怎么认识他。”

“是的，但是他却非常宠爱你，彼力。”

“那些杀害他的人，就是那些想让大家认为你是坏人的人，对吧？”

“对的，是同一帮人。”

“我希望我可以杀了他们，所有的人，拿枪打死他们。”

“我理解。”

“我说，如果有人杀害了他们的姥爷，他们会怎么想？他们会是什么感觉，爸爸？”

“我敢保证他们也不会喜欢的。”

彼力的小脑子里又在想着什么，好几分钟过去，一言不发，两眼望着窗外、远处。亚当起身，扔掉他们的垃圾，两人默默地往车子走去。亚当替彼力打开了后车门，确保他系好了安全带，关上了车门，自己走到驾驶座上。他坐上车，拿出车钥匙，这时他从后视镜里看到彼力开始号啕大哭起来。亚当默默地等着他，也不想说什么，他觉得这时候最好是让他痛痛快快地大哭一场。

晚饭前，他们在街角接上了朱迪，回伦敦的路上，正赶上了高峰时段。当他们的车开过泰晤士河的时候，他让朱迪给厄里的儿子发一个短信。

“今天见到你很开心。我的手机很好用，你最棒了。”

他让她在短信后面加了一个甜甜的表情。

莱恩耐着性子跟他妈和两个妹妹一起在他们新装修不太宽敞的厨房里吃完了晚饭。他想跟人聊聊这个叫朱迪的女孩，那个独一无二的女孩。他妈肯定会跟他说别浪费时间了。他那两个妹妹肯定会偷偷地乐，只要是莱恩特别喜好或者强烈厌恶的，她们俩都会乐。所以最后莱恩什么也没跟她们说。

他爸总是很晚下班。他的工作很重要，尤其是现在，他老板变成了首相，他也随之变成了一个举足轻重的人物。现在他连回家吃饭的时间都没有了，更不用说听莱恩讲述一个他帮助设置手机的女孩子了。他决定不跟任何人提及朱迪，她就是他心中的一个秘密。他赶紧吃完饭，然后一个人回自己的房间去盯着他的手机，希望它会振动，希望她会给他发一些短信，给他孤独单调、长满青春痘的生活，带来阳光和快乐。

早上天刚蒙蒙亮，他就醒了。睡着的时候手上一直抓着手机。一个晚上她都没给他发短信。他爸随同特恩博女士去了契克斯庄园，刚回到家，也许他就是被他爸吵醒的。这将是漫长的一天，等待着、期盼着。他爸上床睡去了，他妈已经起床，开始洗衣服，也给了他一些跑腿的活干。他很乐意去，干活可以分散自己的注意力。每时每刻他都在期盼他的手机会出声。终于，手机响了。

当时他刚刚从汤尼英盖（Tony and Guy）美发厅替他妹妹取回一套刷子，正走在商业街上。任务单上的事情都已经完成，他准备到天桥另一头的披萨餐厅去见他的朋友们。

“你想不想到我住的地方来，咱们俩一起在 iPad 上面看个电影？我爸和我弟要去布雷顿（Brighton）一天，我一个人好无聊啊。”

男孩的整个世界都变了。他的生活突然被一种他从未见过的光亮照耀得熠熠生辉。迎面吹来的风好像也轻盈温煦了，开过的车辆也好像发出悦耳的节拍。他自己则变高大了、变结实了，脸上坑坑洼洼的豆子好像也突然消失了。生活本来就应该是这样的。他眼睛有些湿润，双手有些发抖。他写回了一个短信。

“当然，我很愿意，你的地址是什么？”

对于亚当来说，今天会是漫长的一天，也会是关键的一天。有些事必须办成，否则他就没有未来。如果他今天失败了，那他将来的日子只能是逃跑、躲藏，还得再住发霉的房间，还会遇到更多的恐惧和害怕。那说的还是最好的情况了。所以今天他只许成功，不许失败。

他去格洛斯特电影制片厂拜访了勃·麦卡利斯特。他在大门口等着勃，拦住了他的车，然后坐进了他的车里。勃看到亚当还活着，首先是松了口气，然后很快对亚当回来找他有些惴惴不安。

“我需要帮助，勃。”

“我告诉过你，我不想被牵连。你现在还是那么炙手可热，即使是剃光了头发，蓄着山羊胡子，你还是会被认出来的。如果你跟我搅在一起，我也得跟着付出代价。”

“我别无选择，我需要帮助，你明白吗？我需要帮助，而且就在今晚，我需要用一下你的布景。”

“你在说什么啊？”

“你可以把你的东西都腾出来，关上门，让保安回家，我就今晚借用一下。”

勃看着他。他不是那种拒绝朋友的人，尤其是在朋友如此急需他帮助的时候，但这确实有点疯狂。

“我需要那套首相办公室的布景。我需要你把它搭起来，然后打上灯光。你可以走人。这就是我需要的帮助。”

“首相办公室？见鬼，你需要那套布景干什么用啊？”

“你说它搭得很真实，对吧？连细节都很真实？”

“是啊，没错啊。确实是完美无缺，绝对难辨真假。”

“好，把它搭起来，然后打上灯光。我今天晚上需要用。以后我再也不会来麻烦你了。”

他和亚当互相看着对方。亚当在跟自己说千万别流眼泪，千万别流眼泪。勃看出来了，这不是演戏。他的确是走投无路了。

“我是无辜的，勃，我是清白的。更重要的是，我的妻子和孩子们也是无辜的。我是唯一能够照顾他们的人。我真的是无路可走了，而且我处境非常危险，我们全家人都是。他们杀了凯特的爸爸高登，残忍地杀害了他。是我亲眼看见的，至今我都无法将这一幕从我脑海里抹去。这就是一场噩梦，我现在生活在噩梦里，我必须尽快结束这场噩梦。”

他俩坐着，谁也不说话，勃听进去了。

“我今晚会回来，我就需要你把它搭起来，照上灯光。勃，我必须用它。”

他走出了车，沿着狭窄的小路走到了大街上，竖起了衣领，匆匆走了。勃从后视镜里看着他走远以后，他拿出了手机，深呼吸了一口。他并不喜欢他即将要做的事情。

“亨利，是我，勃。我需要你把首相办公室那套布景搭在三号舞台，现在啊。需要在今晚之前搭好，然后打上灯光。是我一个朋友要用，是私人的交易，他们有自己的团队和自己的安全人员。所以你只要搭建好，就让值夜班的回家吧。当然夜班的工资要照付的。是给一个朋友用，我只能跟你说这些了，亨利。”

电话对面在质疑这个指示。他们的对话间断了一会儿。勃笑了。

“不是，这次不是滚石乐队，也不是什么音乐录像。如果是，我会告诉你的，我保证。是一位大人物，但不是他们。”

这是一个寒冷的克罗伊登的夜晚。周六晚上八点刚过，几乎满月的月亮穿过雾霭在厄里家的房顶上洒下一层朦朦胧胧的月光，街道上格外静谧，感觉夜更深了。之前天下过一点雨，街道上湿漉漉的，月光洒在水面上，泛着幽幽的亮光。不知什么原因，今天晚上这个街区闻着有一股崭新的味道。杰克弯着腰，边抽着那支饭后香烟，边看着自己的迷你院子。今天是个好日子，没有工作。很久没有这样的好事了，日程上没有安排活动，“她”也没有打来电话，让他帮她满足她的那些荒唐的需求。难得她一天都没来打扰他。过去的几个月简直是忙疯了，他很欣慰，总算慢慢开始平静下来了。

今天早上他醒得很晚，一直睡到了十点。这是多么幸福的一件事啊，他带女儿们出去吃了个早饭，帮妻子整理了后院，还抽时间看了会儿书，他也想花时间跟儿子待会儿，但他一整天都在外面，早上帮他妈跑了跑腿，把该取的东西都送回了家里，然后就像一只逃离地狱的蝙蝠一样无影无踪了。他应该是和自己的伙伴们玩去了。厄里至今还清晰地记得自己的童年。他为自己的儿子庆幸，无须经历他小时候所经历过的那些艰难困苦。孩子们的日子应该比他的好，这样就好。

今天的烟也不错，加上外面朦朦胧胧的，感觉更惬意舒适。今晚整个世界是如此的宁静。好多星期以来，他第一次不为自己隐藏的秘密感到羞耻、自责。

过了几分钟后，他抽的那根烟快烧到自己的手指头了，他往马路对面看过去。有一个人从公共汽车站的凳子上起身向他走来，这个人他以前见过。他是往我这儿走吗？这个人到底是谁？他身上好像有很熟悉的东西。他走近了，一个蓄着山羊胡子的秃头。一瘸一拐的，手上还拿着东西，也许是一本杂志？他是往这个方向来的吗？是的，肯定是的了。他径直走到房子前面并走进了小门。他直接朝自己走来。

“你好，杰克，我叫亚当·塔图，很高兴再次见到你。”

厄里傻了，他感觉四肢都不能动弹了，血液也停止了流动。是他，那个美国人，一个大活人。他在这儿干什么呢？全世界都在找他，他倒好，跑到我这儿来了。他说不出话来。

他们俩你看着我，我看着你。这时，美国人打开了他带来的iPad，找出一张照片，然后把iPad递给了杰克。杰克小心翼翼地接了过去。

立刻，杰克的额头上就开始冒大汗。是他的儿子，莱恩。照片上的莱恩正在和一位年轻的女孩在地上玩纸牌游戏，好像被迫抬头朝镜头乐了一下。女孩手里还拿着今天的《太阳日报》。没错，是他儿子莱恩。塔图就是这样策划的，他知道杰克会目瞪口呆，说不出话来，所以由他自己来主讲。

“你的儿子在我手里，他很开心。但是我向你保证他可不安全，你得按照我说的去做，一字不差。你不许给任何人打电话，也不许告诉任何人，或者做出什么傻事来。我向你保证，杰克，我不会因为同情你儿子而把他放了的，我现在不可能做出那样的事情来，我其实就是一只关在笼子里的老鼠，杰克，你和你的朋友们已经把我逼到了这一步，我已经一无所有了。如果你阻碍了我的计划，那我就只有把你儿子给杀了。放心，我会把刀子直接插入他的胸膛，然后再慢慢地在里面转一转。他死的时候我会死死地盯着他的眼睛。我会是他这辈子见到的最后一张脸。你听明白了吗？”

厄里说不出话来，他一动不动地，好像失去了语言能力，失去了语言处理能力。

“点头，杰克，点头说明你听明白了。”

厄里最后点了点头。他浑身上下都湿透了。这个男人怎么会在这儿？他是怎么找到我的？为什么要找我？我与此事关系最小。他总算能说话了。

“我以为是假炸弹，只是为了吓唬吓唬他的，应该是个哑弹而已。”

“但结果却不只是个哑弹，对吧？杰克？打死那四个人的也不是假子弹吧？我岳父，理查德·莱勒还有两名警察。这是谋杀，是叛国罪。你的那些人已经越了线，跨入了黑暗之中。”

他递给杰克一个手机，那种廉价的充值手机。

“如果你儿子需要为这一切来负责的话，那就太遗憾了。拿着这个手机，我会在一个小时内给你打电话，不许跟任何人提及此事，你今天晚上跟我一起过。跟你妻子和女儿们说，你被召回去上班了，明白了？明白就再点一下头。”

厄里根据要求又点了点头，就像被排练好的滑稽剧。亚当咕哝了句什么，转身一瘸一拐地往公共汽车站相反的方向走去。

厄里突然开始哭出声来。亚当往他租借的车辆走去，几步路之外都能清楚地听到厄里的哭声。这就对了，他想，他拿到了厄里绝不忍心丢失的东西。要在过去，把一个无辜的孩子作为人质，来吓唬他的父亲，而且把他吓得屁滚尿流的，还把这种行为毫无保留地展现在他的家人面前，亚当会内疚万分的。但是他们改变了这一切，那些人。他们把亚当变成了另外一种人，他现在对所有这些都感觉不到一丝一毫的内疚和羞愧。

史提尔　4

史提尔要求单独会见乔治亚。她被拒绝了，而且被告知根据首相的日程，最好等到周六上午的反恐指挥队（SO15）会议上再见。现在已经是周六晚上，这个会议一直被推后，已经改成了晚上九点。她也试着给乔治亚打过电话，但是无人接听。今天上午，她再试的时候，留言系统干脆半途就被掐断了。

她想登门拜访，显然这样会让人笑掉大牙的。在安检处就会被拒绝入内。她想告诉他们她是谁？不是说她在职业上是何许人，而是说她在首相心中占据的位置，她们当时是怎样亲吻对方的，她们是怎样影响对方的呼吸节奏的。

她明智地决定还是别提这些了，于是转身走了。

周六晚上开会的时候，她随达林少将和其他的人一起被带往内阁会议室，往左走了几步，把头探进了乔治亚的办公室，看见她一个人坐在书桌面前看东西。

“我能进来简短地说一句话吗？”

乔治亚抬头看见了史提尔，她已经忘记她有多么美丽动人了。

“当然，来吧，达维娜，进来，进来。”

史提尔走了进去。乔治亚起身热情地拥抱了她，然后关上了门。

“我应该给你上茶的，但是，今天我让助理放了一天假。我想我最近快把他给累垮了。事实上，我把每个人都搞垮了。周六晚上九点开会，然后我们还有这些……”

她有些紧张，害怕在某个地方停下来。史提尔打断了她。

“我不需要喝茶，我确信在内阁会议室的会上他们会上茶的，我……”

这次是乔治亚打断了她。

“我为所有的一切向你道歉，达维娜。如果我做了什么的话，我向你保证我不是想要玩弄你。这些天很艰苦，这个马戏团由我领头，不许我偷偷溜走，你明白的，是吧？”

“当然，我当然明白。”

“我想你，常常。”

史提尔矜持地微微一笑，她不想再回报她以更多的情感。她要保持坚定。要是再那样付出的话，她会很伤心。她们互相看着对方，乔治亚伸手把史提尔前额的一缕头发拨开。

“我知道，乔治亚，我知道的。”

“你知道什么，亲爱的。”

“我知道你参与了的，你，还有其他人一起参与的。我知道这事涉及到很高层的人。”

房顶好像就要掉下来了。房间里一片沉默。史提尔打破了这种沉默。

“我现在就进去，报告一下我们调查的最新进展，以及那个美国人及其家人目前所在的位置，然后，你或者其他人会立即把消息传出去，随后，很快他们全家都会死掉，就像以前那些人一样——被杀害以确保你和你的人在这里、在这幢房子里能够安然无恙。”

她说话的时候眼睛紧紧盯着乔治亚，想看出点什么名堂，看出她下一步到底会怎么走？但是，她滴水不漏，不愧为一个玩权术的老手，她不会轻而易举地亮牌的。

“达维娜，我很抱歉。但是，你大错特错了，我很清楚我越界了。这么跟你说吧！夹杂个人感情确实是不明智的。但是编造出这么个故事……”

她停顿了下来，想指给达维娜看应该往哪个方向想问题。这会是一个表演，她想让达维娜记住。一滴眼泪很有技巧地从她的左眼掉了下来。

“我明白，如果夹杂太多个人情感，如果你受不了，那你的思维就会受到影响。我想让你知道，我不责备你，我也玩弄了你的情感，我本来就没有这个权利的。”

史提尔明白了她的意思，乔治亚准备把她推到岩石边，让她摔下去，准备毁了她的名誉和事业。她知道这充其量不过是一个口头的威胁，但是，给她带来的冲击一点也不会因此而变小。房间里又是一阵沉默。两个人谁都不知道下面该说点什么。乔治亚看了一下表。

“时间到了，该坐下开会了，亲爱的，别迟到了。”

她打开办公室的门，请史提尔出去。

“我马上过去，我们在下面见。”

史提尔挪开眼神，步伐沉重地走了出去。乔治亚看着她离开，她知道，她和年轻的史提尔之间已经彻底完蛋了。如果不是因为自己格外小心翼翼的话，她的政治生涯，甚至她的自由都会跟着完蛋。

达林和他的手下在内阁会议室足足等了乔治亚二十多分钟时间。她总算来了，镇定自若的样子，感觉肩上担负着管理英国重任的样子。会议期间，没有发生什么特别的事情。达林和史提尔向大家介绍了有关塔图的新情况，没有什么激动人心的，那辆老式的沃尔沃车最后在泰晤士河边一个公共停车场里被发现。美国使馆前曾经有过一阵骚动，他们以为塔图一家想要进入使馆，但是，最后一分钟不知何故，他们放弃了。好像有过几声枪响，所幸无人受伤，从此以后，线索就中断了。尽管有线索表明高登在威尔士有一个堂弟，本来准备帮助他们逃离英国，转道爱尔兰回美国的。会议开得不算长，史提尔只是稍微讲了几句，主要由达林负责汇报，由他主讲，也由他承担在座的各位对这个调查久拖不决的种种抱怨和谴责。

乔治亚照例表示，她希望随时得到最新进展情况的汇报，说完她立刻宣布会议结束。这是周六晚上，每个人都有自己的生活需要料理，她向大家表示抱歉。大家都陆续退出了会议室，她示意达林留下。就剩他们俩了，她放下了架子。

“唐纳德，我们遇到了一个大问题。我需要你做个人事调整。”

“当然，夫人，是要换掉我吗？”

他半开玩笑地说道。

“不是，上帝，当然不是你啊！是史提尔警探。恐怕我们得换掉她，到了现在这个阶段，我认为这个案子对她来说太个人化，她会受不了，她还年轻，是不是？”

“她是很年轻，但是，她是一个天才，夫人。如果你不介意我这么说的话。我觉得那将是个错误。”

乔治亚立刻把球踢了回去，态度非常坚定。

“不是，这不是个错误，少将。她在是个危险，我们必须立刻把她换了，再找个人吧！”

他们面对面地站着。

“我要你立刻把这事办了，她得出局，这很重要。”

“还有别的事吗？夫人？”

“没了，就这事。享受你周六——剩下的部分吧！”

达林收拾起自己的东西，走出了房间。乔治亚也悄然消失在了楼道里。

达林一出唐宁街，开车回他里士满（Richmond）家的路上就给史提尔拨了个电话。

“你的陷阱奏效了。你说得太对了，她绝对是参与了这件事的。太不可思议了，我说的是这也太可怕了。我还希望你大错特错呢！没想到你完全正确。”

“我知道我是对的，她是怎么处理的？”

“这么说吧，你现在成了她的眼中钉了。她要你立刻调离此次调查，看起来，你好像是掌握了首相的一大堆丑事。”

史提尔默默地点了点头。心想，少将您有所不知啊，这只是其中的一小部分。

特恩博　5

乔治亚、基廷和伯恩勒三人聚集在唐宁街 11 号她的客厅里。她立场坚定，全民公决得先放一放，局势尚不稳定，不能操之过急。大周六晚上她把大家召集过来就是要告诉他们，在这个问题上如此催促她极不妥当。

“你们俩都得清楚地认识到，我们现在还不是毫无羁绊，这就好比我们全速地在往一艘巨轮上撞过去。为了我们国家，我在此请求你们，不是为我们，为我们自己的安全，而是为了这个国家。因为，这将是一个巨大的灾难，可能会把所有的东西都撕得粉碎，我想我不用在此一一细说了吧？”

“乔治亚，你为什么这么担心呢？”

基廷的声音此刻显得冷静沉稳。他努力表现出镇定自若的样子，希望她明白她的紧张、担心是完全没有必要、没有根据的。

“依我看啊，一切进展顺利。很多事情都有了结局。罗兰在医院里康复得很好，高高兴兴地准备在一到两周内回到他贝尔格莱维亚区的家中。国家的各项事情也在往前推进。如果此时突然宣布举行全民公决，对媒体来说这将会是一个全新的故事，这也正是我们国家此刻需要的一个插曲。”

“大家会怀疑的。所有的人都在看着我们，我得警告你们。”

她这几句话是对着伯恩勒说的，他应该有丰富的经验和清楚的头脑。他静静地听着她说完后，心里在琢磨。

“我们不能盲目行事，现在不行。”

基廷按捺不住了。

“谁怀疑啊？乔治亚？谁让你这么坐立不安啊？”

“我觉得达林知道，至少，他怀疑我多少参与了。他可能也怀疑你，大卫。我不确定他还怀疑别的什么人。”

基廷起身，走到前面的窗子跟前，从窗口望出去，是正对着唐宁街，此刻深藏在雾霭中的财政部。他转过身来，确信现在是给她施加点压力的时候了。

“你的那个情人呢？史提尔警探她知道吗？这是不是也是达林怀疑的原因啊？”

乔治亚像泄了气的皮球，有点喘不上气来。

“哦，好了，乔治亚，你以为这是个什么秘密吗？白厅半数的人都知道你和那个小东西是相好。”

乔治亚的两眼冒着火花。

“要么你就坚决做这事。”

乔治亚转身，不再看他的眼睛。

“别管那么多了，你是首相，无论你做什么，都会引发各种不同意见的。”

伯恩勒显然不喜欢这一部分对话，把眼神移开了。基廷可是乐在其中。

“她是我们的问题吗？她是我们的问题？因为如果你现在告诉我她是的话，那么，我发誓，乔治亚，如果我们不把这个问题及时解决了，那我们就会被人打包扔到地狱里去。”

乔治亚一声不吭，也没有回答基廷的问题。她既感到尴尬万分，又怒火中烧，她竭力不让自己的眼泪流下来。她知道如果现在哭，基廷就会像发到第四个 A 一样走狗运，那样太便宜他了。她低着头，一句话不说，就像一个学生被发现考试作弊了一样。

“你跟我们一样陷得很深了。如果你觉得你比我们离海岸更近，那就大错特错了，乔治亚。你知道我们的路线，你他妈的就得待在这条路线上，我不是第五次来跟你重复这些的，听见了吗？如果你把我惹急了，我就会把性丑闻搞得天大地大的，让这幢楼在性丑闻中垮塌。”

她想还击，让他滚开，让他们俩都滚开，但是哪里是尽头呢？她又能说什么呢？她是否应该咬回去呢？她有些心力交瘁，只想回到自己的床上。现在不是跟基廷决一雌雄的时候，她还需要制定计划，一个具体的计划。等他再次攻击她的时候，她就可以奋起还击。

她需要睡觉，需要她的小药片。

“好，大卫，好，是是，听你的吧！”

她在自己的卧室里睡得好沉，做了一个最最奇怪的梦。她梦到杰克·厄里到卧室来了，他喊她起床。厄里身边还站着一个陌生男子，秃头，蓄着山羊胡子。一切都是那么奇怪，厄里脱掉了她的睡衣，帮她换上了正装，在厄里和另外一个男人面前赤身裸体，实在太奇怪了，但是她无所谓。那个男子就在旁边看着她，她冲着他傻笑，还一个劲地告诉厄里她需要回去睡觉。

突然，她醒了过来，坐在了唐宁街10号的办公桌前。杰克·厄里就坐在她对面，看着是在记笔记。她的视线有些模糊，等着眼前的一切变得更加清晰些。

“你没事吧？夫人？你需要点什么吗？”

她吓了一大跳。以前，曾经发生过类似的事情，只不过这次的梦境实在太像真的了。她在床上睡觉，杰克给她换上了衣服。然而，现在她坐在自己的办公室里，这只是一个普通的工作日，肯定是因为她看着杰克记笔记的样子太无聊，睡着了。她觉得有些不好意思。太令人惊讶了，真是不知道如何是好，看来她的情况不是在一天天变好，而是变得越来越糟糕。她是不是疯了？

“我们继续好吗？夫人？”

“继续做什么？我们是在干什么呢？”

“你在写信。”

“是吗？给谁啊？”

“给媒体啊，你在告诉他们爆炸发生的真实情况，你在向他们澄清事实呢！”

“澄清事实？我在写信？”

“对啊，夫人，你说要把真实的情况写出来。”

塔图 5

亚当站在这套布景的背后看着这一切。这套东西确实与首相办公室布置得一模一样，连文具看着都一样。厄里和特恩博各自坐在仿造的椅子上，此时，藏在这个仿造的首相办公室里的三台摄像头，正从三个不同的角度录下这一切。亚当和勃一起看着后台的监视仪。

勃就是一个摇滚明星，他就是那样的人。当亚当和厄里凌晨三点，带着他们酣睡中的客人来到此地的时候，亚当以为没有别人。唐宁街10号的布景已经布置完毕，灯光也打得恰到好处，一切完全是按照他当时的要求给布置的。所有的工作人员也都按照要求回了家，所以，当他们把睡梦中的乔治亚从车上抬到台上的时候，一切都风平浪静的。但是，当他们走进这个黑色摄影棚的时候，突然从里面走出一个人来。他们有伴儿，勃在现场。当勃看见站着睡的首相时，他差点吓得尿了裤子。

“我的天哪！你们没在跟我开玩笑吧？”

“我们别无选择。你为什么会在这儿啊？”

“要是我有半点脑子，我就不会在这儿了。”

亚当笑了。他知道为什么勃会在这儿，他还是朋友，他在这儿不为别的，仅仅因为他还把他当成朋友。这正是亚当眼前最需要的，就像他离开了水、空气、食物不能生存一样。他现在多么渴望有一个人，哪怕就只有一个人，可以站在他一边。就在这时，勃像及时雨一样出现在了他的面前。这个大块头英国人，为了友谊把一切都置之度外了。他真想抱着他痛哭一场。

勃已经设置好了监视仪，并且调好了灯光。亚当和厄里负责其余的事。首相助理知道自己该做些什么，他像一个专业演员一样完全按照剧本行事，熟练得就像他这辈子从事的一直就是演艺事业。

“等一会儿，杰克，好像有些不符合逻辑？为什么我需要把事实的真相告诉媒体啊？真相？那样我的命运就完了，我就该去坐监狱了，政府也会因此垮台。这会引起混乱啊！”

“在我看来也不符合逻辑，夫人，不过你说你要把爆炸的真相用书面形式告诉媒体的。”

“说我参与了？我写这个吗？”

“是啊，这首先是基廷的主意，你最后同意的。你让那个美国人在不知情的情况下，把炸弹通过调换文件的方式放进了唐宁街10号。”

“是，是，当然，这个我知道。我知道我们做了。但是，我们为什么需要写这样一封信呢？我被你搞糊涂了，杰克，这确实不符合任何逻辑。”

她颤颤巍巍地站起来，扶着桌边，蹒跚着走到了门口。

“我觉得自己在做梦呢！感觉太奇怪了,连这个办公室看着都……”

她打住了，转向杰克，两眼含着泪水。过了会儿，她又开始断断续续地开口说话。

"杰克，我是个吸毒者，我是个吸毒者。我根本控制不了自己，已经完全迷失了我自己，我随时随地会睡着，对我来说一切都像在做梦。我遇到麻烦了，我迷失了自己。"

一边说着，她一边走向那个关着的办公室门。

在外面的亚当和勃紧张得不知所措。如果她打开门的话，她肯定以为门口会摆着一排排的办公桌，还有通向唐宁街10号大厅那条长长的走廊，结果外面什么也没有，她只能看见一个空空荡荡、脏兮兮的舞台，也许还有在监视仪旁监视的亚当和勃。那样，天就要塌下来了。

就在乔治亚快要开门的那一刻，厄里从座位上跳了起来，轻轻地拉住她的手臂。

"夫人，你放松就行，先坐下喘口气。"

她好像确实又喘不过气来了，眼珠子直转，说话也是结结巴巴的。

"不是，不是，我只是想上楼去，我需要去拿点东西。"

厄里轻轻地把她扶回到桌子后面的椅子上坐下。

"哦，天哪，杰克，我是不是神志不清了？"

"没事，我在你身边呢！夫人。我们会挺过去的。你放松就行。"

她坐回了椅子上，他给她倒了杯水，她一口气把一杯水全给喝了，深吸了口气，看着镇静多了。厄里挽回了一场灾难。

"我们都做了些什么啊？杰克？我们怎么会任其发生的呢？我们差点杀了罗兰，对不对？我们放任了太多的事情，我们令太多的人失望了。这绝对是一场灾难，一场悲剧，我做出了令人不可思议的事情。”

她悲痛万分。厄里只是看着她，觉得此刻任何语言都是多余的。在外面一直看着监视仪的亚当和勃震惊万分。

“我要辞职，我要说出一切——我参与了这次谋杀，我是基廷的同谋，我协助安放了炸弹。我还试图掩盖事实。”

她有些黯然神伤。突然，另外一个念头又让她脸上熠熠生辉。

“还有，我爱她，我要告诉所有的人，我爱她，我从未爱过别人，我从来没有，杰克，现在我爱过了，但是我又失去了她，我连自己也失去了。我失去了所有，我好难受。”

她抑制不住自己，开始痛哭起来。

这一幕让人看了无不为之心痛。巨大的痛苦好像给了她浑身的力量，她站了起来，步伐迅速而坚决地往门口走去。沉浸在痛苦和后悔之中的厄里还没来得及走过去阻止她，她已经走到了门口，并且打开了房门，正准备迈出门口。可是，门外什么也没有，只有漆黑的一片。她震惊了。

“这是怎么回事？这是什么？”

就在这时，一个男子突然从黑暗中冒了出来——那个蓄着山羊胡子的秃头。他走近她，她还没来得及举起双臂，他已经将她一把拉到自己的胸前，让她动弹不得。她闻到了嘴边那块毛巾上有一股锌的味道。她现在明白他是谁了，就好像一张底片在显影水中渐渐地显现出了上面的图像，透过那剃秃了的头和脸部的化妆，她认出了他就是那个美国人，那个叫亚当·塔图的美国人。他在冲她微微地点头，让她深呼吸，很快她就失去了知觉。又睡了过去，回到了唐宁街 11 号她自己的房间。

史提尔　5

虽然那顿有鱼的晚餐已经过去足足有五个多小时之久，但是她爸妈的公寓里还弥漫着一股子鱼腥味。史提尔爸妈的那套房子就是有这么个特点，它能够长久地保持上一顿饭的味道，无论你清洗得有多全面、多彻底，前一顿饭的味道还是一直能够维持到下一顿，直到下顿饭的味道和香味出来，前一顿饭的味道才算正式消失。夜色已深，家里一片寂静，史提尔穿着衣服躺在床上，床边放着她的手枪，随时准备派上用场。

他们今天晚上肯定会登门的，她确信无疑。下午的时候，她就看见皮特和另外一个年轻的男子在自家的咖啡厅门口转悠来着，年轻的男子替换了被亚当击毙的哈利斯。她感觉到他们一直尾随着她和她妈，从他们家的咖啡厅走到公寓楼。她知道他们就在附近，这说得通的，他们今晚肯定会来的。基廷肯定会给她传递一个信号：她找到并且拼上那最后一块具有战略意义的字块以后，他肯定会发表一下意见的。毫无疑问。

大概一点过后，正如史提尔所料，他们果然偷偷摸摸、蹑手蹑脚地爬进了她家的公寓。如果不是因为史提尔训练有素，而且全神贯注地竖着耳朵听的话，根本无法觉察到有人已经进屋来了。他们也是训练有素的，不但如此，还极具耐心。她立刻拿起了准备在床边的手枪，并紧紧握在手里，等待着。

公寓里伸手不见五指，这是她有意安排的，她事先关闭了家里所有的灯光，还放下了所有的窗帘，这样街灯、月光都无法透过窗帘照进屋子里来。她不想让他们轻而易举地得到想要的东西，她要他们付出沉重的代价。若隐若现的脚步声越走越近了，到她门口的时候，他们停下了脚步。

她严阵以待，把手中的枪拽得更紧了。他们继续往前向她父母的房间走去，她猜对了，他们不是为她而来的。那样的话也未免太容易，太明显了，况且杀死一个警察的目标也太大了。他们是来害她父母的。

她竖起耳朵，专心致志地辨别着他们的脚步声，这七步路在他们的脚下发出了微微的吱嘎声，随后她父母的房门慢慢地打开了，门上的合页发出些许的吱扭声，似乎是在努力起到报警的作用。他们的移动不但缓慢，而且极其隐蔽，几乎不发出任何声音。

他们走进她父母的房间，房间里鸦雀无声。她坐在自己的床沿上，手上拿着枪时刻准备着。她等着，深吸一口气，就在这时她听到了闷闷的一声枪响，是消音手枪。紧接着又是一枪，随后又补两枪，是为保险起见。她想，他们是职业干这个的，必须确保她父母两人都已死无疑。任务完成了，他们俩蹑手蹑脚地离开了她父母的房间，往史提尔房间这头走来。

等到他们经过她的房门，穿过客厅，准备往门口走的时候，史提尔轻轻地走出自己的房间，在黑暗中尾随着他们。他们俩摸索着出去的方向，走到门口，正准备往外走的时候，史提尔迅速打开灯，并连发了好几发子弹，算是对他们刚才在她父母房间那几发子弹的回应，一样的神速，不同的是她的手枪不带消音器而已。

她故意在皮特受过伤的那只手臂上又加了一枪，打伤了另外那个男子的一条腿，他们俩一起倒在了地上。她在皮特受过伤的那只手臂上又补了一枪，那个年轻男子试图起身去取掉在地上的那把手枪，史提尔立刻拿枪瞄准他的脸。

“你现在可以选择，要么捡你的枪，要么要那扇门，你自己二选一吧！赶紧的。”

那个年轻男子看出了她眼里的坚定，拖着那条受了伤的腿一瘸一拐迅速地逃离了。这时，她走到躺在地上疼得嗷嗷大叫的皮特跟前，狠狠地踢了一脚他的肚子，然后从地上捡起他和那个年轻男子的枪，插在自己腰间的皮带上，又从腰间取出一副手铐，把皮特那只没受伤的手铐在墙上的暖气片上，然后使尽了全身力气再踢了他一脚。

之后，她给市警察署打了一个电话，要求给她增派些人手，随后走到她父母的房间把灯给打开。之前，她照着父母的睡姿和形状，用枕头和床单做了两个大包放在床上超大号被子的下面。这些床上用品算是全毁了，上面尽是火药，还有那四发子弹留下的枪眼。但这点代价算不了什么。

她现在脑子里想的是基廷。如果下次他再要对她下手，他一定会确保自己万无一失的，对这一点她确信无疑，那就不会只是把父母送到比格尔斯威德舅舅那儿那么容易了。基廷下手一定会更狠、更准，那些偷偷摸摸的脚步不会第二次再走过她的房间。该是他出击的时候了。

特恩博　6

周日一大早，乔治亚就醒来了。她立刻回想起了前一个晚上自己做的那个梦——她在办公室里写坦白信，一切都是如此真实。她迅速起床，穿上了周日上午常穿的裤子，头发还梳成前一天晚上的那个样子。她急急忙忙地下了楼，跟打照面的每一个保安人员都打过招呼，跟那些周日得来上班打卡的工作人员打完招呼后，匆匆地走进了自己的办公室，关上了门。

这个办公室不太一样啊——与梦中的那个办公室不太一样，说不出怎么个不同法，但是，确实是有所不同。她坐在自己的桌子跟前，看着厄里通常坐着记笔记的位置，然后她起身，走到门前，打开门，看见门口的那些桌子和通向大厅的走廊。坐在远处两张桌子边的两个年轻秘书以为她有什么需要。她没什么事需要她们帮忙的。

“不需要茶，谢谢。”

她回到自己的办公室，把自己关在了里面。

她在办公室里来回踱着步，脑子里重现着昨晚的梦境——那个美国人把一块毛巾捂在了她的嘴和鼻子上，他和厄里毫不含糊地站着，看她光着身子穿衣服。她又转身看着办公室的门，她需要再次去打开它。于是，她把门再次打开，那两个秘书再次抬起头来看着她，也不知道她想要干什么？但又不好意思问。她向她们挥挥手，表示没事，脸上挂着一脸的僵硬，然后她再次进去，把办公室门关上。现在她可以确信无疑了，昨晚根本不是什么梦，而且更糟糕的是，昨晚的事情完全不是在这个办公室里发生的。

是厄里，是厄里背叛了她。那些应该都是真实发生的事情，她遭人诱骗，进行了坦白。难道那是一个模拟办公室？还是某种仿制品？或者是电影布景？就像在休·格兰特的电影里那样？一定是的。那个美国人用某种手段取得了厄里的协助，他们俩携手一起把她逼到了墙角。毫无疑问，他们录下了她所说的话，肯定就是那么回事了。她在劫难逃了。

这下完了，她得在监狱里度过余生了。她那可怜的父亲，可怜的弟弟们，她会给他们带来怎样的羞耻啊！还有她的国家，她可怜的国家，她又会给国家带来怎样的羞耻。她都干了些什么啊？结果怎么会是这样呢？她只想大声喊叫，想责备别人，但是她没人可以责备，是她自己干的，是她把自己的生活搞得一团糟，把所有的事情都搞得一团糟，现在她该为她的所作所为付出代价了。

她走进那个小办公室，在墙边的沙发上坐了下来。就是在这张沙发上，多少个夜晚，她就这么坐在罗兰的对面，跟他讨论大胆的梦想和宏伟的计划，也曾有过无数次的辩论和争吵。他们曾经有能力改变这个世界的。每次，他们俩的讨论最终都会回到他们是如何白手起家一起走到今天的，如何对未来充满了无限的憧憬这些话题上来。现在，这个未来已经无所谓了，或者说根本就不曾存在过。

她起身给自己倒了一杯常温白开水，慢慢开始接受这个痛苦且可怕的现实。然后她拿起电话，拨通了她现在唯一仅存的同盟——大卫·基廷的电话。

塔图 6

凯特和孩子们其实都慢慢喜欢上了莱恩·厄里。他是个善良的孩子，而且性格随和、天真，他比实际年龄略微显得小些，所以在情感上似乎与彼力更亲近些。当然，他对朱迪还是非常着迷的，这点是毫无疑问的。亚当当时猜得非常准确，而且演得也天衣无缝。凯特还曾经怀疑过这个计划是否能行得通，是否需要把他绑在什么地方？或者拿东西把他的嘴巴堵住？很快她意识到所有的这些都是多余的。

他和朱迪在iPad上面看了几部电影，然后玩了一会儿纸牌游戏，她为他唱了一首《穿越苍穹》。后来，在他的再三请求下，她又唱了一遍这首歌。整个晚上，他们俩都在一起聊天，聊伦敦和芝加哥生活的差别，她学校的同学，他学校的同学。他还时不常把她逗得咯咯大笑，时间过得很快，十几个小时好像一眨眼就过去了。如果他愿意，他是随时可以离开这里的，当然他没有。在一旁偷听的凯特觉得，其实朱迪比绳子啊，比往他嘴里塞东西什么的，都要好使，都要管用，要好使好多倍呢！

快要天亮的时候，他们开车送莱恩回家。在开往克罗伊登的路上，亚当一句话也没说。坐在后排的两个孩子在他手机上玩了一个他最喜欢的游戏，朱迪取笑他，觉得这个游戏有些愚蠢，而且太暴力，“太傻”，是她用的词。但是，她还是跟他一起玩。他不停地告诉她这个游戏有多好玩，为什么好玩。朱迪还是继续取笑他。

大约早上八点的时候，他们到达了厄里家。离开旅店五分钟以后，亚当就给厄里拨打了电话，所以，他们开到的时候，厄里早已在马路牙子上翘首等待。他孤零零的、一副睡眼惺忪、筋疲力尽的样子，本来就不怎么挺拔的身子这时干脆成了驼背。那套皱皱巴巴的西服穿在他干瘦干瘦的身上，看着就像老式砖瓦房子门前摆放的一个稻草人。对他来说，这个漫长的夜晚中唯一闪光的时刻总算随着他儿子从车上下来，而降临到他身上。他一言不发地紧紧拥抱着自己的儿子。这么多年来，他还从未如此用力地抱过儿子。

朱迪也从车上走了下来，和亚当一起看着他们爷俩团聚。她很同情这个英国男孩，她知道被人利用、被人玩弄是一种什么样的感觉。虽然，这次她身处游戏的这一方，那她也不会因此就喜欢上这一方所扮演的角色。她知道她从未想过要伤害任何人或者伤害任何人的心，她再也不想玩这样的游戏了。这是最后一次。

杰克让儿子进屋等他，并且嘱咐他不要跟他妈说起这事，就说他在好朋友家待了一晚上，莱恩同意了。他不知道到底发生了什么？或者正在发生着什么？但是，他感觉最好还是听爸爸的话。

莱恩进屋之前看着朱迪，好像有千言万语想要跟她说，但却一个字也说不出来，于是朱迪替他说了。

“你是听我唱歌的第一个听众，莱恩。”

“我喜欢听你唱歌。”

她一把拉过他，长时间热烈地抱着他，然后，又在他嘴唇上甜甜地亲了一口。在莱恩看来，这一刻是他有生以来最漫长、最美妙的一刻。她放开了他，莱恩觉得自己神志恍惚地走进了屋子。她则上了车，坐到了前排，关上了车门。她爸看着她，此刻仿佛有一股油然而生的自豪感温暖着这寒冷的冬日。虽然这家人被拖入了一场痛苦和灾难之中，但是，朱迪好像因此重新找回了她甜蜜可爱的那一面。

此时，厄里打破了他们之间的沉默，告诉亚当他正面对的一个现实情况。

“她知道了，塔图先生，乔治亚，她知道了。”

“你说她知道了，你这是什么意思？”

“她不傻，她自己琢磨出来的，我们昨晚做的那些事，她知道了那不是个梦，知道我背叛了她。”

“是她亲口告诉你的？”

“她不用告诉我。她让我去接她去基廷那儿，就是海德公园附近的那个宅邸。我从她的声音里能听出来，很明显，我跟着她很多年了，她知道了，我非常肯定。”

亚当认真地看着他，他确实没有撒谎，这应该不是个陷阱。厄里此时像一只惊弓之鸟，一副胆战心惊的样子，不敢设想去基廷宅邸会有什么在等待着他。

“你一定知道你要与基廷打交道，这意味着你即将面临什么，对吧？”

亚当想了想。他清楚自己手上拿着一张 A 牌，就是乔治亚坦白的那段录像，他已经把它安全地存到了“云”里，随时可以将它调出来使用。

“你去吧，我知道基廷家在哪儿，我也会在那儿，你会没事的，去吧。”

“但是，他是……很危险的，他是一个……”

亚当打断了他，没让他把话说完。

“我一点儿都不怕他，杰克。如果有人需要害怕，那应该是基廷，而不是我。他应该怕我。”

他转身跛着腿走开了。

史提尔　6

“达维娜，亲爱的，你肯定你会没事吗？你会安然无恙？”

“是的，爸爸，我会没事的。我只是需要你和妈妈消失一段时间。所有的这一切很快就会结束的，我保证。”

她送父母到圣·潘克拉斯火车站，他们将坐火车去格拉斯哥她姨妈家里。他们离开伦敦，可以免遭伤害。她没告诉他们，前一个晚上在公寓里发生的枪击事件。其实，那天她压根儿就没透露，为什么他们得去比格尔斯威德的奈杰尔舅舅家住一个晚上。他们只是被告知，因为她涉及案件调查，可能会有一些危险，她不想冒这个险。她说她只能说这些了，再次向他们保证她肯定会平安无事。

“我可不喜欢这些玩意儿，达维娜。”

她妈边哭边说。

“我也不喜欢你在这一行里搅和，其实我从来都没喜欢过。现在，我算是明白我为什么不喜欢了。”

史提尔紧紧地抱着妈妈。

“我知道，妈，我知道，但是我已经在这儿了，在这行里了，除了我的工作，别的我什么都干不了，你明白吗？”

她妈略带后悔地回答明白了。达维娜于是吻了她妈的前额，再次拥抱了她爸，然后把二老送上了火车。

她穿过火车站，坐上地铁到圣·詹姆斯站下了车，然后步行到市警察署总部，进门以后她上了楼，走过那一张张的空桌子，经过关着门的办公室，坐内部电梯来到武器仓库。她像个学生一样毕恭毕敬地签上了自己的名字，把她的身份输入了电脑，然后给自己配备了一些武器，包括两支格洛克 17S 型手枪。

随后，她又到地下车库领取了一辆巡逻车，加满油后从车库开了出去。此时，正值星期日上午，整个城市还未完全从睡梦中醒来。她缓缓地把车开往肯辛顿方向，直奔基廷家。

特恩博　7

乔治亚和厄里开着福特福克斯来到了基廷家，他们又一次成功地躲开了安全人员。这事变得越来越困难了，如果不是星期天上午，要想避开那帮安全人员几乎是不可能的。他们俩在车里谁都没开口说话。他能看出来，她对他很生气，也许她更生自己的气，他琢磨着。她不是那种把责备和怨恨一股脑儿往别人身上推的人。他以前曾经无数次看到她把责任往自己身上揽，所以，他心里明白，她陷入这种糟糕的境地，一定对自己极度不满意。

他们的车过了安全岗哨，行驶在车道上，开往他那幢以长长的流线型台阶为主要特征的乔治亚时期风格的官邸。到了前门，车子停了下来，熄了火，他第一次打破了他们之间的沉默。

“他绑架了我的儿子，夫人，那个美国人。我就是想跟你说一下，他绑架了我的儿子，所以，我别无选择。”

她看着他，声音低沉，被太多的事情和情感困扰着。

“我估计应该是这类事情，杰克，我太了解你了。我相信你不会因为别的任何原因做出这样的事情。”

“不会的，夫人，也不会有别的原因。”

她冲他点了点头，抬头看了一眼眼前的这座宅邸，拉开了车门。

“好吧，我们现在的处境无法做交易，我们需要这个人的帮助，其实，我一点儿都不喜欢这个主意。”

说着，她下了车，走上了通往那扇巨型木头大门的台阶。她的步伐回到了以往正常的状态，拐杖再次成为了历史。恐惧、蔑视、愤怒、恼火等等，汇聚在了一起，还给了她健步如飞的步伐。

客厅里，基廷请求她保持镇静。他身穿一套裁剪合体的名牌西服，礼貌地问他们是否需要喝的，被拒绝了以后，自己给自己倒了一杯苏格兰威士忌。

“我从来周日早上都是活不过来的，但是，今天的情况显然不是普通的情况了。对吧？”

他回到了他们俩坐的沙发边。

“告诉我，杰克，塔图他手里到底拿着了什么东西？是什么把我们的首相搞得这么魂不守舍的？”

厄里害怕告诉他真相，但是，他知道他也没别的办法，于是他就说了出来。

“他手上有一个带子，一个录像带。”

“一个录像带？什么样的录像带？”

这时，乔治亚把她的眼睛挪到了别处。

“录像带里有首相的坦白，坐在她的办公桌跟前坦白你们所做的一切事情，先生。”

基廷一边伸手从他棕色雪茄盒里拿出了一支高希霸贝伊可雪茄，

一边纠正着杰克。

“是我们所做的一切事情，杰克，我们一起所做的事情。”

“是的，先生，当然。”

“那个录像带是在哪儿录的？你说是在她的办公桌旁？”

“不是，先生，是在一个摄影棚里，在格洛斯特郡的一个摄影棚里，那儿有一个首相办公室的复制品。”

基廷边点着他那支昂贵得出奇的雪茄，边听着厄里说。

“那是你带她去的？去到这个摄影棚里？去制作这个电影？这是你干的事？”

“他绑架了我的儿子，并威胁要杀了他。”

基廷狠吸着雪茄直到雪茄头上整个烧着。

“那是他告诉你的？他要杀了你的儿子？”

“对啊。”

“所以你就背叛了你的首相、你的国家、背叛我？”

他瞪着杰克，这种眼神分明是在要求杰克看着他的眼睛，因为，杰克在此之前一直没看他的眼睛。

“看着我，回答我的问题，杰克。”

虽然他的用词充满了愤怒，但是，他的声音还算保持着平稳，甚至听着还有那么点儿令人安慰。乔治亚从来没有见过他如此勃然大怒的样子。

“你肯定知道我们是在做什么吧？对吧？你是不是忘记了这个事情有多重要，对英国来说？你是不是忘记了，杰克？”

“我没忘，先生，但是我不知道我还能怎样，他威胁要杀害我的儿子，我看不出还有别的什么路可走。”

基廷把他手中的酒和雪茄放在咖啡桌上，歇了会儿，让房间安静一下。

“好吧，我们得想出办法来，乔治亚，相信我，好吗？我会把这个皱纹给熨平的，我会跟塔图达成一个协议，最后用钱来解决。我们来谈一个数目，让他走开，跟他达成一个重新安置的协议，就像美国跟黑手党达成协议一样。我敢肯定这就是他想要的，我们可以做到。”

他轻轻地笑了笑，耸了耸肩。

“他演得不错，我不得不承认。”

乔治亚深吸了口气。也许大卫是对的，也许这件事情可以就这样掩饰过去。

“与此同时，我得请你办一件事，杰克，一件跑腿的事儿，我需要和塔图启动谈判程序，跟我来一下好吗？杰克？”

基廷走出了房间，示意厄里跟着他走。然后，基廷回头把屋子里的巨屏电视打开。

“乔治亚，你喝点东西吧，桌子上有水，然后，看看所有的电视频道都是怎么取笑你的。我们只需要一分钟，杰克和我会在楼上书房里，如果你需要什么，你就喊我一声啊！”

杰克的目光期待着乔治亚的首肯，结果乔治亚点头同意。等他走到大厅的时候，基廷早已经爬上了那个环绕大厅通往二楼的旋转楼梯上。他小跑着想跟上，但当他走上楼梯的时候，基廷已经走到二楼走廊的尽头，并很快消失在众多门中的一个门里面。

“进这里来，杰克，来吧。”

他就像在招呼一个西班牙猎犬一样地招呼着他。他跟着进了门，也不知道是否还有别的路可走。他只是庆幸得到了一个机会，可以补偿自己的所作所为。

书房的四面墙全是红木质地的护墙板，房间里满满地摆放着各种书籍、地图、艺术品，还有一些珍贵的狩猎用刀。一看就知道这是一个收藏家摆放收藏品的场所，各种各样的小饰品、硬币、古董，应有尽有。其中一面墙上整齐地堆放着很多老式的行李箱，那种维多利亚时代的行李箱，一个叠着一个，保存依然完好，都快堆放到屋顶了。另外一个区域展示了一些少见的狩猎用号角，大约有六十多个。

“稍等我一会儿，杰克。”

说完，基廷的脑袋埋进了一个柜子里，好像在找什么东西。厄里琢磨着这个巨大的胡桃木柜子肯定是一个无价之宝。当基廷的头从箱子里抬起来的时候，他手上拿了一副园艺用的手套，以及其他的一些玩意儿，还有一根看起来很奇怪的黑色长型警棍，上面带有一根皮带，连着一根电线。他漫不经心地指着其中一个圆顶的大型行李箱子。

“跟我一起把它挪一下，行吗？”

他走到箱子跟前，抬起木质古董箱子的一头，等着摸不着头脑的厄里抬起另外一头。厄里抬起了另一头，箱子还挺沉。基廷和厄里抬着箱子往走廊尽头走去，走进了一间更大的房间，这个房间不如书房装饰得富丽堂皇，除了一个行李箱和靠在墙边的一张桌子以外，房间里几乎是空空荡荡的。他让杰克把箱子抬到屋子的中间，然后放下箱子的时候指导着杰克。

“千万小心啊！这可是一件难得的藏品，非常古老，谢谢。”

他们俩轻轻地把箱子放在地上，基廷让杰克坐到墙边那张桌子后面的椅子上，这是一张十九世纪的谢拉顿圈椅，保存得完好无损。

“坐下吧，就坐那儿，杰克，我想托你给塔图捎封信，桌子旁边的抽屉里有文具。”

杰克背对着基廷，坐到了那把法式沙龙椅子上，椅子腿的多褶皱黄色花纹是典型的安妮女王时期的家具风格。他打开桌子的抽屉，找到了一些文具和几支装在银色笔盒里的钢笔。他拿出这些文具放在了皮质记事本上，准备起草信函。厄里一直都提心吊胆、战战兢兢的，但是，这会儿说要给塔图起草一封谈判信，似乎表明他已经脱离了自己想象中的那种危险。

还没等他意识到发生了什么事，有根皮带已经套在了他的脖子上，基廷以迅雷不及掩耳之势迅速将皮带抽紧，厄里根本就无法进行任何形式的抵抗，他觉得有些透不过气来。基廷将这个瘦高的首相助理狠狠地往后牵拉，那根卡在厄里脖子上的皮带因此卡得更紧了。这时基廷干脆脱掉了西装，把厄里拉到房子的中间，手上戴着刚才拿出来的那副园艺用手套。他打开了他们俩刚抬过来的那个圆顶箱子，只见基廷猛拉一下手中的绳子，成功地把已经喘不上气来的厄里重重地甩进了箱子里。厄里的身子正好躺进了箱子，那根电线就挂在厄里的脖子上，他那又瘦又长的双腿孤零零地挂在箱子的边上。

随后，他又突然一记一记地抽打起厄里来，不知道抽打了多长时间，直到他自己喘不上气来，才最后收手。收手之前，又狠命地抽打了他一下。

“你在里面待会儿吧，怎么样？厄里？坐着考虑考虑你都会失去什么。你会发现你要失去的东西远远比一个小毛孩多得多，你明白吗？”

他几乎就是在歇斯底里地大喊大叫了，但是，他还是尽量控制住自己的音量，以免别的屋子有人听见他的喊叫声。

“你会以很快的速度变得无比坚强，你会失去比你的儿子更多的东西，你他妈的听懂了吗？”

他把连接在这根皮带上的电棒甩到了前面，电棒上的电线插头此刻已经插入了墙上的插座上，他把电棒刺棒那头放在了厄里的左手臂腋下，然后打开了电源。刹那间，只见一道蓝红色的亮光迅速地传入厄里左半边身体，他的身体开始剧烈地抽搐起来，速度之快、程度之深，厄里的身体无法移动，脑子无法思考。随着基廷的大拇指一次又一次地按压在电棒开关上，一次又一次的电击释放出的一道又一道电光，把厄里送入一阵又一阵的抽搐之中。

基廷最后撤下这套设备，脱下手套，擦着自己额头上的汗珠，看着杰克正在拼命地呼吸。此时，杰克脸上流着血，眼里含着泪，皮开肉绽的。很久谁也不开口说话，最后还是基廷先开口。

“你的举止就像一个小孩子。现在我给你一个暂停时间，不会再伤害你，但是你要从中吸取教训，我向你保证，我不可能再让类似的事情发生，你是我们这个链条上最薄弱的环节。塔图对此非常清楚，这就是为什么我们得让你坚强起来。”

厄里勉强发出了微弱的声音。

“我很抱歉，先生，我真的是很抱歉。”

基廷点了点头，似乎听到了他的道歉。他调整了一下自己的呼吸，把箱子盖盖上，拉上闩。然后，拿起自己小心翼翼地挂在箱子旁边的那套西服，仔细地穿上后，下楼去见首相。

塔图　7

亚当来到了肯辛顿公园。因为是周日上午，公园里人流如织，快走的、慢跑的、滑板的，都从四面八方汇集到这里，从亚当的眼前飘过。虽然天气晴朗，但是，这点阳光只够驱散寒冷，还不足以温暖大地。亚当独自一人走在公园里，剃光了的头上压着一顶帽子，脸上挡着一副太阳镜，别在后腰的手枪藏在T恤下面。他已经在这周围转悠好几个小时了，先到那座房子的正面，了解保安人员的情况，然后又来到房子的背面，摸清房子背面公园里的人流情况。他猜测，即使是星期天上午，房子的安全防卫依然非常严密，他大致数了一下，应该有五名保安人员。这会儿，他再次来到房子的背面，来到将海德公园所属的肯辛顿公园和基廷所属地产分隔开来的那堵高墙下。高墙绿荫覆盖，位于基廷宅邸的后草坪上。

刚才，他是穿过公园，沿着一条公园小径走到这儿的。等到四周无人了以后，他开始使出浑身的力量攀爬这堵墙。他抓住墙上的爬墙藤蔓，利用墙上的一根水管往上爬，腿上的伤在隐隐作痛，他尽量不去理会这些伤痛。爬这堵十英尺的墙花的时间比他想象的要长得多，他几乎可以肯定公园的巡逻人员已经发现了他，但是，现在已经没有回头路可走。他想，要是按照他原先的计划晚上行动的话，情况会好很多，但是，厄里的老板迫使他提前行动。

他向厄里保证过，届时他到场的，他得说话算数。其实更重要的是，基廷和乔治亚在一起是个机会，这样他可以同时面对他们俩。终于爬到了墙顶，他从那儿跳到了基廷地产的后院里，落地的时候身体往前踉跄着冲了出去，腿上还缠着一根从墙上拉下来的藤蔓。

这一跳，跳得他上气不接下气。正当他慢慢起身，试图站稳脚跟的时候，只见两名安全人员从院子的另一头冲着他这个方向全速奔跑过来。亚当勉强站稳脚跟，双手举过头，支支吾吾地佯装成酒鬼的样子，口齿含混不清。他刚才那一摔本来就把他摔得够呛，要装出这样的口气说话倒也不算什么难事。

“哇塞，哇塞，太酷了，太酷了。我只是想在我女朋友面前显摆一下，显摆一下我可以爬上这堵墙，结果我摔下来了。我这就回去，小伙子们，我很抱歉，压根儿就没想给你们找麻烦。”

这两个身着廉价西服的安全人员停下脚步听着他说。亚当认得其中的一个，这个人在多林顿树林里用一支长距离来复枪杀死了那个年轻的警察。无论他俩是否真的相信了他的醉鬼故事，至少，他们没把他当成是一种威胁，而更多的是把他当成了一个讨人嫌的人。他们俩同时向亚当扑来，其中一人朝亚当脸上狠狠地打了一拳，另外一个抬起腿朝着亚当的裤裆部位就是一脚，其中一个在一旁冷笑着。随后，两个人还想对亚当进行第二轮的殴打，这时亚当站了起来，尽量保持清醒头脑。他们一把抓住了他，想继续对他进行殴打，显然两人都很享受眼下手头的这项任务。

他们俩谁也没注意到有一把手枪拔了出来，随着第一声枪响，这才意识到自己遇到麻烦了。这颗子弹从一英寸以外的距离穿过了高个男子的腿部。亚当可以肯定，他的大腿骨已经瞬间被打得粉碎。紧接着，第二颗子弹直接穿过了另一个男子的臀部，亚当故意把枪口紧贴着他的身体，如此发出的枪响并不算太明显。两人应声瘫倒在地，发出阵阵惨叫声。他发现其中一人的腰间别着一套塑料手铐，于是，他从其腰间取下手铐，把手枪朝那个多林顿射手头上抽打过去。经过一番搏斗，总算用手铐把他们俩铐在了一起，然后，亚当把他俩一起拴在了后墙的水管上。他又转身拿过他们身上的对讲机，狠狠地将它们摔碎在砖地上，最后，他夺过他们手中的手枪，朝着草坪走去。

他蹑手蹑脚地将身子贴在其中的一面墙上。这座宅邸绿树成荫，到处都布置着错落有致的树木。他以为剩下的保安人员会跟踪上他，或者警报系统会随之响起，可是出乎意料，既没保安人员跟踪，也并没响起什么警报。他费劲地沿着西面的那堵墙，边爬边将头伸向每个窗户，同时，还得尽力避开安全摄像头的拍摄。当他往第四扇窗子探头的时候，突然看见了乔治亚·特恩博，此时，她正坐在一张沙发上眼睛盯着挂在对面墙上的一个大屏幕电视。电视的音量开得极高，连亚当在窗外都能清晰地听见，高得他无法分辨出房间里别的声音。

杰克·厄里并不在房间里，基廷也没在。他得确保杰克没有危险。杰克和他配合得不错，而且，亚当也开始喜欢上了他的儿子，甚至对杰克也不反感了。他轻轻地缩回身子，需要点时间考虑制定出一整套计划：如何进入这幢房子？拿着他手中乔治亚的录像带去与基廷和乔治亚针锋相对，强迫他们清洗他的名声，并且向警方、媒体以及公众承认他们的所作所为。但是，当务之急是先找到杰克。他肯定在这座房子的某个地方，而且，亚当敢打赌，他并没在喝茶或享用甜点。如果他是基廷的话，他会在第一时间让杰克闭嘴，永远地将他的嘴闭上。要不然这个狂妄自大的老东西就该完蛋了。

他在犹豫到底该怎么办？也许，最好的办法就是等待时机，等把情况摸清楚以后，再决定从哪扇大门进入最佳。

他把身子藏进了一大丛灌木中，随时提醒自己要躲开摄像头。他觉得那两个保安应该只是碰巧看见了他，而不是安全岗亭派他们过来的。如果是被派来的，那他们应该会派更多的帮手过来，可是，实际上并没有。

他注意到有一个爬满藤蔓的花格架子从一楼连接到二楼的一个阳台。亚当现在特别讨厌攀爬什么的，因为他刚刚愈合的伤口会被再次撕开，但是，他得进入这幢房子啊！他忍着疼痛，开始往二楼爬去。刚爬到半途，他的伤口就开始剧烈地疼痛起来，他不得不暂时停下攀爬，双腿火烧火燎般的，他得先缓一缓。

就在他休息的那一片刻，又有两名保安跑到了后院，他们就在他下面走过，去到他们在后墙的集中点。他竭力不让自己出声，但是，脚踩着的那个花架子横档突然断裂了，他掉到了下一个横档上。这动静引起了两个巡逻人员的注意。他们停下了脚步，转过身来，正好看见他的身子挂在花架子上，暴露无遗。前面的那个巡逻跑了过来，飞快地爬上花架子，在亚当身后拽住他的外套，使劲往下拉，把亚当拖拉到了草地上。然后他转过身去，在二十英尺以外的上空跳下来，直落在亚当的身上，而另外一个巡逻则一把抓住亚当后脑勺的头发，使劲朝他脑后打去。

亚当想方设法护着自己的脸部、身体的关键部位以及腹部，这两个巡逻显然和他们那两个同事是一路货色，好像就等着这样的机会，可以随意尽情地殴打别人。亚当不禁想起了多林顿的那群狼狗。

正当他们大打出手的时候，亚当突然从腰间的刀鞘中拔出了一把尖刀，不假思索地把刀尖插入了第一个巡逻的左胸口，并使劲地将刀在里面转动了两圈。随后他拔出刀，向第二个巡逻的颈部插去，迅速、深入、果断。他别无选择。其中的一个在几秒钟后就会死去，另外一个也活不过几分钟。

亚当站了起来，身上到处是鲜血，大部分是他们的，也有一部分是自己的。看着他俩在草地上呻吟着死去，亚当平静了一下，随后环顾了一下四周。他想起了后墙的那两个保安，大腿骨被打碎的那位也有可能因出血过多而死去了。他尽量不去想太多，都是他们招惹他的。

这时，警报声响了起来，声音清脆刺耳，这是他所听过的最大声的警报。随即，从这座房子的前面传来了一阵枪响。一定是前面发生了什么事情，这次总算和亚当没什么关系。

史提尔　7

史提尔把车停在了贝斯沃特（Bayswater）大街上，然后，步行到肯辛顿马厩街。她走过那条被大家称作“亿万富翁道”的小路，来到基廷的宅邸。今天她身着黑色雨衣，脚穿一双结实的高靴，头戴一顶黑色帽子。她没法走快，因为身上携带了一支她最爱的格洛克17，外加一支备用的格洛克，一支布朗宁短枪，还给每一款枪都配备了足够的子弹，使得她步伐沉重。她今天来这儿，因为这是她唯一的出路。随着一步步地靠近这座巨大的宅邸，她的心跳得越来越厉害，但是，她清楚从现在开始她得迎头面对即将到来的一切。

对史提尔来说，这可以说是两害相权取其轻。要么坐等基廷和他的手下来抓她，因为，她确信他们害她父母未果以后，下一步肯定就是来加害于她。相比起来，这条路更加容易些：直接面对他们，与基廷展开搏斗，然后，该怎么结束就怎么结束，这是她自己选择的路。

乔治亚和基廷这拨人是凌驾于法律和社会规则之上的。出于不可告人的目的，他们恶意修改游戏规则。史提尔深知，任何挡道的人都会根据新的游戏规则被他们无情地铲除掉。目前唯一可信赖的只有达林少将，即使是他，也提不出其他更佳的方案，而且，他要是知道她的这个计划，毫无疑问会阻止她这么干的。她边想边坚定地朝着那座宅邸走去。

星期天的上午应该是十分宁静的，实际情况比她预想的还要安静，无声无息的。她径直走过位于大门口的保安亭，走进了大门，来到了院子里那条车道上，保安房里面空无一人。车道上，紧挨着进门台阶处，停着一辆小型福特车。她仔细地察看了一下前窗玻璃底部，发现了一张年代久远的唐宁街雇员出入车证。这个说得通，事实上，至少在现阶段，基廷就像是个影子首相。

突然不知从哪个方向射来了一发子弹，把福特车的侧窗玻璃击得粉碎，幸好没打到她，就差几英寸。她转过身去，看见那个她在父母家开枪打中的年轻男子，正手持手枪从前门出来，边走边朝着她开枪。虽然他还一瘸一拐，腿上至今绑着石膏，但是，走路速度并没因此有所减慢。见状，她飞身一跃，躲到了福特车后面，趁机拔出了腰间的布朗宁手枪。此时只听到警报声开始鸣起，划破天空、响彻云霄。

史提尔迅速起身，发现那个男子正准备再次朝她开枪。她立刻原地匍匐下身子，等到他停止射击以后，她轻手轻脚地爬到车子的侧身，在车身的掩护下，紧握着那把像马匹中的设得兰矮种马一样小巧的布朗宁手枪，并从车身底下朝着他连发了几发子弹，射中了基廷手下的双脚。

只听得他嗷嗷直叫，她继续开枪，打中了他的胸部、腹部、腿部还有头部，终于，他瘫倒在了车道上。

紧接着从身后的保安亭里传来了密集的枪声，有人正在瞄准那辆福特车射击。此时，史提尔已经躲到了车旁草坪上一个巨型的水泥花盆后面，等待这一轮射击平息下去。很快，史提尔发现子弹并没打中她的水泥花盆，于是，她悄悄地探出脑袋，正好看见皮特两只手捧着一只来复枪，样子看起来十分滑稽。这个老混蛋双肩前后都受过伤，但是，他的头脑好像至今还没清醒过来：他的这份工作糟透了。

她一跃而起，飞身向安全岗亭跑去。皮特此刻正在琢磨应该怎样克服自己的残疾，更好地使用他手中的武器。很遗憾，还没等他找出更好的方法，史提尔已经在离他不远处朝他开枪了，她又一次射中了他的肩部。

皮特尖叫着倒在了地上。她一个箭步冲了过去，缴去他手中的武器。前一个晚上，在她父母家他是被警方逮捕了的，但是，一天之后的今天，他就已经逍遥法外了。她就知道这帮人的关系网无处不在。她环顾四周，应该没别的人了。就这两个残疾傻帽。她用来复枪挑开安全岗亭的大门，里面空无一人，她走进去关闭了报警系统。

外面再次恢复了平静。她挨个儿查看所有的安全监控屏幕，看见后面草坪中央躺着两个基廷的人，从他们的衣着上可以很容易分辨出来。他们没准儿已经咽气，没准儿已经没有了知觉。另一个监控屏幕上显示那堵俯瞰海德公园的后墙根上还躺着两个男子，其中一个看起来已经咽气，另外一个被暴打之后身体痛苦地蜷缩成了一团。

除了她，应该另有其他人来拜访基廷。是亚当·塔图，她敢肯定。她抬头望一眼这座房子，再低头瞥一眼躺在地上的老秃头，他得接受这个残酷的现实，他的肩膀可能永远都无法痊愈了。此时，他正痛苦地用求饶的眼神看着她，她挥起手中的手枪，狠狠地冲他的脸上打去，他再次被打倒在了车道上，昏死过去。

史提尔转眼看着这座平静的宅邸。这种平静应该不会持续太久了。只见前门微开，好像是在邀请她进去。

基廷应该就在里面，他应该在等她，没什么悬念可谈了，史提尔也已经没有了退路，她决定进去。

当她手拿着枪小心翼翼地迈进门的时候，大卫爵士正在从前厅楼梯口往一楼走下来。她往上看的那一刹那，他正在往下看，他们同时看见了对方。我的天哪，她这身什么疯子打扮啊！他心想，就像那些在美国学校到处开枪射击的准军事崇拜者一样。

他掉头往走廊的尽头跑去，而她则快步上楼紧追其后。走过厄里被关的那个房间时，他想，如果厄里开始挣扎或者敲打箱子的话，她便能听见，这点他确信无疑，然后，她一定会进门去把箱子打开，她不会不闻不问的。

上了二楼以后，她放慢了脚步，往走廊那头走去。她早该料想到他会在此地等她的，并且随时准备加害于她。她小心谨慎地走过一个又一个房间，防备着突然遭人袭击。就在这时，她听到了一种挣扎声，像是有人在使劲踢腿，抑或是喊人救命。她把头探进了一个看似空荡的小房间，该房间的正中放置着两个旅行箱，那个求救声好像就是从其中的一个箱子里传出来的，声音听起来有些含混不清，但是，能听出声音的主人受到了惊吓。

是塔图，她想。一定是被基廷占了上风。她从门口环顾了一下这个房间，除了这两个箱子、一张老式的写字桌和一把椅子之外，这个房间里没有别的家具。她走了进去，小心翼翼地朝着那个巨大的木制箱子走去。她估计应该有时间打开箱子，然后把箱子里面的人解救出来。于是，她掀起了箱子盖，确实有一个人在里面，是基廷。

他手里挥舞着一根插着电源的黑色长型电棒，迅速地把电棒戳在史提尔的脖子上，然后打开了电源，顿时电流通过了她的全身，刹那间她全身的肌肉开始痉挛、剧烈地疼痛起来。他利用这一会儿工夫从箱子里爬了出来，用电棒再次电击了一次史提尔，她手中的手枪被震到了地上。

他对她进行了突然袭击，现在他要好好地利用他的这个优势。他已经完全爬出了箱子，而她的手枪也已经被踢到了房间的另一头，他手戴那副皮质的园艺手套对着她就是一通毒打，拳头落在她大腿间，腹股沟处，疼得她将身子蜷缩在一起。然后，他又趁机从她身后把电棒插入她的胳肢窝，她左边的身体一阵抽搐，紧接着她倒在了地上。

"我还没来得及告诉你，我有多厌烦跟你玩这个游戏。"

他开始用脚使劲地踢她，她还没来得及用手挡护自己的身体，已经被踢了好多脚。随即他扑到她身上，没收了她身上所有的枪支和子弹，把它们扔到了房间的另一头。然后，他又抓起那根电棒，一次一次朝她刺去，每次电棒带来的电击都比上一次来得更加强烈。她知道自己快要昏过去了，脑子和身体都快要支撑不住了。她觉得他已经露出了胜利的微笑，因为，他知道一切都快结束了。他最后给了她重重的一击，她晕了过去。

他轻而易举地抬起了她那个受了伤的无力的身体，放进了第二个箱子里面。他朝下看了一眼，小巧的身体正好放进箱子里，无须像对其他人那样费力。他真想对着她吐上一口唾沫或者朝她的身体撒泡尿，哪怕呕吐在她身上也行。她一直是这锅粥里的那一颗老鼠屎。是她，几乎破坏了一切。

看着她，他就觉得有些恶心。他一把盖上了箱子盖，锁上了锁。

特恩博　8

乔治亚在那个小房间里，待得都快得幽闭恐惧症了。她害怕、生气甚至还莫名其妙地有些头晕。基廷走的时候没关电视，电视的音量大得震耳欲聋，她不知道该怎么摆弄那个放在桌子上的电视遥控器。她也想过找人来帮忙，却发现自己被反锁在了房间里，这令她气愤万分。现在，她就只能等他回来了，更糟糕的是，她只能收看星空卫视的早间新闻节目，该节目正一遍遍地重播有关政治话题的小组讨论，主题是该届政府将如何在她的领导下走向毁灭。在此之前，她好像听到了几声枪声，甚至听到了一声警报，不过，这些声音很快就无影无踪了。她试图说服自己那枪声可能是自己臆想出来的，只是自己也觉得这种想法有点太不可信。

她真的不知如何是好了，她像犯人一样被关在这个可怕的房间里。正当她懊恼万分，准备拿出手机给唐宁街的安全主任拨打电话的当口，她听到了钥匙开门的声音。是基廷，像往常一样，一副镇定自若的样子。

“你为什么要锁了这扇门啊？大卫？”

“为什么？因为越少有人知道你在这儿越好。我不想让我的手下可以随便出入这房间。”

她怒目而视，相信他也知道，她根本不会信他的这一套。

“你可以把那个玩意儿关小点儿吗？或者干脆给关了吗？简直太让人心烦了。”

“遥控器不就在这儿吗？亲爱的，在桌子上啊。”

“这哪儿是遥控器啊？这分明是一种复杂尖端的机器，恐怕需要持有飞行驾照的人才能使用呢！”

他不禁笑了，走过来，按了一下开关。房间顿时陷入了一片沉静之中。

“现在听我说，乔治亚，我们得离开这里，你和我一起，马上就走，我需要把你先送回到唐宁街去。”

“那厄里呢？他在哪儿？”

“我让我的一名安全人员给了他一项任务。他现在出去给塔图送一封口信去。这是我们收买他的第一步。”

“你真的觉得这样做会成功吗？收买他，然后给他一个新的名字和身份让他离开。这样能行吗？”

“不行的。媒体和公众都想他死去或者受到起诉。”

乔治亚把眼神从他身上挪开，她完全明白他的意思了。她不想与此事再有任何瓜葛。

“跟他谈判，这只是一个把他引诱出来的办法，仅此而已。你还需要了解一点情况，乔治亚，你的小朋友，那个警探，她也在这里。”

“达维娜·史提尔？她在这儿？在哪儿呢？”

“她就在房子里，不过，目前她被关起来了。她明目张胆地携带枪支进了我的房子，没有受到任何阻碍，乔治亚。我从一开始就请求你让达林把她调离此案，我就知道她会是个麻烦。事实证明，她就是个麻烦，而且是灾难性的麻烦。”

“我想见她。”

基廷立刻不再冷静，开始大发雷霆。

“她刚才还射杀了我的安全人员，我的天哪！你想跟她说些什么呀？乔治亚？你是想告诉她，你有多迷恋她的香水吗？这是你想说的吗？你知道这一切已经有多偏离正道了吗？我几乎都可以听见他们已经在搭建绞首架了。”

乔治亚忍不住流下了热泪。这些天来，好像她做的最多的事情就是不断地强压自己的恐惧。

“你现在听我说，我们得离开这儿，我得把你送走，送回家去。你在这儿待一会儿，我去安排好车辆。我马上就回来。”

“那史提尔呢？你会怎么处置她？”

“首先，我还没想好。其次，你也不会喜欢我想出来的任何主意的。”

他从前门出去了。她开始大哭起来，去他的！去他的坚强不屈。她想到了死。就让我死在这间富丽堂皇、阴森可怕、到处镶皮的房间里吧！她想就此结束一切。他胜利了，每次总是基廷取胜。他才是首相，根本不是她。事情已经从恐怖可怕发展到了无可救药。无论何种结局都会是可怕至极的，她确信无疑。

塔图　8

亚当处理完了花格架，最后从二楼的那个阳台上爬了上来。映入他眼帘的是一个面积巨大、装饰华丽的卧室。他穿过这个卧室，来到了通向前门的那条长长的走廊。走了几步，当他路过一个大门紧闭的房间，听见里面有人在喊救命。虽然救命声听着有些含混不清，甚至还有些遥不可及，却能清楚地辨别出这是一个绝望无助的人发出的声音。他好像还在踢着什么东西。他试着转动门把手，门上了锁。他又搜索了一下走廊这头，发现附近没有别的人。他找到了另外一个房间，楼上的一个小房间，里面陈列着各种纪念品。富家子弟的玩意儿，他想。当你比上帝还有钱的时候，就会发生这样的情况，你开始一打一打地买东西，喇叭、盒子、刀子、狼牙棒。

亚当又回到那个上了锁的门口。他用基廷的猎刀撬开了这扇门。进门后，他看见了地上摆着两个旅行箱，其中一个里面好像有人。他小心翼翼地走了过去，用枪托砸开了箱锁，然后用枪瞄准箱子，打开后，居然是厄里。

他的脸显然被人修理得很厉害。亚当扶他站了起来，虽然有些费劲，但是他还是站了起来。厄里已经吓得魂不守舍了，像疾风中一片飘零的树叶。

“是谁把你关进去的？是基廷吗？”

厄里点头表示是的。然后，他指着另外一个箱子。

“那个箱子里也有人。我听见他刚才打人来着。”

亚当走到那个箱子边上，用同样的方法打开了箱子，发现是那位在多林顿见过的脖子上挂胸牌的小个子警察。那天是她使他免遭那群狼狗的撕咬。他转身对厄里说。

“你认识这位女士吗？”

厄里点点头。

“是史提尔警探吗？她还活着吗？”

“可能吧，应该活着吧。”

他蹲下身子想去探个究竟。她此刻一动不动，她长得确实挺讨人喜欢的，他想。他想她为什么要把自己卷到这一切里来呢？他轻拍了一下她的脸庞，没有任何反应。他抬头看着厄里，不想再盯着这个一动不动的年轻女子的身体。

“死了？”

亚当拿手搭了一下她脖子处的静脉，想找到脉搏的跳动，可是没找到。

“是的，我觉得应该是死了。”

他看着外面的走廊，想去楼下探个究竟。他瞧了一眼厄里，把基廷的那把猎刀递给了他。

“拿着这个，也许你能用上。”

“你小心点儿，基廷就在楼下。”

“那就太好了，我现在就下楼去见他，我这辈子躲躲藏藏的日子该告一段落了。”

这位疲惫不堪、满身伤痛、受尽折磨的密歇根年轻人，此刻正小心翼翼地从镶嵌精致的楼梯往一楼走去。他下一个要见到的人将是基廷，他正从停车场进来，双脚刚迈进前门。如果说刚才厄里与平时判若两人的话，那此刻的基廷也同样如此。昔日的镇定自若如今已烟消云散，取而代之的是他急红了的双眼和那张青一阵白一阵的脸，因为愤怒变得面目可憎。那个昔日谈笑风生的玩家好像一去不复返了。他现在除了把手枪对准楼梯，好像也想不出更好的打招呼方式了。刚才他去了一趟院子，一定发现自己的手下已在前门被击毙，通过监控录像他肯定也看到了后门的情况，也不太乐观。现在又是塔图。好吧！他想。很好！今天有关人士算是济济一堂了。他已经处理完了史提尔。现在他要对付塔图，来个一了百了吧！把乔治亚送回唐宁街后，他会回到这里，打一些电话将所有的事情都处理干净。不过，现在得先干这个：先干掉塔图，这是他眼前首先需要做的。他已经面对着他了，只要手指一扣扳机，就会把他打死在楼梯上。

塔图还在往下走，他从外套里面取出了一个iPad，打开了它，并且走到基廷身边，以便他能看得更真更切。里面播放的是乔治亚在她的办公桌后面对着厄里在说话。录像经过精心的剪辑，天衣无缝。从一开始播放就知道怎么回事了。亚当再往基廷身边靠了靠，确保基廷可以看得更清楚。

“在我看来也不符合逻辑啊，夫人，但你说你要把爆炸的真相写出来告诉媒体的。”

“说我参与了？我写这个吗？”

“是啊，这最先是基廷的主意，你最后点头同意的。你让那个美国人在不知情的情况下，把炸弹通过调换文件的方式运进了唐宁街10号。”

亚当揶揄道。

“一旦这个录像播放出去，那首相可得做大量的控制工作了。而且，我已经把它放在了云上，大卫。万一我发生了什么意外，那这个录像就会被发到每一位西方世界的新闻记者手上。都已经事先设定好了，到时候会自动发送到四百多名记者的邮箱里。”

“我们都做了些什么啊？杰克？我们怎么会任其发生的呢？我们差点杀了罗兰，对不对？我们放任了太多的事情，我们令太多的人失望了。这绝对是一场灾难，一场悲剧。我做出了令人不可思议的事情。”

“你怎么觉得这不能被证明是在一个电影棚里拍摄的，因此是造假的呢？亚当？”

“噢，我相信你肯定能证明这是假的，对你来说这是小菜一碟。但是有一点，你不能证明这不是特恩博吧！这可是她本人，是真人秀。她肯定会因此下台，她下去的时候肯定会拉上你的。”

亚当冲着他挤眼。

就在这时，亚当一把从基廷手中夺过了那把手枪。基廷甚至都不想反抗。他的敌意以一种全新的形式呈现了出来。他恼羞成怒，脑子飞快地转动着，他在想在这种新情况下，他应该如何最佳应对。他两眼瞪着亚当，注意到这个美国人浑身上下满是伤口，尽管如此，他还是很享受这一刻，甚至还表现出欢欣鼓舞的样子。亚当在公然嘲笑基廷。

突然，基廷向亚当冲了过来，用双手掐住他的脖子，把他往死里掐。亚当竭尽全力将他推开，但不敌基廷身强力壮，而且此刻他已恼羞成怒，着了魔似的，像一头愤怒的狮子。他的双手死死地掐住亚当的脖子，用尽全身的力气不松手。基廷的歇斯底里很快起到了作用，亚当开始透不过气来。这时，基廷趁机把亚当从大理石门厅狠狠地推到一个巨大的古董柜子上，亚当重重地撞在了那个柜子上。亚当虽奋力反抗，最后基廷还是一口气将亚当推到一个墙角，野蛮恶毒地想置他于死地。

这大大出乎亚当的意料。他没有想到基廷的愤怒积蓄到了如此的程度，以至于瞬间猛烈地爆发，也没有料想到这位亿万富翁曾经花费了无数时间，去世界各地的健身房、柔道课、柔术班、空手道班，着了魔似的专修各种技艺。亚当事先没有考虑到这些因素。他想伸手去够他的那把刀，可是，他的双手和身体已被强行分开两处，他想摆脱基廷，他的对手不容易对付，而且他还越战越勇，而亚当却越来越弱。他已经好长时间透不过气来了，觉得自己就要不省人事了。

掐在亚当脖子上的那双手越来越使劲，那凶神恶煞的眼神直逼亚当那个行将凋零、摇曳风中的灵魂。这是最后一搏了，基廷觉着。他要用自己的双手来结束这一切，一了百了。亚当大口喘着粗气，双肺憋得马上就要爆炸了，脖子上基廷留下的手印疼得火烧火燎。亚当的眼神越来越黯淡，眼皮就要合上了。

就在这时，只听一声枪响，基廷大吃一惊，双眼瞪得滚圆，他本能地放开了掐在亚当脖子上的双手。

史提尔　8

站在楼梯上的史提尔一枪打中了基廷的一只胳膊，子弹迅速穿过他的肌肤，钻进了他的骨头缝里。他痛苦地哭嚎着。亚当趁机一把甩掉了他，退到房子的中间。这时史提尔又开一枪，打中了基廷的另一只胳膊。随后史提尔从楼梯上走了下来。她从容地穿过巨大的大理石前厅，手中举着手枪对准了他。

乔治亚也在那儿。此刻她也从那个小房间走了出来，目睹了刚才的这一切，她目瞪口呆了。史提尔、美国人、大卫、鲜血。她张口结舌地说不出话来。

“达维娜。”

史提尔不予理会。她两眼紧盯着基廷，气得全身直发抖。看见他就已经足以使她怒火万丈，想到他对她、对她父母、对乔治亚、对英国的所作所为，更令她为他感到羞耻。她举起手枪对准他那张脸，上面写着麻木不仁、一败涂地。基廷的双臂均已中弹，疼痛不止，一切都结束了，他知道，此刻瑟瑟发抖的他像是在向他们挥舞着一面投降认输的白旗。

史提尔紧握她手中的手枪，步步逼近基廷。此刻她热泪盈眶，一时的不知所措令她泪如雨下，心中的无限仇恨久久难以释怀。这一切在她脑子里郁积蒸腾，像要咆哮怒吼的汽笛。乔治亚再次请求她。

“别啊，达维娜，请别这样。”

她扣下了手中的扳机，基廷应声反弹到了后面的那堵墙上，头部中了一枪，另外一发子弹从他背后穿过。他顷刻间倒在了地上，倒下去的轨迹与当时高登倒下的轨迹一模一样，与理查德·莱勒倒下的轨迹也绝无二致。估计在倒地前他就已经断气了。她转身面对着乔治亚和塔图。他们都不知道该说些什么。

史提尔和乔治亚对视了几秒，这样的对视看来只能给双方带来无尽的痛苦。她把手枪扔到了地上。她告诉乔治亚，今天的行动告一段落，她不想对乔治亚构成任何威胁，也让塔图明白，如果他要是还想离开的话，此刻是最佳时机。

特恩博　9

谁也不出声，这样过去了很长时间。他们三个人就这么站立着，亚当甚至都不知道这位刚刚把基廷打死的年轻女子姓甚名啥？他当然知道首相的名字，但是，他们从来没说过一句话。相反，乔治亚自以为很了解史提尔，可实际上她对她根本就是一无所知。她更不清楚是什么促使史提尔突然决定结束大卫·基廷的生命。

他们三个人就这样站在空旷、冰冷的门厅，旁边躺着基廷的尸体，停车场上横着更多的尸体，后院还散落着几具。确实，史提尔也从未和这个美国人说过半句话，但是，她感觉自己很了解他。她知道作为人质被人利用是一种什么样的感觉，她知道作为棋子被人随意摆弄是一种什么样的感觉，她更知道一旦失去了利用价值，你战战兢兢、四处躲藏又是种什么样的感觉。他救过她的命——而且有三次之多。她对他的了解远远超出了她对乔治亚的了解。

首相首先打破了这种令人尴尬的沉默。

“达维娜，我想跟你说，我很抱歉。”

她还想说点别的：承诺、宣誓或者请求什么的，但是，她说不出来别的。于是，又一次陷入了静寂之中。这时美国人开口说话了。

“我要求洗清我的名声，我要我的家人安全回家。”

他深吸了口气，正视着对面的乔治亚。他也可以再多说几句，但是，他不想浪费口舌。他想让她说话，让她出卖他，而不是他出卖她。他把 iPad 转到她的眼前，按了一下开始箭头。

“在我看来，这也不符合逻辑啊！夫人。但你说你要把爆炸的真相写出来告诉媒体的。”

“说我参与了？我写这个吗？”

“是啊，这最先是基廷的主意，你最后点头同意的。你让那个美国人在不知情的情况下，把炸弹通过调换文件的方式运进了唐宁街 10 号。”

乔治亚点点头。又是一阵沉默。这时厄里一瘸一拐地拐到了二楼的楼梯口，此时，厄里身负重伤，他也一言不发，只是很严肃地看了一眼他的老板，然后把目光移到了别处。史提尔最后开口说话了。

“一切都结束了，乔治亚。我指的不光是你我之间，当然它也该结束了。我的意思是一切都结束了。”

乔治亚冷静地表示同意。

“是的，结束了，一切都结束了。”

她边说，边点头。大家再次陷入沉默，大家都需要时间来消化这一切。

“但是，必须体面地了结这一切，因为这里面牵扯到了太多的人。我指的不是我自己，你们明白我的意思，我说的是很多人，很多无辜的人。比如你，达维娜。我们都失去理智了。许多事情都失去了控制。”

她抬头看着塔图，他也正在看着她。他希望从她那儿得到一个答案和保证。她明白应该给他哪怕一会儿时间，让他的肩膀放松下来，让他知道他的苦难总算结束了。是她欠他的。

“塔图先生，明天早上我会用私人飞机把你们全家悄悄地、安全地送回芝加哥。”

她抬头望着厄里，意思是请他记下并且进行落实。厄里转向塔图，朝他点点头，好像在说他可以充分信任他，一定会按照首相说的去办。

“当然也不会对你进行起诉。事实上我会公开明确地宣布你完全是清白无辜的。”

“我还有个要求。”

“是什么，是钱吗？”

“我想要我岳父的尸体，我想带他跟我们一起回芝加哥。”

乔治亚看着厄里，意思是让他去落实。然后，她转头看着史提尔。

“我将在六十天后辞去首相职务，并将永远地远离政坛。我需要尽快把这摊浑水抽干，将相关人员暴露出来，同时，我会尽量对所发生的事情进行保密，保密得时间越长越好，希望可以保密很多年。我们大家现在应该做的是一声不响地离开此地，然后在未来的有限时间里把需要改正的事情改正一下。如果不这么去做，那么就会导致我和达维娜坐进大牢，这样会对全体人民的心理造成不可挽回的打击，对政府的运行也会造成伤害，对大英帝国的未来更是巨大的损失。你们都听明白了吗？”

史提尔把刚才乔治亚说的话，在她那个聪明绝顶同时也受了伤的脑子里迅速地转了一下。

“如果你不辞职，我保证会来看你的，而且，我不会再来跟你谈香水之类的问题。不过，你还有六十天的时间。”

“我明白，是的，达维娜。我向你保证一切都结束了。塔图先生，我知道你手上拿着的材料，也就是那个录像，它还像一把利剑一样悬在我的头顶。我现在只需要一些时间，确保那些在这次事件背后操纵的人不再有机会掌控未来的方向。然后我就辞职，那将会是一个悲喜交加的时刻。我们大家就这么说好了？”

亚当点点头，耸耸肩。他唯一的希望是全家人可以安全回家，他们的正常生活能得以恢复。他当然希望有人为高登的死、理查德的死以及所有发生的事情付出代价，但家人的安全是目前的首要任务，其他都是其次的。他愿意接受乔治亚的建议。

史提尔也没有异议。她跟乔治亚一样也失去了理智。基廷把她们俩都惹怒了，所以，当她和基廷对峙的那一刻，她立即就明白自己做出了一个致命的决定：杀死他。也许乔治亚也清楚这一点。也许因为恐惧或许是报复，也可能是脆弱，无论如何，她跨出了这一步，这就意味着她再也无法回头了。她也不愿意为了让自己免罪就把所有的人都解了套。但是，乔治亚这会儿提的方案听起来很有道理，所以，虽然此刻史提尔内心充满了羞愧和后悔，她还是接受了这个方案。大家一致表示同意。

远处，艾尔伯特音乐厅附近的教堂钟声敲了足足十二下。已经是中午十二点，原本睡意蒙眬的星期天，此刻又变得乌云密布。大家静悄悄地离开基廷这座一片狼藉、血渍斑斑的宅邸。乔治亚和厄里坐着弹孔斑斑的福特车走了，史提尔毁掉了安全监视录像后，走向了她的巡逻车。亚当在停车场的口上，走在她身后。她考虑是否让他搭她的车走，但又意识到他们到目前为止还没说过一句话。他们确实是陌生人，她和这个她在全英国追捕的美国人。

他们互相看了一眼，最后一次点头致意，然后各自往各自的方向走去。

特恩博　10

首相回到了唐宁街11号自己的公寓里，心情悲伤地又服下了一颗药，然后冲了一个热水澡。随后，她裸着身子坐在自己最心爱的椅子上修剪着指甲，心里默默准备着迎接未来的日子。媒体对基廷的死一定会有惊天动地的反应，伯恩勒和他的同伙们肯定会掩盖事实，继而揭露出大卫耸人听闻的一些犯罪事实。也许，会归罪于俄罗斯的团伙或者别的什么组织。肯定会完美无瑕地遮盖过去，渐渐地一切又会风平浪静。

她会信守诺言。未来的几个月里，她会想办法去揭露伯恩勒以及他的政府。她会将他们从位高权重的位置上拉下来，然后，她就完成任务了。之后，她就辞职。

她穿好衣服，吹干头发，给父亲拨了个电话。边打边哭，她告诉他，她需要“帮助”。打完电话后，她给自己沏了壶茶，慢慢地品着，望着铅窗外的皇家骑兵卫队阅兵场，努力让自己不再去想达维娜·史提尔。

史提尔　10

史提尔打车到圣潘克拉斯地铁站，接上她的父母。在回公寓的路上，她向父母通报一切都已结束，而且，她也将辞去目前的这份工作。她跟父母解释她找到了最后的那个字块，并且已经解开了那个字谜。但是，最后当她往后退去，纵观全局的时候，她发现这个人的形象并不是她所想象的那种。她保证再也不回到那个世界里去。她母亲兴奋得直流眼泪，出租车颠簸在去布鲁姆伯利的路上。

第二天清晨，她起床帮着他们一起准备早餐。当她和母亲希娜一起用热拖把拖地的时候，母亲突然无心地问起了乔治亚·特恩博，问女儿是否有可能去为她工作？

“你们俩看起来很合得来的，达维娜。看在上帝的分上，为什么就不可以呢？”

史提尔停下手头的活儿，沉默不语。过了一会儿，她靠在妈妈的身上，眼里含着泪水，流露出一丝淡淡的悲伤。

“对我来说，乔治亚·特恩博已经死了，妈妈。我很礼貌地请求你，以后别再提这个名字了，好吗？”

希娜不知道该说些什么，也不知道该怎么回答。她本想再问点儿什么，或者打听点儿什么，不过，她明白此刻最好还是让她女儿继续安静地擦地。

“好，好，当然，宝贝儿。我发誓再也不会提她的名字了。”

史提尔到水池边洗了个脸，她干脆把自己的脸整个泡到了冷水里，然后，直起身子擦干脸。随后走到靠窗的柜台，双眼静静地望着窗外大街上来来往往的车辆和行人。她拼命地想在熙熙攘攘的人流里找到乔治亚·特恩博的脸。

塔图 10

周一早晨，塔图一家被开车送到了卢顿机场，在那儿，他们全家静悄悄地登上了首相办公室为他们租借的庞巴迪环球5000公务机，准备将他们一家人送回芝加哥。孩子们当然异常兴奋，可以坐上专属于他们“自己的”飞机，凯特虽然仍有些谨慎，但总算接受了最坏的日子已经过去的事实。每当她想到她父亲已经离她而去，心爱的理查德·莱勒也已经与她生死两别，她的脑袋就会剧烈地疼痛起来，她尽量不去管它。亚当把高登的尸体装上了飞机，可以和他们一起回家，对凯特来说，这总算是一丝安慰。

她登上这架公务机的金属悬梯，坐在亚当身边那舒适柔软的皮椅上。有太多的事情她不想让自己去想。他们终于要回家了，孩子们都安然无恙，她强迫自己集中精力关注这一点，尽量让自己开心起来。

亚当也有些麻木不仁。他全身疼痛，被打的、被咬的、快要断的，但至少他还活着，而且更重要的，他自由了。难道这不是最重要的吗？什么是最重要的？什么是可以舍弃的？一个问题接着一个问题，他还能回到原来那个拥有自己家庭的普通男人吗？那凯特呢？他是否已经把她拖到了离地狱咫尺之遥的地方，以至于他们再也不能幸福地生活在一起了？她还能静静地跟他一起长时间散步吗？还是他们每次的对话都会陷入痛苦、不安或者后悔之中呢？

孩子们呢？他知道他们会走出来的，他们心里会明白他们的父亲只是个牺牲品，然而却以胜利者的身份走了出来。不久的将来，会有那么一天，他们会为此感到高兴，会毫不犹豫地站在他的身边。但现在还不是时候，现在大家的嘴里尚能感觉到丝丝的苦味，一切才刚刚过去，还没来得及总结。那些评价只能在未来的日子里慢慢去做。现在没必要去追问什么，因为现在不可能得到准确的回答，所以就不必追问了。他从飞机的舷窗望出去，看着专机的停机坪。

飞机起飞以后，凯特下意识地拉他的手，她的手指紧紧地扣着他的手指，她的皮肤还是他记忆中那么的柔软光滑。飞机飞到了半空中，一路向东飞去。这时她及时地问了他一个问题。

“这一切都结束了，对吗？所有的一切？跟那些人都结束了，对吗？”

他充满爱意地看着他金发妻子美丽的蓝眼睛，用手轻轻地摸着他妻子白皙的脸颊，心里暗暗下了决心，无论将来他们之间发生什么，这将是他生命中最后一次对她撒谎。

“是的，宝贝儿，结束了，一切都结束了。”

鸣谢

因为这是我的首部小说，所以，它比别的作品更需要帮助，因此我要感谢的人有很多。首先要感谢我的妻子戴安娜，她永远是我最亲密的知音。无论我是在梦里、写作中、修改中、售卖中，她总是跟我分享各种消息和观点。许多个晨间对话，无数次的深夜漫步，她是我不可或缺的助手。然后，我当然要感谢我特别的女儿茉莉，该书完成后，她是我的第一位读者，并且和戴安娜一道记笔记。还有我的好朋友皮特·汤姆森，前报纸编辑兼历史学家，目前居住在伦敦。他和我一起无数个小时地徜徉在大街小巷，他是我最早的读者，也是我忠实的高参。

还要特别感谢我底特律的老朋友 Mitch Albom，他也是我最早的读者之一，一路走来，他从来都是我坚强的后盾，很多时候还是我出发的动力。我最亏欠的应该是 David Gernet，我的代理，是他的支持和专业水平把我的手稿从一堆废纸变成了一部真正意义上的书。拥有这样一位经验丰富、洞察力超强的代理是一种无上的荣幸。

当然，我也十分感谢 Steve Rubin 以及 Henry Holt 的每一位朋友，是你们毫不犹豫地信任它，并且购买了它的版权。我也要感谢 Michael Sigorelli，他是该书的编辑，他使我懂得，只要拥有世界一流的编辑，你就可以迎来收获季节。自从 David，Steve 还有 Michael 加入该书的编辑以后，书稿几经删改，他们添加了许多内容。事实上，我可以说，是他们让它彻底地改头换面，焕然一新。

我还想依次感谢一下各位。Adam Levine，我的代理兼朋友。Alex Gerter，我长期的制片伙伴，阿特拉斯电影制片厂的 Chuck Roven。也要感谢新电影公司的 Toby Emmerich，他既是该书的早期读者，也为该书提供了许多上好的线索。在此还要向我最亲密的朋友们 Clay Tatum，Kevin Sands 和 Max Kennedy 表示我最衷心的感谢，是他们许多年如一日地在各个方面支持我、帮助我。还有我的朋友 Olugbemiga Idowu 和 Rachel Zimmerman Leonard，我亏欠他们的太多太多。

最后，我要感谢 Judy Trumbull，我的母亲。Eli Broad 和 Edye Broad，我的教父母。Jeanne Binder，我超棒的、心地宽厚的继母。他们都是我早期的读者，给予了我坦诚的意见，更重要的是，他们在我整个生命中一直在支持着我。

就像我的电影一样，我将这部书献给我的家庭。是他们让我有理由始终保持冷静。

译后记

密歇根州前警察亚当·塔图获得了一份令人艳羡的“美差”，他代表芝加哥分公司前往伦敦唐宁街10号参加与英国首相拉西特的会议。就在他离开唐宁街10号后不久，一颗炸弹在首相办公室爆炸，首相身负重伤……

该书作者麦克·宾德是美国知名导演、编剧兼制片人，《冷静》是他创作的第一部小说。错综复杂的情节，绘声绘色的对话，出人意料的结局，仿佛把读者置身于一部好莱坞大片当中，一旦开卷，就非得一气呵成把它读完不可。

作者在写该书的时候，离英国国内的脱欧公投尚有时日，但作者敏锐的眼光已经察觉到英国上上下下就脱欧问题所形成的两大阵营，他们所代表的不同利益集团，迥然各异的价值观，以及他们之间尖锐而深刻的矛盾。

译者在翻译该书的时候，英国公投尚未举行，英国的未来何去何从，全世界都在密切关注，因为它的影响绝非仅局限于英国一隅，对未来欧洲局势的走向也有着深远的意义。也正因为如此，我的翻译工作似乎也被注入了强大的动力，究竟英国会如书中所虚构的那样围绕公投发生一些故事吗？真正的结局又会如何？

如今英国脱欧已成定局，围绕公投所发生的一些事情已然成为历史。但是将来是否还会有第二个国家脱欧？作为现代文明发源地的欧洲，未来会以怎样的姿态立足于世界？欧盟的未来又会怎样？会不会像中国古人所预言的那样“分久必合，合久必分”呢？

翻译本书的过程中，译者除了忠实于原文外，还尽量争取译文的通俗化、口语化、富有时代感。翻译工作其实是个再创作的过程，译文如何贴近原文，又如何以最贴近中国读者的表达方式呈现出来，是译者需要为之努力的终极目标。希望自己做到了，至少我努力去做了。

借此机会，我要真诚感谢北京创美时代的杨博老师对本书翻译所提供的大力协助，他的敬业精神以及想为中国文化市场繁荣做点事的精神感染并带动了我。我也想借此机会感谢我老公，他是译文的第一位读者，感谢他对我的一贯支持与鼓励。

汤莉莉

2017 年 5 月

关于作者

麦克·宾德是美国知名导演、编剧、制片人以及演员。他最近的一部电影《黑与白》由凯文·考斯特纳主演。作者出生于底特律，现与妻子戴安娜以及两个孩子居住在加利福尼亚州的圣莫尼卡。《冷静》是他的第一部小说。

创美工厂

出 品 人：许　永
责任编辑：许宗华
特约编辑：王佩佩
责任校对：雷存卿
版权编辑：杨　博
封面设计：上尚装帧设计
内文制作：李双鑫
责任印制：梁建国　潘雪玲
发行总监：田峰峥

投稿信箱：cmsdbj@163.com
发　　行：北京创美汇品图书有限公司
发行热线：010-53017389　010-59799930

创美工厂
微信公众平台

创美工厂
官方微博